화평연간의
격정 2

화평연간의 격정 2

김혜량 장편소설

북레시피

차례

1부

2부

2부

업

백 보 앞 철판이 뚫렸다. 순식간에 화살창을 갈아 끼운 병사들이 다시 연노(연발식 쇠뇌)를 들었다. 휘릭, 깃발을 내리자 이번엔 갑옷으로 중무장한 허수아비들을 향해 화살이 날아갔다. 멀리서 파바박, 하는 소리가 어좌까지 들려왔다. 시작과 동시에 끝이 난 느낌이었다. 연무장 너른 마당엔 정적만 감돌았다.

"뒤엣것이 백삼십 보라고?"

호흡을 가다듬으며 조융이 물었다.

"그러하옵니다. 폐하. 사정거리가 두 배 이상 늘었나이다. 감축드리옵니다. 폐하."

군기감 장관의 목소리 또한 조융만큼이나 들떠 있었다. 표적물에서 눈을 떼지 못한 채 조융은 천천히 어대를 내려왔다. 점점 걸음이 빨라지더니 급기야 표적에 빨려 들어가듯 전속력으로 뛰기 시작했다.

"폐하, 제발 옥체를 옥체를……."

중귀인들이 종종걸음을 치며 벌벌 떠는 소리를 해댔지만 조융의 발은 잔돌을 튀기며 거침없이 돌진했다.

허수아비들은 흡사 고슴도치처럼 변해 있었다. 조융은 투구에 박힌 화살을 하나 잡았다. 살은 한참 만에야 뽑혔다. 한 뼘치곤 꽤 묵직했다. 매끈한 게 비녀같이 생겼지만 살인에 최적화된 무기, 마찰열이 남아 있는 활촉에선 날카로운 쇠 냄새가 났다. 촉의 끝을 홀린 듯이 바라보던 조융은 순간 움찔했다. 곧 그 기운이 조융 안에서도 솟구쳤다. 뺨이 떨리고 눈썹이 쭉 들렸다. 살기가 주는 쾌감이 짜르르 번쩍 등줄기로 휘몰아쳤다.

"흐흐흐…… 멋지군. 멋져."

뒤따라온 추신에게 자랑스레 살을 내보이자 추신이 말했다.

"직접 쏘아보소서."

추신이 고갯짓을 하자 시위 하나가 조융에게 연노를 바쳤다. 조융은 화살창을 열 번도 넘게 갈아 끼우며 활을 쏘았다. 송판을 뚫고 철판을 뚫고 갑옷을 뚫었다. 화살은 무모할 정도로 툭툭 튀어나가 직선으로 날아가 박혔다. 그때마다 쇠뇌자루에서 복부로 전해지는 반동력, 그 반복적인 감각이 기묘한 고양감을 불러일으켜 옥체는 무아지경의 흥분으로 달아올랐다. 마치 어행을 거행할 때처럼.

"이번에 연노를 개발한 병창의 공장 이규옥입니다."

추신이 아뢰자 이규옥이 절을 올리기 시작했다. 조융은 무릎에 놓인 연노를 쓰다듬었다. 연노의 곡선이 주는 쾌감이 손끝을 타고 올라왔다. 손가락으로 연노의 현을 퉁기자 딩 하는 제법 맑은 소리가 났다.

"가까이 오라."

조융의 명에 이규옥이 십여 보 앞으로 다가왔다. 가까이서 보니 이규옥은 생각보다 젊은 사내였다.

"손을 보여다오."

이규옥이 어려워하며 두 손을 내밀었다. 숱한 상처로 거칠어진 손등, 죽장처럼 울퉁불퉁한 손가락. 나이에 비해 퍽이나 늙은 손이었다. 기존의 연노는 호신용으로나 쓰는 정도였다. 화살을 연달아 쏠 수는 있었지만 각궁이나 단발식 쇠뇌에 비해 사정거리가 턱없이 부족해 전쟁에서 별다른 위력을 발휘하지 못했다. 삼십 보, 기껏해야 사십 보, 게다가 연노가 쏘는 화살은 날아가 박히는 힘이 약했다. 군기감에선 전설로만 떠도는 옛 신라의 연노 설계도를 백방으로 찾아봤지만 헛수고였다. 그러나 이규옥의 집요한 손은 포기하지 않았다. 수많은 시행착오 끝에 이규옥은 발사장치인 아牙가 최적으로 작동할 수 있는 각도를 찾아냈다. 그리하여 조준의 정확성과 사정거리를 획기적으로 개선한, 한마디로 살상력이 전무후무한 신무기가 탄생한 것이다.

"아름답구나. 짐을 위해 하늘이 내리신 손이다."

"황은이 망극하옵니다. 폐하."

"너희 일가는 천하의 보배다. 상을 내리고 싶구나. 바라는 것이 무엇이냐."

이규옥이 조심스러운 눈으로 군기감 장관을 보자 군기감 장관이 추신을 보았다. 추신이 고개를 살짝 끄덕이자 이규옥이 입을 열었다.

"폐하, 작은 절을 지어주시면 소신, 수은망극하여 백골이 되어도 황은을 잊지 못할 것이옵니다."

"절이라, 발원할 것이 많은가 보구나. 그래 무엇을 빌 것이냐."

"소신의 일이 살생이 업이라 아무리 적이라 해도 인명을 앗아야 하니 그 무거운 업장을 어찌 감당하겠나이까."

"흐음……."

조융은 어좌에 옥체를 기댔다. 흐뭇했던 분위기가 일순간 얼어붙었다. 확실히 흥이 깨졌다. 꽤나 발칙한 말이었다. 그 살생의 업장은 결국 최종 책임자인 황제에게 수렴되는 것이 아닌가. 게다가 조융은 평소에 그런 류의 말들을 탐탁잖게 여겼다. 이승의 질서도 모르면서 내세의 섭리를 운운하는 말들, 눈앞의 문제는 외면하면서 해탈에 집착하는 말들, 조융은 그런 논리에 갇혀 속세에서 등을 돌리는 자들이 가소로웠다. 가소로운 것은 가련한 것이다.

"업이라 업…… 그래, 지어달라니 지어줘야지. 지어주면 네가 만든 무기로 죽일 적들의 명복이라도 빌 요량인가?"

"그러하옵니다, 폐하. 그리고 제가 더 빼어난 무기를 만들 수 있게 부처님 전에 빌겠사옵니다."

"뭐라?"

"궁수가 조준한 대로 급소를 칠 수 있게, 그래서 화살을 맞은 줄도 모른 채 고통 없이 죽을 수 있게, 한 치의 어긋남도 없는 무기를 제 손으로 만들 수 있게 빌겠사옵니다."

용안에 걸려 있던 비웃음이 사라졌다.

"명장明匠이로다!"

황제의 감탄으로 연무장의 분위기가 다시 바뀌었다. 군기감 장관은 안도인지 감격인지 모를 눈물까지 보였다.

"인종황제께서도 늘 발원하셨지. 창칼이 없이 평화로운 시절만 계속되게 해달라고. 허나 그 위대한 병서 『무경총요』도 그분께서 편찬하셨다. 그래 다들 평화를 비셨다, 선조들께선. 나 또한 그렇고…… 그런데……"

활짝 폈던 용안이 흐려지며 아아아, 조융의 입에서 장탄식이 흘러나왔다. 잘못 디딘 늪에 점점 빠져들어 가는 사람처럼 조융은 당혹감을 감추지 못했다. 기마는 부족하고 연운은 뚫려 있다. 거칠 것 없이 쓸고 내려오는 유목민의 기마병단에 황궁이 유린당하는 악몽을 꾸지 않은 황제가 있을까. 비명에 놀라 중의만 입은 채 침전에서 뛰쳐나오면 눈앞에서 대경전이 불타오르고 있다. 조융은 옥체가 허할 때면 이 악몽을 꾸곤 했다.

"왜 우리만 우아한가. 야만스러운 적에게 둘러싸여 우리만 왜? 예악과 인륜을 아는 것이 업인가. 예악을 안들 무력이 약하면 무슨 소용이 있나. 허나 보아라. 인륜이란 것도 무력이 뒷받침되어야만 펼칠 수 있는 덕이 아니냐. 죽일 수 있는 힘만이 평화를 보장하는 것 아니냐. 가혹하구나. 업이란 것의 속성은 참으로 가혹해. 예악과 무력, 이 풀리지 않는 모순 속으로 짐을 몰아

넣지 않는가. 책임을 다할수록 벗어날 수 없는 질곡이 아닌가."

혼잣말처럼 중얼거리던 조융은 어느새 고개를 들어 추신에게 묻고 있었다. 곁에 서서 황제를 자상한 눈길로 바라보던 추신이 입을 열었다.

"폐하, 세상일에 두 손 놓은 자가 말만 빌려 인간의 모든 행함을 업장이라 비난한다면 그 무책임이 야만과 다를 바 없나이다. 허술한 말은 허술한 대로 두소서. 세상 무엇에든 통한다 자부하는 논리는 그 어떤 문제도 해결하지 못하옵니다. 진晉나라 문공은 덕을 베풀어도 창을 놓지 않았나이다. 살생으로 업을 지어도 그 업이 더 큰 덕을 이루기 위함이라면 무엇을 더 바라겠나이까. 예악과 인륜은 천하에서 가장 아름다운 질서이옵니다. 그러나 이 아름다운 질서를 세우기 위해서는 누구보다 강해야 하옵니다. 예악과 인륜을 위해 강해지는 것, 강병은 실로 아름다운 것이옵니다. 아름다운 것은 서로 배척하지 않사옵니다. 무력을 아름답게 쓰소서. 모순을 순리로 만드소서."

추신의 말은 조융을 비롯해 주변 모두에게 착각을 일으켰다. 그의 말 한마디 한마디가 허공에 새겨지면서 한 자 한 자 금빛으로 빛나는 황홀한 착각.

"폐하, 규옥의 마음이 가상하지 않사옵니까. 업을 말했지만 진실로 인의를 말함이옵니다. 규옥은 실로 폐하의 홍복이옵니다."

이규옥 덕에 사기가 오른 군기감 장관의 목소리가 연무장 너른 마당에 쩌렁쩌렁 울렸다. 조융이 규옥에게 물었다.

"너의 선대가 그리 가르치더냐?"

"아니옵고 사실, 숙왕 전하의 명을 따르다 보니."

"숙왕이?"

"연전에 숙왕 전하께서 사냥용 활과 화살을 주문하셨사옵니다. 제게 이르시길 살을 맞은 짐승이 즉사할 수 있는 걸 만들어 달라 당부하셨습니다. 그때 소신이 깨달은 바가 크옵니다."

"이런, 숙왕이 솜씨가 딸리니 연장 탓을 하려 했던 것이로구먼. 하하."

"폐하, 소신의 경망한 말로 성지를 어지럽혔사옵니다. 숙왕 전하께서는 짐승이 고통받지 않고 죽기를 바라서 하신 말씀이옵니다. 죽이는 자는 죽는 자의 숨통이 바로 끊어지길 빌어야 한다 하시며. 소신이 들은 바, 숙왕 전하께선 짐승의 급소가 아니면 활시위를 당기지 않으신다 하옵니다."

이규옥이 말을 마치며 두 손을 높이 올려 절을 했다. 이 진실한 손이 드리는 말씀이오니 믿으셔도 좋다는 듯이.

오기 고고高孤

"장강 상류, 구당 협곡의 물 흐름은 난폭합니다. 수직으로 오만하게 솟은 절벽들 사이로 시퍼런 물이 성을 내며 흐릅니다. 배가 지날 수 없는 협곡에선 수백 명의 섬부들이 밧줄로 배를 들어올려 상류로 옮겨야 했습니다. 곳곳이 암초라 바닥이 평평한 배로 갈아탔습니다. 대범한 척했지만 배가 뒤집힐까봐 몇 번이나 가슴이 철렁했습니다. 아아, 강물의 흉포한 박력 앞에 소자의 심장은 너무도 작았습니다. 운명을 믿고 무사를 기원하는 수밖에 없었습니다. 다들 청수동淸水洞은 위험하다고 말렸지만 작은 편주를 달래서 혼자 물 동굴 안으로 들어가보았습니다. 청수가 아니라 깊고 깊어 흑수 같은데 그만 오싹했습니다. 음산해서라기보다 심연 저 깊은 곳에 뭔가 있는 것 같아서였습니다. 그것은 무엇이었을까요? 동굴 밖으로 나오니 푸른 하늘빛이 눈을 찌르고 노란원숭이 소리가 길게 울렸습니다. 그 소리가 저를 놓아주지 않아 결국 그곳 고산가옥에서 하룻밤을 머물기로 했습니다. 절벽 위에 지어진 집이라 마당도 대청도 공중에 떠 있는 것 같았습니다. 별이 손에 잡힐 듯 높은 그곳에서도 밤하늘 북극성*은 유난히 빛났습니다.”

"북극성? 흐음, 아비가 그립다는 말을 이리 돌려 말하는군.”
서쪽 창가에 서서 편지를 소리 내 읽던 황제가 혼잣말처럼 중얼거렸다.
"북극성이라, 짐에게 북극성은 회인형님이었다. 그분은 내게는 너무 높아 닿을 수 없는 존재였지.”
평상에서 붉은 세필로 교서를 수정 중이던 추신의 손이 멈췄다. 아주 잠깐 추신은 교서를 구겨버리고 싶은 충동을 느꼈다. 황제는 벽왕 시절 누가 가르치기도 전에 본인이 알아서 회인태자의 비위를 맞췄다. 알랑대는 기미도 없이 천진한 말로 사랑과 존경을 내보였다. 회인태자를 기쁘게 하려고 지어 바친 시문은 곡진하기 이를 데 없었고 문안 편지는 연서를 방불케 했다. 황제가 열 살이 되어 왕부로 이사를 나온 그해 첫서리가 내린 날이었다.
'문득 등이 시려옵니다. 형님이 계신 황궁이 그립습니다. 다음에 입궁하면 이 아우의 손을 꼭 잡아주세요…….'
이복형에게 보인 이 애정은 어린애의 애처롭다면 애처로운 자구책이었다. 벽왕은 애써 친밀감을 확인시켜야 할 만큼 회인

* 북극성은 전통적으로 황제를 상징함.

태자를 두려워했다. 추신이 추측하건대 그 불안의 중심에는 모후인 문귀비가 있었다. 문귀비는 태자비가 될 뻔한 사람이었다. 당시 태자비 물망에 오른 후보들 중 문귀비가 가장 유력했다고 한다. 그렇게 일이 성사되는가 싶었는데 선황제가 어느 틈에 손을 써 문귀비를 후궁으로 삼아버렸다. 분명 그런 일이 있었지만 과거지사가 아닌가. 이미 그 누구도 신경 쓰지 않는 문제였다. 그러나 벽왕은 회인태자가 자신을 미워한다고 불안해했다. 그것은 이상하고도 복잡한 심리였다. 언젠가 벽왕은 추신에게 회인태자가 즉위하면 자신은 개봉을 떠나 먼 곳으로 궁을 옮기겠다는 말까지 했다. 걸핏하면 아아, 어찌할꼬, 하며 눈물을 보이는 늙은 아버지. 그 아버지마저 사라지면 자신을 지켜줄 사람은 없다고 지레 겁을 먹었던 걸까. 벽왕의 불안은 추신이 보기에 터무니가 없었다. 회인태자는 미색에 별 관심이 없는 사람이었다. 회인은 말쑥한 귀공자들과 어울려 시문을 나누고 정세를 논하길 좋아했다. 그의 주변에 모인 빼어난 인재 집단은 다가올 회인태자의 시대를 준비하고 있었다.

그렇게 두려워했던 이복형의 갑작스러운 죽음, 그 비보를 접한 열두 살 벽왕이 보인 환희의 낯빛은 섬뜩했다. 눈가에 작은 경련까지 일으키며 활짝 웃는 소년왕의 얼굴은 어딘지 병적이기까지 했다. 그러나 다음 순간, 소년은 앞섶을 움켜쥐고 털썩 주저앉았다.

"하늘이 무너졌구나."

그러더니 정말 하늘이 무너진 얼굴로 모두 나가 있으라고, 추신마저 물리고 혼자 있겠다고 했다. 회인의 죽음을 부모의 죽음으로 받아들여 하늘이 무너지는 고통을 느꼈던 것이다. 추신은 그때도 지금처럼 회인에게 질투를 느꼈던 것 같다.

"전하, 혼자 꾸신 악몽에 그만 괴로워하소서."

추신의 위로에 벽왕이 얼굴을 구기며 쓴웃음을 짓더니 어린 나이에는 도무지 어울리지 않는 말을 덧붙였다.

"만사를 의지로 해결하는 그대가 내 심중의 어둠을 어찌 알겠느냐."

얼마 지나지 않아 추신은 문제의 소문을 듣게 되었다. 소문은 회인의 죽음에 대해 벽왕이 보인 기묘한 태도에서 촉발되었다. 처음엔 벽왕부 궁인 사이에서 조금씩 보태진 말들이 어느새 이야기로 만들어지고 벽왕부 담을 넘더니 점점 해괴하게 퍼져나갔다. 문귀비가 수태한 상태로 입궁을 했다는 이야기가 돌더니 나중엔 회인태자가 문귀비 때문에 상사병으로 자살했다는 소문까지 떠돌았다. 이러다간 선황제 귀에 들어가는 건 시간문제였다. 추신은 맞불을 놓았다. 벽왕의 생부가 사실 추신이라는 소문을 퍼뜨렸다. 그쯤 되니 이 무슨 얼토당토않은 이야기냐며 사람들이 웃어넘겼다. 선황제와 똑 닮은 벽왕의 생김새는 회인태자와 얽힌 소문까지 유야무야로 잠재우고도 남았다. 불티는 엉뚱한 방향으로 튀어 장성한 황자들과 어린 후궁들의 밀회라는 보다 음란한 연기를 피우기 시작했다. 황궁 안 곳곳 구체적인 밀회 장소까지 거명되며 이야기에 살이 붙더니 나중엔 어엿한 한 편의 염정소설이 만들어지기에 이르렀다.

"숙왕이 두보가 다 되었나 보다. 사천에 가면 누구라도 시인이 되는 것인가. 투박한 글인데도 마음을 적셔주는 구석이 있구나."

요즈음 황제는 유가경의 편지만큼이나 숙왕의 편지를 반겼다. 이번엔 그 모습이 추신의 신경을 건드렸다. 용안에 닿는 시선을 느꼈는지 황제가 추신 쪽을 바라보았다.

"마음이 맑으신 분이라 자연이 베푸는 것을 여과 없이 받으시나 봅니다. 숙왕께서 시인이 되신다면 두보보다는 이백에 더 가까운 시인이 되지 않을까요?"

이백이야말로 사천 출신에 호방한 기질도 숙왕과 비슷하니까 빈말로 한 소리만은 아니었지만 진심으로 한 소리도 아니었다. 천하를 주유한들 그 기분파 황자께서 뭘 얼마나 깨우치겠는가. 깨달음은 진지하고 치열한 훈련을 통과해야 얻는 것이다. 병창 이규옥의 손에 난 무수한 상처, 상처가 생길 때마다 이규옥은 전쟁터에서 죽을 사람들의 고통을 생각했을 것이다. 그런 과정을 거쳐야 누군가의 한마디 말에도 인류지도를 깨닫게 된다. 재미로 죽이는 사냥감에 측은지심을 느끼는 황자는 그냥 어린아이일 뿐. 누구나 그 정도는 느낀다. 느끼기만 하고 행함이 없는 측은지심이라면 아무 쓸모 없다. 진정으로 사냥감을 연민한다면 어찌 놀이 삼아 죽일 수 있는가. 측은지심이란 가슴에서 손발이 하는 실천으로 이어져야 비로소 완성된다. 가여워하기만 해서는 아무것도 이루지 못하는 것이다.

"흐음, 그런데 이게 무슨 말이지, 오기? 그대에게 오기를 보냈다는군. 동정호부터는 험한 길이라 더 이상 데리고 갈 수가 없어 먼저 올려보냈다고, 숙왕이 내게 부탁을 하고 있구나. 사정이 그러했다고 잘 좀 말해달라는데?"

주비를 달던 추신의 손에서 붓이 헛돌아 교서에 휙 붉은 사선이 그어졌다. 쯧, 속으로 혀를 차는데 황제가 물었다.

"오기라면 소주 기생을 말함인가?"

이제 황제가 알게 되었으니 있는 그대로 고하는 게 최선이었다. 그렇다 해도 밀원을 난감하게 만들 빌미를 줘서도 안 되기에 추신은 짐짓 별일 아니라는 투로 대답했다.

"유람을 떠나시기 전 뵈었을 때 오기를 데려오시면 귀동냥이나 하러 숙왕부로 놀러 가겠다 말씀드렸습니다. 농으로 드린 말씀에 정말 오기를 보내셨습니다."

"이런 속없는 놈을 봤나! 숙왕 그 아이가 단순하여 그대를 귀찮게 했구나. 그대를 경애해 뭔가 주고 싶어 한 짓이야. 나쁜 의도는 아닌 듯해. 아직 젊어 생각이 짧구나. 그대가 이해해주길 바란다."

황제도 역시 아버지였는지 아들의 실수에 당황하는 모습을 보고 있자니 추신은 재밌기도 하고 흐뭇하기도 했다. 정작 추신은 숙왕이 자신을 조롱한다 생각하지 않았다. 숙왕 딴엔 순수한 호의로 오나라 노래를 원 없이 들어보라고 보냈을 터, 허나 환관에게 기생을 보내놨으니 나중에야 실수한 게 아닌가 하는 생각이 들었을 것이다. 추신은 자신을 위해주는 황제 부자의 배려에 기쁨을 느꼈다. 그 작은 기쁨이 추신을 무방비하게 만들었다.

"소인이 오나라 노래를 좋아하긴 하옵니다. 쭉 뻗어 넘어가는 맛이 좋지 않습니까. 하하."

흔쾌하게 웃는 얼굴을 보여줘도 황제는 여전히 못마땅한지 손끝으로 톡톡 창틀을 쳤다.

"성가실 테니 황실 교방으로 보내."

"숙왕 전하의 성의를 어찌 제가 함부로 물리겠나이까."

"짐이 괜찮다 하지 않는가!"

황제는 제법 쿵 소리가 나도록 발까지 굴렀다. 황제는 추신의 일에 당사자보다 더 예민해져 속상해하곤 했다. 이번에도 그런 배려려니 했다.

"폐하, 아무리 창기라도 여인의 몸으로 먼 길 온 사람이옵니다. 며칠 여독이나 풀게 하고 제 가고 싶다는 곳으로 보내줄까 합니다. 심려치 마옵소서."

사실 꽤 성가신 일이긴 했다. 여인이, 그것도 젊은 여인이 자신의 청당으로 들어오자 추신은 황당해서 헛웃음이 났다. 그 여자는 인사도 하지 않고 대놓고 추신을 뜯어보기부터 했다. 호기심으로 눈을 반짝이며 마치 진기한 동물을 구경하듯. 추신도 여자를 교방으로 보낼까 생각을 안 한 건 아니었지만 숙왕의 성의도 성의거니와 그 작은 여인을, 어딘지 모자란 것 같기도 한 그런 여인을 오자마자 바로 내칠 수가 없어 집사에게 낭실이나 하나 내주라고 했다.

"소주 아이라면, 이름은 뭐래?"

평상 쪽으로 다가오며 황제가 물었다. 애써 무심한 척을 하는 말투였다. 좋지 않은 신호라고 추신은 직감했고 그래서 교서로 눈을 돌리며 건성으로 대답했다.

"물어보지 않아 모르겠나이다."

황제가 추신 옆에 비스듬히 걸터앉았다.

"흐음, 숙왕을 상대했으니 보통 아이는 아니겠군. 꽤나 미인이겠어."

미인이라, 추신은 오기의 얼굴을 떠올려보았다. 까무잡잡한 남방 특유의 낯빛에 눈이 크고 코가 작고 입이 큰, 결코 미인이랄 수 없는 얼굴이었다. 작고 꾀죄죄한 고양이 같은 얼굴, 창기를 하기는 조금 이상한 얼굴이었다. 그러고 보니 진안안이라는 기생도 고급 청루에 있기에는 썩 빠지는 외모였다고 한다. 그래도 진안안은 영악한 데가 있어 사내의 마음을 쥐락펴락할 줄 알아 단골이 많았다고 한다. 처음 유가경에 대해 보고할 때 황제는 대답이 궁할 정도로 진안안에 대해 캐물었다. 유가경과의 관계 때문이기도 했겠지만 그것과는 별개로 어리지도 않고 재주도 미모도 없는 여자를 남자들이 왜 좋아하는지, 황제는 그 점에 대해 강한 호기심을 보였다. 한차례 집요한 질문에 시달린 탓으로 추신은 유가경의 시녀들에 대해서는 보고조차 하지 않았다.

"미인이면 벌써 소문이 나지 않았을까요? 늙은 환관이 사가에 기생첩을 들였다고."

"하긴……."

황제가 코웃음 같기도 하고 한숨 같기도 한 소리를 냈다.

"뭐, 그래도 노래는 잘 부르겠지? 숙왕이 괜히 보내진 않았을 테니."

더 이상 태연한 척은 관두기로 했는지 황제는 추신 쪽으로 돌아앉아 눈치를 살피며 물었다.

"소인도 아직 들어보기 전이라 뭐라 말씀드릴 수는 없사오나, 명색이 오기인데 노래 솜씨는 좋지 않겠나이까."

이 또한 사실이었다. 추신은 오기와 말 한마디 나누지 않고 그대로 청당에서 내보냈다.

"아직? 그대도 참, 숙왕이 섭섭하겠군."

황제가 어색하게 웃었다. 약간 얼빠진 듯 한심한 느낌마저 주는 용안을 하고선. 그 오기와 유가경이 잘 아는 사이라 한들 다 지난 일인데 저렇게까지 신경을 쓴단 말인가. 이러다 또 무슨 사달이 나는 건 아닌지, 속으로 한숨을 내쉬던 추신은 조금 전 붉은 먹으로 망친 부분이 눈에 띄어 슬쩍 교서를 덮었다.

"오늘 퇴궐한다고 했던가?"

본인도 지나치다 느꼈는지 황제의 목소리에선 부끄러움이 묻어났다.

"집에 가면 오기를 불러, 유공을 아는지 물어보겠나이다."

고개를 끄덕끄덕하더니 황제가 아까처럼 뻗대고 앉아 맨발로 바닥을 차기 시작했다. 황제가 볼까봐 덮긴 했지만 추신은 교서 초안을 마저 검토하고 싶었다. 챙겨야 할 일이 많은 하루였다. 추신은 덮어뒀던 교서를 펼쳐 망친 부분을 소매로 가리고 다시 읽어나갔다. 그러나 옻칠 바닥에 황제의 맨발이 붙었다 떨어지며 쩍쩍거리는 소리 때문에 집중하기가 어려웠다. 추신은 문서 읽기를 잠시 멈추고 속으로 떠오르는 시구를 무작정 외우기 시작했다. 시구를 읊조리다 보면 어느새 외부에서 오는 번잡함이 사라지고 문자들의 유려한 흐름으로 의식이 오롯이 녹아든다. 머릿속이 맑아지고 다시금 집중할 수 있는 상태가 된다. 되도록 이면 긴 시가 좋았다. 지금 같은 때는 더욱.

아버님의 이름은 백용이라 하셨네……

인년寅年, 인월寅月, 인일寅日에 내가 태어났다네……

초목이 시들어 떨어지니 아름다운 이 몸이 늙어가는 게 두렵구나……*

추신이 막 젓가락을 들었을 때 밖에서 들어가겠습니다, 하는 소리가 들렸다. 식사 시중을 드는 시동이 나가보기도 전에 휘장을 들추고 오기가 당 안으로 들어와 절을 하는가 싶더니 권하지도 않았는데 포르르 다가와 의자에 앉았다.

"나리, 노래를 들려드리겠사와요."

그러더니 다짜고짜 비파를 켜기 시작했다. 울림통에 금이라도 갔는지 첫 음부터가 흐트러진 게 소리가 온전치가 않았다.

"저, 저기, 되었다."

"아잉, 부르고 싶어요. 저는 해야 하니깐두루."

"뭐?"

"그러니까 나리께 불러드리고 싶은뎅. 전하께서 정성을 다하

* 굴원의 「이소」 중에서.

라 명하셨답니다앙. 헤헤헤."

관화官話*가 서툰 데다 말끝마다 콧소리를 섞어대는 통에 추신은 여인의 말을 알아듣기가 영 힘들었다.

"참, 네 이름이 무엇이니?"

"고고여요. 예쁘게 봐주셔요. 나리잉."

여인이 손가락 끝으로 애교머리를 귀 뒤로 넘기는 시늉을 해 보였다. 어색하기 이를 데 없는 틀에 박힌 교태였다. 시동 아이가 쿡쿡하고 웃자, 자기도 웃긴지 오기가 깔깔거리며 웃었다. 무안해진 쪽은 추신이었다. 정교하게 다듬어진 궁 안의 여인들만 보다가 엉성한 몸짓을 해대는 여자를 보고 있자니 여간 민망한 게 아니었다. 아무리 봐도 고급 청루 출신은 아닌 듯했다.

"그럼 성은?"

"아잉, 성은 없어요. 나으리."

"어찌 사람이 성씨가 없을 수 있느냐."

"아이참, 그럼 그냥 고씨라고 치셔요."

"뭐라?"

"제가 어릴 때 고씨 거리에 버려져 '고씨 거리에서 주운 고아'라고 이름이 고고예요, 나리."

"고씨 거리라면 비단상을 하는 그 집안이 세운 거리 말인가?"

"그렇사와요, 나리. 소주에선 최고로 알아주는 번화가랍니다. 엄청 비싼 비단도 판답니당. 패방은 또 어떻구요. 기와까지 금칠

---

* 관에서 쓰는 공식 언어, 즉 표준어로 송대 화북지방의 언어.

을 해놔서 번쩍번쩍 눈이 부십지요."

여인은 자기 자랑이라도 되는 양 신이 나서 뭐라 뭐라 떠들어
댔다. 이런 고약한 우연이 있단 말인가, 하필 유가경의 외가라니.

"그럼 고씨 댁에서 널 거두었니?"

"에이, 아뇨."

"보통은 그러하지 않니? 업둥이다 뭐다 해서."

"아이잉, 나리도 참, 일도 못 부릴 두 살짜리 계집애를 데려가
뭐에 쓰게요. 몇 년을 공으로 먹이고 입혀야 하는데. 저를 주워
기른 우리 아비는 아주 가난뱅이였답니당."

"고씨라면 어마어마한 부자가 아니더냐. 꽤 인정 많은 집안이
라 들었는데. 관에 기부도 많이 하고."

"아이참, 부자에게 인정이라니. 부자들은 나리들에게나 인정
을 베푸는 거예요. 아삼륙二三六끼리만요. 나리도 이런 건 꼭 아
셔야 해요."

하면서 여인은 자기도 세상 물정을 알 만큼은 안다는 표정을
지었다.

"근데 왜 이름은 안 바꿨지? 기생들은 예명을 갖지 않니?"

"고고에서 가봤자 고고인걸요. 아잉. 우리 대인이 왠지 노래
잘할 것 같다고 그냥 두랬어요. 사람들이 고고鼓鼓*로 알아듣는
다고. 나리도 그런 줄 아셨죠?"

고고에서 가봤자 고고라니, 그런데 저 한없이 밝은 얼굴은 뭐

---

* 북을 나타내는 말.

란 말인가. 여인의 낙천적인 모습에 추신은 위화감을 느꼈다.

"그건 그렇고, 너 유가경이라는 서생을 아니? 네가 말한 그 고씨 거리 그 댁 외손인데."

"몰라요."

"잘 생각해보렴. 비단상 구씨 댁 장자 구연하랑 함께 다니는, 소주에선 아주 유명한 귀공자들이었을 텐데. 참, 고씨 거리 옆에 바로 구씨 거리도 있다고 들었다."

"구씨 거리라면 당연히 알죠. 아주 길에 돈을 처바른걸요. 그래도 고씨 거리에 비하면 뭐, 흥!"

하더니 이제부터 생각 좀 해야겠다는 듯 손가락을 볼에 대고 바둑알 같은 눈을 데룩데룩 굴렸다.

"유가경? 아, 그분인가……."

했다가 아니지, 하고는 고개를 젓더니 다시 골똘해져 기억을 뒤지느라 고개를 요리조리 갸웃거렸다. 그때마다 귀걸이가 달랑거렸다. 그렇게 한참이나 기억을 더듬던 오기가 도리질을 치며 선언을 했다.

"몰라요, 그런 분."

상류와 하류, 노는 물이 달랐던 것이다. 천만다행, 이제 폐하를 안심시켜드리는 일만 남았군, 하는데 갸르릉 비파 현이 울렸다.

"나리, 이별의 정취를 한껏 즐겨주시와요."

더 말리기도 귀찮아 추신은 고개를 끄덕였다. 숙왕에 대한 예의도 있고 하니 한 번은 들어야 할 일이었다. 내일이라도 노잣돈을 주어 어디로든 보내야겠다는 생각을 하며 추신은 저녁이나

마저 들기로 했다. 엉터리 비파 소리가 떵가떵가 울리는 가운데 젓가락을 놀리려니 헛웃음이 났다.

오기가 비파를 타면서 소주 말로 알아들을 수 없는 사설을 늘어놓더니 노래를 부르기 시작했다. 처음엔 어린애 옹알이인가 싶었다. 옹알거리는 소리는 점점 새소리로 변했다. 쿄잇쿄잇 쿄쿄쿄 쿄잇쿄잇 쿄쿄쿄…… 두견새 흉내를 내는 건가 하는데, 저 산을 두고 떠나네…… 하는 알아들을 만한 소리가 나왔다. 맑은 목소리라고 생각하며 추신은 밥을 입에 떠 넣었다. 말하는 건 어딘지 온전치가 않았지만 다행히 노래는 제대로 부른다고 생각하던 그때였다. 한순간에 수직으로 날카롭게 치솟았다. 그게 무엇인지 추신은 그냥 알 수 있었다.

단말마.

운명, 그 가혹한 것.

오기의 목소리는 봐주지 않는 운명처럼 그를 끌고 올라갔다. 치고 치고 오르는 단말마의 연속에 추신은 숨이 막혀왔다. 다급히 앞섶을 움켜쥐었다. 밥 한술이 식도에 걸렸다.

"저 산을 두고 떠나네…… 물처럼 흘러가네…… 구름이 따라오네……."

숨도 안 쉬고 높이 높이 이어지는 여인의 목소리. 비명 같은 그 소리가 추신의 흉막을 사정없이 찢고 들어왔다. 기억의 파편에 심장이 난자되는 고통, 이것을 다시 겪을 줄이야.

정신을 차렸을 때 눈앞은 칠흑처럼 깜깜했다. 육중한 무언가에 눌려 숨이 쉬어지지 않았다. 산사태가 났구나, 직감으로 알았다. 격통으로 욱신거리는 가운데 생경한 어떤 느낌, 고통보다 더 불길한 어떤 것이 소년을 덮쳐왔다. 아랫도리를 적시는 뜨듯한 피. 아무것도 아닌 게 된다는 것, 비명횡사보다도 못한 것, 다시는 기어오를 수 없는 절벽 아래로 추락한다는 것, 그 모든 것을 소년은 한 번에 깨달았다.

아버지는 검 대신 도끼를 들었다. 불운했던 무사의 손에 깡그리 베여 철광산으로 실려 가던 나무들. 골목을 돌고 돌아 다녔던 서당 길. 그 시절 사천엔 소문난 신동이 살았다. 아비처럼 살아선 안 된다, 입신출세를 당부하던 그 퀭한 눈을 바라보며 소년은 맹세했고 삼공三公의 꿈을 꾸었다. 닷새를 쉬지 않고 내린 비에 산 아래 작은 마을은 거대한 흙더미에 깔렸다. 소년은 마을의 유일한 생존자였고 그 모든 것을 책임져야 할 유일한 죄인이었다. 끊어질 듯 이어지던 굽이굽이 물길 산길, 구름길까지 넘고 넘어 도착한 개봉이건만 아들은 선비가 되지 못했다. 문관이 되지 못했다. 환관의 양아들이 되어 함씨에서 추씨가 되었을 뿐.

멀고 오래된 이야기다. 과거다. 과거는 과거다. 지금의 나와 무슨 상관이 있기에 나의 숨을 막는가. 아무리 침을 삼켜도 한술 밥은 내려가지 않고 그대로 멈춰 기도를 옥죘다. 그때처럼 사지가 마비된 듯 움직일 수가 없었다.

용납 못 해, 용납하지 않겠다! 그따위 과거, 이따위 밥 한술!

추신은 침을 삼키고 삼키고 삼켰다. 내 의지가 아닌 것에 지배되는 운명은 한 번으로 족하다. 산신의 노여움이 산사태를 일으킨 게 아니다. 인간의 어리석은 남벌이 산사태를 초래한 것이다. 필연적으로 일어날 수밖에 없는 일이었다. 중요한 건 반복하지 않는 것, 반복하지 않기 위해 최선을 다하는 것이다. 추신은 삼키려고 몸부림을 쳤다. 앞섶을 움켜쥐고 기를 썼다. 그렇게 기어이 추신은 밥덩이를 삼켰다. 추신은 더 이상 노래에 찔리지 않았다. 바위라도 들어 올린 듯 온몸이 땀범벅이었다. 손이 덜덜거릴 정도로 진이 빠졌지만 자신은 결국 이겨냈고 더 견고해진 것이다. 고양이 소리인지 사람 소리인지, 애끊는 신음인지 음란한 교성인지, 저 노래로 몸을 팔아 살았단 말이지. 고씨 거리 고아라고? 유가경은, 그 화사한 유가경은 누구 덕에 화사한 것이냐. 봄날 버들잎 같은 그런 이에게도 업보란 게 있을 수 있나.

딱! 추신이 젓가락을 내려놓았다.

"그만해."

그제야 눈치를 챘는지 여인이 쭈뼛거리며 나갔다.

놀라운 아이다. 내가 깨닫기도 전에 먼저 알려주거든.

그래서 성가신 아이야.

그 아이가 입을 열면 모두 바보가 된다네.

그 아이를 보면 웬일인지 그대가 생각나.

오기의 편에 써 보낸 편지에 숙왕이 그런 말을 했다. 진짜 성가신 아이가 누군데! 선량한 얼굴로 고약한 짓을 잘도 하는군. 숙왕, 그 젊은 애. 사천에 간다고 했던가. 죽이는 자는 죽는 자의 숨통이 바로 끊어지길 빌어야 한다고?

"감히 자비를 흉내 내다니."

추신은 다시 젓가락을 들었다. 밥을 떠 넣고 밥알 하나하나의 형태를 뭉개며 씹기 시작했다. 심중이 흔들리는 데는 이유가 있다. 마음 깊은 곳, 주저 없이 들여다보고 샅샅이 들어내면 운명에 휘둘리지 않을 힘이 생긴다. 삼킨 밥은 어떻게든 소화시키면 된다. 아무리 끔찍해도 삼켜진 것은 먹이일 뿐, 삼켜버리면 결국 살이 되고 피가 된다. 다시 한 입 떠 넣으며 추신은 자신의 심중에 혹시 어두워 살피지 못한 곳이 있는지 하나하나 들춰내기 시작했다.

로국공 조견趙琨

말에서 내려 로국공의 저택을 마주한 숙왕 조민은 할 말을 잃었다. 이십 평생 이런 이상한 광경은 처음이었다. 모든 사물에서 색이 빠져나간 느낌이었다. 거대한 대문도 그 기둥도 현판도 그리고 대문 앞에서 자신을 맞이하고 있는 사람들도 전부 한색인 양 잿빛이었다. 이게 황자의 거처란 말인가. 조민의 충격은 곧 분노로 변했다. 사천 지성도부*는 무얼 하는 자이기에 공부公府를 이리 둔단 말인가. 관청에서 불과 오 리도 떨어져 있지 않은 곳이었다. 이 폐가에 황자를 모셔놓고 방치하다니.

대문 밖으로 나와 무릎을 꿇은 환관과 궁녀는 스무 명 남짓, 사람을 새로 들이지 않았는지 하나같이 늙은이들이었다. 그네들 앞에서 로국공의 부인들이 반무릎을 꿇고 조민을 맞이했다.

* 사천 지방 최고 장관.

조민은 그녀들 또한 늙은 궁녀들인 줄만 알았다. 행색이 별반 다를 바가 없었기 때문이었다. 볕에 그을리고 화장도 하지 않은, 세월과 풍상이 고스란히 내려앉은 얼굴들. 그녀들은 하나같이 빛바래고 좀이 슨 구식 예복을 걸치고 있었다.

그래도 조민은 누가 정부인인지는 알아보았다. 정부인은 국례를 따르느라 관복에 봉관을 쓰고 있었다. 그러나 이 또한 색이 바래 능묘에서 나온 부장품 같았다. 혹여 자신의 행차가 부담이 될까 싶어 준비에 쓰라고 미리 예물과 용자를 보내주었건만 그 정도로는 별 도움이 안 될 만큼 사정이 궁핍한 모양이었다. 로국공과 아들들은 아예 보이지도 않았다.

"전하, 로국공께서는 와병중이라 인사를 드리러 나오지 못하나이다. 노여워 마소서. 아이들은 원족을 나가 있어 집을 비웠습니다. 머무시는 동안 돌아오면 행궁으로 보내 알현을 청하게 하겠나이다."

양해를 구하는 정부인의 목소리는 상냥하고 우아했다. 정부인은 몇 남지 않은 당나라 세족 명문가 출신이었다. 한때는 난초미인이라 불리며 황제의 모후인 문태후, 희왕의 모후인 모란 부인과 더불어 지금도 회자되는 개봉삼절 중 한 명. 오랜 영락생활에도 여전히 아름다운 이목구비에는 조민으로서는 가늠할 수 없는 초연한 여유까지 깃들어 있었다. 그 고아한 기품을 받쳐주지 못하는 초라한 행색에 조민은 가슴이 아파왔다.

대문의 문턱을 넘으려 발을 올리던 조민은 고개가 저절로 젖혀져 위를 올려다보게 되었다. 드물게 웅장해서였을까, 지붕을 떠받치고 있는 거인의 어깨 같은 대들보가 조민의 눈을 사로잡았던 것이다. 나중에 제대로 보고 싶다는 생각을 하며 고개를 내리던 조민은 대문 안쪽 광경에 다시 한번 놀랐다. 하, 가림벽이 없었다. 보수할 여력이 안 돼 허물었는지 있어야 할 자리엔 기단의 흔적만 남아 있었다. 대문에서 중문까지 시야에 막힘이 없자 조민은 자신이 침입자가 된 기분이었다. 담장도 회칠이 떨어져 나가 안벽돌이 드러나 있고 지나며 보니 중문의 기와는 듬성듬성 빠져 있다. 바람이 불자 낭실의 문이 삐걱거리며 소리를 냈다. 칠이 벗겨진 기둥과 문들, 한쪽이 주저앉은 석축. 규모로만 보자면 조민이 머무는 행궁만큼이나 넓었지만 오래도록 손보지 않아 저택 여기저기 궁기가 넘쳤다. 조금 전 젊은 왕이 느꼈던 분노는 어느새 몰락에 대한 두려움으로 변해갔다. 황궁에서 나고 자란 황자도 이렇게 몰락할 수 있는 존재였던 것이다.

정원은 채마밭이 되어 있었다. 꽃나무가 자라고 화초가 있어야 할 자리에는 토란이며 파 같은 푸성귀가 자리를 차지했다. 때문에 조민이 밟고 지나갈 융단은 밭을 피하느라 직선이 되지 못하고 삐뚜름하게 휘어졌다. 전방에서 융단을 까는 내관들이 애쓰는 게 보여 조민은 되도록 천천히 걸었다. 다시 중문 하나를 지나니 툭 터진 마당이 나왔다.

"아!"

마당 한쪽에 청색, 청회색, 연청색, 자색, 연자색…… 포물선을 그리며 초탈한 듯 바람 부는 대로 움직이는 염색 천들. 빛과 색과 서로의 그늘이 겹쳐지면서 만들어낸 그 풍성한 움직임에

섞이고 싶어 조민은 걸음을 멈췄다. 그도 잠시, 뒤에서 큼큼거리며 중내관이 눈치를 주는 바람에 조민은 다시 걸음을 옮겨야 했다.

쇠락했어도 터는 반듯하게 잘생겼고 건물도 하나같이 널찍하고 균형이 좋은 저택이었다. 후원 한쪽에선 삼실이라도 삶는지 화덕 위에 커다란 무쇠솥이 하얀 김을 뿜었다. 원래라면 꽤나 화려했을 담장에는 실에 뀐 과일과 채소들이 주렴처럼 널려 있고 정자 그늘에선 계피, 팔각, 산초 같은 향신료가 바람을 쐬고 있었다. 돌계단 아래에선 닭들이 벌레를 쪼고, 거위들은 조민을 쫓아다니며 맹렬히 꽥꽥댔다.

로국공이 있다는 북쪽 누각에 가기 위해 문 하나를 넘을 때마다 조민은 새로운 별천지를 만나는 기분이었다. 곳곳에 부려진 농가 살림은 어리숙하지만 어딘지 명랑했다. 월대 위에 신기하게 생긴 과육이 한 무더기 쌓여 있어 사천에서만 나는 열매인가 하고 정부인에게 물으려고 하는데 무례라고 여겼는지 이번에도 중내관이 뒤에서 소매를 잡아당겼다.

"그래도 국례가 그렇지 않거늘 절을 받으시지요. 사람들이 보고 있습니다."

아무리 봐도 병색이 도는 얼굴이 아니라 의아해하고 있는데 말릴 새도 없이 로국공이 절을 하기 시작했다. 근골의 움직임이 젊은이만큼 활기차서일까, 로국공의 모습은 유연하면서도 한 치의 오차도 없이 빗겨 오르는 제비를 연상시켰다. 엇비슷하게 말랐어도 뻣뻣한 느낌을 주는 폐하와도 다르고 우아해도 절도 있게 움직이는 추신과도 달랐다. 로국공이 절을 마치자마자 조민은 로국공을 배려하기 위해 중내관을 비롯해 모든 수행원들을 누각 아래로 물렸다. 그런 조민을 가만 응시하던 로국공이 한쪽 입꼬리를 올리며 빙긋 웃었다. 노련한 수캐가 강아지를 대할 때 보이는 자애로운 비웃음 같다고 조민은 생각했다. 로국공 조견, 이십여 년 전 왕위를 박탈당하고 국공으로 강등되어 사천으로 귀양 온 황상의 이복형. 선황제와 황태후의 적자, 태자가 될 뻔했던 사람. 개봉에선 조견에 대해 말하는 것이 여전히 금기였다. 선황제에 대한 불충과 불의의 자행이 공식적인 죄명이었지만 그 자세한 내막에 대해서는 아는 사람이 없었다. 그 당시 내려진 함구령 때문이라고 한다.

쏴쏴쏴, 누각 주변을 둘러싼 대나무가 바람을 삼키며 박력 있는 소리를 냈다. 사천의 대는 풍채가 거인 같은 게 개봉의 대와는 비교도 되지 않았다.

"병환에 차도는 있으신지요."

로국공은 코웃음을 치고는 뒤돌아 그대로 난간에 걸터앉았다. 무안하기도 하고 덩그러니 혼자 가운데 앉아 있기도 난처해 조민이 자기도 저리로 갈까 하는데 로국공이 불쑥 물어왔다.

"숙왕 전하, 어인 일로 이 험한 파촉까지, 이 죄인을 보러 오셨나이까?"

조민은 말문이 막혔다. 폐하께서 가보라 명하시진 않았지만 편지에 그런 뜻을 비치셨다고 믿고 있었다. 그러나, 그래서 한번 와봤다고 할 수는 없는 노릇이었다. 조민이 머뭇거리자 로국공은 지루한 듯 한쪽 다리를 꼬고는 비스듬히 난간에 기대었다.

"뭐, 되었다. 융이는 이름을 바꿨다지? 흐음, 처음부터 걸맞지 않은 이름이었다. 하, 융隆이라니. 문귀비가 선황제께 며칠을 졸랐다더군. 그 이름을 달라고. 그 여인은 야심이 컸느니라. 게다가 얼마나 영악한가? 추신에게 팽당하기 전에 알아서 물러나는 지혜까지 갖췄으니. 과연 천자의 어미가 될 만하도다! 그래, 그렇다고 치고, 융隆이라니, 융隆이라, 융융, 어째 이름이 좀 웃기지 않느냐? 하긴, 천자님이 제 이름 그러겠다는데 누가 말려. 얘야, 반가워서 하는 소리다. 뭘 그렇게 무안해하느냐. 이런, 얼굴까지 벌게져서. 가족이 아니냐. 황가의 사람을 실로 오랜만에 보니…… 하, 이게 얼마 만인지. 듣기 괴로우면 말을 높여주랴?"

"아, 아니, 전 괜찮습니다만."

"그래. 네가 그 정도 품은 되니 여기까지 와본 거겠지."

로국공이 껄껄 웃었다. 저분, 육신에 병이 든 게 아니라 설마 정신이 온전치 않은 건가, 이번엔 이런 불길한 생각에 조민은 철렁했다.

"편찮으시다 들었습니다. 어디가 불편하신지요?"

"꼭 내 입으로 말해줘야 알겠느냐. 내가 멀쩡하면 숙왕 전하를 대문 밖까지 나가 영접하는 꼴을 보여야 하지 않느냐. 내 아씨분들께 괜한 상처주고 싶지 않았다. 그분들은 자존심이 바늘 끝 같아 그런 분한 꼴은 못 보신다. 그러니 전하께서 통촉하시게."

그런 이유로 로국공의 자식들도 집을 비웠단 말인가. 그 상냥하고 아름다운 눈빛으로 사람을 속이시다니, 능숙하게 거짓을 꾸미는 정부인의 모습이 떠오르자 조민은 빙그레 웃지 않을 수 없었다.

"그런데 너. 정녕 왜 온 것이냐? 누가 가보라더냐? 추신, 그 환관 놈이냐. 응?"

"아, 그러니까 그게 폐하께서 사천으로 유람을 권하시며 숙부님들 안부를 궁금해하시는 듯하여 제가 인사드리러 왔습니다."

거짓말은 아니지만 그래서 더욱 궁색하기 짝이 없는 대답이었다. 폐하께서 그러실 리 있겠냐며 복잡한 표정을 짓던 중내관의 얼굴이 떠올랐다.

"흐음, 그럴 리가. 네 표정만 봐도 알만하다."

로국공의 얼굴에 실망하는 기색이 스쳤다. 조민은 비로소 자신의 방문 자체가 실수일지 모른다는 생각이 들었다. 혹시 이번 방문이 로국공에게 복권을 기대하게 했다면? 오해를 사고도 남을 일이었다.

"융이가 너를 꽤나 아끼는가 보다. 아들이 큰 세상을 보길 바란 게야. 궁궐에 앉아 천하, 천하 해봤자 진정 천하를 알 수 있겠느냐. 너라도 천하를 느껴보길 바란 거겠지."

분명 편지에도 비슷한 내용이 쓰여 있었건만, 로국공의 입을 통해서 부황의 마음을 확인하니 조민은 행복하면서도 울적해지는 게 괜히 싱숭생숭해졌다. 그러나 그 기분과는 별개로 자신의 경솔함 때문에 누를 끼쳤다는 자책감에 죄송하다 말씀을 드리려는데 이번에도 로국공이 먼저 입을 열었다.

"그나저나 그 애는 아직도 추신 품이란 말이지. 뭐 괜찮다. 융이 고것도 꽤 맹랑하거든."

폐하께 고것이라니, 이분을 어쩌면 좋담. 당황하여 얼굴이 화끈거리는 조민과 달리 로국공은 점점 더 기분 좋은 얼굴이 되어 갔다.

"내가 개봉을 떠날 때 융이가 열다섯이었다. 그 후 본 적이 없으니 나이 먹은 그 애 얼굴은 도무지 그려지지 않는구나."

조민은 벽왕 시절 제작된 부황의 어진을 본 적이 있었다. 백색 대란삼을 입은 가녀린 소년, 긴장한 듯 보이는 두 눈과는 달리 젖살이 빠지지 않은 살굿빛 두 뺨. 로국공은 그 모습으로만 황제를 기억하는 것이다. 로국공에게 개봉은 멈춘 시간 속에서 응결된 기억이 전부였다. 이십여 년 전 그 사람들은 여전히 젊고 어리다. 그러니 로국공의 언동에 일일이 무안해할 필요 없다고 조민은 조금 마음을 놓아보았다.

"자자, 차나 한잔 줄 터이니 마시고 그만 가봐."

로국공은 더 이상 조카의 사정은 봐주지 않기로 했는지 바쁘게 움직였다. 다로에 찻주전자를 올리고는 다함을 열더니 탁상 위에 다구를 늘어놓았다.

"정성이 어마어마하게 들어간 줄이나 알고 마셔라. 댓잎에 내린 이슬을 일일이 모은 물로 끓였다. 뭐, 내가 한 일은 아니지만. 그래도 찻잎은 내가 손수 덖었단다. 너 온다기에 말이야. 마셔보렴. 어떠냐?"

난생처음 당하는 하대와 박대에 얼떨떨해진 상태라 주는 대로 몇 잔을 마셔도 조민으로선 차 맛이 어떤지 알 수가 없었다.

"시간이 없어 급하게 덖었거든. 그러니 이 차를 마시면 괜히 초조감으로 가슴이 술렁일 것이다."

하더니 로국공은 보고 있으면 따라 웃게 만드는 그 시원한 웃음을 터뜨렸다. 황가에도 이런 분이 있구나, 신선한 기분에 조민도 따라 웃었다. 가을이건만 로국공은 아직도 베옷 차림이었다. 날긋날긋한 심의도 그렇거니와 그 위에 걸친 배자는 올이 보일 지경이었다. 이토록 궁핍한 이유가 무어란 말인가. 아무리 귀양이라지만 공부에는 나라에서 꽤 많은 용자를 내려준다. 답답해진 조민은 묻고 싶었나 보다.

"저기……."

그 소리에 로국공이 이쪽으로 고개를 돌렸다. 그렇게 마주한 로국공의 얼굴, 깊고 담백한 눈과 나이로 인해 자연스럽게 도드라진 광대뼈, 이토록 깨끗한 주름이라니. 이것이 쫓겨나 몰락한 사람의 얼굴이란 말인가, 굴욕을 당한 황자의 모습은 어디 있단 말인가. 아아, 그동안 자신은 인간에 대해 무엇을 알았던 걸까? 세상에 대해 무엇을 알았던 걸까? 하늘이 있고 천자가 있고 그 아래는 의심할 여지 없이 완벽한 세상이 있었다. 조민에게 세상은 그처럼 명쾌했다. 이제 로국공을 대하고 보니 그 명쾌했던 도상은 운무처럼 사라지고 처음 보는 원시의 천지가 펼쳐진 기분이 들었다. 로국공의 얼굴은 조민을 혼란스럽게 만들었다. 그럼에도 조민은 막막하기보다는 어딘지 온전해지는 기분이 들었다. 왜 그런지 이유는 알 수 없었지만.

"너는 정말이지 어디 하나 우리와 닮지 않았구나. 이렇게나 강건한 사내라니! 그래도 척 보고 알겠더라. 융이의 아들이란 걸. 융이는 태어날 때부터 귀여웠다. 우리 모두 그 애를 병아리라고 불렀지. 통통한 게 삑삑 잘 울고, 겁이 무척 많았어. 하하하, 좀 크니 노래도 곧잘 부르고. 지금도 잘 부르느냐?"

그리움이 듬뿍 담긴 로국공의 눈이 아우의 안부를 묻고 있었다. 그 얼굴엔 일가붙이의 흔적이 다 들어 있었다. 황태후뿐만 아니라 황제와 희왕의 표정까지 다 묻어났다. 세월이 뒤로 흐르는 것 같았다.

"가끔 태후전에서 부르십니다."

"가서 전하렴. 난 잘 있다고. 벌들은 그만 받으시라고. 허긴, 개봉에선 내가 살아 있는지 관심도 없을 테지만…… 황궁에 오래 살면 마음속에 크고 거창한 것들만 들어찬다. 작고 하찮은 것은 금세 잊히지. 그래도 전해라. 사람의 마음이란 한쪽이 접는다고 끝나는 게 아니니."

조민은 그제야 깨달았다. 이분이 바라는 건 복권이 아니었다. 혈육들이 혹시나 자신을 기억해줄까 기대하셨던 것이다. 자리에서 벌떡 일어난 로국공이 경쾌하게 짝, 손뼉을 쳤다.

"자자, 숙왕 전하, 그만 가주시겠나이까. 제가 지금부터 해야할 일이 있나이다. 가을걷이가 시작되어서 말이지. 내가 야박한 게 아니다. 바쁜 때에 숙왕 전하가 눈치 없이 온 거지."

"나라에서 공부에 보내는 용자가 부족하신가요? 왜 존귀하신 분께서 손수 거친 일을 하십니까?"

예가 아닌 줄 알지만 안타까움에 묻지 않을 수 없었다. 로국공이 설레설레 고개를 흔들며 입을 열었다.

"너, 세상에서 가장 과격한 게 무엇인 줄 아느냐?"

"……."

"사람의 입이다. 매일매일 먹어 치우는 거지. 내가 책임을 져야 하는 입이 서른다섯, 아니지, 공주에 연금된 조강이네까지 치면 더 되지. 참, 강이는 너를 안 만나주었다지. 그 술주정뱅이 안 보길 잘했다. 후후후…… 그래서다. 그러니 일해야 하는 거지. 나의 꽃 같은 비빈들이 말이다. 벽왕이 주는 돈 받지 말라고 하더구나. 길쌈을 하여 나를 봉양한다 했다. 길게 기른 손톱들을 잘라 바쳤다. 이슬 같고 진주 같은 여인들이 말이야. 정말 두려웠다. 국공으로 강등되어 파촉으로 쫓겨나올 때보다 더 무섭더구나. 나란 사내는 본시 그렇게 허접했던 거지. 융이가 즉위하고 나서부터 안 받아. 아니지 아니야. 지어미들이 무서워 차마 못 받는 거지. 세 여인이 달라붙어 내 손톱까지 다 잘라내더구나. 난초미인께서 말씀하셨다. 허기는 혈기를 솟구치게 한다고, 이제부터는 그런 찬란한 삶을 살자고…… 너, 배를 타고 오면서 여산 대불을 보았느냐? 천하에 그렇게 거대한 형상은 더 이상 없을 테지. 내 지어미들은 여산의 대불보다 더 웅장하니라. 사내들은 알곡을 키우고 강에 나가 물고기를 잡는다. 여인들은 길쌈을 하고 천을 염색하지. 평화로운 나날이다. 개봉의 일이 점점 용서가 되더구나. 사람은 무능하면 아량이 없어진다. 그러니 왕후장상의 씨라도 일하면 되는 거란다."

조민의 흉막으로 찌릿한 것이 지나갔다. 그것은 통증을 닮은, 처음 느껴보는 감각이었다. 바람이 불어 누각 안으로 대숲이 쏟아질 듯 넘실거리자 조민은 오며 겪었던 장강삼협을 다시 넘는 기분이 들었다. 로국공과 단둘이 그 굉장한 대들보를 타고 산처럼 솟아오르는 물마루에 서 있는 기분이었다.

어서 좀 가라고 내모는 통에 숙왕은 공부를 나와야 했다. 옆에서 말을 타고 따라오는 증내관은 울어 부은 얼굴에 눈이 벌겋게 짓물러 있었다. 왜 그러냐고 물었더니 젊어서 알고 지내던 내관들을 이십 년 만에 만났다고 했다. 누구는 사천이 못 살 데라고 하고, 누구는 사천이 개봉보다 좋다고 하고, 누구는 개봉이 그립다고 하고, 또 누군가는 그곳 시절이 기억나지 않는다 말했다고 한다. 기억조차 없는데 지난날의 영화가 무슨 소용이냐고.
"그럼에도 그이가 가장 많이 울었나이다."
조민은 옛 동료들을 붙잡고 우는 증내관을 상상할 수가 없었다. 이 무뚝뚝한 사람이 울다니, 도무지 그 모습이 그려지지 않았다. 위로의 말이라도 해야 하건만 입이 떨어지지 않아 조민은 괜히 말에게 말을 걸었다.
"말해보렴, 우린 어디로 가고 있는 거지, 응?"
절염남아는 자신의 근육이 만들어내는 감각에 몰두한 듯 들은 척도 안 하고 늘씬한 다리로 달각달각 땅을 차대며 걷기만 했다. 대답 좀 하라고 조민이 손을 뻗어 연갈색 갈기를 잡아당기자 조급증이 난 듯 말이 걸음을 잘게 내디뎠다. 말이 무엇을 원하는지 알아챈 젊은 왕은 말의 어깨를 찰싹 쳤다.

"하이야, 하이야!"

기다렸던 신호가 떨어지자마자 말이 달리기 시작했다. 천 리를 달려도 남을 몸을 하고선 요 며칠 얌전하게 걷기만 했다. 말은 달려야 했다. 푸르르 거센 콧김을 내뿜으며 들판의 출렁이는 풀들과 함께 달려야 했다. 근질거리는 근육들을 질주의 쾌감으로 달래줘야 했다. 말은 달렸다. 갈색 갈기에 가을볕을 뒤섞으며 달렸다. 뒤따르는 시위들을 멀찌감치 따돌리며 달렸다. 바람보다 빠른 모습을 젊은 왕에게 뽐내려는 듯, 이제는 자기가 어디로 가야 할지 아는 것처럼.

자연의 섭리, 인간의 마음

숙왕 조민은 기가 막혀 허허 웃었다. 말씀은 멋지게 해도 일 잘하는 농부가 되지는 못했나 보다. 풍구*를 돌리는 솜씨가 영 어색해 조민이 한번 해본다고 하자 로국공이 코웃음을 쳤다.

"너, 이게 보기보다 쉽지가 않단다."

로국공은 대삿갓에 너울까지 둘러 눈만 내놓고 있었지만 조 민의 눈엔 그 한껏 빼기는 얼굴 표정이 다 보였다. 정작 해보니 별로 어렵지도 않았다. 발판을 밟아 돌리면서 볏단을 주둥이에 밀어 넣으면 쭉정이와 겨는 날아가고 신통하게도 알곡만 아래 자루에 떨어진다. 조금 해보니 금세 손발이 맞아 제법 속도가 났 다. 자루가 불룩해지자 조민은 신이 났다.

"풍구 돌리는 기술은 어디서 익혔느냐. 처음이라더니 거짓을

---

* 곡물을 수확할 때 바람으로 쭉정이·겨·피·풀씨·먼지 등을 제거하는 기구.

고한 거지, 응?"

"하하, 시샘을 하시는 겁니까?"

로국공은 공부에서 가까운 곳에 이천 무畝* 정도 되는 전답을 갖고 있었다. 패물과 서화를 팔아 장만한 논밭이라고 했다. 소출은 적어도 조세가 면제된 땅이라 두 집안이 먹고 산다고는 하는데, 정말이지 면전兗田이라 다행이었다. 그동안 세월이 얼마인데 이리 서툴 수가! 모두 한자락했던 환관과 궁녀들이라 아랫사람들도 일 못하기는 매한가지였다. 숙왕이 풍구를 돌리자 보다 못한 중내관이 차라리 제가 하겠다고 소매를 걷었지만 그 또한 평생이 책상물림이라 걸리적거리기만 했다. 수행원들도 마찬가지였다. 함께 온 지기들은 성도부에서 나온 관리가 쳐준 차양 아래서 이러지도 저러지도 못하고 있다가 더러는 행궁으로 돌아가고 몇몇은 담소를 나누며 시간을 보냈다.

요즈음 조민은 매일 공부를 찾아갔다. 어디서 그런 뻔뻔함이 나오는지 저도 신기할 정도였다. 로국공은 귀찮다며 타박을 줬지만 조민은 마냥 즐거웠다. 매일 공부의 대문을 넘으며 올려다보는 대들보가 좋았고, 지루할 새 없이 변하는 로국공의 표정이 좋았고, 정부인의 기품 있는 목소리도 점심으로 차려주는 담백한 음식도 사촌의 애들이 마당에서 거위들과 뛰어노는 모습을 구경하는 것도 그렇게 좋을 수가 없었다.

제일 큰 조카아이가 열한 살인데 나무를 다람쥐처럼 잘 탔다.

* 무는 농지를 재는 단위.

이름이 옥아라 했다. 한차례 일을 마치고 정자에서 쉬는데 그 아이가 감을 한 아름 따다 주었다. 조모인 난초미인의 수려한 눈매를 빼닮은 아이였다. 별로 한 일도 없는 로국공은 물수건으로 얼굴이며 손을 빡빡 닦고 있었다. 왕후장상의 씨라도 먹고살려면 일해야 한다, 말씀은 그리했지만 왕후장상의 씨라 어쩔 수 없는 모양이었다.

"옥아를 동경에 데려가고 싶습니다."

"흥, 네가 황제가 될 거 같으면 저 아이를 맡기지."

"쳇, 너무하시네요."

"개봉에 쓸데없이 빌빌대는 황족이 몇인 줄 아느냐? 별 볼 일 없는 일개 친왕의 식객으로 우리 옥아를 줄 수야 없지."

조민도 잘 알고 있다. 개봉에 널린 종친들만 해도 족히 이천여 명, 모두 태조 태종 후손이지만 위로는 황제부터 아래로는 대갓집 곁방살이하는 원족까지 황족이라 해도 천차만별이었다.

"너, 추신과 사이는 어떠냐?"

"추신에게 저는 영왕의 이복형일 뿐입니다."

"영왕, 그 아이는 얼마나 대단하기에 그 까다로운 환관나리 눈에 들었단 말인가?"

"신동이지요. 반짝반짝합니다. 아우지만 존경스러울 정도예요."

"동복도 아닌 아우를 무척이나 자애하는구나."

"용모 또한 선골이라 백옥으로 빚은 듯합니다. 그 애 옆에 서면 웬만한 미녀는 빛을 잃어요. 한마디로 황후마마만 빼닮았다는 말씀입니다."

"하하하, 그거 참 다행이로군그래. 하지만 말이다. 무엇이 쭉 정이고 알곡인지는 바람만이 알려준단다."

"저는 용상에 관심이 없습니다."

"생각 잘하였다. 그리 한평생 멍한 채로 사는 게 쭉정이들의 팔자지."

"한심하지요?"

"스스로 알면 묻지를 말거라. 뭘 어쩌겠는가. 본인이 한심하게 살겠다는데. 그건 그렇고 지금 그런 게 중요한 게 아니다."

로국공은 갑자기 심각한 얼굴이 되더니 턱하고 단도를 건넸다.

"자, 감이나 깎아봐."

이분은 정말이지, 하하 웃으며 조민은 단도를 받아들었다. 사냥을 다니면서 남의 손을 빌리지 않고 앞가림하는 버릇이 들어 조민은 칼질을 잘했다.

"여기서도 들어 안다. 네 형은 날 때부터 병약하다지?"

아픈 형은 조민에게 유일한 아픔이었다. 유람 중에도 부음을 받지 않을까 줄곧 신경이 쓰였다. 조민은 유명 사찰에 들르기라도 하면 형을 위해 백팔배를 올리곤 했다.

"네가 장남이나 마찬가지니 궁 안팎에서 기대가 없지 않을 터, 정녕 추신이 문제인 게냐?"

"추신이든 아니든 그 누가 장부 앞길을 막을 수 있겠습니까. 문제는 늘 저 자신입니다."

"아이고, 이런, 이를 어쩌면 좋단 말이냐. 쭉정이로 살지도 못할 팔자로다. 하하하!"

까까 까르르, 따라 웃으며 까마귀가 머리 위로 날아갔다. 구름이 깃털처럼 번져가고 가을 논은 물결처럼 춤을 추는데 이젠 긴 손톱도 없건만 감을 받아먹는 로국공의 손놀림이 하도 우아하여 조민은 또 웃음이 터졌다. 저런 분이 풍구를 돌리고, 자루를 들어 나르고, 강에 들어가 그물을 걷는다. 선계에나 계실 분이 지상에서 귀양이라.

"이해가 되옵니다."

"응?"

"비빈들께서 돈을 받지 말자고 하셨다면서요. 그 심정이 이해가 되옵니다."

"참나, 독하지 않은가. 여인들이란."

로국공이 고개를 흔들며 말했다.

"숙부께서 이리 아름다우시니 안락에 물들지 않게 지켜드리고 싶으셨겠죠."

"옳거니, 아름다운 이는 지켜줘야 한다. 그렇다! 나는 아름다운 사내니라. 오직 이 아름다움 하나로 온갖 파란곡절을 이겨낸 거지. 어떠냐, 나의 진면목이?"

"하하하, 너무 당당하신 거 아닙니까?"

"흥, 시샘을 하는 게로군그래. 자자, 풍구 돌리는 데 재주가 있던데 어서어서 해지기 전에 서둘러야지."

일하는 품을 보더니 알뜰하게 부려먹기로 작정했는지 로국공이 손을 털며 일어났다. 감 조각을 급하게 입에 집어넣으며 조민은 하하 웃었다. 촉 땅에 닿기는 하늘에 오르기만큼 힘들다 했던

가. 허나 인간이 닿기 힘든 곳에는 귀한 것이 있기 마련, 조민은 유람하면서 이를 배웠다. 사천, 이곳은 자족하기 좋은 곳이다. 물은 풍부하고 날씨는 온난하다. 결국 시련을 겪은 자만이 하늘에 오르는 영광도 누리는 것이다. 극심한 추락을 겪고 다시 비상하는 힘은 어디에서 오는가. 로국공을 뒤따라가며 조민은 사뿐히 걸음을 디뎌보았다. 로국공의 저 멋진 걸음걸이를 닮고 싶어서.

하루 종일 턴 볍씨 자루를 짐수레에 옮기고 조민은 로국공 곁에 걸터앉았다. 겨 가루가 달라붙어 얼굴이 따끔거리고 손등도 쓰렸다. 수행원이 뒤따르다 보니 제법 긴 행렬이 이어졌다. 절염 남아도 호위병 손에 이끌려 조민이 탄 수레를 따라왔다.

"대완국 말이로구나. 볼 때마다 눈이 다 황홀하다."

"아바마마께서 보내주셨습니다."

조민은 누가 말 칭찬이라도 하면 우쭐해졌다. 말에 대한 칭찬은 들어도 들어도 질리지가 않았다.

"떠나거라. 말이 병나겠다. 이곳은 습기가 많아. 건조한 지방에서 온 짐승이 이런 곳에 오래 있으면 탈이 날 거야. 화북에나 어울릴 말이다. 이곳 전설에 풍토가 안 맞아 병들어 죽었다는 여인도 있다더라. 오죽하면 그런 얘기가 생기겠나. 사람이나 짐승이나 제 있을 곳에 있어야지."

이미 여러 번 출발을 미뤘음에도 떠나야 한다고 생각하니 선뜻 대답이 나오지 않았다.

"저 아이를 데려가라. 유별나게 영민하여 우리로선 버거운 아이다."

로국공의 말에 수레 앞쪽에 앉아 있던 조옥이 이쪽으로 고개를 돌렸다. 운명이 바뀌는 순간, 아이는 이 순간을 평생 잊지 못하겠지. 조민은 아이에게 눈을 찡긋해 보였다. 아이가 흑단 같은 눈동자로 조민을 일별하더니 꾸벅 절을 하고는 한층 깊어진 눈으로 조부인 로국공을 뚫어지게 바라보았다.

　"아들 삼아 잘 돌보겠습니다."

　"그래. 넌 짐승도 소중히 다루니, 사람은 오죽 잘 거두겠냐만. 이런, 우리 옥아가 부모 품을 너무 일찍 벗어나는구나. 이곳에선 겨룰 사람이 없어 자극을 받지 못하니 어쩌겠나. 제 타고난 것을 펼쳐야만 하는 운명도 있으니 함부로 잡아두면 안 되는 거지."

　석양의 빛이 로국공의 얼굴을 주황으로 물들였다. 마지막 강한 빛에 눈썹도 수염도 사라져 옆모습의 윤곽선만 선명하게 드러났다. 포장이 안 된 길이라 조민은 중심 잡기가 힘들었지만 로국공은 시달리는 기색이 없었다.

　"왜……."

　말을 하려다 조민은 입을 다물었다. 왕위를 박탈당한 이유가 궁금했지만 차마 물을 수가 없었다. 끔찍한 폐륜이라도 저지른 거라면, 그래서 로국공에게 실망을 하게 된다면, 그 씁쓸함을 감당해낼 수 있을까? 덜컹, 수레가 크게 튀었다. 몸이 튕겨 나가는 줄 알고 조민은 땀이 쭉 솟았다.

　"너부터 말하면 알려주지. 너는 왜 용상에 뜻이 없느냐? 꿈조차 꿀 용기가 없는 것이냐, 아니면 스스로를 속이는 게냐?"

　"정말 없으니까요. 정말 생각해본 적도 없습니다."

거짓말하는 것도 아닌데 조민은 변명하듯 말을 이어갔다.

"아픈 형님이 계십니다. 형님은 어떻게든 후사를 생산하려 애를 쓰십니다. 용상을 단념할 수 없는 거지요. 동생들은, 영왕뿐만 아니라 다들 용꿈을 꿉니다. 아직까지는 사이들이 좋지만 굳이 저까지…… 저는 당황스럽습니다."

로국공이 눈을 가늘게 뜨며 어서 다 털어놓으라 재촉했다.

"폐하께서 갑자기 눈길을 주시니, 사실 너무 기쁩니다. 아바마마와 난생처음 마음이 이어지는 게 그냥 너무 좋아서…… 하지만 혼란스럽고, 형님을 떠올리면 마음이 무거워지고, 아우들 얼굴도 어른대고, 용상이라니 생각해본 적도 없는 일이라서요. 여태 놀기만 했는데, 왜 폐하께서."

눈물이 날 것 같아 조민은 눈썹을 긁는 척하며 눈가를 쓸어내렸다.

"용상은 앉고 싶다고 앉는 것도 아니고 물린다고 물릴 수 있는 것도 아니다. 네 아비를 보아라. 멋모르고 차지했지만 잘 해내지 않느냐. 연전에 벌통을……."

잠시 뜸을 들이더니 로국공이 말을 이었다.

"벌통을, 산 밑에 몇 개 놔뒀는데, 어느 날인가 벌집의 정교한 모양에 홀려 쪼그려 앉아 가만 바라보았다. 마침 새끼 여왕벌 하나가 막 육아방을 찢고 나오더구나. 그러고 나서 처음으로 한 일이 뭔지 아니? 바로 옆에서 함께 자라던 형제들을 침으로 찔러 죽였다. 여왕벌은 한 마리만 있어야 하거든. 추신은 말이다. 자객을 시키지 않는다. 자신이 직접 베더군. 나의 지기 둘을 죽였다. 내 눈앞에서였지. 정확했다. 순식간이었지. 둘 다 소리 한번 내지 못하고 즉사했다. 나의 결백을 증명할 사람들이었지. 어찌나 치밀하던지, 단칼에 베기 위해 칼날에 두꺼비기름을 먹여놨더군. 자신의 촉도가 아닌 내 참마검을 훔쳐내서 말이다. 친구들의 피가 번져 내 신발을 물들일 때까지 나는 비명도 지르지 못했다. 추신이 내게 칼을 내밀었다. 무릎을 꿇고 목을 드러내더구나. 자길 치라고, 기회는 지금 한 번뿐이라고. 난 할 수가 없었다…… 전하, 용상은 벽왕께 드려야겠습니다, 그리 말하고는 올 때처럼 소리 없이 사라졌다. 그가 짜놓은 함정은 사람들 마음속에 있는 것이라 나로서는 빠져나올 수가 없었다. 아바마마는 날 의심하시고 어마마마까지도 날 믿어주지 않으셨다. 황자들이 후궁들과 밀통한다는, 그 몹쓸 유언비어가 나를 옭아맬 줄 누가 알았겠느냐. 정작 모란 부인 얼굴도 못 보았는데, 내 어찌 그런 음란한 연서를 보내겠는가. 세월이 흐르니 알겠더구나. 인간은 믿고 싶으면 없던 일도 만들어내지. 추신은 그걸 갖고 장난을 친 거지. 이곳에선 아전서리까지 나를 무시한다. 하지만 괜찮아. 괜찮다. 내가 천자가 되었다면 네 아비만큼 못했으리란 걸 아니까. 그만큼 못하였을 테니 억울할 것도 없다. 죽은 여왕벌의 형제들도 억울할 것 없다. 빨리 찢고 나오지 못했으니, 다 제 능력이지. 그렇다고 약하다 자책할 필요도 없다. 죄가 아니니. 어쩌면 형제를 해하기 싫어 일부러 안 나온 벌도 있겠지. 그 속사정은 아무도 모르니. 추신인들 그런 짓 하고 싶었겠는가. 그는 권력에 눈이 먼 사람이 아니다. 공맹의 말씀을 주저 없이 행했을 뿐이다. 나처럼 허술한 이가 군주가 되는 걸 막으려 천명을 따랐을 뿐이다. 제 타고난 것을 펼쳤을 뿐이다. 내가 개봉에서 쫓겨나올 때, 추신이 남훈문에 나와 절을 했다. 추운 버드나무 가지 아래서 끝까지 지켜보더구나. 생각해보아라. 그 꼴을…… 너는 판을 그리 만들지 말라. 태자가 되면 황제가 되기 전엔 죽지 말라. 일찍 죽을 거면 황제가 되지도 말라. 회인태자께서, 일찍 붕하신 탓에 우리 형제들은 이 모양이 되었다. 태자가 되지 못하면 생업을 가져라. 그래야, 혼탁에 먹히지 않고 너의 삶을 살 수 있다."

어느덧 그들을 태운 수레가 공부의 낡은 대문 앞에 다다랐다. 숙왕은 로국공의 소매를 잡고 다급히 물었다.

"한 번이라도, 정녕 한 번이라도 그때 추신을 베지 못한 걸 후회하신 적은 없나이까."

저 건너 저녁 강변을 바라보며 로국공이 말했다.

"없다."

"어떻게 그럴 수 있습니까?"

"아름다운 것은 지켜줘야 하니까. 때론 인간의 마음이 자연의 섭리를 넘기도 한단다.

새는 제 갈 길을 가네

선덕문 앞 광장이 유생들로 들끓었다. 첫날엔 태학생 수십 명이 전부였지만 소문을 듣고 한 명 두 명 모여들더니 오일째로 접어들자 만여 명에 육박했다. 과거시험을 준비하는 유생들이 농성에 들어간 것이다. 거책삼론에 형선의 보론을 바탕으로 만들어진 과거제도 시행책을 반대하는 농성이었다. 유생들은 시행책이 발표되기 전부터 꾸준히 반대 상소를 올렸다. 반면 조정 신료들은 당파를 떠나 시행책을 수용하는 편이었다. 조정에서 누구 하나 나서주지 않자 연판장을 돌려 예부를 압박해보았지만 별 소용이 없자 농성에 돌입한 것이다.

내전에서는 황제와 조정의 수뇌부인 집정 대신들의 어전회의가 막 끝나가던 참이었다. 예부상서가 급하게 알현을 청했다. 예부상서 입장에서는 농성자가 불어나는 형세가 심상치 않아 보고를 해야만 했을 것이다. 재상을 비롯한 대신들은 예부에서 해결하지 못하고 어전회의까지 문제를 물고 온 미숙한 일처리에 눈살을 찌푸렸다. 새벽부터 굵직하고 시급한 군사 문제와 남해 무역 문제로 진을 뺀 터였기에 다들 어서 파하고 싶은 마음뿐이었다. 황제는 예부상서의 알현을 허락했다.

"소신이 알아본 바 농성의 배후는 없고, 태학생 몇 명이 선동했다고 합니다."

"군자불기君子不器*라 하며 거창한 대의명분을 내세우지만 결국 저들이 바라는 것은 내년 시험만이라도 적용하지 말아달라는 것이옵니다."

말을 마친 참지정사 이사명의 콧등은 농성자들에 대한 경멸로 주름이 졌다.

"예부에서는 이미 수차례 각급 학교와 서원에 교서를 내려 그 필요성을 설명했사옵니다. 처음 시행하는 과목이니 쉽게 출제한다고 누차 설명을 했는데도 공부할 게 늘어난다고 저리들 저항을 합니다."

다른 대신들도 이사명과 한목소리를 냈다. 설사 마음에 안 드는 부분이 있더라도 토씨 하나까지 논쟁을 벌인 끝에 나온 시행 책이라 이제 와 가타부타 더 건드리기도 민망했을 테고 그런 짓을 했다가는 황제의 증오를 살 게 분명했기 때문이었다.

"폐하, 소신이 듣기로는 책값이 부담된다고 궐기에 참여한 수

---

*『논어』에 나온 말. 군자는 모양이 고정된 그릇이 아니라는 뜻. 특정 분야에만 집중하는 걸 경계한 말.

재도 있다 하옵니다."

"그 또한 변명에 지나지 않습니다. 가난한 수재들의 어려움을 해소해주고자 관에서 약본칠권(7종의 요약본)을 무료로 배포한다고 공포하였나이다."

"폐하, 날이 점점 추워지고 있사옵니다. 서리가 내리면 자연히 해산할 것이옵니다."

일단 좀 더 지켜보자는 쪽으로 중론이 기울자 예부상서가 난처하다는 듯 고했다.

"폐하, 망극하옵게도 그 수가 무시하기에는 이미 많고 농성에 합세하려 지방에서 무리 지어 상경하는 유생들도 있다고 합니다. 통촉하소서."

듣고만 있던 황제가 입을 열었다.

"태학에서 선동한 자를 데려와라. 짐이 독대를 하마."

황제가 이렇듯 고지식한 해법을 내놓자 다들 난감한 표정을 지었다.

"폐하, 그렇게까지 하실 일이 아니옵니다. 무시하소서."

참지정사 이사명이 말리고 나섰다.

"젊은 유생들이 짐에게 이야기를 들어달라 저리 와서 농성을 하는데 들어줘야지. 납득을 못 하니 설득을 해야지."

이사명이 다시 말을 이었다.

"태학생들이 농성을 악용하는 사례를 그간 여러 번 봐오시지 않았나이까? 유생들의 저항에 일일이 대응해주면 나랏일을 도모할 수 없나이다."

"개봉부가 처리할 일입니다. 개봉부윤, 안 그렇습니까?"

일단락 짓고 보자고 삼사사가 가장 손쉬운 해결책을 내놓았다. 개봉부에 넘어가면 옥사가 일어나는 건 불을 보듯 뻔한 일, 옥사가 일어나면 사태가 커진다. 골 아픈 일을 떠맡기 싫은지 개봉부윤은 못 들은 척 입을 꾹 다물고만 있었다.

"모양새가 좋지 않습니다. 삼사사께선 번번이 당하고도 모르십니까? 젊은 유생들입니다. 말이 오죽 많습니까. 젊은 혈기에 서로 투옥되겠다고 저부터 잡아가라고 더 난리를 칠 겁니다."

이번에도 참지정사 이사명이 말리고 나섰다.

"작은 일로 끝내야 하옵니다. 폐하, 통촉하소서."

이사명을 물끄러미 바라보던 황제가 눈을 돌려 오늘따라 한 마디도 하지 않고 서 있는 추밀부사를 힐끗 보더니 어좌에 깊숙이 몸을 파묻었다. 조회를 쉽게 끝내지 않겠으니 알아서들 하라는 듯. 신료들이 어지를 헤아릴 때까지 몸을 지치게 하소서, 오래전 추신 자신이 황제에게 권했던 방법이었다. 묵묵히 지켜만 보던 추신이 입을 열었다.

"폐하, 개봉에 수재만 삼십만이옵니다. 이제 만 명 모였습니다. 폐하의 깊으신 뜻을 받들고자 하는 유생도 많다 들었습니다. 농성자 십만이 넘어서면 그때 독대하셔도 늦지 않사옵니다. 두소서. 유야무야될 농성이옵니다."

황제가 아무 말 없이 추신을 바라보았다. 네 입에서 그 말이 나올 줄 알았다, 하는 표정으로.

"폐하라."

황제가 몸을 일으켰다.

"결국 형선을 선덕문 밖 저들에게 먹이로 던져주려는 거지? 서책 인쇄업을 하는 형선 일가도 약본칠권을 찍어냈을 테니 말이야. 형선이 사익을 챙기려고 과거제도를 바꾸려 했다고 말이야. 혐의를 씌울 수 있으니 탄핵감으로 아주 좋군그래. 응?"

내저 어실로 돌아와 중귀인들이 버선을 벗기기가 무섭게 모두 물리더니 추신에게 퍼붓기 시작했다.

"어쩌겠나이까. 딱히 반대할 뜻이 없어도 수가 불어나면 그 세력에 도취돼 참여하는 자들이 느는 법입니다. 급제할 자신이 없는 자라면 분풀이 삼아 더욱 가세하지 않겠나이까. 걷잡을 수 없이 농성 규모가 커지면 무마할 거리가 있어야 하옵니다. 형선으로 마무리 짓는 게 가장 깔끔하옵니다."

"아무리 답답형공이라도 올곧은 신하다. 어찌 사람을 그리 악착같이 이용하는가. 네 눈엔 신료들이 모두 장기말로 보이는가?"

"형선에게 병부는 맞지 않았습니다. 무관들과 불화가 잦지 않았나이까? 지방으로 보내면 목민관이 될 사람입니다."

"흥, 참지정사와도 추밀부사와도 벌써 흥정이 끝난 거겠지. 그래 구당엔 무엇을 주기로 했느냐. 응?"

황제는 세상에 음모와 술수란 건 있을 수도 있어서도 안 된다고 믿는 사람처럼 독야청청 높이 올라가 비난을 퍼부었다. 추신은 시종일관 미소를 머금었지만 입을 열어 시비를 따지지 않을 수 없었다.

"형선의 자리에 대리시의 구양공을 추천하기로 했나이다. 폐하께서도 염두에 두신 일이 아니오니까?"

"하, 그대가 어찌 내 속을 다 안단 말인가! 안다 하여도 결코 다 알 수 없는 게 인간의 마음이라며 날 훈계하더니, 그리 내 속을 긁어대며 놀리던 게 누군데!"

추신의 짐작대로 형선의 문제는 핑계였다. 황제는 오늘 어전 회의에서 말을 아끼며 대신들의 얼굴을 물끄러미 보기만 했다. 수면 아래 뭔가 도사리고 있는데 그게 무엇인지 추신으로선 감이 잡히지 않았다.

"하명하소서. 이번 일, 마음에 안 드시는 점이 있으면 바로잡 겠나이다. 망극하옵게도 소인이 우매하여 성지를 헤아리지 못하고 있나이다. 말씀해주소서. 무엇을 어디부터 어떻게 바로잡아야 하겠나이까?"

추신은 일부러 황제를 막다른 곳으로 내몰았다. 폐하, 과거 개혁과 선덕루 농성과 형선은 버릴 수 없는 삼패입니다. 함께 공들인 일이니 잘 알고 계시지 않습니까. 더 말씀은 안 드리겠나이다. 추신은 황제가 차분해질 시간을 갖게끔 조아리고 서서 숨소리도 내지 않았다.

"아주 잘나셨군그래. 그러니 이 꼭두각시 황제 따위가 참견할 자리는 없다는 거지, 응? 네 그 잘난 눈에 짐 따위는 아직도 일개 친왕이겠지. 귀찮은 어린애겠지. 십상시를 꿈꾸었던 게냐? 아니지 아니야. 십상시가 다 무어야. 이미 추신인데. 무엇이 두려울까! 이 왜소한 황제가 다 무어야. 아예 내 껍질을 벗겨 뒤집어쓰고 황제 노릇을 하지 그래?"

대답이 궁해지니 아무 말이나 막 던지며 기염을 토했다. 추신은 어이가 없어 웃음이 나올까봐 어금니를 꽉 물고 내색하지 않으려 애썼다. 황제는 이기기 위해서는 기꺼이 바닥까지 내려간다. 얻기 위해선 위신을 잃는 것 정도는 두려워하지 않는다. 그럴 때면 낯설 정도로 기묘한 짓도 마다하지 않는다. 추신은 기다렸다. 이 정도 하시면 됐으니 무엇이 어지를 어지럽혔는지 말씀해주소서, 소인이 해결할 터이니 말씀해주소서. 추신이 별다른 반응을 보이지 않자 황제는 노여움이 극에 달해 그렁그렁한 눈으로 숨을 몰아쉬었다.

"고고, 이름은 왜 속였느냐?"

설마, 그 일 때문에? 추신의 얼굴이 굳었다. 과거제도가 걸린 문제를 고작 유가경의 행실과 뒤섞다니. 게다가, 게다가!

"제 뒷조사를 하신 겁니까?"

"그래. 그랬다. 그랬어! 왜 못하겠는가. 짐은 짐이거늘!"

"어떻게, 어떻게 제 사가에 끄나풀을 다신단 말입니까!"

"먼저 거짓을 고하고 천자를 기망한 게 누구인데! 너를 어찌 믿느냐. 가경이 그 오기를 알고 있었다. 소주에서 본 적이 있다고 했어. 왜냐? 왜 거짓을 고했느냐. 무엇 때문에?"

분명 유가경을 들볶아 쥐어짜낸 대답일 터였다. 고고의 이름이 고씨 거리에서 유래되었다는 사실을 황제가 알아 좋을 것이 없기에 이름만 바꿔 고했을 뿐이다. 고작 이름이었다.

"거짓도 기망도 아니옵니다. 분란을 막으려 했을 뿐입니다.

폐하께서 한도 끝도 없이 억측을 하시니 도리가 없었습니다. 유공을 위해서였나이다. 유공을 아끼시면 가엾게 여기소서. 밀원에서 얌전히 지내는 사람을 왜 자꾸 힘들게 하시나이까. 제발 가엾게 여기소서. 그분을 측은해하소서."

해야 할 말이라 하긴 해도 소용없는 줄 알기에 추신의 마음은 점점 납덩이처럼 무거워졌다.

"하, 뒤에서 온갖 모리배 짓은 다 하는 주제에 도덕군자 같은 소리를 어찌 그리 잘하는가! 사람은 제 눈으로 자신의 등을 절대 볼 수 없다. 남들은 다 보이는데 자신만 모르지."

비난을 하고 싶어서 비난을 퍼붓고 있다고만 생각했다. 그래서 추신은 눈치채지 못했다. 갈피를 잡지 못하고 흔들리는 황제의 두 눈에서 이상한 열기와 알 수 없는 증오가 뿜어지고 있다는 것을. 오늘따라 유달리 길었던 어전회의 내내 서 있던 탓도 있었지만, 유가경만 관련되면 분별력을 잃는 황제를 보고 있자니 허탈감에 피로가 몰려왔다. 어떤 말이든 해서 달래봐야 하는데 웬일인지 마땅한 말도 떠오르지 않고 그냥 집에 가서 낮잠을 자고 싶다는 생각만 간절해졌다. 자신의 방, 어둑하고 조용한 침상에 누워 묵향이 스며든 침구에 감싸여 잠에 빠져들고만 싶었다. 문득 이마께로 작열하는 기운이 느껴져 추신은 고개를 들었다. 벌겋게 달아오른 용안, 홍염으로 이글거리는 눈이 추신을 노려보고 있었다. 그제야 추신은 뭔가 심상치 않은 기운을 감지했다.

"고고 그 아이를 데려와."

"폐하, 그러실 일이 아니옵니다."

"당장! 당장, 지금 당장! 그 계집을 데려오란 말이다. 그 망할 계집을 내 눈으로 봐야겠단 말이다!"

순간 팟! 하고 추신의 가슴에도 불이 옮겨붙었다.

"지금 무슨 말씀을 하시는 겁니까. 선덕문 앞에서 유생들이 진을 치고 앉아 있는데!"

하지만 추신은 곧 진정했고 간청하듯 황제를 달래기 시작했다.

"소인의 말을 믿으소서. 두 사람, 본 적도 없는 사이라 하옵니다. 거짓이 아니옵니다. 그 오기는 하급 기녀이옵니다. 유공과 어울릴 만한 수준이 아니옵니다. 소인의 말을 믿으소서."

쨍강! 유리잔이 박살나 사방으로 파편이 튀었다. 날카로운 게 스치나 싶더니 자신의 뺨에서 피가 흐르는 게 느껴졌다.

"데려와. 당장! 데려와, 데려와!"

추신은 대답하지 않았다. 가슴속에선 뜨거운 쇳물이 출렁거렸다. 입을 열면 다 태워버릴 잔인한 말이 쏟아질 것 같았다. 그러니 속이 다 타들어 가는 한이 있어도 절대 입을 열어선 안 된다고 이를 꽉 물었다. 추신이 냉정하게 쏘아보자 황제의 표정 또한 차분해졌다. 허공에서 냉기가 맞부딪쳤다.

"흥!"

황제가 돌연 입가에 냉소를 머금더니 발을 들어 올리는 게 보였다. 맨발! 무엇을 하려는지 알아챘을 때는 이미 늦었다. 황제가 이를 악물고는 쿵 하고 깨진 조각 위에 발을 굴렀다.

"뒤돌아보라."

황제의 명령에 오기가 달달달 떨며 뒤로 돌았다. 고아한 어실에서 보니 오기의 행색은 민망할 정도로 유치하고 조잡했다. 황제가 백사(흰 비단 천)로 감싼 발로 절룩거리며 다가와 오기의 목덜미를 내려다보고는 중얼거렸다.

"뽀얗다더니, 어딜 봐서, 흥."

그 말에 오기가 바짝 목을 움츠렸다. 황제가 발꿈치로 쿵쿵 찧으며 어좌로 돌아가 앉더니 명했다.

"노래하라."

덫에 걸린 짐승처럼 겁에 질린 눈으로 오기가 추신에게 말했다.

"나리, 그게 그 그러니까, 없는데. 아까 들어올 때 비파를 빼앗겼는뎅. 아니 빼앗겼사와요."

"비파를 가져오라 하겠……."

"그냥 해."

말을 자르며 황제가 말했다.

"그럼 어여쁘게 봐주세요. 나리마님, 아니 폐하, 아니 그러니까 소녀가 죽을죄를, 아니 아니, 폐하, 그냥 어여쁘게…… 아하하. 아하하."

교태 부리는 몸짓을 하는 오기의 얼굴엔 경련이 일고 사지는 풍을 맞은 듯 뒤틀렸다. 황제가 풋, 하고 웃음을 터뜨렸다. 어찌 이런 민망한 노릇이 있단 말인가, 추신은 질끈 눈을 감았다. 오기가 목을 푸는지 침을 삼키는 소리가 들렸다. 잠시 후, 높이 째는 여인의 목소리가 내저에 울렸다.

저 산을 두고 떠나네.

저 산을 두고 떠나네.

님은 산처럼 멀어지네.

님은 물처럼 흘러가네.

아홉 구비 물결

아홉 갈래 물길

마음도 못 전했는데

편지도 못 전했는데

구름이 따라오네.

구름이 따라오네.

새들이 봉우리를 넘네.

새들은 제 갈 길을 가네.

아홉 켤레 갈아 신고

아홉 고을 지나갈 때.

개봉은 어드메뇨

동경은 어드……

"그만해."

황제가 팔걸이를 탁 치며 노래를 잘랐다. 오기는 자기가 잘 부르긴 한 건지 겁먹은 얼굴로 추신을 쳐다보았다. 두 사람을 번갈아 보더니 황제가 입을 열었다.

"흐음, 나름 폐부를 찌르는구나. 아주 들을 만해. 얼굴은 저래도 절창絶唱이 아닌가. 색기라는 게 묘한 데서 동하기도 하는군 그래."

황제가 추신을 보며 빙긋 웃었다. 처음 보는 황제의 야비한 표정에 추신은 뭔가 다 끝난 것 같은 기분이 들었다. 말려드려야 한다고 생각을 하면서도 혀가 굳어 움직이지 않았다.

"둘만 있겠다."

오기가 추신의 뒤로 숨더니 동아줄인 양 추신의 옷자락을 움켜잡고 작은 짐승처럼 바들거렸다.

"하, 의외로 깜찍한 계집이구나. 마음에 든다. 가끔 잡스러운 것도 그리운 법이지. 색다른 걸 해보고 싶구나."

머릿속이 번쩍하더니 거대한 무언가가 추신을 훅 치고 지나갔다. 다음 순간 자신을 둘러싼 세상이 뒤로 밀려나며 시야가 한 점으로 모아졌다. 기분 나쁘게 뱅글뱅글 웃고 있는 조융, 조융, 조융! 추신의 눈에는 오직 그 조융만이 보였다.

"나리님은 어서 나가보라니까."

황제가 턱짓까지 하며 재촉했지만 추신은 한 발짝도 움직이지 않았다. 대신 고개를 돌려 옷자락에 매달린 고고에게 말했다.

"너는 나가보렴."

여인은 파랗게 질려 양쪽 눈치만 봤다.

"뭐라, 네가 지금, 네가……."

팔걸이를 쾅쾅 치며 황제가 부들부들 떨었다.

"괜찮아. 집에 가 있으렴."

고고는 그제야 옆구리를 구부려 어정쩡하게 인사를 하고 어실을 빠져나갔다.

"네가 어찌, 어찌, 어찌 이리 짐을 능멸하느냐!"

황제가 약 오른 살쾡이처럼 학학대며 위태롭게 걸어왔다. 추신은 한 번 더 무거운 추로 심중을 잡아끌며 안간힘을 썼다. 너무 안간힘을 쓰느라 자각하지 못했지만 그는 이미 변하고 있었다. 거대하고 육중하고 활활 달아오르는 무언가로.

"어서 다시, 불, 러, 와. 다시!"

한마디 한마디를 짓이겨대듯 황제가 내뱉었다. 추신이 대답하지 않자 악을 써대며 쿵쿵 발을 굴렀다.

"데려와. 어서! 어서!"

그 결에 상처가 벌어져 발을 감싼 백사가 피로 물들었다. 건드려서는 안 된다고 머리로는 알고 있었지만 추신을 잡고 있던 추도 이미 끊어진 지 오래였다. 추신은 등과 어깨를 쭉 폈다. 동시에 그의 안에서 잠자고 있던 어떤 강렬한 본능도 몸을 폈다. 계략도 수순도 없는 텅 빈 자리에는 오직 뜨거운 피만 난폭하게 소용돌이쳤다. 추신은 성큼 다가가 황제의 어깨를 잡아 흔들며 거칠게 으르렁댔다.

"못합니다! 이게 무슨 짓입니까! 어찌 이런 추태를 부리십니까! 대송의 황제께서. 천자답게, 제발 천자답게 행동하소서. 아시겠습니까, 아시겠습니까! 천자답게, 제발 천자답게!"

꿈을 꾸었다

"봅시다."

"싫어."

유가경은 버티는 황제를 항 위로 끌어 앉혔다. 자신의 무릎에
발을 올려놓고 발에 감긴 백사를 풀었다. 가뜩이나 살집이 없는
납작한 발인데 하필 오른쪽 발바닥 안쪽이 자못 깊게 파였다.

"쯔, 어쩌다."

며칠 전, 황제가 알지도 못하는 어떤 소주 기생에 대해 꼬치꼬
치 캐물었다. 모른다고 하자 만지지도 못하게 하면서 애를 태웠
다. 시달림 끝에 가경은 청루에서 노래하는 것을 한 번 본 적 있
다고 대충 둘러댔다. 그러자 그 아이 얼굴은 어떠하더냐, 노래는
잘하더냐, 밤에는 어떠하더냐, 집요하게 물어댔다.

"사람을 그리 들볶더니 벌을 받으신 게지."

가경은 황제가 가여우면서도 왜인지 통쾌했다. 상처를 자세

히 보려고 발을 살짝 들었더니 황제가 발가락을 움찔하며 신음을 냈다. 통증 때문에 눈썹을 일그러뜨리는 연인의 모습이 귀여워 가경은 웃음이 났다.

"족심혈足心穴을 찔렸으니 정력이 더 강해지시려나. 만물에 종자를 주셔야 하는 천자님이니 이거 좋은 일 아닌가요? 하하하."

"옥체가 상한 것이다. 그 위중함도 모르고 장난을 치는가."

"그러게 발을 벗고 있으니 이리되는 거지. 이젠 맨발 내놓지 마소서. 제발."

"답답하니 벗지."

황제가 떳떳치 못한 사람처럼 고개를 돌렸다. 가경은 황제의 발에 얼굴을 가져갔다.

"하지 마……."

황제가 발을 빼려 했지만 가경은 놓아주지 않고 혀로 건드려보았다. 말라붙은 피의 맛과 찝찔한 약의 맛이 났다. 자신이 맛을 본 것처럼 황제가 얼굴을 찌푸렸다. 가경은 눈을 감고 상처를 천천히 혀로 핥았다. 하지 마…… 말과는 달리 황제는 더 이상 뻗대지 않았다. 가경의 혀는 점점 상처를 벗어나 주변으로 옮겨갔다. 발의 옆선을 따라가며 입을 맞추고 새끼발가락부터 사이사이로 혀를 넣어보았다. 엄지발가락을 입에 물고 혀끝으로 뒤를 어루만졌다. 간지러운지 황제가 발을 빼려 해 가경은 얼른 발뒤꿈치를 입술로 감쌌다. 입술 점막을 가득 채우는 말랑한 발꿈치. 연만 타고 다녀서인지 황제의 발바닥은 아이처럼 부드러웠다. 가경은 참을 수가 없어 그 부드러운 둥근 살을 이로 살짝 깨물어보았다. 아아아, 까무러칠 것 같아.

"저기 소주, 소주 말이다. 소주는 성벽도 무척 높지? 무척 튼튼하고. 오랑캐들도 거기까진 못 오겠지. 장강이 가로막혀 있으니."

오랑캐와 달리 가로막힐 게 없는 유가경은 발목으로 입술을 옮겨 입 안 가득 복사뼈를 물고는 뼈의 모양을 혀의 돌기들이 기억할 수 있게 몇 번이고 문댔다. 그러고는 발목 뒤 움푹 팬 작은 우물로 입술을 옮겨 또 한참을 빨았다.

"소주 행궁은 호숫가에 짓고 싶구나. 너도 좋지?"

으응, 하고 무심코 대답을 한 가경은 행궁? 하다가 몇 달 전에 자기가 한 말을 겨우 기억해냈다. 관계를 갖기도 전에 황제가 꾸벅꾸벅 졸던 날이었다. 살집 없는 마른 등을 쓰다듬던 가경은 연인이 너무 가여워 다 관두고 소주로 도망가자고 했다. 소주의 물은 잔잔해서 보고만 있어도 마음이 편하다고, 낮에는 호수에서 낚시를 하고 밤이 되면 물안개 속에서 사랑을 나누자고, 외숙에게 말하면 근사한 행궁을 지어 바칠 거라고. 또 이런 말도 했다. 이제부터는 이 지아비가 먹여 살리겠다고. 반쯤 눈을 뜨고 듣던 황제가 피식, 김빠지는 소리를 내며 웃더니 금세 곯아떨어졌다. 가경이 본즉 가장 피곤해하던 날이었다.

"숙왕이 그러는데 아침 배로 안개를 가르고 나아가면 박하향이 따라온다는구나. 정말 그래?"

목소리만큼이나 힘없는 황제의 손가락이 머리칼 사이로 들어와 가경의 두피를 매만졌다.

"여름엔 개봉으로 돌아오자꾸나. 더위가 못 견딜 정도랬어. 숙왕이 아주 혼났대…… 넌 고향이니 괜찮으려나."

황제의 목소리는 느릿느릿 강남으로 흘러가고 가경의 입술은 그 목소리에 홀려 위로 위로 향했다. 입속 점막이 온통 얼얼했다. 얼얼할수록 가경은 자신의 애무에 빠져들어 갔다. 연인의 피부가 그대로 혀 속으로 녹아드는 이 충만한 순간들, 가경은 자신이 이 순간을 위해 태어난 기분마저 들었다.

"거위를 키우자, 막 무는 사나운 놈들로. 거위 좋지?"

무릎의 종지뼈, 그 도드라진 뼈의 굴곡은 최고의 기쁨을 줬다. 단단하고 선명한 이 뼈의 생김새야말로 가장 이 사람다운 모양을 하고 있다고 가경은 생각했다. 가경은 청결한 주름의 요철을 만끽하며 연인의 무릎이 침으로 축축하게 젖도록 흠뻑 빨았다.

가경은 더 이상 복부에서 올라오는 간지러운 기운을 참을 수가 없었다. 그의 안에서는 한꺼번에 만족하고 싶은 여러 가지 욕망이 투쟁을 벌였다. 그는 연인의 입을 원하면서 연인의 손을 원하면서 연인의 등허리를 원했다. 연인이 범해주길 바라면서 동시에 연인의 깊은 곳을 갈망했다.

"그만 자요, 우리. 내가 다 낫게 해줄게."

"공작새도 단정학도 데려가야지. 내 암컷 단정학도. 내 학…… 사슴은, 사슴은 키우지 말자꾸나. 사슴은 저 혼자 고고하고. 잘난 척이나 하고."

말을 듣는 건지 마는 건지 황제는 멍한 얼굴로 이상한 말만 해댔다. 손을 바삐 움직이며 황제를 자극할 좀 더 야한 말이 없을까 궁리하는데 머리 한쪽에선 이걸 다 지켜보는 또 한 명의 유가경이 낄낄낄 웃었다. 가경도 웃겼지만 따라 웃기엔 몸의 사정이 너무 다급했다. 그런데 아, 이 얄미운 중의! 왜 항상 황제의 아랫도리 중의는 이렇게 꽁꽁 싸매놓는가 말이다. 내관들의 기벽인가. 이걸 풀어야 하는 내 생각도 좀 하란 말이다. 황제는 사슴 타령을 하느라 보료에 축 늘어진 채 옷을 벗기는 데 전혀 협조를 하지 않았다.

쿵, 갑자기 황제가 주먹으로 바닥을 쳤다.

"결국 그 까만 계집이란 말이지!"

"폐하?"

가경은 놀라 손을 멈추고 고개를 쳐들었다.

"뭘 어쩌겠는가. 그 육신으로 뭘 어쩌겠어. 그 누구인들. 흐흐흐…… 홍! 아주 꼴이 좋군. 짐이 전부를 주었거늘, 전부를! 그런데 어찌, 어찌……."

"당신 왜 그래요, 무슨 일 있었어?"

그제야 가경이 황제의 시야에 들어왔는지 초점이 바로잡혔다. 자신을 바라보는 황제의 눈엔 무거워 보이는 짠 물기가 가득했다.

"왜, 당신 왜 그래?"

"흐흐흐, 너무 오래 묵은 거라서. 흐흐…… 사슴을 따라간 거지. 웃기지 않느냐? 아이란 게 그렇게 맹랑하다니. 평생을 농락당할 줄도 모르고. 하하하! 이리 한심한 게 천자랍시고. 여기까지 오다니. 잡히지도 않는 사슴을 쫓아. 하하하……."

횡설수설하는 게 심상치 않았지만, 알맞게 수척한 얼굴로 머리카락마저 흐트러진 그 모습은 마치 구란*의 배우 같아 신비해 보이기까지 했다.

"끔찍해! 이게 뭐란 말인가. 난마를 풀어도 풀어도 한쪽에선 다시 꼬이고 엉키고…… 돈, 돈, 돈은 줄줄 새어 나간다. 난 하란 대로 다 했단 말이다. 최선을 다했단 말이다. 백만 대군? 흥, 보나 마나 백패할 것이다. 오랑캐의 기마군단 앞에 성인의 예악이 다 무슨 소용이란 말인가. 짐을 지켜주지도 못할 예악이."

하더니 옆으로 쓰러져 넓은 난삼자락에 용안을 묻고 어깨를 들썩였다. 낙화가 따로 없었다. 꽃잎처럼 펼쳐진 여러 겹 옷자락. 아, 아름다운 분! 가경은 저도 누워 연인의 얼굴을 두 손으로 감싸 쥐었다.

"무슨 말씀을 하시는 건지, 난 도무지."

모르겠지만 왜인지 알 것도 같았다. 아랫입술을 물고 눈물짓는 얼굴이 한없이 사랑스러워 가경은 또 한 번 흉금이 흔들렸다. 눈물은 진주알처럼 주르르 떨어지고, 황제는 속이 상해 우는데 왜 점점 신이 나고 들뜨는지. 연인의 얼굴에서 전해지는 온기. 아아, 손안에 든 작은 새 같아. 온전히 내 것. 가슴이 아릿한데도 지금 이 순간이 너무 감미로워 가경은 입에서 시가 절로 나올 것만 같았다.

"하지만 괜찮아요. 사슴이 나타나면 누군들 안 쫓겠어. 사슴

* 송대 대중극장.

은 멋지잖아. 긴 다리하며, 그 탐스러운 갈색 빛깔은 어떻고. 이
맘때 발정 난 수놈을 보면 얼마나 재밌는데. 점잖던 게 막 미쳐
날뛰고 뿔로 들이받고. 그러니 우리 사슴도 키워요. 작은 폭포를
만들어서 연못으로 흐르게 하고 그 옆에 하얀 회나무로 정자를
지어 황기와를 얹으면 눈부시도록 멋질 거야. 거기에 옥돌로 만
든 장의자를 놓고 우리 앉아 노래를 불러요. 그러면 사슴이 콩을
달라고 놀러 올 거야. 그때 내가 몸통을 꽉 잡을게. 못 도망치게.
그러면 당신이 그 따듯한 목덜미를 어루만지고 그 멋진 뿔을 쓰
다듬고 이렇게 눈을 맞추고…… 또 이렇게 얼굴을 맞대면……
사슴도 순해져 그 아름다운 눈으로 하염없이 당신을 바라보고,
이렇게 혀로 당신 눈썹을 닦아주고, 눈물을 닦아주고, 이렇게 입
을 맞추고……."

자초紫草

"나는 되었다."

추신이 술잔을 옆으로 밀어내자 고고가 잔을 들어 한 번에 쭈욱 마셨다.

"아까 내가 준 청심환은 먹은 거니?"

"나리, 고고는 술 한 잔이면 되어요."

그 말이 거짓은 아닌지 고고의 얼굴에 화색이 돌았다. 은은한 등롱 불빛 아래서 보니 고고는 낮에 어실에서 볼 때와는 딴판이었다. 이제 겨우 열다섯이나 되었을까 싶을 정도로 어려 보였다. 뺨이며 입가에 여전한 솜털, 나이를 물어보려던 추신은 갑자기 고고가 정말 그 나이면 어쩌나 하는 생각이 들었다. 젊음이란 정말 무서운 것이로구나, 나이 하나로 상대를 추락시킬 수 있는 위력을 가지니, 그런 생각도 들었다. 고고가 다시 술을 바쳤지만 추신은 고개를 저으며 찻주전자를 들어 다 식은 차를 잔에 따랐다. 차는 혀가 아릴 정도로 썼다. 용봉차*도 잘못 끓이면 이런 맛이 나는군, 마셔도 마셔도 목이 말랐다.

폐하께선 밀원에 가셨으려나. 퇴궐하기 전에 미리 지시를 해 두었으니 오늘 불침번은 왕내관이 설 것이다. 왕내관은 가는귀가 먹어 엿들을 위험이 없다. 오늘 밤 황제에게 들볶일 유가경을 생각하니 추신은 한층 마음이 무거워졌다.

"근데 이상해. 그러니까 폐하가 숙왕 전하의 아버지잖아요. 근데 어쩜 그리 다를까. 전하는 하나도 안 무서웠거든요. 다 좋다 좋다 하시구. 까불어도 다 받아주시구."

숙왕 이야기를 하면 고고의 낯빛은 한결 밝아졌다. 출세한 오라비라도 되는 양 자랑스러워했다.

"전하께서 유람에서 돌아오시면 왕부로 가렴. 아니 내일 가. 데려다주마."

"왜요?"

고고가 화들짝 놀랐다. 바둑돌 같은 눈동자에 두려움이 가득 찼다.

"아껴주신다니 당연히 그분께 가야지 않겠니?"

"아잉, 절 교방에 넣으시면 어쩌라고요. 폐하가 하라면 숙왕 전하도 어쩔 수 없잖아요. 폐하가 더 세잖아요. 전 여기에 있을래요. 나리라면 막아주실 거잖아요."

"뭐, 확실히 그렇긴 하지만…… 숙왕부에도 교방이 따로 있으

* 황실에 진상하는 최고급 차.

니 그곳으로 가면 기예도 제대로 배우고 좋잖니."

"싫어요, 싫어."

정말 싫은지 고고는 진저리까지 치며 도리질을 해댔다. 그 결에 머리에 장식한 비단꽃이 추신의 발치께로 떨어졌다. 주워들고 보니 자초(물망초)였다. 연청색 꽃은 고고만큼이나 작았다.

"이제 폐하와 관계되는 건 다 싫어. 으으으, 정말 싫어. 그 얼굴, 정말 기분 나빠. 귀신이 따로 없다니까요."

"성자께 어찌 그런 불경한 말을 하느냐!"

"심지어 꽃단장을 하고 갔는데 노래 값도 안 줬잖아요. 쳇, 뭐야. 돈 안 쓰면 이 바닥에선 나랏님도 멍멍이지. 나리도 이런 건 알아두셔야 해요."

추신은 더 이상 혼내지도 못했다. 이 백치 같은 아이가 하는 말이 뭐가 중요하겠는가. 자신이 봐도 오늘 황제의 분노는 정도를 넘었다. 그토록 냉철하신 분이 이런 난동을 부리실 줄이야. 과연 이렇게까지 할 일인가 하는 생각만 들었다. 그 심중에 무언가 께름칙한 게 도사리고 있는데 아무리 추리를 해봐도 추신으로선 알아낼 수가 없었다. 그 사실이 추신을 괴롭혔다. 무엇보다 황제가 자신을 뒷조사했다는 사실 또한 참을 수 없을 만큼 추신을 괴롭혔다. 그리고 자꾸 떠올랐다. 아까 고고를 노려보던 그 눈빛.

"아이 무서라. 아이잉, 나리 그런 무서운 얼굴은 그만두세요. 나리, 고고가 노래 불러드릴게. 노여움 푸세요. 응?"

"되었다. 그만 건너가."

"아이잉, 나리. 제 노래 좋아하시잖아요오옹."

"너, 그 이상한, 그러니까 내 앞에선 그렇게 배배 꼬지 않아도 된다."

"아이잉, 참. 나리두. 아잉 아이잉."

고고가 어느새 비파를 끼고 노래를 부르기 시작했다. 저 산을 떠나네, 하는 노래가 아니라 이번엔 아주 경쾌한 노래였다. 소주 지방 말이라 다 알아들을 수는 없지만 뭔가 음란한 내용인 듯 콧소리가 '옹옹' 하고 자주 섞였다. 야밤에 늙은 환관을 앞에 두고 저런 노래가 입에서 나올까 싶었지만 추신은 더 말리지 않았다. 자포자기한 채 벌 받는 사람처럼 추신은 그 소음을 견뎠다.

급기야 황제는 성질을 못 이기고 입으로 용포를 찢기 시작했다. 아름다운 용포가 북북 찢겨 나갔다.

"이거지? 네가 원하는 게 이거지? 너 다 주마. 다 가져가!"

그러더니 누더기가 된 용포를 추신에게 던졌다. 그 꼴은 정말 봐줄 수가 없었다.

"어찌 이런 패악을 부리십니까! 종묘사직에 부끄럽지도 않으십니까! 부끄러운 줄 아십시오. 부끄러운 줄!"

그 말에 주저앉아 황제가 오열을 했다. 머리를 쥐어뜯으며 그분께서 우시는데, 우시는데! 추신은 찻잔에 술을 따라 벌컥 마셨다. 입속이 온통 불타는 느낌이었다. 술은 몸속에 직선의 구멍을 내며 뜨겁게 내려갔다. 이대로 창자가 끊겨 나갔으면. 옥루가 줄줄줄, 그분이 우셨다. 그런데도 자신은 거기에 대고 소리를 질러 댔다. 그런 무도한 짓을 저지르다니, 그런 극악한 말을 쏟아붓다니, 패악은 자신이 부렸다. 무엇에 씌었던 걸까? 난생처음으로 추신은 자기가 자기 같지가 않았다. 추신은 계속 술을 따라 마셨다. 노랫가락이 시끄러운데 귀에 들어오는 소리는 하나도 없었다. 무엇이었을까, 자신에게 휘몰아쳤던 그 격정의 정체는? 깜짝 놀라 고개를 드니 고고의 손이 자신의 뺨에서 떨어지고 있었다.

"상처가 나셔서, 헤헤."

술을 발랐는지 뺨이 쓰렸다. 그제야 유리 조각이 튀어 뺨에 상처가 난 게 생각났다. 아! 추신이 벌떡 일어났다. 들고 있던 작은 꽃이 바닥에 떨어졌다. 추신은 다급한 걸음으로 청당 문을 열어젖히고 옷자락을 펄럭이며 약초장이 있는 낭실로 향했다. 자루에 달린 등롱이 뒤집힐 듯 흔들렸다. 불빛에 기둥 그림자가 어지러웠다. 어서 연고를 고아 황궁에 들어야 한다는 생각뿐이었다. 발바닥의 상처, 무척 쓰라리실 텐데. 이런, 이런! 옥체를 그 지경으로 만들어놓고, 이런, 한심한! 정말 미쳤구나. 정신을 어디 빼놓고, 아 이런 한심한 것! 자신을 향한 폭풍 같은 질책, 이 또한 태어나 처음이었다.

고인 물이 흐를 때

  침상 밖 공기는 싸늘했다. 조융은 곤히 잠든 가경을 깨울 수가 없어 어둑한 가운데에서 손수 용포를 걸쳤다. 옷깃에서 한기가 전해져 목덜미에 소름이 돋았다. 조융은 나가려다 말고 침상의 휘장을 들추고는 가경의 옆에 걸터앉았다. 어스름한 속에서도 가경의 눈썹이 선명하게 도드라져 보였다. 조융은 눈썹 윤곽을 손끝으로 쓰다듬었다. 가지 말라고 조금만 더 있어달라고 잡기라도 하면 못 이기는 척 따뜻한 품 안으로 도로 기어들어가련만 잠에 빠진 연인은 눈을 뜨지 않았다. 그 사랑스러운 얼굴을 뒤로하고 조융은 몸을 돌려 문으로 향했다. 아무리 조심해도 내디딜 때마다 전해지는 통증에 걸음은 더뎠다. 발밑에선 차가운 소리가 났다. 상강霜降*의 아침, 동각의 앞뜰은 첫서리로 온통 희

---

* 24절기 중 하나. 양력 10월 23일 또는 24일, 상강 전후해서 서리가 내림.

*끄*무레했다. 조융은 크게 숨을 들이마셨다. 뜬눈으로 지새운 탓에 안구가 따가웠지만 신선한 공기가 폐에 가득 차자 정신이 맑아졌다. 연에서 내렸을 때 조융은 업히지 않고, 중귀인 장내관을 찾았다.

"언제나 네가 제일 든든하다."

조융은 뚱뚱한 장내관의 팔에 의지해 걸었다. 장내관의 폭신한 살집이 옆구리에 닿자 정말 든든해지는 기분이 들었다. 갑작스러운 칭찬에 긴장했는지 장내관이 침을 꿀꺽 삼켰다. 조융은 장내관의 통통한 손을 잡고 몸을 더욱 기대었다. 동각루는 수만 송이 국화가 밤새 내뿜은 향기에 감싸여 있었다. 두 사람은 국화 향기를 차례로 무너뜨리며 누각의 계단을 올랐다.

"아아, 국화가 온통 서리를 맞았구나. 이 쓸쓸한 장관이라니. 그렇지. 너는 알아주는 낭만가객이 아닌가. 한 구절 읊어야 하지 않겠느냐?"

동각루 위, 전망이 트인 남쪽 난간으로 다가가며 황제가 말했다. 눈치를 볼 줄 아는 장내관이 정답을 내놓았다. 장내관의 입에서 백낙천의 시가 흘러나왔다. 조심스럽게 시작한 낭송은 점차 아련한 기운으로 새벽 공기 속에 퍼져나갔다. 장내관은 스스로 만든 정취에 푹 젖어 마지막 구절에선 목소리마저 가냘프게 떨었다. 떡도 예쁜 것만 골라 먹는다는 장내관이었다. 사가를 웬만한 사대부 집보다 고상하게 꾸며놓고 자랑한다지? 무엇보다 마음에 드는 건 의심이 많고 담이 작다는 것. 풍수를 잘 보는 곽오서와 묶어서 일을 시키면 잘해낼 것이다.

젊은 날은 가버리고, 꽃 시절은 다하였네……

기쁜 일은 찾기 힘들고 몸은 늙어 걱정만 느나니……

그대 국화에게 묻노라, 이 늦은 시절까지 어찌 홀로 고우신가.*

조융은 장내관을 따라 시구절을 읊조려보았다.

"쾌락과 아름다움을 원 없이 누렸던 낙천도 세월 앞에선 눈물을 짓는구나. 누군들, 이 가혹한 세월 앞에선 누군들."

저쪽 솔숲 아래 학들이 잠에서 깨어 끄륵끄륵 소리를 냈다. 학들은 충충거리며 뛰기도 하고 띄엄띄엄 날기도 했다. 어스름한 새벽 기운에도 검은 꽁지깃이 탐스러워 보였다. 겉으로는 멀쩡한 듯 보이지만 애완 학은 안쪽 날개깃 몇 개를 잘린다. 저런 어설픈 날갯짓으로는 몸체가 한쪽으로 기울어져 산맥은커녕 황궁의 담도 넘기 어렵다. 평생 모이를 주는 사람 뒤만 쫓으며 애교를 부리고 사랑받고 그렇게 육십을 살고 더러는 팔십이 넘도록 산다.

"겉모습은 군자풍이어도 영원히 아이인 채로 남는 거지. 너나 나나 울안에 갇힌 학이로다."

"망극하옵니다. 폐하."

"장내관은 몇 살에 궁에 들었지?"

"열하나였사옵니다. 폐하."

"쯔쯔, 이렇게 찬 서리라도 내리면 남쪽이 더 그립겠구나. 네 고

* 백거이의 「동원완국」 중에서.

향 소주는 더없이 좋은 곳이라지? 가경도 무척 그리워하더구나."

조융이 손을 내밀자 장내관이 부축했다. 긴장을 했는지 조금 전과는 달리 몸이 굳은 게 천을 통해 느껴졌다. 장내관의 머릿속은 어지를 파악하느라 꽤나 바쁠 것이다.

환관들에게 추신은 양성의 수장, 그 이상의 존재였다. 남다른 학식과 빛나는 외모, 막강한 권력을 갖고 있어서만은 아니었다. 환관들에게 있어서 추신은 문신 관료들보다 더 크고 고결한 뜻을 품은 군자의 전범이었다. 태양이고 태산이었다. 그 찬란한 태양이, 그 우뚝 솟은 태산이 자기들과 동류인 환관인 것이다. 이 사실이 환관들에게 주는 위안은 실로 막강했다. 인간이라면 누구나 숭고한 삶에 대한 갈망이 있기 마련. 환관도 예외는 아니었다. 어쩌면 자기 모멸감이 심한 환관이기에 그 갈망은 더 크고 깊으리라. 추신은 그들이 품은 갈망을 채워줬다. 바로 추신에게 헌신할 기회를 줌으로써. 환관들은 추신에게 도움되는 일을 하고 싶어 했고 추신을 위해 일한다는 것만으로도 긍지를 느꼈다. 추신은 그렇게 양성의 모든 환관들에게 찬란한 빛을 비추어주었다. 그러나 추신이라는 빛도 닿지 않는 곳이 있었으니 그것은 네가 환관이 되기 전, 소주, 너의 고향. 비루해도 온전한 몸으로 살던 그 시절. 그곳엔 아직도 그 어린 소년이 살고 있다. 네 부모는 입 하나 덜려고 너를 팔았지. 그 소년이 이제 소주부사도 굽실거릴 만큼 지체 높은 태감나리가 되어 고향 땅을 밟는 거야. 짐이 으리으리한 관을 씌워주마. 그 관을 쓰고 천대받던 그 소년을 원도 한도 없이 위로해주렴. 조융의 다정한 눈길을 받자 밀명을 직감했는지 장내관은 괜히 뒤를 돌아보았다.

"겁먹지 말라. 낙천은 강남에 못 돌아갔어도 너는 고향에 가야 하지 않겠느냐. 고향이란 금의환향하라고 있는 것이다. 발이 다 나을 때까지 내 곁에 있어다오. 짐은 너에게 의지해야겠다."

조융은 말끔한 얼굴로 어전회의에 나갔다. 전각 안의 분위기는 그 어느 때보다 무거웠다. 대신들은 고개를 들지 못했다. 누구도 황제의 발을 감히 쳐다보지 못했다. 옥체에 상처라니, 있을 수도 있어서도 안 될 일이 망극하게도 일어났기 때문이었다. 원칙대로라면 모시는 중귀인들이 목숨을 내놓아야 할 사안이었다. 어제 밀원에 가기 전 조융은 이번 일에 대해서는 문제 삼지 말라는 교서를 내렸다. 교서가 내려졌으니 태후전, 황후전, 종실과 문무백관 또한 함구할 수밖에 없었다. 공식적으로는 그렇다 해도 비공식적으로 쏟아질 꾸지람을 면할 수는 없는 일. 어제 번을 섰던 중귀인들은 문태후와 황후, 황숙들에게 불려가 한바탕 시달릴 것이다. 어떻게 모시기에 옥체에 외상이 생기느냐, 어찌하여 맨발로 계시게 두었느냐, 왜 하필 유리잔에 차를 드렸느냐, 왜, 어찌, 왜, 어찌…… 그러면 추신에겐 한 바퀴 돌 구실이 생긴다. 아랫사람들이 불려가 혼이 나는데 환관의 수장인 추신이 가만있는 것은 불손 중의 불손이 아닌가. 모두가 기다린 시간이 도래한 것이다.

황실의 누구든, 추신의 방문을 받으면 행복해한다. 그가 들어서면 탁한 공기가 정화라도 되는 듯 청아한 묵향이 퍼진다. 그 우아한 손을 조금 꺼내 차를 마시며 이야기를 나누는 내내 사려 깊은 눈빛으로 자신들을 바라봐준다. 그것만으로도 호사스러운데 추신은 빈손으로 가는 법이 없다. 추신은 황족들의 골치 아픈 일을 말끔히 해결해준다. 그들이 추신 앞에서 하는 말은 아무리 품위 있어 보여도 결국은 이거 해달라, 저거 해달라, 하는 응석이었다. 그 과정에서 추신은 그들의 욕망과 사정을 속속들이 파악할 수 있었다. 그런 식으로 추신은 빈손으로 돌아오는 법도 없었다. 게다가 이번에는 입태자가 목전이니 제가 낙점한 영왕이 태자가 되어 마땅하다고 은밀하게 유세를 하고 다니겠지, 조융은 곁에 서 있는 추신을 힐끗 쳐다보았다.

추신은 평소와 다름없이 진지하게 재상들의 논의에 귀 기울이고 있었다. 회의 말미에 예부상서가 유생들의 농성을 보고했다. 농성자가 줄지 않고 더 늘었다고 한다. 내일쯤 형선에 대한 탄핵 상소가 올라올 것이다. 그러면 기다렸다는 듯 이편저편 승냥이들이 모두 달려들어 형선을 물어대겠지. 추신은 미리 마련해둔, 귀양이나 좌천으로 보기엔 애매한 자리를 형선에게 던져줄 것이다. 분명 토호들의 횡포나 지방관의 비리가 심한 곳일 터이다. 답답형공은 사람 잡는 고집스러움을 한껏 발휘해 그 지역의 고질적인 병폐를 척결해내리라. 다 잘된 일인가? 추신의 표정을 보아하니 그런 것 같았다.

조융은 조회를 마치고 내저로 물러나 아침 수라를 들었다. 입맛이 돌아 평소보다 많이 먹었다. 다친 발을 푹신한 교자 위에 올리고 차를 마시고 있는데 한림원에서 사전검토를 마친 상주문을 들고 추신이 들어왔다.

"연고를 지어왔습니다. 지금 바르겠나이다. 허하소서."

"그리하라."

중귀인이 조융의 발에 감긴 천을 벗기고 알합에 담긴 연고를 펴 발랐다. 일을 마치자 시중들던 중귀인들이 물러났다.

"소인 어제 성자께 극악무도한 언행을 저질렀사옵니다. 어떤 벌이든 달게 받겠사옵니다. 용서를 구할 수만 있다면 소인 벌 받아 죽어도 여한이 없나이다."

참으로 흠잡을 수 없는 목소리였다. 용서를 구하는 자리가 아닌 용서를 해주는 입장에나 어울리는 잘난 사내의 목소리. 추신의 몸이 온전했다면, 양기가 꺾이지 않았다면, 저 강한 사내는 장수가 되었으리라. 서북변경에서 군사를 일으켜 서하를 정벌하고 거란을 겁박하고 이 문약한 개봉의 조씨 황실마저 쓸어버렸으리라. 필시 마흔 전에 용포를 입고 용상의 주인이 되고도 남았으리. 그래, 그대라면 내 목을 기꺼이 내어주지, 생각할수록 그럴듯했고 목덜미가 서늘해지면서 조융은 야릇한 쾌감마저 느꼈다. 그 쾌감은 속이는 자만이 즐길 수 있는 여유에서 오는 것이었다. 조융은 비로소 자신이 추신보다 우위에 선 기분이 들었다.

"폐하, 노여운 것이 있으시면 말씀해주소서."

"없다. 노여워할 일도 아니고 노여워한들 무슨 소용이 있느냐. 사람의 마음은 물과 같아서 결국 가고 싶은 데로 가고야 말지. 가둔다고 될 일인가. 네 말대로 부끄러운 짓이었다. 너는 늘 옳다. 정신 차리기로 했다. 안심하라."

"……."

이렇게 완벽하게 승복을 했건만 무얼 더 내놓으라고 대답도 안 하는 건지, 조융은 고개를 들어 추신을 보았다. 내색하지는 않았지만 조융은 움찔했다. 그 잠깐 사이에 허깨비라도 됐는지 추신은 생기가 다 빠져나간 꼴을 하고 있었다. 고개를 옆으로 떨 구고 손에 든 서반을 떨어뜨리지나 않을까 싶을 정도였다. 난생 처음 접하는 추신의 무력한 모습. 고약하군그래, 조융은 급히 찻 잔을 들어 한 모금 꿀꺽 마셨다. 차를 마셔도 진정되기는커녕 그 짧은 동안 자책하는 목소리가 다투듯 조융의 마음속으로 쏟아 졌다. 도대체 내가 무슨 짓을 하려는 거지? 추신을 속상하게 만 들다니, 다른 사람도 아닌 내가! 순간 다친 발에 힘이 들어가 격 통이 찾아왔다. 속을 들킨 것 같아 조융은 반사적으로 추신을 쳐 다보았다. 추신은 멈춘 듯 그대로였다. 상심한 옆모습을 보이 며. 그 아름다운 얼굴은 익숙한 어떤 것을 요구하고 있었다. 어 서 해주소서, 제 마음에 드는 짓을 해주소서, 제가 듣고 싶은 말 씀을 해주소서, 어서 해주소서. 조융은 깨달았다. 그는 기다리고 있었던 것이다. 언제나 그랬듯 황제가 무너지길.

조융은 추신을 보고 또 보았다. 받기만 하고 되돌려주지 않는 그 무책임한 얼굴을. 너를 향한 내 눈빛, 내 들뜬 목소리, 삼십 년 이 넘도록 어떻게 눈치를 채지 못한단 말인가. 그게 가능한 일인 가? 너란 자는 어찌 그리 잔인한가. 이 체념, 이 절망, 아무리 오 래되어도 익숙해지지 않는다. 멍든 자리에 다시 멍이 드는 것 같 았다.

"그대가 싫다. 그대가 지겨워! 정말 싫다. 정말이지 참을 수가 없어. 너는 불쾌하다!"

"······."

추신은 못 들은 척 상주문이 담긴 서반을 탁상 위에 놓더니 하나를 펼쳐 조용 앞에 놓았다.

"이 상주문부터 보소서."

그 음성에서는 숨길 수 없는 기쁨이 묻어났다. 상전이 유치한 말을 퍼부으며 투정을 부리면 둘 사이에 벌어졌던 틈은 사라진다. 환관은 이렇게 주인을 길들여왔다. 알고도 속고 모르고도 속고 그 아름다운 얼굴에 기꺼이 속아왔다. 이제는 그러지 않을 것이다. 이제는 네가 속을 차례다. 하지만······ 잘해낼 수 있을까, 내가 잘해낼 수 있을까?

자신에게 불안해진 조용은 서둘러 상주문을 읽기 시작했다. 이럴 때는 오직 문자만이 정신을 차리게 해준다. 처음 펼친 문서가 하필 심형원에서 올린 사형자 명단이었다. 아무리 극악무도한 죄인이라도 처형을 하려면 최종적으로 황제의 승인을 받아야 한다. 내용을 꼼꼼히 살핀 조용은 수결(서명)을 하려다 손을 멈추고 다시 한번 지면을 훑었다. 부형을 때리고, 사부를 해하고, 강상의 도리를 어지럽힌 죄. 인간으로 나서 오죽하면 이런 죄를 지을까, 뜬금없이 그런 생각이 들었다. 조용은 붓을 내리고 감형할 요건이 없는지 재검토를 지시하는 주비를 달았다. 황제가 한 번씩 제동을 걸어야 판관들이 법리를 더욱 꼼꼼히 살필 것이다, 조용은 그렇게 자신의 행동에 합리적인 이유를 만들어내고 스스로 납득한 듯 고개까지 끄덕였다. 그때였다. 꾹꾹 눌러 담긴 목소리가 조융의 뒤통수에 와 닿았다.

"소인은, 폐하가 전부라서……."

조융은 눈을 감았다. 눈은 감을 수 있어도 귀는 닫지 못하는 이 끔찍한 순간, 추신이 말을 이어갔다.

"싫어할 수도, 지겨워할 수도, 불쾌해할 수도 없나이다."

그래 그렇겠지. 싫어할 수도, 지겨워할 수도, 불쾌해할 수도 없겠지. 너의 그 말 어찌 거짓이겠는가. 그 절절하고 가슴 뭉클한 너의 충심, 나도 잘 알고 있다. 그러나 너는 인간이 가진 전부라는 것이 무엇인지 알지 못한다. 이번엔 조융이 못 들은 척을 하기로 했다. 쉽지는 않겠지만 세상사 못 할 짓도 하다 보면 는다고 언젠가 가경이 말하지 않았나. 앞으로는 이런 것쯤 익숙해지겠다고 조융은 다짐했다. 다시는 제 손으로 날개깃 자르는 짓은 하지 않겠다고도 다짐했다. 한결 마음이 편해진 조융은 그다음 상주문을 펼쳐 빠르게 읽어나갔다.

다관에서

　다시 봄이 온 듯 뺨에 닿는 햇살이 간지러웠다. 삼동 추위가 덮치기 전에 선심이라도 쓰듯 포근한 날이었다. 영왕부(영왕의 궁)에서 나와 바쁘게 다음 행선지로 이동 중이던 추신은 상국사 앞 꽃시장 거리가 붐비는 바람에 천천히 말을 몰아야 했다. 요 며칠 추신은 태후전을 시작으로 해서 층층이 황족들을 알현하고 다녔다. 명목상 구실은 옥체가 상한 일에 대해 사죄를 고하고 황가의 용서를 받는 데 있었지만 진짜 목적은 황실의 여론을 영왕 쪽으로 도모하고 불필요한 잡음을 단속하는 데 있었다. 황제의 눈길이 영왕을 향하고 있다는 언질은커녕 암시도 준 적 없건만 추신이 방문하는 곳마다 약속이라도 한 듯 영왕의 특출한 자질에 대해 말들을 보탰다. 혹시나 기대를 품었던 다른 황자들은 낙담의 한숨을 쉬거나 체념의 쓴웃음을 지었다. 당사자인 영왕은 자신이 태자가 되는 걸 당연지사로 여겼는지 별다른 동요를 보이지 않았다. 발육이 좋아 이미 성인의 키에 도달한 영왕은 목소리 또한 어른스러웠다. 사죄를 고하고 영왕부 편전에서 물러나는 추신에게 소년왕은 치하의 말 한마디를 했다.

"네 수고가 크다."

푹한 날씨 때문인지 꽃시장에는 평소보다 몇 배는 많은 꽃이 나와 있었다. 온실에서 키워낸 장미와 작약이 쏟아지는 시기였다. 운하를 타고 올라온 남방의 꽃들이 싱싱한 활력을 뿜어대고 사람들은 감탄을 연발하며 꽃 사이를 어슬렁거린다. 꽃 앞에선 누구나 착해지기 마련인지 흥정하는 외침마저 유쾌하고 정겨웠다. 꽃시장 여기저기에 궁인들의 모습이 보였다. 궁인들은 겨울이 오기 전 잠시나마 상전의 처소를 화사하게 꾸미려고 보통 때보다 많은 양의 꽃을 앞다퉈 사들였다. 상인 하나가 추신 앞에 부용 화분을 쳐들어 보이며 말했다.

"나리, 이 빛깔 좀 보십쇼. 제철에 비할 바가 아닙니다요."

상인 말대로 부용은 불타오르듯 붉었다. 빤드르한 꽃잎에 햇살이 자글거렸다. 이 정염의 빛깔이라니, 살 생각도 없었건만 추신의 머릿속에선 벌써 꽃 화분이 놓일 자리가 그려지고 있었다. 밀원 청당 문을 열면 바로 보이는 물시계 옆, 침상 옆에 두어 개, 아니지. 폐하께서는 정신없이 흐드러져 피는 꽃무리를 좋아하시니 입구부터 시작해 복도를 뒤덮고 침소의 모든 창문과 침상 앞을 온통 저 붉은 꽃으로 장식해드려야겠다. 꼭 신방 같겠지. 유가경과 함께 파묻히면 얼마나 행복해하실까. 추신은 수행 내관들에게 시장에 나와 있는 부용을 전부 사들여 밀원에 보내라는 지시를 내렸다. 야오야오, 하는 고양이 소리에 돌아보니 맞은 편이 애완동물 시장이었다. 주인의 마음을 알아챈 말이 벌써 그리로 발을 옮기는데 누군가 앞을 막아서며 절을 했다. 참지정사 이사명의 시종이었다. 시종이 가리키는 쪽을 돌아보니 저쪽 고서화 거리에 쌍마교*가 서 있었다. 가마 창문에서 이사명의 손이 나와 장난치듯 손수건을 흔들었다.

"수배해놓은 진본이 나왔다 해서 급하게 달려 나왔습니다만."
그림은 모작이었고 실망한 이사명은 위로를 해달라며 추신을 붙잡았다. 두 사람은 번잡한 거리에서 벗어나 있는 다관 이층 널찍한 대청에 자리를 잡았다. 향찻잔**을 두 손으로 받쳐 들고 콧속이 배도록 차향을 흠뻑 맡은 두 사람은 만족스러운 웃음을 주고받았다.
이사명은 부드럽고 유연하면서도 원칙을 지키는 신중한 사람이었다. 처세에도 발군이라 요직을 두루 거쳐 오십 줄에 재상의 자리에 올랐을 뿐만 아니라 문하생들이 각 부에 구석구석 포진해 있는, 중앙에 기반이 단단한 실력가였다. 그는 전형적인 문인 사대부로 천자와 함께 천하를 통치한다는 자긍심 충만한 인물이었다. 추신과는 많은 일을 함께 도모해온 더할 나위 없는 정치적 동료였다.

* 두 마리 말에 매고 다니는 가마, 고관들이 타고 다님.
** 본격적으로 차를 마시기 전에 차향을 맡기 위해 따로 찻잎을 담아놓은 잔.

시녀가 갖다준 차탕은 감미료의 비율이 절묘했다. 처음엔 복숭아 씨앗의 신맛이 살짝 나는가 싶더니 곧 혀를 적시는 수국 잎차의 단맛이 느껴지다가 마지막엔 가을 햇차의 화려한 향기가 입안으로 퍼져나갔다. 차 한 모금에 어깨가 풀리고 정수리가 맑아지는 느낌이었다. 모처럼 다 잊고 취할 때까지 마셔볼까. 열 잔, 스무 잔, 혀와 목구멍이 아릿해질 때까지 차를 마시다 보면 사물이 또렷해지고 손목에도 흥이 올라 붓이 종이 위를 날듯 글씨가 써진다.

"역시!" 하며 참지정사가 빙긋 웃었다.

추신은 급하게 웃음기를 감췄다. 요즈음 자주 이런 식이었다. 참지정사는 물속 잉어처럼 유연하게 말머리를 돌렸다.

"이리 따듯한 날이 계속되면 좋으련만, 길고 긴 겨울을 어찌 견뎌내려나. 늙은 삭신이 쑤셔댈 터인데. 쳇, 어차피 늙으면 이 꼴인 것을 젊어서 좀 방탕하게 놀아날걸 그랬습니다."

오랜 지기는 애석해 못살겠다는 표정을 지었다. 아닌 게 아니라 오늘따라 유난히 이사명의 마른 목덜미가 주름지고 추워 보였다. 추신은 은연중에 자기 목에 손을 대보았다.

"아, 나도 오서처럼 포근한 남방으로 놀러 갈 수 있으면 좋으련만."

이사명의 말마따나 곽오서는 얼마 전 소주로 탐친휴가*를 떠났다. 조정에서 중책을 맡은 곽오서가 하필이면 가장 바쁜 때 장

---

* 송대 관리에게 주는 휴가로 부모가 근무지에서 3천 리 떨어진 곳에 살 경우 3년마다 한 달 휴가를 줘서 방문할 수 있도록 했다.

기휴가를 내서 다들 말이 많았다. 소주에 어떤 망해가는 부자가 몇 대를 모은 골동서화를 팔아 치운다는 얘길 듣고 열 일 제치고 갔다는 소문이 파다했다.

"말이 나온 김에 폐하께 남순을 좀 권해보세요. 그 덕에 우리도 돌아오는 봄엔 강남에서 꽃놀이 좀 해봅시다. 혹시 알아요? 귀여운 오기들이 손목이라도 내줄지."

곁눈질을 치며 참지정사가 장난스럽게 웃었다.

"남순이라니요. 폐하께서 그런 데 돈 쓰시겠나이까. 주판쟁이 구두쇠라고 놀려드려도 눈 하나 깜짝 안 하시더이다. 하하."

황상이 제위를 물려받았을 때 나라의 재정 상태는 한숨이 날 지경이었다. 선황제의 삼십 년 치세라는 게 정작 까보니 성한 알곡 하나 없이 벌레들이 죄다 갉아먹은 형국이었다. 황실의 사치는 극에 달해 있었고 관리들은 뒷구멍으로 해먹을 수 있는 건 다 해먹고 있었다. 부자들은 온갖 수를 다 써서 세금을 회피했고 군대는 나라의 부를 빨아들이는 무저갱이었다. 이미 부패의 단맛에 길들여진 관료와 부자들의 저항이 거센 탓에 드러내놓고 법령을 바꾸지도 못했다. 개혁을 시행하기엔 받쳐줄 체력이 없어도 너무 없었다. 젊은 황제는 개혁의 토대를 마련하기 위해 황실 경비부터 시작해 줄일 수 있는 것은 다 줄여나갔다. 처음 몇 년간은 궁에서 소비하는 양고기 돼지고기 근수까지 제한했다. 삼사에선 거의 매일 황제에게 세입세출에 관한 보고를 해야 했다. 황제는 회계장부를 직접 대조하고 뭔가 수상하다 싶으면 불시에 호부 시랑들을 급파해 실사를 벌였다. 개미가 좁쌀을 주워 모으듯 노력한 덕에 국고는 조금씩 채워져갔다. 쉬는 시간도 마다하고 어실 창가에서 맨발로 선 채 회계책의 숫자를 헤아리느라미간을 좁히던 젊은 황제, 그 모습은 추신이 본즉 가장 거룩한형상이었다.

"영왕께서는 여전하신가요?"

무엇이 여전하다는 뜻인지는 모르겠지만 이사명은 재미있다는 듯 웃으며 말했다. 그러지 않아도 이사명과 한 번은 이야기를해야 했다. 이사명은 입태자 이야기가 나오고 나서 거의 일 년이지나도록 이렇다 할 입장을 보이지 않았다. 영왕을 탐탁잖게 여긴다는 뜻이었다.

"영왕 전하께선 요즈음『이위공문대』*를 읽고 계시더군요. 젊은 시절 폐하를 뵙는 듯했습니다."

이사명은 차를 한 모금 입에 넣고는 눈을 감고 맛을 음미했다. 그러더니 꿀꺽 삼키고서는 시큰둥하게 말했다.

"그러셨죠. 그러셨고말고요. 모든 걸 달달 외우시고. 그게 다내상께 칭찬받고 싶어서 그러신 겁니다. 오죽하면 추신이 어린아들을 훔쳐갔다고 문태후께서 탄식을 하셨다지요?"

"하하하, 어쩌겠나이까. 폐하와 저 모두 배우는 걸 좋아하는데다, 사실 그때는 공부밖에는 달리 할 일도 없었습니다."

"그래요. 누가 알았겠습니까. 책벌레 벽왕께서 보위에 오르실줄. 내상, 이곳 차 맛이 왜 좋은 줄 아세요? 찻잎이 좋아서가 아

---

* 제왕학 책, 당나라의 명장 이정이 태종의 질문에 답해 병법을 설명한 책.

닙니다. 차를 덖고 찌는 솥이 진나라 정鼎을 녹여 만든 것이랍니다. 불세출은 내상을 두고 하는 말입니다. 내상 덕에 폐하께서도 제 몫을 해내시는 거지요. 벽왕은 추신이라는 정 덕분에 황제가 되긴 하셨지만…… 영왕 전하는 글쎄요, 책 읽는 재주로만 제왕이 되는 건 아닙니다."

그러더니 거의 비어 있는 차대접을 보고는 손끝을 살짝 쳐들었다. 희고 긴 손톱이 맵시 있어 보였다. 시녀가 와서 다시 차탕을 올렸다. 이사명은 복잡한 표정을 짓고는 차대접을 입으로 가져갔다. 추신도 짐작은 하고 있었다. 그 바쁜 이사명이 한가하게 담소나 나누려고 상국사 앞까지 나와 자신을 불러 세우진 않았을 거란 것을. 설마 곽오서의 그 허랑한 대붕 타령이 이사명에게 먹혀들어가기라도 한 건가?

"물론 멋진 분이시죠. 숙왕 전하 말입니다. 허나 딱하게도 대붕은 장천長天을 주유하느라 지상에 둥지를 틀지 않으시니."

추신은 일부러 비꼬는 말을 던져보았다.

"아닙니다. 그런 게 아니에요, 내상, 그런 게 아니에요. 저는 어떤 분이 태자가 되셔도 상관없습니다. 보위를 누가 잇든, 꽃이 피든 비가 오든 저는 제 길을 걸어갑니다. 보세요, 내상. 이건 그저 우정입니다. 아아, 나의 벗님! 여전히 이렇게 한창이시니 동년배인 저는 어쩌라고. 아, 나의 벗님. 고운 나의 벗님. 말씀해주세요. 옥체에 난 상처, 제게만이라도 사실대로 말씀해주세요. 어쩌다 일어난 일인지 저에게는 말씀해주셔야 합니다."

이사명은 잔뜩 애원하는 눈빛이었다. 황새같이 생긴 이사명의 얼굴에는 도무지 어울리지 않는 표정이었다.

"이런, 제가 어찌 참지정사께 숨기는 게 있겠습니까? 이미 말씀드린 대로 우연한 사고였습니다. 한눈을 파시다가 그만, 쯧쯧. 불문하고 다 저희 내관들 불찰이지요. 내저에서 쉬실 때는 맨발로만 계시려 하니 말입니다. 게다가 하필 파사(페르시아)의 유리잔이었지 뭡니까? 아, 정말 끔찍했습니다."

추신이 미간을 찌푸리자 이사명은 손사래를 치며 알겠다는 듯 고개를 끄덕였다. 다관의 기녀가 비파를 켜기 시작했다. 낙숫물이 풍당거리고 아이가 까르르 웃는 것 같은, 더없이 맑은 소리가 대청에 울려 퍼졌다. 이 발랄한 곡조를 이사명은 눈까지 감고 진지한 표정으로 듣고 있었다. 뭔가 복잡한 생각을 정리하는 듯 보였다. 오후 햇살이 이사명의 코끝을 상앗빛으로 빛내면서 반대쪽 얼굴에 짙은 음영을 드리웠다. 아무리 봐도 이사명이 밀원에 대해 낌새를 챈 것 같지는 않았다. 이사명이라면 그날 오기가 내저에 든 일까지는 알아냈을 것이다. 숙왕이 보낸 오기가 알현한 날 옥체에 상처가 났다. 당연히 참지정사 입장에서 관심을 가질 수밖에 없는 사안이다. 하지만 사고는 오기가 궁에 들기 몇 시간 전에 났으니 이사명으로선 도무지 연관성을 찾을 수 없을 것이다. 그러니 저렇게 간곡히 물어보는 것이겠지, 하다가 추신의 머릿속에 한 생각이 떠올랐다. 설마 내게 기생첩이라도 생겼나 대놓고 묻기 난처해 저러는 걸까, 하는. 이사명이 늘어놓은 이야기를 종합해보니 아무래도 그런 것 같았다. 의문이 해소되자 추신은 유쾌해졌고 그래서 이사명을 놀려주기로 마음먹었다.

"저도 손톱을 길러볼까 하는데, 어울리겠나이까?"

기막히다는 듯 이사명이 손사래를 치며 말했다.

"내상께서 그런 말씀을 하시니 왠지 말세 같습니다만."

"왜요? 기생첩에게 잘보이려면."

더 이상 참지 못하고 웃음을 터뜨리자 이사명은 멋쩍은 듯 쓴 웃음을 지었다.

쌍마교 발판에 발을 딛다 말고 몸을 돌린 이사명이 추신에게 바짝 붙어서더니 속삭였다.

"오서가 무모한 듯 보여도 몸 사릴 줄은 압니다. 염려치 마시길."

그러곤 돌연 환한 낯빛이 되어 장난스럽게 눈을 찡긋했다.

"희왕 전하께 조만간 영회를 보러 찾아뵙겠다고 안부 전해주세요. 이사명이 사실은 난잡한 이야기를 좋아하니 그런 걸 좀 자주 하시라 슬그머니 알려드리고요."

그날 추신은 입궐하지 않고 귀가할 예정이어서 추부와 가까운 희왕부를 마지막 행선지로 잡았다. 희왕은 요 며칠 매일 사람을 보내 추신의 행보를 물어왔다. 혹시라도 자신을 소외시킬까 봐 대놓고 방문을 재촉해댔다.

"거봐, 내상이 좋아할 줄 알았다니까. 알도 자못 굵어. 영롱한 게 아주 맘에 들 거야."

희왕은 젖빛 진주알을 집어 보이며 활짝 웃어 보였다. 어쩐 일인지 요즈음 추신이 방문하는 곳마다 진주를 하사했다. 추신이 뇌물이나 선물을 받지 않는 걸 알면서 약속이라도 한 듯 다들 추신의 손에 진주알을 건넸다. 거절하기엔 난감한 수준이었다. 값싼 서역 진주가 아닌 황족들이나 만져볼 수 있는, 광주에서 채취한 귀한 종류였지만 고작 한 알씩 주는데 정색을 하고 물리기도 뭣해서 추신은 잠자코 받을 수밖에 없었다.

환관들의 불찰에 대해 추신이 사죄의 절을 올리자 희왕이 아아, 얼마나 아프셨을꼬 하는 말과 함께 눈물을 찍어대며(정말 눈물을 흘렸다!) 한껏 충심을 내보였다. 딱 알맞은 만큼의 요식행위가 끝나자 희왕은 바로 그 문제의 진주를 꺼내 보였다. 추신이 진주가 담긴 비단주머니를 군말 없이 받아들자 희왕이 능글거리는 낯빛으로 웃었다. 그 웃음에 추신은 불가사의한 기분이 들었지만 집주인은 추신이 깊게 생각할 여유를 주지 않고 다음 순서로 바로 넘어가 영왕 정도면 태자로서 손색이 없다며 찬사를 늘어놓았다. 칭찬도 딱 구색을 맞추는 수준까지만 했다. 그렇게 황가의 일원으로서 과업을 마친 희왕은 우쭐한 표정으로 옆에 선 늙은 환관을 쳐다보았다. 늙은 환관은 자신이 업어 키운 상전이 이젠 명실공히 친왕 노릇을 당당히 해내는 모습이 대견해서 못 견디겠다는 듯 깃털부채로 희왕의 뺨을 살살 쓸어주었다. 이 광경을 언젠가 본 적이 있는 것 같아 추신은 살짝 현기증을 느꼈다. 언제였지, 꿈에서였나 하는데 희왕이 어서 영희를 보러 가자고 채근하는 통에 그만 일어서야 했다. 희왕부에 발을 들여놓은 이상 영희를 보지 않고는 벗어날 수 없는 법. 희왕은 신이 나 꼬리가 안 보일 정도로 혼드는 강아지처럼 앞장서서 영희공연장으로 추신을 이끌었다.

"내상도 전에 본 적 있지? 학이 된 아가씨 얘기 말이야. 왜 그때 제희들이 울고불고해서 태후마마 두 분이 언성을 높이시고, 나 원, 여인들 등쌀에 과인이 견딜 수가 있어야지. 하하."

영희는 내용이 확 바뀌어 있었다. 전과 다르게 도사가 쏜 마법탄은 서생의 목을 그대로 꿰뚫어버린다. 아가씨의 죽음에 분노한 태후마마들 덕분이었다. 학은 산 넘고 물 건너 멀리 달아나 낯선 땅에서 알을 낳는다. 알에서 발에 날개 달린 사내아이가 태어난다. 그곳 사람들이 신기하게 여겨 아이를 정성껏 돌본다. 아이는 자라서 훌륭한 무사가 된다. 날개 덕분에 종으로 횡으로 막 날아다닌다. 사랑 이야기는 창과 칼이 부딪치는 무협 활극이 되었다. 한번 겨루기 시작하면 합이 오십이 넘는다. 인형들이 펼치는 무예 동작이 어찌나 정교한지 정말 살아 있는 것 같아 추신은 보는 내내 신기했다. 음악 또한 와사구란瓦舍勾欄*에서 흔히 듣는 속악이 아닌 궁중아악처럼 바뀌어 그 웅장함에 추신은 몇 번이고 가슴이 뛰었다.

아들은 위기에 처한 나라를 구하고 공주와 결혼하고 나라를 물려받아 왕이 된다. 종국에는 그 사악한 도사를 처단해 아버지의 원수마저 갚는다. 바로 그 순간 상서로운 오색구름이 피어오르고 어디선가 학이 날아와 서생이 죽은 자리에서 자란 나무에 내려앉는다. 붉은 꽃이 활짝 피어나니 아가씨는 마법에서 풀려나고 드디어 모자는 상봉한다. 그러나 아가씨는 궁궐을 마다하

* 와사의 구란, 송대 잡극 등을 공연하는 대중극장.

고 서생을 그리며 나무 곁에서 남은 일생을 보낸다. 붉게 물들어가는 석양을 바라보는 아가씨의 애절한 뒷모습이라니…… 이런, 제희마마들이 또 울겠군. 희왕은 어서 남자를 살려내시오, 추신의 귀에 벌써부터 황태후의 역정이 들리는 것 같았다.

추신은 희왕을 돌아보았다. 고아로 자란 희왕은 주인공처럼 당당한 용사가 되고 싶었던 걸까? 그래서 추신은 그림자극이 끝나고 다시 환하게 등롱불이 켜졌을 때 상냥한 아부의 말을 왕에게 건넸다.

"저 아들의 풍모가 희왕 전하와 무척 닮아 보입니다."

"하하. 과인이? 아냐 아냐, 저건 진짜 영웅이야. 진짜 대장부. 주인공을 자기로 착각하면 좋은 극을 못 만들어. 근데 저 아들, 꼭 숙왕 닮지 않았어? 큼직큼직한 게 굉장히 멋지지?"

희왕은 숙왕 이야기를 할 때면 늘 우쭐해했다. 희왕이 인형을 가져오라고 손짓을 했다. 광대가 인형을 올린 노란 비단방석을 대령하자 늙은 내관이 조심스럽게 탁자에 내려놓았다.

"봐봐. 진짜 숙왕 같다니까. 가까이서 보면 더 그래."

과연 숙왕처럼 서글서글한 눈매와 떡 벌어진 어깨, 날렵한 허리와 날개 달린 큼직한 발. 희왕부에서는 수시로 영희를 공연한다. 개봉의 한량들뿐만 아니라 고관대작들 또한 영희를 보러 드나든다. 대장부 숙왕, 용맹무쌍 숙왕, 날개 달린 숙왕, 구국영웅 숙왕. 사실인즉 숙왕에게는 개봉 남정네들에게선 찾아볼 수 없는 호방한 기상이 흐르지 않는가. 자칫하다간 여기서도 대붕 타령이 나오겠군, 추신의 얼굴에서 웃음기가 가셨다.

"왕부 교수를 다시 보내드릴까 합니다. 소인, 전부터 한번 말씀 올리려 했습니다만, 대송의 친왕께서 십삼경은 마치셔야 하지 않겠나이까?"

생각지도 못한 추신의 핀잔에 희왕이 울먹이는 애처럼 입을 비죽거렸다.

"아아, 왕야, 왕야."

옆에 섰던 늙은 환관이 지레 겁을 먹고 호들갑을 떨었다. 추신은 늙은 환관보다 먼저 희왕의 손을 잡고는 토닥이며 말을 이었다.

"이런 이런, 노여워는 마시고요. 학문에도 좀 신경 쓰시라는 거지요. 그러면 폐하께서도 여간 기뻐하시지 않겠나이까? 아시지 않습니까? 폐하께서 전하를 아들처럼 아끼시는 걸. 당분간 영희일랑은 좀 멀리하시고요. 드나드는 사람들이 많으면 괜한 구설수가 나는 법이옵니다. 잊으셨나이까? 작년, 모란절 그 일."

나오려던 눈물까지 쏙 들어갈 만큼 굳어버린 희왕의 얼굴을 녹여주려는 듯 추신은 햇살 같은 미소를 지으며, 바뀌기 전의 이야기가 훨씬 심오하고 재미있다고, 개작은 어려운 것인가 보다고, 그럼에도 역시 희왕 전하는 선황제를 닮아 예술에 조예가 깊다고, 그런 상냥한 말을 듬뿍 해주었다.

빛 속에서

황궁에는 수많은 길이 있다. 황궁의 남북을 관통하는 중앙대로와 동서를 가로지르는 동서대로, 그 중심선에서 직각으로 교차하며 뻗어나가는 길들, 전각으로 이어지는 길, 전각 사이를 연결하는 길, 정원에서 정원으로 이어지는 길, 동서남북의 주랑길, 그 모든 길들은 문에서 시작되고 문으로 연결되고 문에서 끝난다. 황궁에선 문을 통과하는 자가 그 누구든 황제부터 애완동물까지 전부 기록이 된다. 문의 개폐와 출입을 맡은 황성사는 매일 추신에게 출입 장부를 제출했다. 궁 안의 또 다른 길, 즉 궁인들이 다니는 낭하와 기둥 아래 길, 벽 사이 숨어 있는 길이나 지하 통로, 지붕 위 초소에 숨은 위사들의 통로까지 추신이 지켜보지 않는 길은 없었다. 추신은 황궁 위에 떠서 내려다보는 매처럼 누가 그 길을 오가는지 왜 오가는지를 파악하고 있었고 그 길로 연결된 사람들의 내밀한 사정 또한 잘 알고 있었다.

추신은 미세한 진동 하나 놓치지 않는 거미이기도 했다. 황궁의 길은 흡사 추신의 신경과 이어진 거미줄 같았다. 그 거미줄은 황제와 황권을 보호하기 위해서였고 그래서 황제 주변은 더욱 촘촘했다. 그 촘촘한 한가운데에 용상이 있었다. 그런 이유로 용상에 앉은 조융이 추신 모르게 사람을 움직이기란 불가능에 가까웠다. 평소라면 그랬을 것이다. 그즈음 추신은 조금 달랐다. 여느 때와 같이 정력적으로 일했지만 더 행복해 보였다. 그리고 행복한 사람답게 주의력이 떨어지고 만사를 좋게 보는 경향이 강했다. 세밑이었고 새해 정초엔 대례가 있고 입태자까지 겹쳐 어느 때보다 할 일이 많았음에도 추신은 피곤한 기색 없이 물오른 가지처럼 생기가 넘쳤다. 한파로 사위가 얼어가도 홀로 봄 같은 미소를 짓곤 했다. 추신은 근래에 휴목을 자주 가졌다. 궁 밖에서 처리할 일이 많기도 했지만 추신 본인이 사가에 머물고 싶어 한다는 것을 조융은 잘 알고 있었다.

"흥, 그저 다를 바 없는 한 명의 사내였을 뿐이란 거지."

조융은 그런 추신을 볼 때면 허탈하기도 하고 측은하기도 했다. 그러나 곧 그 까만 계집의 아장거리는 형상이 떠오르면 날카로운 증오와 혐오가 치밀었다.

어린 나이부터 사대부 관료들과 씨름하느라 낯빛을 숨기는 재주를 키워온 조융은 변함없이 성실한 군주 노릇을 해내며 꽝꽝 언 물밑에서 몇 가지 일을 진행했다. 발이 낫는 동안 지극정성을 다한 공을 높이 사서 장내관에게 요란뻑적지근한 감투를 씌워 소주로 보냈다. 장내관은 자신의 원림을 짓는 척하며 태호

호숫가에 궁관을 조성할 것이다. 더불어 풍수를 잘 보는 곽오서에게 휴가를 줘서 행궁터를 물색하라고 밀명을 내렸다. 아슬아슬한 상황을 즐기는 곽오서는 내막도 묻지 않고 기다렸다는 듯이 달려들었다.

"소신이 학동 시절부터 꾸민 일에 실패는 없었나이다."

개구쟁이 같은 음흉한 미소를 지으며 오서가 자신했다. 저돌적인 오서의 반응에 조융은 움찔했다. 무너질 리 없다고 믿었던 견고한 성벽에 금이 가더니 결국 한 구석이 뚫린 것이다. 이 작은 구멍이 점점 커져 급기야는 돌이킬 수 없게 되겠지. 구멍에서는 바람이 불어왔다. 가슴을 시리게 하는 바람이었지만 머리를 맑게 해주는 바람이기도 했다. 어차피 생긴 구멍이라면, 그래서 무너질 거라면 빨리 무너지는 편이 낫다며 조융은 구멍을 더 크게 파헤치며 불안을 몰아냈다. 곽오서는 무모하게만 보였던 계획에 형체를 부여해 눈에 보이는 선명한 것으로 만들어나갔다. 추신만큼 일을 해내는 자신을 증명하려는 듯 탐친휴가 동안 행궁을 짓는 데 필요한 굵직굵직한 문제들을 시원하게 해결하고 돌아왔다.

그날은 궐 밖에 사는 친왕들에게 알현이 허락된 날이었다. 조융은 조신들의 윤대를 마치고 아홉 명의 황자들이 자신을 기다리고 있는 황의전으로 자리를 옮겼다. 황의전은 다른 전각에 비해 용상이 낮아 황제를 가장 가깝게 알현할 수 있는 곳이었다. 그 덕에 조융은 엇비슷한 눈높이에서 황자들의 얼굴을 살펴볼 수 있었다. 황자들은 한창 성장 중이라 볼 때마다 얼굴이 달라졌고 그래서인지 더욱 어색한 느낌이 들었다.

친왕들은 과제로 내준 시국 현안에 대한 책론을 지어 바쳤다. 옆에 서서 접지를 펴주는 추신의 흐뭇한 미소가 말해주듯 영왕의 책론은 단연 빼어났다. 기질을 반영하듯 영왕의 문장은 성큼성큼 앞으로 나가면서도 방금 숫돌을 떠난 칼날처럼 예리했다. 문골이 잡혀 치밀하고 주장의 색도 선명한 글이었다. 조용이 늘 유가경에게 채근해대던 바람직한 문장, 영왕의 책론은 그런 문장들로 채워져 있었다. 황후를 닮아 영롱한 이목구비와 늘씬한 몸체, 무엇보다 온몸에서 뿜어져 나오는 자신감. 추신의 안목대로 영왕은 기대에 부응했다. 타고난 자질에 훌륭한 왕부 교수들을 만나 잘 다듬어지고 있었다.

"네 나이가 몇이지?"

"열다섯이옵니다. 폐하."

조용은 눈을 돌려 다른 아들들을 둘러봤다. 병약한 맏이 효왕, 무던하기만 한 장왕, 성정이 불안정하다는 유왕, 사치가 심한 경왕, 외가가 비천한 진왕, 아무리 봐도 영왕보다 나이 많은 황자 중에 더 나은 재목은 없었다. 유람을 떠나 자리를 비운 숙왕은 더 볼 것도 없었다. 그리고 보니 분위기가 이렇게 서먹한 게 숙왕의 빈자리 때문인 듯했다. 숙왕이 있으면 조금은 가족 같은 분위기가 났으려나. 숙왕은 스스럼없이 위아래 누구에게나 말을 건네곤 했다. 그러면 조용 또한 관심을 기울이는 체하며 "요즈음 무엇을 읽고 있느냐." 하고 물었다. 숙왕은 늘 기대에 못 미치는 대답을 했지만 조융은 크게 실망하지 않았다. 아들은 많았고 계속해서 태어났다.

조융이 숙왕에게 흥미가 생긴 것은 작년 대나례 때였다. 곰 가죽을 뒤집어쓰고 산이라도 뽑을 기세로 사납게 날뛰는 숙왕을 보고 있자니 그게 그렇게 통쾌할 수가 없었다. 도리 운운할 때는 보기보다 허랑한 놈은 아니구나 하는 생각도 들었다. 유람을 가서는 웬일인지 꼬박꼬박 편지를 보내왔다. 별 내용도 없는 문안 편지를 받을 때마다 이 애는 왜 이런 걸 자꾸 보내는 거지? 가끔 귀찮기도 했지만 조융은 꼬박꼬박 답장을 해주었다. 어쩌면 유가경이 제 아비 유렴에게 썼던 편지를 봤기 때문에 그랬을지도 모르겠다. 유가경은 간절하게 자신의 안녕을 아비에게 알리고 싶어 했다. 숙왕도 그런 심정인 걸까? 숙왕의 편지는 점점 길어졌다. 유람지의 풍광뿐만이 아니라 그곳 지방관들의 면면이나 재정 상황 등을 적어 보내기 시작했다. 아들의 편지를 보고 조융은 무척 놀랐다. 나랏일이나 세상 돌아가는 물정에 이토록 무지할 수가 있는가! 명색이 대송의 황자가.

조융은 용상에 앉지 못한 황자들이 어떤 삶을 사는지 잘 알고 있었다. 차이는 있었지만 그들은 안일하게 부패해갔다. 누리기만 하는 운명들에겐 각성할 계기가 없다. 계기가 없으니 발전도 깨우침도 없다. 꿀물같이 나른한 생활 탓에 늙어서도 애 같은 사고를 친다. 그럴수록 무시당할까 전전긍긍하고 허세를 부린다. 그들은 종실육장*이나 외우며 큰 말썽만 안 피우면 아무래도 좋은 인생, 잉여의 운명이란 그런 것이다. 덩치 큰 숙왕이 그런 삶을 살아야 한다고 생각하면 조융은 어딘지 처량 맞은 기분이 들었다. 내심 숙왕만큼은 장부답게 살길 바랐던 것 같다. 조융은 늘 유유자적하기만 한 숙왕에게 자극을 줘야 했다. 사천으로 가 영락한 황자들이 사는 꼴을 보아라, 조융은 아들애가 정신이 확 들길 바랐다.

사천에서 보내온 숙왕의 편지에는 중경의 가파른 계단과 끔찍한 습기와 끝없이 이어지는 대나무 숲, 땅딸하고 굵은 토착민들, 그들의 기막힌 칼솜씨, 로국공과 낚시한 이야기, 로국공과 버섯 딴 이야기, 로국공 손주와 동굴 탐험한 이야기, 그런 시시한 이야기들로 채워져 있었다. 북쪽으로 방향을 튼 숙왕은 이번엔 서안으로 가 황토고원에서 허리에 큰북을 매고 농민 수천 명과 신나게 춤췄던 일을 적어 보냈다. 흙먼지 풀풀 날리며 춤을 추다 보니 나중엔 무아지경에 빠져 먼지구름을 타고 하늘로 오르는 황홀경을 경험했다는, 참으로 숙왕다운 이야기만 해댔다. 이거야 원, 숙왕은 어딜 가서도 즐겁고 태평하게 지냈다. 조융은 숙왕의 유람기가 반가웠지만 읽고 나면 가끔 야속한 기분이 들었다. 숙왕은 속이 깊은 것 같다가도 속이 없는 것 같고, 정이 많은 것 같아도 절대로 다 내어주지 않는 그런 성격이었다. 그 나이라면 으레 거창하게 뭔가를 다짐하거나 맹세를 하기도 하련만 숙왕은 그런 대견한 말은 농담으로라도 한마디 하지 않았다.

조융은 시선을 돌려 다시 영왕을 보았다. 영왕은 수면이 반사

* 종친이 지켜야 할 언행 규범, 육 장으로 되어 있다.

하듯 조용을 쳐다보았다. 지어 바친 책론만큼이나 빈틈없이 꽉 짜인 수려한 이목구비, 칭찬을 기대하는 게 아닌 칭찬을 요구하는 얼굴이었다. 치하하려 입을 열던 조용은 도로 입을 닫았다. 늘 자신을 중심으로 돌던 공기가 어느새 영왕 주변에서 소용돌이치는 기분이 들었다. 아닌 게 아니라 훈증향로에서 피어오르는 향기가 영왕 쪽으로 흐르는 게 보였다. 영왕이 서 있는 자리가 전각의 중심이다 보니 공기의 흐름에 따라 김이 그곳으로 몰리는 현상이었다. 아무렴 어때, 지금 이런 게 중요한 게 아니다, 하고 무시하려 했지만 조용은 자신도 모르게 손가락 마디를 소리 나게 꺾고 있었다. 자신의 숲 나무둥치에 젊은 놈의 발톱 자국을 발견한 호랑이 기분이 이러할까, 부아가 치밀었지만 조용은 옆에 버티고 서 있는 추신 때문에라도 한마디 해야 했다.

"영왕이 제법이구나."

친왕들과 함께하는 오찬 내내 조용은 침울했다. 만이는 간간이 기침을 했다. 노인의 해묵은 기침처럼 그릉그릉 울리는 그 소리를 본인도 그렇고 다른 황자들도 애써 못 들은 척했다. 만이를 대할 때면 조용은 꽤나 난감했다. 병색이 완연한 젊은 애를 위로할 말은 늘 궁색했다.

"상청궁 도관에 제를 올리라 할까요?"

추신이 민망한 분위기를 만회할 알맞은 제안을 했다.

"그리하라. 영험하다는 모산 도관에도 재물을 내려 천일기도를 올리라고 하고. 아비가 되어 무엇인들 못 할까……."

조용의 말에 만이는 망극하다며 눈물을 글썽였다.

조융은 틀에 박힌 덕담 몇 마디로 오찬을 끝내고 서둘러 내저로 돌아왔다. 아들들은 한결같이 예의 바르고 재미없는 말만 골라 했다. 전에는 으레 그러려니 했던 황자들과의 만남이 그날따라 조융의 마음을 불편하게 만들었다. 이래저래 답답한 기분에 중귀인들에게 버선부터 벗기라고 하자 "망극하옵니다." 하며 중귀인들이 납작 엎드려선 "죽여주소서." 하며 이마를 바닥에 대고 눈물을 흘렸다.

　"뭐라!"

　가뜩이나 머리 한쪽이 시큰거리는 통에 질질 짜는 꼴을 보자 조융은 짜증이 치밀었다.

　"너희가 늙으니 다들 여우가 되어 짐을 희롱하는구나. 천자가 맘대로 버선 하나 벗지 못한다 이거지, 응? 어서 벗겨! 어서!"

　"죽여주소서. 죽여주소서."

　중귀인들이 우는 목소리로 합창을 했다.

　"죽여주마, 그래 죽여주마. 이 여우 같은 것들!"

　황제가 필산을 집어 던지려는데 평상 쪽에 있던 추신이 급히 다가왔다.

　"이런, 문태후마마께 혼날까봐 저리들 겁이 나서 그러하옵니다. 노여워 마소서. 어쩌겠나이까? 당분간 소인이 하겠나이다."

　추신이 무릎을 꿇고 황제의 버선에 손을 대자 조융은 발을 뺐다. 전엔 아무렇지도 않았는데 왜인지 추신의 손이 맨살에 닿으면 견디기 어려울 것 같았다.

　"되었다. 다 나가."

중귀인들이 갈잎 구르듯 물러나가자 조융은 항 위에 앉아 손수 버선을 벗었다. 버선을 받아들며 추신이 아이 달래듯 속삭였다.

"폐하, 밀원에서 편지가 왔나이다."

가경은 편지에 며칠 전 밤 치른 정사를 복기해 세세하게 적고, 그 순간순간에 느꼈던 변화무쌍한 기쁨을 시로 지어 보냈다. 편지를 읽는 것만으로도 가경과 뒤엉켜 있는 것 같아 조융은 목젖이 바르르 떨릴 만큼 좋아서 편지를 읽고 또 읽었다.

"새해 아침 책례도감*에 관한 교서를 내리시면 어떨까 하옵니다."

언제부터인가 추신은 유가경을 십분 활용했다. 바로 지금처럼 가경으로 인해 기분이 좋을 때 윤허를 받아내는 일이 많았다. 책례도감이 설치된다는 것은 영왕을 태자로 삼는다는 공식적인 선포였다. 새해까지는 한 달 보름이 채 남지 않았다. 대답이 없자 추신은 더욱 달래는 말투로 추억을 쓰다듬듯 먼 곳을 눈으로 훑으며 말을 이어갔다.

"폐하, 동궁의 전각들도 폐하를 그리워할 것입니다. 원부관의 책들, 동각 산책길의 나무들, 바위들. 허나 그 누구도 같은 곳에 머물 수는 없나이다. 누구나 앞으로 나아가야 하고 그 빈자리는 같은 뿌리에서 죽순이 솟아나듯 다음 세대가 그 자리를 차지하옵니다."

위로의 말을 쏟아내고 있었지만 추신의 목소리는 미래에 대한 낙관으로 윤기가 흘렀다. 그럴 수밖에. 조융이 보기에 추신

* 태자 책봉에 관한 모든 일을 주관하는 임시 기관.

은 더 이상 좋을 수 없는 상태였다. 살아가는 보람을 안겨주는 말 잘 듣는 천자가 곁에 있고, 자신이 낙점한 황자를 동궁에 앉힐 만큼 실질적인 권력이 있고, 게다가 이젠 태어나 처음 마음을 흔든 여인이 그의 집에 머물고 있다. 한 지붕 아래, 한 지붕 아래 있는 것이다! 조융은 추신의 말을 끊고 벌떡 일어났다.

"대낮에 옥이 울려서 깜짝 놀랐어. 궐에 무슨 일이 났나 걱정했어요. 누구한테 물어볼 수도 없고 당신 얼굴 보기 전까지 얼마나 조마조마했는지."

책망을 하면서도 조융의 얼굴을 어루만지는 가경의 손길은 한없이 다정했다.

"아아, 이제 살 것 같구나."

조융은 가경의 손 위에 손을 겹치고 눈을 감았다. 고약한 딱따구리가 쪼아대던 관자놀이가 사르르 가라앉았다.

"이렇게 낮에 보니 좀 이상한데요."

가경은 애인의 머리를 빛이 들어오는 창문 쪽으로 살짝 돌려놓고는 좀 더 제대로 눈에 담기 위해 복두를 벗기고 눈과 입을, 코와 이마와 턱을 뜯어보기 시작했다. 부끄러워진 조융은 호흡을 멈추고 발가락만 꼼지락거리다 겨우 눈을 들어 가경을 보았다. 밝은 빛에 비친 가경의 얼굴은 등롱 아래서 볼 때와는 사뭇 달랐다. 생각했던 것보다 피부가 노르스름했고 머리칼은 짙고 무엇보다 어색한 느낌이 들 정도로 젊은 얼굴이어서 그동안 밤에 만났던 유가경은 누구였지 하는 생각마저 들었다. 창으로 들어오는 빛이 닿자 뺨과 턱에 난 솜털 하나하나가 금빛으로 생생했다. 이 청춘의 요체와도 같은 유가경을 당연하다는 듯 독차지했다는 생각이 들자 조융은 처음으로 가책을 느꼈다. 그래서 자꾸 고개가 숙여지는데 가경이 용안을 손으로 받쳐 올리고는 또 한참을 바라보았다. 그러다가 어느새 눈에 초점이 흐려지면서 통증이라도 느끼는 듯 미간을 찌푸리더니 가경의 입에서 탄식이 흘러나왔다.

"감히 내가, 이토록 사랑스러운 당신을!"

조융은 숨이 멎을 것 같아 견딜 수가 없어 긴장을 덜어내려 겨우 웃었던 것 같다. 그러자 가경은 거의 울상이 되었다.

"제발 웃지 마세요. 이런 얼굴 보여주시면 당신을 못 보는 날, 난 나는 어쩌라고."

현기증이 일어 조융은 가경의 옷을 부여잡고는 그대로 그 어깨에 얼굴을 묻었다. 눈을 감은 채 옥체를 내맡기니 세상이 온통 가경의 품 같고 발밑의 무게감이 지워지면서 따뜻한 물속에서 물풀처럼 나부끼며 푸른빛으로 하나가 되는 아스라한 착각. 물살이 쓸어내리듯 가경의 손이 용포를 벗기기 시작했다. 그러나 그 부드러운 손길은 돌연 거칠어지고 걸신이 들린 듯 입술을 빨고 귀를 물고 목덜미를 핥으며 하반신을 밀착시켰다.

"어서, 어서 보여줘요. 애달아하는 당신 얼굴. 밝은 데서 다 볼 거야. 아, 이런 색이었어. 당신의……."

그날 이후 조융은 유가경에게 낮을 하사하기 위해 윤대와 알현을 한꺼번에 받고, 밤늦게까지 상주문을 몰아서 읽고, 저녁에 열리는 시강에 자주 빠졌다. 끝장을 볼 때까지 물고 늘어졌던 조회 또한 서둘러 마치기 일쑤였다.

"별문제 없으면 그냥 넘어가라…… 그건 경이 알아서 하도록…… 추신과 논의하라…… 쯧, 작년과 같게 하면 될 것을…… 쓸데없는 보고가 너무 많지 않은가…… 알았다. 알았다…… 세세한 건 참지정사가 살펴 결정하도록 하라…… 이 건은 삼사사 판단에 맡기겠다…… 곤하구나. 짧게 말하라…… 그러니까 짧게 말하라 하지 않았나!"

대소신료들은 어리둥절했다. 어리둥절한 건 비단 그들만이 아니었다. 조융 본인도 스스로에게 놀랐다. 그렇게 골몰했던 국사가 남의 일 같고 그저 하루빨리 벗어났으면 하는 마음뿐이었다.

조융이 낮에 밀원으로 가버리면 추신은 황제의 부재를 빈틈없는 거짓말로 솜씨 좋게 감췄다. 뿐만 아니라 그날 이후 조융 앞에서 책례도감에 대한 말은 꺼내지도 않았다. 영왕이 태자가 되는 게 기정사실인 마당에 서두를 이유도 없었겠지만 무엇보다 추신은 마음속 깊은 곳에서 황제를 배려하고 있었다. 어린 시절에도 아우가 생긴다고 그토록 우울해하지 않았나, 새로운 국면을 앞두고 폐하께서도 마음의 준비가 필요하시겠지, 그나마 밀원에서 위로를 받으시니 다행이지, 추신이라면 그런 생각을 하고도 남았다.

그러나 밀원에서 벌이는 한낮의 정사는 조융에게 위로도 도피도 아니었다. 조융에게는 그 시간만이 진실한 세계였다. 연인의 탐욕스러운 시선에 옥체가 낱낱이 포획되는 것만으로도 쾌감은 극을 향해 치달았다. 조융은 한순간이 아까워 가경에게서 눈을 떼지 못했다. 자신의 육체가 가경의 얼굴에 불러낸 감정의 폭주며 젊은 근육의 안쓰러운 떨림, 해본 적 없는 방식으로 결합을 감행할 때 진지해지는 가경의 눈빛, 이 모든 것을 조융은 눈부신 일광 속에서 누리고 또 누렸다. 몸을 내맡긴 채 흔들리는 그 시간이 좋았고 깜짝 놀랄 만큼 난폭하게 다뤄져도 처분대로 시달리는 자신이 마음에 들었다.

일탈의 와중에서도 조융은 가경의 공부를 봐주었다. 혼자 공부하는 사람이 으레 그렇듯 가경은 순수해진 만큼 독선이 짙어졌다. 시류에서 벗어나 오염되지 않는 건 좋은 일이나 현실감각이 떨어져 책 속의 말을 곧이곧대로 받아들이는 게 문제였다. 글 또한 비판 일변도였다. 조융은 주비를 달아 고쳐주며 반박을 하고 훈계를 했다.

"어찌 그런 편벽된 소리만 하는가!"

물론 가경의 응수도 만만치 않았다.

"어찌 그렇게 위선적일 수 있습니까!"

"어찌 되었건 약본칠권이라도 숙지해. 시험은 봐야 할 것 아닌가."

"그 얄팍한 지식을 외워 뭐에 쓰게요. 군자불기라 했습니다."

"현실을 무시하는 논리는 망상일 뿐이다."

"그것이 망상이라는 판단은 누가 합니까?"

"천자가 한다."

"그 판단 근거가 천자의 망상에서 비롯된 것이라면?"

"뭐라!"

그렇게 논쟁이 끊기고 성난 눈으로 서로를 노려본다. 그러나 다음 순간 기류가 돌변해 두 사람은 격렬하게 몸을 섞었다. 조융은 이런 화해의 방식 또한 무척 마음에 들었다. 소주에서는 이렇게 살리라. 그곳에서 살게 될 삶이 그려진 두루마리를 미리 펼쳐 보는 기쁨은 말할 수 없이 컸다.

악착같이 서로를 소진시키고 돌아오는 새벽, 연에 실린 몸은 그대로 보료 속으로 빨려 들어갈 듯 노곤했다. 잠을 쫓기 위해 조융은 휘장을 젖혀 차가운 새벽공기를 마셨다. 어쩐다? 영왕이 아무리 조숙해 보여도 아직은 소년, 적어도 오 년은 동궁에 두고 가르쳐야 한다. 그래봤자 고작 스물이 되는 것이다. 이 손으로 스물의 어깨에 천하의 무게를 얹을 수 있을까. 그 나이에 즉위한 조융으로선 그것이 얼마나 이상한 일인지 잘 알고 있었다. 스무 살의 황제라…… 그 스무 살의 결정에 일억 명의 생사가 달리게 된다. 그 생각을 하면 조융은 암담해졌다. 그나마 그것도 오 년 뒤의 일이다. 오 년이라니, 기가 막혔다.

"절대 오 년은 못 기다려!"

조융은 주먹으로 보료를 팡팡 쳤고 치다 보면 억울해졌다. 뭐 어때, 내 맘이지! 하는 생각이 들었다. 천자인 내가 하겠다는데 못 할 게 뭐야. 무엇이든 다 이용하리라 조융은 결심했다. 아무리 생각해도 참서*가 가장 무난해 보였다. 황제 조융이 가진 운

* 앞일을 예언하는 말을 적은 책.

이 다했다고, 그러니 새로운 황제가 즉위해야 한다 충동질하는 거짓 참서. 그렇지, 유성을 이용하는 방법도 있다. 유성이야 언제든 떨어지는 것이니 해석은 갖다 붙이기 나름이 아닌가. 그때 꽤나 그럴듯한 생각이 떠올랐다. 천감관이 고하길 내년에 일식이 일어난다고 한다. 일식은 양기의 으뜸인 태양이 어둠에 먹히는 엄청난 천변, 이 괴이한 현상은 늘 민심을 동요시켜왔다. 잘하면 내년에 기회를 노려볼 수도 있겠다 싶었다. 한참을 이런저런 방책을 궁리하다가도 불쑥, 아무리 그래도 어린애에게 내맡길 수야, 하는 땅속줄기 같은 질긴 책임감이 딸려 나왔다. 날이 갈수록 조용은 영왕이 마땅치 않았다. 열다섯이라는 영왕의 어린 나이가 발목을 잡자 영왕의 성정이 거슬렸던 것이다.

"그 아이는 냉혹해 보여."

정확히 말하자면 장차 드러낼 것만 같은 성정이었고 더 정확히 말하면 자신을 닮은 것 같은 면면이었다. 승부욕이 강하고, 인의보다는 이해득실을 우선시하고, 책이란 책은 다 읽어 치우며 달달 외우니 자기 잘난 줄만 알 것이다. 심지어, 그 애는 깎아 놓은 듯 잘생기기까지 했다. 안하무인일 수밖에. 자고로 천자는 인덕이 있어야 하느니. 천자에게 강요되고 천자를 옭아매는, 그래서 꽤나 거추장스럽게 여겨졌던 인덕이 이제야 조용에게도 군주의 가장 중요한 자질로 비치기 시작했다. 그러니 쉽게 옥책*을 내릴 수는 없는 일이었다.

* 태자의 증표로 태자 책봉식에서 받게 되는 옥으로 만든 책을 말함.

화평 십칠년, 유난히 눈이 많이 내렸던 그해 겨울, 연치 서른 여덟의 조용은 밀원과 황궁을 오가는 만큼이나 환락과 초조 사이에서 그네를 탔다. 복잡한 황제의 마음과는 다르게 세상은 태평하게 한 해가 저물어가고 있었다. 신년 조하례와 이 년 주기로 치르는 대례를 앞두고 궁정 안은 바쁘지 않은 곳이 없었다. 동서 남문으로 각국 사신들의 행렬이 끊임없이 오갔고 천하의 진귀한 보물들과 희귀한 물건들이 황궁 안으로 줄지어 들어왔다. 눈 내리는 소리도 들릴 만큼 조용했던 황제의 휴식처였지만, 이 기간엔 대례에서 의장행렬에 동원되는 코끼리들이 광장에서 연습을 하는 통에 그 울음소리가 내저 어실까지 들려오곤 했다. 후아아아아아앙…… 길게 울리는 그 소리는 그리움으로 가득 차 어서 남쪽으로 떠나자고 불러내는 소리 같았다. 황후를 비롯해 많은 신료들이 책례도감에 대한 윤허가 내려지길 기다렸지만 조용은 가타부타 말 한마디 하지 않았다. 점점 추신까지 자신의 눈치를 보는 게 느껴졌다. 정작 심한 압박을 받는 쪽은 조용이었다. 눈을 뜨면 오늘은 윤허를 내려야지 했지만, 노루 꼬리만 한 겨울 해가 지면 내일은 윤허해줘야겠지 하고 침수에 들었다. 눈을 감아도 초조감이 따라붙어 끝내 미련 한 자락을 놓아주지 않았다.

북방 편지

숙왕이 보낸 편지는 이번에도 두툼했다. 보나마나 겨울 사냥에서 뭘 얼마큼 잡았고, 북방 융족의 창술 실력이 어떻고, 눈 내린 화산華山의 바위들이 얼마나 멋들어진지, 그렇고 그런 한심한 이야기들이 씌어 있겠지. 조융은 숙왕의 편지를 즐겁게 읽어줄 마음의 여유가 없었다. 열흘 전에 받아둔 편지도 뜯지 않은 채 내저 서신반에 그대로 둔 상태였다. 대나례가 지났다. 일 년 기한을 넘겼다. 천자와의 약속을 이렇게 쉽게 어겨도 되는가. 숙왕은 역시 한심했다. 도무지 성장할 줄 모르는 놈, 돌아오면 개봉 밖으로 내쫓아버려야겠다. 한단으로 보내서 사냥터나 지키라고 해야겠다. 비단 숙왕뿐만이 아니었다. 그즈음 조융은 아들들을 생각하면 짜증이 났다. 아들이 많아도 전혀 소용이 안 되는 게 약이 올랐다. 조융은 이번 편지도 뜯지 않고 물렸다.

다음 날 오후, 조융은 후전에서 지방관들이 올린 장계(보고문서)

를 훑어보고 있었다. 그중에는 린주 장관이 작성한 것도 있었다. 장계 말미에 숙왕이 린주에 머물다 갔다고 하는, 간략한 첩보가 눈에 띄었다. 서안에서 화산과 태행산을 둘러보고 그대로 상경할 줄 알았는데, 무슨 구경거리가 있다고 이 한겨울에 북로路* 변경지역을 갔단 말인가. 시큰둥해하며 친종관에게 장계책을 물리는 데 심장이 먼저 알아채고 뛰기 시작했다.

"혹시……."

조융은 즉시 일을 중단하고 서둘러 내저로 돌아와 숙왕의 편지를 꺼내들었다. 밀랍을 먹인 봉인실을 뜯자 봉투에서 두 달 전부터 여러 날에 걸쳐 쓴 편지들이 나왔다. 길이 험한 북로 변방에서 자주 파발을 띄우기가 여의치 않아 한 번에 모아 보낸 듯했다. 조융은 한 장, 두 장, 열두 장을 모두 읽고 어제 받아둔 편지까지 읽었다.

"이제야 알다니. 이런 것도 몰랐단 말이지. 늦된 놈!"

부르르 가슴이 떨리자 흥분을 가라앉히기 위해 손이 알아서 편지지를 접기 시작했다. 접고 접고 또 접어 더 이상 접히지 않을 정도까지 접어 두 손으로 그것들을 움켜쥐었다.

"흐흐흐 흐흐흐. 이거지. 바로 이거지!"

조융은 벌떡 일어났다.

"동각에 가야겠다!"

* 로路는 송대 가장 큰 행정구역.

늦은 오후 동각은 펑펑 쏟아져 내리는 눈으로 온통 회색 칠을 한 듯 원근을 분간할 수가 없었다. 무거운 눈송이들은 잠시 뒤면 날이 저무니 어서어서 눕고 싶다는 듯 빠르게 떨어져 내렸다. 누각대청 다탁 위에 놓인 황옥 잔에서는 하얀 김이 원기 왕성한 뱀처럼 꿈틀꿈틀 피어올랐다. 잔에 용안을 가까이 대자 차가워진 코가 간질거려 조용은 웃었다. 흐흐흐 흐흐흐…… 동각루의 모든 문을 활짝 열어놓고 홀로 앉아 차를 마시는 황제를 지켜보는 내관들의 낯빛은 심란했다. 그러나 조용은 감기에 걸리고 싶어도 걸리기 어려울 만큼 흥분으로 몸이 더워 사지 말단까지 열이 났다.

드디어 손안에서 굴리기만 하던 바둑돌을 놓을 자리가 보인 것이다. 하나를 채우자 몇 수 앞이 절로 보이고 바둑판을 뒤덮고 있는 추신의 집을 어떻게 깰지, 숙왕이라는 대마를 어떻게 달리게 할지, 단번에 수순이 정해졌다. 조용은 자신이 궁리해낸 것이 마음에 들어 꿀꺽꿀꺽 차를 삼켰다. 흐흐흐 흐흐흐 흐흐흐…… 그것은 웃음이라기보다 오랫동안 굳어 있던 흉막이 기지개를 켜는 소리였다. 조용은 품 안에 넣고 온 종이 뭉치를 꺼냈다. 숙왕의 편지는 더 이상 낱장의 종이가 아니었다. 그것들은 두 손 가득 실감을 주는 어떤 물체가 되어 있었다. 조용은 접힌 편지를 하나하나 펴가며 다시 읽기 시작했다.

……소자가 알아본 바 군졸의 대다수는 소금과 누룩 밀매로 생계를 꾸린다고 합니다. 상관들이 뜯어가는 통에 정작 손

에 쥐는 건 정해진 월급의 반의반의 반도 되지 않기 때문이라고 합니다. 폐하, 대송의 군대는 이토록 썩은 내가 진동합니다. 어찌 이 무능한 군대가 폐하를 지켜드리겠나이까.

……이곳에선 탈영자나 사망자가 생겨도 상부에 보고조차 하지 않았습니다. 소자가 막료 한 명을 추궁해 알아보니, 장수들이 그들의 봉급을 타내 나눠 갖기 위해서라고 합니다. 이런 만행이 전군에서 광범위하게 저질러지고 있사옵니다. 폐하, 전수조사를 실시하소서. 나라를 좀먹는 도둑들을 잡아 벌하소서. 반드시 하셔야 합니다.

……이뿐만이 아니옵니다. 하북서로에서 소자가 들은 이야기입니다. 화평 십사년 흉년이 극심한데도 관에서 구제를 하지 않자 마을 전체가 요에 귀순하는 사건이 발생했다 합니다. 그들은 그곳에서 노예가 되었을망정 굶어 죽지는 않았다고 합니다. 심지어 그들이 부러워 국경을 넘은 자들도 속출했다 합니다. 이런 비극이 구주에서 벌어지고 있었습니다. 폐하께서는 저들 백성의 절박한 상황을 가엾게 여기소서. 구휼에 쓸 곡식을 착복한 고을 수령의 죄를 물어 크게 벌하소서. 그들에 협조한 통판들도 반드시 벌하소서.

……토벌대가 선우량과 일천 영기군만을 처형한 게 아닙니다. 연좌된 백성 만여 명만이 주살된 것도 아닙니다. 폐하께서

는 그렇게 보고받으셨겠지만 소자가 직접 탐문을 해보니 그 당시 삼만 명도 넘게 무차별 도륙되었다 합니다. 아아, 폐하! 국경을 넘은 군사에겐 선처의 여지가 없다 하지만 일반 백성에게까지 어찌 이리 가혹할 정도로 연좌의 죄를 물을 수 있단 말입니까! 백성을 가혹하게 다룬 초토사의 죄를 물어주십시오. 토벌대가 저지른 만행을 철저히 밝혀 린주 백성들의 한을 풀어주소서. 린주 벌판엔 아직도 뼈를 드러낸 채 누워 있는 인골이 수천입니다. 정녕 이 방법밖에 없었나이까…….

　신당은 선우량을 동정하는 편이었다. 이사명은 민심 이반이 우려되니 선우량만 단죄하는 선에서 마무리 지어야 한다고 주장했다. 구당이 이 기회를 놓칠 리 없었다. 오 년 전 선우량이 군마를 확보할 때 밀매를 통해 들어온 것을 신당 쪽에서 무마했던 일을 들춰냈다. 그때 이사명은 불가피한 현지 사정이 있다며 선우량을 두둔했었다. 구당은 신당을 집요하게 공격하며 강한 진압을 주장했다. 군자 육섭마저도 군기 문란을 개탄하며 일벌백계로 삼아야 한다고 한목소리를 냈다. 조용이 토벌대를 급파하라고 명령을 내린 것은 구당의 획책 때문만은 아니었다. 조용은 서하와 요가 지켜보는 마당에 홍정을 해오는 장수를 도저히 용서할 수 없었다. 나라의 위신이 달린 문제였고 무엇보다 그곳이 변경이라는 것이 가장 큰 문제였다. 조갑 일가의 머리를 성문에 걸긴 했지만 절가장의 지위에 손상을 줘서도 안 되었다. 절가장이 서하와 결탁이라도 하면 서북의 세 개 성을 잃을 수도 있는 문제였다. 당파 때문에 문제가 한 번 더 꼬였다. 추신은 이사명을 겨냥한 탄핵 상소를 무마하기 위해 구당의 추밀사가 추천한 초토사를 묵인할 수밖에 없었다. 대국임에도 군사적 자신감이 없다 보니 다급하게 진압하는 것 외에 방책을 찾지 못했다.

 흐흐흐 흐흐흐, 악수가 묘수가 되는 날이 올 줄이야. 돌덩이처럼 가슴을 짓눌러대던 군대 적폐와 변경의 암울한 현실이 소주로 가는 디딤돌이 될 줄 누가 알았으랴? 숙왕, 숙왕이여, 이 나라 태평성대는 환각이니라. 네 눈에는 매일매일이 같으니 나쁜 줄도 몰랐겠지. 너, 숙왕이여! 진실을 대면했으니 더 이상 물러날 곳은 없느니라. 이제 역사 앞에 너를 던져야 하느니. 착하지, 이리 온.

 눈을 들자 사위는 한층 어두워져 있었다. 발자국을 찍어대며 놀던 두루미들도 퍼붓듯 쏟아지는 눈이 감당이 안 되는지 우리로 숨어버렸다. 괴괴한 적막에 귀가 먹먹할 정도였다. 이상한 기분에 반사적으로 고개를 돌리니 몇 걸음 떨어진 곳에 추신이 서 있었다. 늘 그렇듯 공손한 자세로. 추신이 소리 없이 움직일 때는 뭔가 경계할 때였다. 그늘로만 천천히 발을 옮겨 목표물에 다가가는 맹수와도 같은 본능이었다.

 "숙왕 전하께서 우울한 말씀이라도 올리셨나이까?"

 추신이 다가와 손에 들고 있던 모피 목도리를 조용에게 둘렀다. 귀까지 덮이도록 꼼꼼하게 여며주었다.

 "가뜩이나 살풍경한 북로 변경을 겨울에 순방하셨으니, 기골이 장대하셔도 마음이 여리신 분이라 충격이 크셨을까 저어됩니다. 천진하신 분께서 가실 곳이 아니온데."

젊은 왕을 염려하는 추신의 목소리에선 육친의 정마저 느껴졌으나 말의 뜻인즉, 한참 어린 영왕이 군사 문제에 대한 책론을 지어 바치는 마당에 이 정도의 사정도 몰랐던 숙왕의 수준을 보십시오, 였다.

"사내가 순하면 늦된다고 하더니 이 아이 눈에도 드디어 어그러진 세상이 보이나 보군. 하루 이틀 일도 아니건만 아들애 편지로 접하니 짐 또한 새삼 울적하구나."

"지금은 태원부*에 머무신다 들었습니다. 망극하게도 로국공의 장손이 동행한다는 첩보를 받았습니다."

편지를 훑으며 추신이 말했다.

"그래?"

조용은 금시초문인 척했다. 숙왕을 깎아내리려는 것을 보니 추신의 예민한 감각이 뭔가 심상치 않은 기류를 느낀 것이다.

"사천에서 보내온 편지에 그 어린애를 칭찬하는 말을 하더니만. 그러고 보니 그대와 숙왕은 같은 부류야."

매운 생강이라도 씹은 듯 추신의 한쪽 눈썹이 살짝 들렸다가 내려왔다.

"둘 다 어린 것에 정이 많잖아. 숙왕은 동생들도 자식들도 그렇게 예뻐한다더군. 그대 또한 그랬어. 벽왕 시절 날 얼마나 귀여워했나."

저녁 어스름한 기운 때문인지 물끄러미 용안을 보는 추신의

---

* 산서성 소재, 수도 개봉보다 북쪽에 있는 도시.

눈은 컴컴할 정도로 깊었다. 설마 낌새를 알아챈 걸까, 조융은 갑자기 추워졌다.

"그대로세요. 폐하께선."

달콤한 한숨을 내쉬며 추신이 말했다. 어린 벽왕이 여전히 자기 곁에 있다는 것을 확인하고 안도하는 그런 얼굴로. 그 흐뭇해하는 얼굴을 보자 조융은 어깨에 힘이 풀려버렸다. 엉망으로 부풀어 오른 편지 더미를 추신이 정리하기 시작했다. 그의 손이 닿자 무슨 마술인지 편지들은 단정하게 납작해졌다. 저 우아한 손놀림을 조금만 더 보았으면, 순간 조융의 가슴이 경망스럽게 술렁였다. 그래서 저 잘 정돈된 편지를 도로 막 접어버릴까 갈등하는데 갑자기 환해졌다. 내관들이 등롱에 불을 붙였던 것이다. 동각 안이 수십 개의 노란 불빛으로 아름답게 일렁였다. 그리고 그 아래서 선명하게 드러났다. 타오르는 등롱보다 더 환한 얼굴이, 세상에서 가장 행복한 사내의 얼굴이. 가슴이 순식간에 얼음으로 뒤덮이는 기분이었다. 감히 내게 그런 얼굴을 보이다니! 너는 어찌 내게 매번 패배를 안기는가. 나뭇가지 위에 쌓인 눈이 픽, 소리를 내며 떨어졌다. 그것을 시작으로 무게를 견디지 못한 눈 뭉치가 앞다투어 떨어지기 시작했다.

짐은 그대를 모욕하기 싫어 생각조차 하지 않았다. 묻지조차 못했다.

다시는! 동각에 오지 않겠다고 조융은 결심했다. 그리고 추신의 대마를 잡을 첫수를 놓았다.

"숙왕 그 애가 부럽구나. 짐은 무관들을 틀어쥐고 강병의 기틀을 마련하는 군주가 되고자 했다. 얼마나 많은 병서를 섭렵했던가! 하지만 타고나길 야전의 기질이라곤 없어서, 쯧. 린주성 일은 숙왕의 청대로 처리하게 하라."

훤했던 추신의 얼굴에 보일 듯 말 듯 주름이 잡혔다. 썩 보기 좋군, 그래. 추신을 불안하게 하는 사내가 있었다니. 그게 바로 내 아들이라니. 이 또한 썩 괜찮군. 흐뭇해진 조융은 차가워진 차를 들어 꿀꺽꿀꺽 다 마셨다.

천적의 먹이

"어떤가?"

숙왕의 물음에 찻잔을 내려놓으며 추신이 난처한 듯 웃었다.

어린 찻잎이 갖고 있어야 할 약동하는 기운을 날내가 덮어버린 그런 맛이 나는 차였다.

"찻잎은 상품이온데 서툴게 덖은 듯합니다."

"그래. 일도 참 못하시더군."

숙왕이 머리를 흔들며 한숨을 쉬었다.

"쳇, 웃음이 나는가?"

"재주보다는 심미안을 타고나신 분입니다. 제게 차를 내리셨다 하니 뭐, 그분께서 저를 용서라도 해주신다 하셨나이까?"

숙왕의 굵은 눈썹이 꿈틀거렸다.

"꽤나 무례하군그래."

"그 정도는 되시는 분이었습니다. 잘 지내시는 듯하오니 소인으로선 감사할 따름이고요."

화로를 앞에 두고 있어도 청당 안은 꽤 쌀쌀했다. 하인들이 들어와 숙왕의 무릎에 서둘러 마련한 손난로를 올려주고 발아래 족탕파를 놓아주었다. 어젯밤 북문으로 입성하고 오늘에야 입궐하여 문안 인사를 드리고 나오는 길이라고 했다. 숙왕은 이번에도 기별 없이 추부에 들이닥쳤지만 추신도 어느 정도는 예상하고 있던 일이었다. 불과 이십여 일 만에 숙왕의 입지가 바뀌었다. 황제는 요사이 숙왕의 모후인 신비를 세 번이나 침전에 불렀다. 궁 안엔 미묘한 공기가 흐르기 시작했다. 신비 처소의 궁인들이 전하는 바에 의하면 신비는 침소에 틀어박혀 불경을 베낀다고 했다. 신비에게 발원할 일이 생겼다는 뜻이었다. 문태후까지 신비의 불심을 크게 치하하며 자신도 법화경을 사경한다 나섰다. 권력에 대한 문태후의 후각은 예민했고 정확한 편이었다. 문태후는 이기는 쪽, 강한 쪽을 사랑하는 사람이었다. 심상치 않은 기류의 변화에 추신은 더 이상 잠자코 있을 수만은 없었다.

"폐하, 이는 무척 예민한 문제이옵니다. 황가 안팎에 혼선을 주셔서는 아니 되옵니다."

"짐을 떠보지 말라. 숙왕이 어른스러워졌다고 말했을 뿐이야. 어미를 닮아 그 아이 성정이 관후하다고 칭찬했다. 부부 사이에 아들애 얘기도 못 하는가. 그대가 더 잘 알지 않느냐. 숙왕은 용상에 관심도 없다."

딱 잘라 말하며 자신을 쳐다보는 황제에게 추신은 더 이상 대꾸할 수 없었다. 황제는 책례도감에 대해서는 어떤 언질도 하지 않고 해를 넘겼다. 그럼에도 영왕에 대해서는 종종 칭찬을 했고 영왕의 어린 딸이 잘 크고 있나 때때로 물었다. 숙왕을 염두에 둔다기보다 황제의 마음 깊은 곳에서 입태자 자체를 거부하는 것 같았다. 어지를 헤아리지 못하고 밀어붙인 자신의 잘못이라고 추신은 자책했다. 그러니 이대로 어정쩡한 국면을 견디며 윤허를 기다리는 수밖에. 달리 도리가 없었다.

이렇게 빨리 자신을 찾아온 것을 보니 숙왕 또한 달라진 온도를 실감하는 듯했다. 궁 안팎에서 알게 모르게 숙왕을 향해 추파들을 던질 것이다. 허나 자격이 없다는 것을 알면서도 가지려 하는 것은 어리석은 탐욕일 뿐. 추신은 오늘 자신이 할 일을 정했다. 이 젊은 애가 주변의 부추김에 부화뇌동하지 않도록 정신 차리게 해줄 것, 바로 그것이었다.

"로국공 숙부의 복권을 주청드릴까 해."

추신은 고개를 조금 쳐들며 힐끗 숙왕을 보았다.

"하시든지요. 소인에게 허락을 구하러 오셨나이까?"

"그대가 조금이라도 미안한 꼴을 보일까 하고 온 것이지!"

"역사 앞에 미안할 일이라면 시작도 하지 않았나이다. 보위는 처음부터 그분 것이 아니었사옵니다. 갖고 있지도 않은 걸 감히 누가 빼앗겠나이까. 복권을 바라시면 숙왕 전하께서 정식으로 청을 올리시면 되옵니다. 누가 반대라도 하면 정치력을 발휘하시어 뜻하는 바를 이루소서. 전하께서도 이제 그 정도는 하셔야 하지 않겠나이까."

미간이 좁아지는가 싶더니 숙왕이 벌떡 일어나 추신 앞으로 성큼 다가왔다. 손엔 손난로가 들려 있고 손난로 안에는 불붙은 숯덩이가 들어 있다. 추신이 움찔해 소매로 얼굴을 가리려는 찰나였다.

"받게."

하며 숙왕이 추신의 무릎에 손난로를 올려주었다.

"그대 입술이 파래."

"소인 괜찮…… 아, 감사하옵니다."

"정말 이러고 좀 살지 말게. 이 냉기가 다 뭔가."

자리에 앉으며 숙왕이 말했다.

"입춘이 지났습니다. 원소절이 며칠 안 남았나이다. 꽃 피기 전 잠깐 추위일 뿐입니다. 이만한 한기는 몸을 바삐 놀리면 털어낼 수 있는 정도 아닙니까."

일부러 고집을 피워보자 숙왕은 늙은이 잔소리 듣기 싫다는 골난 얼굴이 되었다. 속마음을 숨김없이 드러내는 젊은 얼굴을 보니 추신은 나도 어쩔 수 없군, 하며 기분이 좋아졌다. 아닌 척했지만 무릎과 손에 전해지는 뜨끈한 온기도 역시 좋았다. 그랬다. 숙왕의 인기가 높아질까 신경 쓰면서도 정작 자신도 이 젊은 왕을 보면 좋았던 것이다. 반가움을 숨기려 짐짓 뻐기듯 추신이 말했다.

"물론 전하께서 애를 쓰셔도 복권은 안 됩니다. 황상께서 용상에 계시는 한 절대 안 됩니다. 소인은 당연히 막을 것이옵니다. 로국공 그분은 그분의 운명을 사시는 겁니다."

"하, 정말이지 그대는 악독하다."

"소인 또한 악독한 소인의 운명을 살 뿐이옵니다."

"나를 조롱하는군그래. 쭉정이 같은 일개 친왕일 뿐이라고, 응?"

"맞습니다. 전하는 저를 어쩌지 못합니다. 제 눈에 전하는, 여전히 아무것도 아닙니다."

"알고 있다. 감히 숙왕 따위가 추신에게 무슨 짓을 할까. 그래 맞아. 숙왕 따위밖에 안 되니 부탁이나 하는 걸세."

"그분은 우아하게 자존심을 지키며 딱 그 정도 사시면 족한 분입니다. 그분이 세폐니 연운이니 하는 소리 들어보셨나이까. 용상에 대한 의지도 쟁취할 용기도 없던 분이셨습니다. 결국 예상한 대로 그렇게 쉽게 물러나시더이다."

"그럼 그날 왜 남훈문까지 나가 절을 하였는가?"

추신은 입을 열지 못했다. 차마 거기까지는 말하고 싶지 않았다. 그렇다고 거짓으로 둘러대기도 싫었다. 대답이 없자 숙왕이 차를 따라 추신 앞에 놓았다.

"맛없어도 마셔주게. 그대 주라고 따로 싸주신 거야. 직접 전해주라고 하셨어. 마음이란 한쪽이 접는다고 끝나는 게 아니라고 하시더군. 그대는 많은 이의 총애를 받는 사람이라 주는 마음이 귀한 줄 너무 모르는 것 같다."

추신은 잠자코 찻잔을 들었다. 다시 맛을 봐도 역시 엉성한 맛이었다. 용봉만 마시던 분이 이런 걸 직접 만들어 드시다니. 어찌 이리 재주가 없단 말인가. 어찌 이리 잔인한 맛이 있단 말인가…… 이런 차를 괜히 보냈을 리는 없다. 이 차에 담긴 로국공의 전언은 무엇일까? 추신은 고개를 들어 숙왕을 보았다. 여독이 안 풀려서 그런지 꽤나 다른 얼굴이 되어 있었다. 많이 마르고 겨울바람에 피부도 트고 눈에 타서 검어졌다. 숙왕은 좋은 찻잎일까. 그분이 전하고 싶은 뜻이 이것일까.

"난 그대가 부러워. 어떻게 살 것인가, 무엇을 할 것인가, 그대에겐 모든 게 명확했겠지. 명확하니 주저 없이 행했겠지. 타고나길 나는 그런 운명이 아닌 게야."

추신은 말없이 차를 마셨다. 계속 따라 마셨다. 마시다 보면 이 맛없는 차에서도 미덕을 찾을 수 있을지 모른다고 기대하는 사람처럼. 마지막 잔까지 비우고 추신은 찻잔을 탁자에 올려놓았다. 좋은 찻잎을 망친 맛밖에 안 났다. 좋은 찻잎이라도 좋은 솥에서 좋은 솜씨로 덖어야 좋은 차가 된다. 예외란 있을 수 없다. 추신은 옷깃을 여미고 자세를 바로했다.

"수행원만 백 명이 넘었습니다. 근위병이 이백, 전하 한 사람 움직이는 데 수백 명이 시중들고, 들고 나실 때마다 촌구석 고을까지 들썩였습니다. 일 년 동안 유람에서 쓰신 돈이 수십만 냥이옵니다. 그러시고 배워 온 게 고작 도망치는 법입니까?"

추신은 일어나 숙왕의 무릎에 손난로를 내려놨다.

"따뜻하고 안일하게 사소서. 저에게 와서 투정 부리지 마시고."

"그래 난 결국 투정밖에 못 하는군. 아무것도 아니니."

"그런 결기로는 무엇이 되신들 아무것도 해결하지 못합니다."

"날 한심하게 여기는 거 다 알아. 알지만 그냥…… 그대와 말을 하고 싶었어. 내내 많이 생각났다. 참담한 꼴을 볼 때마다 추신이라면 어떻게 했을까, 그대 생각이 났지. 그래, 난 생각만 했다. 무엇 하나 엄두도 못 내고 번번이 우왕좌왕하기만 했지. 나에겐 난마를 자를 참마검이 없다네."

"난마를 한 번에 잘라내는 참마검 같은 건 세상 어디에도 없습니다. 그저 그 앞에, 자신에게 다가오는 역사 앞에서 물러나지 않을 뿐입니다. 북로 변방에 가셨습니까? 대송의 끔찍한 치부를 보셨습니까? 강남은 화사하기만 하더이까? 강남에도 죽지 못해 사는 백성은 허다합니다. 비단 아래 가려졌으니 못 보셨겠지요. 하늘은 결코 절로 해결해주지 않습니다. 인간의 문제는 오직 인간의 손으로만 해결합니다."

숙왕은 뭔가 말을 하려다 입을 다물고 한숨을 훅 내쉬었다. 노를 잃은 사공처럼 막막한 눈을 하고선. 인간은 궁지에 몰렸을 때라야 비로소 자신이 가진 저력을 드러낸다. 숙왕의 저력이 무엇인지 추신은 알고 싶어졌다. 자신만이 그것을 볼 권리가 있다는 생각도 들었다.

"어차피 숙왕 전하는 태자가 못 되십니다. 애초 군주감도 아니고 그 나이까지 보여주신 거라곤 고작(왕자 세 분 생산한 것이 전부 아닙니까?라는 말은 차마 하지 못했)…… 무엇보다 전하는 너무 단순하시고, 너무 선량하시니 온갖 암투가 난무하는 궁정에 안 맞습니다. 안 맞아요! 폐하의 마음을 조금 움직였다고 우쭐하지 마소서. 곽오서들이 대붕 타령한다고 현혹되지도 마시고요. 전하는 안 됩니다. 제가 막을 거니까요. 그렇지만, 그럼에도, 그러니까 더욱 맞서보십시오. 저를 거꾸러뜨리세요. 저도 결사적으로 전하 앞을 막겠습니다. 온갖 술수를 부리고, 계략을 꾸미고, 함정을 파겠사옵니다. 그래도 맞서세요. 도망치지 말고 맞서세요. 자신이 어디까지 날 수 있는지, 넓은 가슴에 뜻 한번 크게 품어보세요. 숙왕은 패배한다고 단언하는 소인을 패배시켜보세요. 해보시라고요."

투지를 불태우며 맞받아치길 바랐건만 젊은 왕은 망망대해만큼이나 깊어진, 수면처럼 반사하는 눈과는 다르게 무엇이든 다 받아줄 것 같은 깊은 눈을 하고선 빙긋 웃을 뿐이었다. 마치 추신을 위로하듯. 그러더니 으차, 하고 자리에서 일어났다.

"그대 말만 들어도 질리는구먼. 그만 가겠네. 그대와 더 있다간 통째로 먹히겠다."

괜한 헛바람에 휩쓸려 쓸데없는 파란 일으키지 말라고 매섭게 충고나 하려고 했다. 숙왕과 이야기를 하다 보면 작정한 바와 다르게 마음이 갈피를 못 잡는다. 저 젊은 애를 받아줄 도량이 없는 자신이 싫어진다. 이상한 데서 역정을 내게 되고 결국엔 숙왕을 위하는 말을 하게 된다. 쉬운 상대인데도 몰아붙이기가 쉽지가 않다. 종국엔 기묘한 무력감마저 들고 복잡한 심정에 시달리는 것이다. 그래서였을까. 추신은 완고해져서 엉뚱한 소리를 했다.

"전하께서 돌아오셨으니 이제 고고를 숙왕부로 보내겠습니다."

"선물이네. 선물이 맘에 안 든다고 막 돌려주나. 정말 예의가 없다니까."

피식 웃고는 숙왕이 청당 출입문에 서서 문이 열리길 기다렸다.

"하, 명색이 왕인데 문도 안 열어줘? 그리고 아무리 버텨봐야 난 고고를 돌려받지 않을 거야."

하더니 숙왕이 고고처럼 혀를 내밀었다.

문이 열리자 가는 눈발이 어지럽게 들이쳤다. 대기하고 있던 숙왕부 환관들이 숙왕의 어깨에 모피 갖옷을 걸쳐주었다.

"둘이 좋은 인연이 된 줄 알았는데, 저 널돌을 끼워놓은 걸 보고 말이야. 헛디디기 딱 좋게 생겼었거든. 고고 다치지 말라고 새로 깐 거 아니었나?"

숙왕이 추신에게 팔짱을 끼며 능글맞게 웃었다.

"그랬습니다. 늙은 환관이 어린 창기에게 이런 재롱이라도 부려야 사랑받지 않겠나이까?"

이번엔 추신이 숙왕의 손을 꼭 잡고 눈웃음을 치며 응수했다. 문득 숙왕이 멈춰 서더니 추신을 물끄러미 바라보았다. 숙왕의 그 큼직한 눈에는 장난도 동정도 아닌 흉내 낼 수 없는 자비로움이 깃들어 있었다. 널돌을 디디며 숙왕이 말했다.

"고고 그 아이, 아주 잘해. 몸을 한번 맡겨보게. 새로운 세상이 열릴 거야. 걱정일랑 하지 말고. 그런 건 문제가 안 돼. 고고에겐 말이지."

숙왕이 눈썹을 올리며 씩 웃었다. 한발 앞서 새로운 세상을 맛본 이가 입문자를 환영한다는 듯. 숙왕의 모피 깃을 올려주며 추신이 딱 잘라 말했다.

"전하께서도 마다하시니 그 아이는 소주로 보내야 할 듯합니다."

"소주로 보낸다고? 하, 인정머리가 없긴 없구먼. 그 애가 그곳에서 어떤 취급을 당했는지 정말 모르겠어?"

숙왕은 소문 자자한 잘생긴 말, 미동도 없이 하얀 콧김을 유유히 흘리며 주인을 기다린 그 말을 한 번에 올라타고 그에 버금가는 멋진 군마를 탄 호위병들의 행렬을 이끌고 대로로 나섰다. 따각따각 말발굽 소리가 흐린 대기에 뭉근하게 울렸다. 추신은 자신의 대문 앞에서 숙왕이 멀어질 때까지 조아린 머리를 들지 않았다.

어서 들어가라고 손짓을 했다. 마치 배웅 나온 친지에게 하듯 멀어지는 배를 보고 서 있는 추신에게 어서 들어가라고, 추우니 어서 들어가 보라고. 정초였다. 매서운 날이었다. 국공으로 강등한다는 교서가 내려지자마자 일가는 사천으로 쫓겨가야 했다. 물길을 거슬러, 장강을 거슬러 어린아이들을 데리고 몇 달을 가야 하는 길. 추신은 그날 속죄를 하러 남훈문에 나간 게 아니었다. 속죄하는 모습을 보여주기 위해서였다. 수라장에 남은 제 꼴을 보소서, 그러니 고우신 분은 미련 두지 말고 사천으로 떠나시라고. 그때는 그게 최선이라고 생각했다. 로국공은 그런 자신에게 추우니 어서 들어가라고…… 그때처럼 추신은 숨이 쉬어지지 않았다.

다 끝난 뒤에 드러난 그 사람의 저력, 세상에는 로국공 같은 사람도 있었다. 추신은 깨달았다. 로국공이 자신에게 보낸 전언 따위는 애초에 없다는 것을. 숙왕이 자신을 찾아온 까닭 또한 입태자 때문이 아니라는 생각도 뒤늦게야 들었다. 계산속이라곤 없는, 그들은 타고난 바탕이 그런 사람들인 것이다. 바닥에 내려

앉지도 멀리 떠나지도 못하는 먼지 같은 마른눈, 그 어지러이 뱅글거리는 모습을 추신은 멍하니 지켜보았다. 늙고 마른 옷깃 안으로 작고 차가운 것들이 쉴 새 없이 들이쳤다.

고고가 앉자마자 나왕목 상자를 열고는 복잡하게 생긴 청동 향로를 탁자 위에 꺼내놓았다. 양각된 무늬를 살펴보니 벌거벗은 남자와 여자, 꽃과 뱀, 원숭이와 코끼리까지 어지럽게 뒤엉켜 있는데 난잡한 몸짓과는 달리 표정은 보살처럼 은근하게 미소들을 띠고 있었다. 한눈에 봐도 천축에서 온 물건이었다.

"나리 드리려고 샀어요."

고고가 성냥으로 향에 불을 붙였다. 작은 뿔처럼 생긴 암갈색 향에서 훅하고 독한 냄새가 퍼졌다.

"이게 사실은 아주 돈 비싼 거랍니당. 이걸 쏘이면 가슴이 술렁술렁한 게 괜히 즐거워집니다요. 저희 가게에서 요즈음 한창 유행이지요."

추신 쪽으로 연기를 보내려 손부채질을 하는 고고의 귀에서 귀고리가 달랑거렸다.

"너, 어디로 갈지 생각을 해보았느냐."

"아이잉, 저는 여기가 좋사와요, 나리. 보세요. 오늘도 이렇게 많이 벌었답니다. 헤헤헤, 전 개봉이 아주 딱 마음에 드네요."

그러더니 청루에서 벌어온 은자를 두 손 가득 꺼내 보였다. 백 냥은 족히 넘어 보였다. 고고가 탁자 위에 은자를 늘어놓고 세기 시작했다. 소주 말로 하나, 둘, 셋, 넷, 다섯…… 고고는 은자를 하나하나 집어 이쪽에서 저쪽으로 옮겼다가 다시 세로로 쌓았다가 또다시 일렬로 가지런히 놓기를 반복했다. 숙왕과 잘 알고 폐하 앞에서도 노래를 불러봤다고 떠들었을 테니 모두 고고에게 굽실거릴 것이다. 더욱이 머무는 곳이 추신의 사가라고 했을 테니 서로 잘보이려 발발 기고도 남을 일이다. 고고는 그 권세 놀음에 흠뻑 빠져 매일매일 청루에 놀러 나갔다.

추신이 집에 머무는 날 저녁이면 고고는 냉큼 건너와 이런저런 얘기를 재잘거렸다. 처음에는 낮에 어마어마하게 긴 낙타행렬이 어가御街*를 통과했다는 이야기라든가 운하에서 배들이 충돌하여 난리가 났었다는 그런 이야기를 하더니 점점 기녀들의 기둥서방들이 어쩌니저쩌니, 과거에 급제하자 배신해버린 애인 때문에 자살한 기녀와 그 나쁜 새끼의 꼴 좋은 폐가망신, 청루에서 벌어진 사내들의 치정 난투극 같은 자극적인 이야기를 해줬다. 결론은 늘 비슷했다. 남자는 여자한테 잘하고 볼 일이다, 여자는 자기가 좋아하면 이것저것 따지지 않는다, 하지만 아무리 좋아도 여자는 싸게 굴면 안 된다, 그런데 나리보다 잘생긴 남자는 없더라.

추신은 가만 듣고 있다가 문득 생각이라도 난 듯 앞으로 어떻게 할 거냐, 어디로 갈지 정했냐, 확인하듯 묻곤 했다. 여인은 들은 척도 않고 딴청을 부리며 나리도 손톱을 길러보라는 둥, 청루에 문신이 멋진 남정네가 있다는 둥, 어떤 놈팡이가 자꾸 시를

---

* 주작대로 중앙에 있는 천자의 길. 송대에는 주작대로를 통칭 어가로 불렀다.

써서 보낸다는 둥, 자기는 일자무식이라 그냥 화로에 버렸다는 둥 하며 또 쓸데없는 이야기를 늘어놓았다. 그러면 늙은 남자는 혀를 차며, 참 말도 안 듣는구나, 하곤 했다. 하지만 그날은 속절없이 듣고만 있게 되지 않았다.

"나가거라. 살 집을 마련해주마."

제법 엄한 소리를 냈건만 고고는 고양이 혓바닥만 한 혀를 날름하더니 "싫어요. 전 여기가 좋아요. 아이잉, 여기 있게 해주세욧. 나리. 웅?" 하고는 몸을 꼬아댔다.

"소녀는 여기가 좋아. 때리는 사람도 없고."

"때려?"

"어머, 나리도 참……."

정말 그런 것도 모르냐며 재미있다는 듯 고고가 웃었다. 그러고 보니 저 애는 비참한 이야기만 나오면 웃는다. 어쩌면 꽤나 영악한 짓인지도 모른다는 생각이 들었다. 사람을 꼼짝 못 하게 동정심을 쥐어짜내는 교묘한 기술. 저 비참한 웃음은, 그런고로 얄미운 것이다. 저 눈도 얄밉고, 저 가는 목도 얄밉고, 쪽진 머리도 머리에 꽂은 작은 꽃도 얄밉고 얄미워서, 온통 얄미워서 추신은 분통이 터졌다.

"너, 숙왕과 둘만 있을 때 무얼 해드렸지?"

숙왕 얘기가 나오자 고고가 눈을 반짝이며 반색을 했다.

"제가 배에서 술을 파는데 그분이 지나가다 노래하는 소릴 듣고 절 사주셨잖아요."

"그러니까, 그러니까 무얼 했냐고?"

"노래를 해드렸단 말씀이죠. 아하! 나리, 노래 부를까요?"

고고가 새로 산 비파를 집어서 가슴에 안았다. 추신의 빠른 손이 비파 목을 낚아채 탁자에 도로 놓았다.

"또 무얼 해드렸니. 그러니까, 그러니까 그런 거 있잖니? 그런 거, 그런 거 말이다."

자기 목소리가 귀를 울리며 기분 나쁘게 들려 이상한데도 추신은 추궁을 멈출 수가 없었다.

"음, 웃긴 얘기? 웃긴 얘기 좋아하셔서서 많이 해드렸죠. 제가 뭐라고 까부는 소리를 하면 전하께서는 박수 치고 좋아하셔서서. 헤헤, 저더러 머리 좋다고. 전 무지렁이 계집인데, 헤헤."

"또, 무 무엇을 했냐니까, 응?"

"……"

그제야 뭔가 이상했는지 고고는 뒤로 몸을 빼며 향로를 만지작거렸다.

"무얼 했냐니까? 뭘, 뭘?"

애가 달수록 점점 더 기분 나쁜 목소리가 나왔고 그 소리는 물속같이 꿀렁거리며 고막에 메아리를 쳐댔다.

"전하는, 절대로 기녀들과는…… 길에서 아기씨가 생기면 안되잖아요."

"뭐라고?"

"궁녀 분들만 전하를 뫼시었어요. 그나마 궁녀 분들도 저와 함께 모두 올라왔어요. 동정호부터는 길이 험하니까요. 전하는 점잖으셔서, 워낙 점잖으셔서 함께 있어도 동무처럼 맘이 편해요. 그리고 말이죠. 궁녀 분들이 얼마나 고우신지, 선녀 같아요. 세상에 정말 그렇게 고운 분들이 있더라니까요. 저에게도 굉장히 잘해주셨어요. 보세요. 이 귀걸이도 그분들이 주신 거예요. 옷도 주시고, 분도 주시고. 고고가 이십 평생에 이런 대접도 받아보고, 고고가 이만하면 출세를 한 건데 우리 아비는 이 꼴도 못 보고 죽었으니, 뭐야, 쳇. 뭐야."

도대체 뭘 상상한 건지, 추신은 맥이 풀려 등받이에 몸을 기댔다. 숙왕, 호탕한 줄 알았더니 잔소리 좀 했다고 꽁해서 이런 장난을 치다니.

"후후, 재미있군."

추신의 표정이 바뀌자 고고도 어느새 따라서 방글거렸다. 여자의 얼굴이 두 겹 세 겹으로 겹쳐 어른거렸다. 꿈인가 싶어 잡아보려고 추신이 손을 뻗으니 손에 닿는 건 작은 진주 귀고리. 그랬다. 진주였다.

"이제야 알겠군. 노상 이걸 하고 다니니 소문이 난 거야."

고고가 진주를 좋아하는 줄 알고들, 황족들이 진주를, 희왕까지 능글대며 내 손에 진주를 쥐여줬었지. 웃기는군. 이런 조롱이라니. 흐흐흐, 왜인지 자신이 광대라도 된 듯 추신은 남 일처럼 우스웠다. 가슴을 짓누르던 우환이 사라진 듯 추신은 만사가 푸근했다. 고고가 눈치를 보더니 살금 추신 쪽으로 몸을 기댔다. 추신이 반대쪽으로 몸을 피하며 매일 해서 이젠 습관이 된 그 말을 또 했다.

"그만 가서 자렴. 그리고 어디로 갈지나 생각해봐."

대답이 없어 돌아보니 고고가 입을 비죽비죽하더니 갑자기 악을 썼다.

"싫어요! 싫다니까. 여기가 좋아요. 난 여기가 좋아! 모두 잘해주고. 나리는 왜 그래요? 난 전하가 보낸 선물이라니까. 고고는 나리 거라구요. 날 버리면 안 돼요. 안된다구우!"

그러더니 코앞에 얼굴을 들이대고 소주 말로 상소리를 빽빽 질러댔다. 작은 요괴처럼 못된 표정을 지으며.

숙왕은 천적이다. 말년에 만난 지옥이다. 난감한 것을 자꾸 앞에 갖다 놓는다. 그 괘씸한 젊은 애를 어서 치워버려야겠다. 뭐라도 트집을 잡아 걸려들게 만들어버리겠다. 그 귀찮은 혈기를 어쩌지 못하게 결계를 쳐야겠다. 차꼬를 채우고 재갈을 물려 멀리멀리 보내 그곳에서 푹푹 썩게 봉인을 해야겠다. 그래, 더위를 많이 타니 남해로 보내야지. 가서 뱀이나 잡아라. 훅훅 찌는 더위에 다 녹아버려라. 그 건장한 몸뚱이가 얼음처럼 녹아 없어지는 꼴은 상상만 해도 기분이 좋아졌다. 실없는 웃음이 그치지 않는데 갑자기 머리가 저릿저릿했다. 저 향에 뭐가 섞인 거지? 하는데, 어느새 고고가 앞에 서 있었다. 추신이 왜 그러느냐 묻기도 전에 고고가 그대로 무릎을 푹 꺾어 주저앉더니 말릴 새도 없이 추신의 무릎 위에 머리를 뉘었다. 비류직하, 절벽에서 떨어지는 기분이 이러할까. 추신은 마비가 온 듯 하반신을 움직일 수가 없었다.

"쓰다듬어주세요. 나리."

"가, 그만 어서. 나가."

"그냥 한 번만 쓰다듬어주시면 좋겠는데. 그럼 내일 나갈게요. 내일 눈 뜨면 바로. 아니, 아침은 먹고. 그러니까 한 번만 쓰다듬어주면, 그럼 돼요."

추신의 떨리는 손이 여인의 머리에 가 닿았다. 작고 작은, 너무 작아서, 이게 어른의 머리인가 싶은데 따듯하고 따듯해서 이상한 물체. 한없이 보드라운 머리털과 작은 꽃. 추신의 손끝에 동그란 귓바퀴가 닿았다. 작은 뺨이 붉은데도 차가웠다.

아아, 세상에 이렇게 가여운 것이 또 있을까!

그러나 추신은 그 밤, 새로운 세상의 문을 열지 않았다. 변함없이 싸늘한 청당 안에 혼자 남기로 했다. 새벽에 입궁을 하려 문을 나서는데 고고가 묵고 있는 낭실의 문이 열린 게 보였다. 바람에 힘없이 흔들리고 있었다. 그 결에 어제 내린 눈가루가 싸구려 분처럼 부스스 날렸다. 추신은 말에 올랐다. 깜깜한 새벽길을 달렸다. 호위 무관들이 어리둥절할 정도로 속도를 냈다. 빨리 용안을 뵙고 싶었다. 오직 그 생각뿐이었다. 반듯하고 고귀하고 환한, 오직 단 하나의 얼굴. 추신은 어가를 따라 일직선으로 달렸다. 숨을 쉴 때마다 빈속이 덜덜 떨렸다.

연민을 명하노니

유람에서 돌아온 숙왕은 두문불출했다. 여독 끝에 병이 났다며 원소절 대례에도 얼굴을 비치지 않았다. 알아본 바, 낮에는 활을 쏘고 밤에는 긴 시간 왕비와 이야기를 나눈다고 했다. 그렇게 한 달여의 시간이 흘렀다. 조융은 연자를 오독오독 씹으며 아들이 하는 양을 지켜만 보았다.

추신이 양부인 추호고의 제사를 지내기 위해 휴가를 내고 궁을 비운 날이었다. 어둑어둑해질 무렵 주작대로에 통행금지령이 내려지고 순식간에 금군이 두 겹으로 어가를 에워쌌다. 잠시 후 황제의 수레가 전속력으로 달리더니 한달음에 숙왕부에 당도했다. 숙왕부 내전 문을 벌컥 열고 들어서자 아들은 혼비백산했다.

"전하, 그리 몸을 숨기시니 뫼시러 왔소!"

조융은 아들의 한쪽 귀를 잡고 내전에서 끌어내어 타고 온 수레에 밀어 넣고는 곧장 대경전으로 납치해왔다.

"모두 나가!"

조융의 고함 소리가 전각 안에 울렸다. 전각 한가운데로 끌고 와 움켜쥐었던 옷섶을 내팽개치자 쿵 소리를 내며 숙왕이 바닥에 넘어졌다. 조융은 틈을 안 주고 어깨를 발로 차 숙왕을 완전히 자빠뜨렸다. 목에 발을 올리자 숙왕의 눈이 크게 벌어지면서 신발 바닥 아래로 꿀꺽하는 울대뼈가 느껴졌다. 급소 중의 급소, 조융은 발에 힘을 조금 줘봤다. 살짝 눌렀는데도 숙왕은 벌써부터 눈물을 쏟아내며 불 위에서 오그라드는 가죽처럼 몸을 비틀었다.

조융의 발이 떨어지자마자 숙왕은 허리를 꺾으며 컥컥 막힌 숨을 토해내느라 가관이었다. 조융은 다시 발을 올려 숙왕의 옆통수를 뭉개기 시작했다. 숙왕은 각오한 듯 주먹을 쥐고 고통을 참아냈다. 그 버티는 꼴이 괘씸해 조융은 점점 더 힘을 주었다. 목의 핏대가 터질 듯 부풀고, 앙다문 입술 사이에서 신음과 함께 끈적한 타액이 비어져 나왔다. 고통이 극에 달하자 숙왕은 손으로 바닥을 긁기 시작했다. 그동안 애를 끓게 한 아들에게 하는 이 원색적인 복수에 조융은 속이 다 후련했다. 오줌을 지리게 만들까도 했지만 어느 정도 분이 풀리자 조융은 코웃음을 치며 발을 떼고는 널브러져 있는 숙왕의 귀에 대고 속삭였다.

"이게 너다. 언제라도 짓밟힐 수 있는 사내."

숙왕의 눈썹이 꿈틀했다. 자신이 던진 말이 아들의 심중에 제대로 꽂힌 것을 확인하고 조융은 몸을 일으켰다.

"흐흐흐……."

어둠에 묻혀 그 높이를 알 수 없는 대경전 천장과 그 천장을 떠받치고 있는 육십 개의 기둥, 충직한 거인 같은 그 기둥들 사이로 흐흐흐 흐흐흐 울려 퍼지는 음산한 웃음소리가 마음에 들어 조융은 계속 웃었다. 그러다가 웃음을 뚝 끊고 고개를 조아리고 서 있는 숙왕에게 다가가 아까부터 거슬리던, 분명 로국공과 교환했을 그 향낭을 숙왕의 허리띠에서 잡아 뜯어 아들의 얼굴을 몇 번 후려치고 바닥에 내동댕이쳤다.

"똑똑히 보렴. 친왕들이란 저것처럼 뜯겨나가도 아무도 신경 쓰지 않아."

숙왕의 눈이 울분으로 붉어졌다. 드디어 성질을 내는군, 조융은 속으로 피식 웃었다.

"황제가 되면 무엇이 좋은 줄 아느냐? 알 리가 없지. 황제가 되어보지 않는 이상, 쭉정이들이 뭘 알겠는가. 쭉정이, 쭉정이, 쭉정이 따위들이. 풍구 바람 한 번에 사라지고 마는 그런 쭉정이 같은 운명들이."

조융은 잠시 말을 멈추었다. 숙왕이 비참함을 느낄 충분한 시간을 주기 위해.

"사실, 황제가 되면 좋은 것은 별로 없단다. 단지, 이 세상에서 가장 높은 곳, 태산보다 높은 곳, 우주의 중심 그곳에 있는 저 눈물겹도록 예쁜 의자, 그 의자에 앉을 수 있다는 것뿐."

조융은 손으로 아들의 턱을 확 들어올렸다. 대경전의 북벽 단폐 위 높은 그곳, 구불거리는 아홉 용이 지키고 수십 개의 금련

촉에 둘러싸여 황금빛으로 찬란한 그곳에 용의가 있었다.

"언제 봐도 설레지 않느냐. 사내라면 황가의 사내라면, 저기 앉고자 기를 써야 한다. 그래야 마땅한 거지. 그러라고 황가에 태어났으니. 처음 저기 앉던 날 수많은 종친들과 문무백관들, 어마마마까지도 다들 숨소리조차 내지 못하고 나를, 용의에 앉은 나를 홀린 듯 우러렀지. 나는 저곳에 앉아 모두를 내려다보면서 동시에 그들처럼 나 또한 나를 우러러보았다."

마치 그날처럼 감격이 차올라 조용은 용포를 움켜쥐었다. 돌아보니 숙왕은 귀로 들어오는 모든 소리를 거부하겠다는 듯 바닥에 눈을 고정하고 꼼짝도 하지 않았다. 밟힌 자국이 붉게 부풀어 더욱 반항적으로 보였다. 부아가 치민 조용은 숙왕의 주변을 돌며 잡아먹을 듯 으르렁거렸다.

"도리! 세상에서 가장 중한 도리! 생각해보겠다던 그 도리! 아비와의 약속! 일 년이 넘었다. 어서 말해."

"……."

"말해. 말해. 어서 말하라!"

조용은 숙왕의 어깨를 쥐고 흔들다가 힘에 부치자 되는 대로 얼굴을 후려갈겼다.

"말해, 천자와의 약속이다. 대답을 내놓으란 말이다!"

그래도 대답이 없자 멱살을 잡을 양으로 손을 뻗던 조용은 그대로 팔을 내릴 수밖에 없었다. 젊기에 깨끗하고 그래서 더욱 냉담해 보이는 두 눈이 조용을 바라보고 있었다.

"도리, 폐하께서 물으신 그 도리를 저는 찾지 못했습니다."

"아니야, 아니야. 난 알아. 넌 찾아냈어. 그렇지 않고서야 서북에서 그런 편지를 보낼 순 없다."

천천히 고개를 가로저으며 숙왕이 입을 열었다.

"……거짓말, 소자가 찾아낸 건 거짓말이었습니다."

뒷덜미가 쭈뼛하더니 조융의 시야가 흔들렸다.

"폐하께서도 이미 그 거짓말에 가담하셨나이다. 다 거짓말이옵니다! 너무 거대한 거짓말. 아시지 않습니까? 모른다 말씀 마소서."

"그, 그 입 다물라. 네가 뭘 안다고……."

조융은 치미는 분노로 턱이 덜그럭거렸다.

"누구냐? 누가 말해주었느냐? 곽오서냐? 감히 감히, 누가!"

달려들어 앞섶을 움켜쥐고 흔들어보았지만 숙왕은 바위처럼 꿈쩍하지 않고 화난 듯 조융을 쏘아보았다.

"다 거짓이옵니다. 다 기만이옵니다. 여기 이 대경전의 위용도 다 허상입니다. 폐하와 소자는 이 거창한 거짓말의 소산이옵니다. 도리란, 군주의 도리란 천하에서 가장 큰 거짓말입니다!"

뭐라…… 입을 다물 새도 없이 가슴이 뻥 뚫리더니 무한대로 펼쳐진 대지를 수백 수천 마리의 말발굽이 난타하는 것처럼 조융은 전율했다. 흥분으로 가슴속은 요동을 쳤지만 조융은 표정을 수습하고 관후한 천자의 음성을 내어 아들에게 말했다.

"다 듣겠다. 무엇이든 다 괜찮다. 네가 하고 싶은 말, 속에 품은 말 이 자리에서 다 말해보라."

다정해진 부황의 말에 조금 전의 기세는 어디 가고 숙왕의 눈에 물기가 어리었다.

"괜찮아. 이 아비에게 다 말해. 말해봐. 응?"

그렇게 재차 안심시키자 숙왕은 입술을 깨물며 머뭇대다 죄를 고백하는 아이처럼 겨우 입을 열었다.

"구름이…… 구름이 높고 아름다웠습니다. 어찌나 새하얗고 풍성하던지, 그 모습에 감탄하며 지기들과 시를 지었습니다. 옆에 있던 여인이 불쑥 말했습니다. 저건, 가뭄 때 나타나는 구름입니다. 비도 안 주고 둥실 떠나는 야속한 구름입니다. 농부들은 저 구름을 보고 애달파합니다. 배고픈 구름입니다. 소자와 지기들은 그 말이 무슨 뜻인지 몰랐습니다. 성현의 말씀을 배우고 외워 말끝마다 들먹여도 그 여인의 말이 무엇인지 몰랐습니다. 단지 배고픈 백성이 없는 세상, 그것이 군주가 해야 할 도리인데 단지 그것만 지켜도 되는 것인데, 그 어떤 왕조, 그 어떤 천자도 그 도리를 지키지 못했습니다. 그런데도 천자가 은혜를 베푼다고 합니다. 도대체 천자가 무엇을 베풉니까? 숲의 짐승도 강의 물고기도 다 먹고 마십니다. 오직 인간만이 배고픔을 해결하지 못했나이다. 그러고도 어찌 하늘의 아들일 수 있나이까. 그 무거운 거짓말을 저보고도 하라 하십니까? 저도 감히 묻겠나이다. 폐하께선 왜, 왜 저에게 갑자기 기대를 하십니까? 아무것도 준비되어 있지 않은 저에게 왜?"

"구름. 배고픈 구름. 배고픈 백성! 네 입으로 말하지 않았느냐. 네가 그 도리를 찾아낼 줄 알았다. 도리란 원래 큰 거짓말이다. 이루지 못하니 이루려고 죽기를 각오해야 하는 그런 것이지. 천자의 도리란 하늘에서 떨어지는 게 아니다. 찾으려고 몸부림쳐야 하고, 찾으면 이루려고 몸부림쳐야 하는 것이다. 너에게 퇴로는 없다. 도리란 그런 것이다. 아는 만큼 보이고 보이면 행해야 한다."

"저는 할 수 없습니다!"

조융은 천천히 숙왕 곁으로 다가가 나직이 말했다.

"너는 해야 해. 네가 안 하면, 네 동생 영왕이 여왕벌이 되어 형제들을 찌를 테니까. 장왕, 경왕, 진왕, 그 아래 어린 동생들. 아니지, 너부터 찌르겠지. 영왕은 그러고도 남을 아이다. 왜? 나를 닮았으니까. 그 참담을 보기 싫으면 네가 막아라. 로국공이 못한 걸 너는 하란 말이다. 무엇을 그리 놀라는가. 짐이 네 옆에 귀 밝은 첩자 하나 안 붙였을 거라 생각했는가."

일그러지는 아들의 표정이 볼만하다고 생각하면서도 조융은 저 순진하고 순수하기만 한 숙왕의 왕국이 이제 곧 훼손될 거라 생각하니 애석한 마음이 들기도 했다. 하지만 그것은 불가피한 일.

"지금부터 배워라. 황제에게 한 가지 인연으로만 연결된 자는 없다. 네가 아들이면서 신하이듯, 황제는 자기 자신을 대할 때도 황제여야 한다. 황제는 자신에게도 첩자를 붙여서 왜 저러는지 왜 저런 판단을 하는지 늘 살피고 의심해야 해."

조융은 한 발 한 발 단폐를 향해 걸음을 옮겼다. 단폐를 오르며 조융이 말했다.

"명심하라. 황제는 천하를 홀로 마주 보는 자다. 아무리 날고 기는 자라 해도 황제가 아니면 이 심정을, 이 경지를, 이 무게를 알 수 없다. 이 무게를 견디기에 황제인 것이다. 그리하여 오직 황제만이 당당하다. 황제가 아니면 그 누구도 완전하게 당당하지 못해. 황제에게 인정받아야 비로소 그는 그가 된다. 황제에게 위치를 부여받아야 그는 비로소 한 사람이 되는 것이다. 이 용의는 알고 있다, 그 영광을. 알고 있으니 이리 아름다운 거지. 오직 여기 앉아봐야 알 수 있는 진실이 있다. 이 자리에 앉아야 인간의 아들이 아닌 하늘의 아들이 되는 것이다. 머리 위로 하늘만이 존재하는 가장 높은 자, 천자 아니고서는 아무도 알 수 없어. 오직 여기 앉은 천자만이 옳고 그름을 선언할 자격이 있다. 오직 천자만이 예와 악을 정하고, 인과 덕이 무엇인지를 가르칠 수 있다. 천자만이 진리를 선포할 수 있다. 진리, 진리! 사대부들은 그저 천자의 뜻을 헤아리기만 하면 되느니. 그 누구도 아냐. 오직 천자만이, 오직 나만이, 나 황제 조용만이 하늘을 대신해서 이 자리의 다음 주인을 정할 수 있다. 난!"

조용은 용의 앞에 우뚝 서서 단폐 아래 숙왕을 내려다보았다.

"난, 네가 좋다. 네가 좋아. 내 아들, 바로 너. 네가 좋아."

"아아아…… 폐하!"

숙왕이 신음을 내며 허물어지듯 주저앉았다.

"이리 오라."

조용이 손을 내밀자 숙왕은 보이지 않는 줄에 끌려가듯 무릎걸음으로 다가왔지만 어대에 오르는 단폐 앞에 이르자 동작을 멈췄다.

"괜찮아. 어서 오렴. 이 계단도 처음부터 너를 기다렸단다. 네

게 밝히기 위해 오늘을 기다렸단다. 넌 내 아들이니까."

손짓하며 어서 올라오라고 재촉을 했지만 숙왕은 주먹으로 이마를 누르며 끙끙댔다. 천자만이 오를 수 있는 단폐였기에.

"괜찮아, 괜찮아, 괜찮아……."

조용은 끈질기게 기다렸다. 마침내 숙왕이 단폐를 기어 올라오자 조용은 안아 일으키고는 두 손으로 아들의 얼굴을 받쳐 들었다. 활짝 웃으며.

"넌 나의 열매다. 나의 가장 좋은 열매. 네가 장성하니 보였다. 내 눈에 네가 보인 거야. 아아아, 천명이란 이토록 신비롭구나."

부황의 말에 부르르 떨더니 숙왕이 고개를 세차게 저었다.

"저는 못 합니다. 소자 생업을 갖고 제 몫을 살겠습니다! 그렇게 결정했나이다."

"생업? 고작 이 대답을 준비하느라 왕부에 틀어박혀 있었단 말이지. 좋다, 그럼 내가 말해주지. 너의 생업은 태자다. 국본이 되는 것. 이게 너의 생업이야."

"솔직하게 말씀해주소서. 왜입니까? 왜 저입니까?"

"넌 나와 추신에게 없는 걸 가졌으니까. 우리 둘은 꾀로 버텨 왔다. 그래, 쓸모가 있었다. 꾀란 것도 말이지. 하지만 국운은 꾀로 바뀌지 않아. 너와 같이 충만한 기운이 있어야 해. 넓은 도량, 깊고 깊은 연민의 마음이 있어야 해. 양강陽剛의 시대를 열어다오. 우리가 연운을 되찾아야지. 너는 태조 황제를 닮았다. 너는 그분의 화신이야. 나는 기어코 너를 얻어야겠다. 너를 얻기 위해서는 무엇이든 다 할 거야."

"그 말씀 거두소서. 제발."

"무엇이냐, 무엇이 너를 주저하게 하는가?"

"……."

"추신이냐?"

"폐하! 그런 게 아닙니다."

"못할 게 무어냐. 네 앞에서 치워주마!"

말을 내뱉자 속이 서늘하게 내려앉으며 머리가 맑아졌다. 당혹스러울 만큼 시야가 뚫리는 기분이었다. 추신은 제거해도 되는 존재였던 것이다. 이렇게나 명징한 사실이라니!

"하하하. 조씨의 황실이다. 환관 따위가 감히 네 앞을 막겠느냐."

"폐하입니다. 폐하께서 절 주저케 하십니다. 저는 폐하만큼 못할 테니까요! 소자는 내내 그 부담감에 시달릴 것입니다."

"그래, 그렇겠지. 똑같이 해낼 수는 없겠지. 나만큼 할 수도 없겠지. 하지만 내가 한 대로 따라 하는 건 아무 의미가 없다. 그렇게 해서도 안 돼. 넌 너의 역사를 써야 해."

"제 역사는 황궁 밖에서 쓰겠나이다. 그것이 온당하옵니다."

"허하지 않겠다. 이 순간부터 황궁 밖에서의 너의 삶이란 없어!"

숙왕은 고개를 가로저으며 뒤로 몸을 빼다가 순간 멈칫했다. 발아래 펼쳐진 대경전의 광경이 눈에 들어온 것이다. 대경전은 나라의 정전正殿, 정전의 구조는 단 하나의 목적에 복무한다. 정전은 용의에 앉은 천자가 전능감을 최대한 느낄 수 있도록 고안되어 있다. 자신이 무한대로 확장되는 기쁨, 그 기쁨을 거부할 자 누구인가. 아들의 눈에 어떤 환영이 보이는지 조용은 잘 알고 있었다. 천하의 인재들이 머리를 조아리고 만국의 왕이 우러러본다. 숙왕은 지금 자신이 버리려고 하는 게 무엇인지 깨달았을 것이다.

"물동굴, 그 검은 물밑, 그곳엔 잠든 용이 있다. 그 용은 하늘에 오르길 포기했다. 구름이 비를 뿌리지 않는 까닭은 용이 잠을 자기 때문이야. 용은 평생 자는 척이나 하며 스스로를 모욕하겠지."

숙왕은 더듬더듬 손을 뻗어 어대 난간을 잡고 아래쪽을 살피듯 몸을 숙였다. 가슴을 들썩이며 숙왕이 벅찬 숨을 훅훅 내쉬었다. 조용은 알고 있었다. 마음을 바꿔야 하는 사람에게는 명분과 계기가 필요하다는 것을. 그리고 숙왕에게 지금 필요한 명분과 계기가 무엇인지를.

쿵! 하는 소리가 어대 위를 울렸다.

"폐하!"

바닥에 무릎을 꺾은 자신을 보고 입을 다물지 못하는 아들을 향해 조용은 두 팔을 들어올렸다.

"아비를 살려다오."

두 눈에선 눈물이 차올랐다.

"민아, 아비를 살려다오."

"아바마마!"

조용은 급히 다가와 자신을 부축해 용의에 앉히는 숙왕의 허리를 잡아 옆에 주저앉혔다. 얼떨결에 용의에 앉은 숙왕이 당황해 일어나려 했지만 조용은 놔주지 않았다.

"말해! 말해. 이 자리를 갖겠다고. 말해. 민아 말해다오."

기특하게도 굵은 눈물이 끊임없이 흘러나왔다.

"제발, 제발 옥루를 거두소서."

더 이상 버틸 수가 없는지 숙왕 또한 조융을 끌어안고 울기 시작했다. 조융은 아들의 목에 얼굴을 대고 울었다. 옥루가 아들의 목을 타고 내려갔다.

"하겠습니다. 명하신 대로 소자 다 할 터이니 아아, 제발. 옥루를 거두소서."

그토록 버티던 고집의 끈이 툭 끊어지고 인생 전체를 오롯이 부황의 뜻에 맡기면서 찾아온 평온, 그 평온함이 젊은 왕의 눈물을 터뜨렸다. 북방에서부터 참아왔을 눈물이 비로소 흘릴 자리를 찾은 것이다. 그곳은 아비의 어깨. 펑펑 쏟아지는 아들의 눈물이 용포를 적시고 어깨를 따듯하게 어루만져주자 조융은 행복해졌다.

승리란 좋은 것이다!

껄껄껄, 조융은 어느새 웃고 있었다. 아들의 용포를 움켜쥐고 대경전이 울리도록.

밤엔 밀원에 갔다. 가경에게 상을 달라고 했다. 가경은 갸웃하더니 꽃병의 매화 가지를 꺾어 머리에 꽂아주었다. 젊고 청신한 황룡이 곧 하늘로 오를 것이다. 구주엔 봄비가 오고 만물은 싹이 트고 꽃을 피우고 알곡을 키우리라. 가경이 둥근 거울을 가져와 용안을 비추어주었다. 거울 속에 꽃을 꽂은 사내의 모습이 보였다. 새로 태어난 황룡은 가슴에 누구보다도 더 큰 물을 갖고 있어 많은 눈물을 흘릴 것이다. 따뜻하고 따뜻한, 위선이 아닌 진짜 눈물, 흉내를 내는 게 아닌 진정 천하를 사랑하는 눈물, 인과 덕으로 오랑캐마저 감복시킬 눈물.

"폐하! 우십니까?"

"아니."

조융은 천천히 고개를 돌려 활짝 웃어 보였다.

"아, 이런, 무슨 일이에요?"

자신이 얼마나 끔찍한 표정을 짓고 있는지 가경의 표정이 거울보다 더 잘 보여주었다.

"짐이, 짐이 결국…… 괜찮다. 어쩌겠는가. 이것밖에 안 되는 걸. 그 아인 다르겠지. 나완 퍽 다를 거야. 나완 다르게 정말 좋은 사내니까. 장난질이라곤 모르는, 꼭두각시가 아닌 진정한 황제가 되겠지."

아니라면? 그렇지가 않다면! 이마에 벌을 쏘인 듯 조융은 멈칫했다. 그러나 곧.

"아니라 해도 어쩔 수 없지. 형편없는 사내라 해도 어쩔 수 없지. 쭉정이든 알곡이든 이젠 나와 상관없다. 흐으응."

가슴이 저린 듯 이상한 소리를 내며 조융은 연인에게 입을 맞췄다.

너를 위한 노래

황제는 삼월이 되면 금명지에서 신료들을 위로하는 연회를 베풀었다. 금명지는 개봉 서쪽에 위치한 둘레가 십 리가 넘는 장방형의 인공 호수였다. 그해 금명지 연회는 세세연연 회자될 정도로 유별났다. 연회장 비단 천막 안으로 들어선 조정 관료들은 충격을 받았다. 전국 각지에서 불려온 요리사들의 기예에 가까운 화려한 요리가 금식기 은식기에 넘쳐나고 강소와 절강에서 공수해온 미주의 향기가 대기에 퍼져나갔다. 무엇보다 도도하기 그지없는 이름 높은 기녀들이, 소문으로만 듣던 그 미녀들이 눈웃음치며 그들을 맞이하고 있었다.

"잠을 쫓으며 급제를 한 보람이 여기 있구나!"

누군가 말했다.

"오늘 예서 절명한들 무슨 한이 남을까 싶습니다."

또 누군가는 말했다.

"이건 꿈입니다. 이게 현실일 리가 없어요. 이상합니다. 이상해요. 폐하께서 이렇게 돈을 쓰실 분이 아니지 않습니까."

한쪽에선 궁정화가들이 금명지 연회 기념화를 제작하기 위해 밑그림들을 그려내느라 바쁘게 붓을 움직였다. 종이 위에 붓이 지나가자 누각 어대에 앉아 있는 황제의 모습이 그려진다. 다른 화가의 손에선 관람대 위에서 구당과 신당이 어우러져 술잔을 기울이는 모습이 그려지고 있다. 홍교에서 춤을 추는 무희들과 생황을 불고 삼현을 타는 악사들이 그려지고 정자 난간으로 허리를 숙여 봄물을 바라보는 시인 관료가 빠르게 그려진다. 금명지 호수를 떠다니는 용선의 복잡한 모양도 호수를 에둘러 싼 구경 인파의 갖가지 표정도 한 장 한 장 바쁘게 그려진다.

미녀들의 노랫소리에 흥이 남실남실 차오를 즈음 날렵한 소형군선 열 척이 호수 중앙으로 모습을 드러냈다. 떵떵떵. 북채가 거대한 쇠북을 아홉 번 쳤다. 드디어 화평 십팔년의 쟁표시합*이 시작되었다. 양손에 깃발을 든 대장은 뱃머리에 서서 왁왁 고함치며 진두지휘를 하고 수병 열 명은 노를 저으며 한 몸처럼 움직였다. 뱃고물에 선 군사는 후방을 책임지며 긴 죽장으로 다가오는 배들을 밀쳐냈다. 그렇게 열두 명이 한 조가 되어 제 역할을 하다가 기회가 오면 누구라 할 것 없이 제비처럼 몸을 날려 다른 배의 깃발을 낚아챘다.

초반까지만 해도 신료들은 점잖은 표정을 하고는 황제가 감

---

* 배의 중간에 세운 깃발을 가장 많이 빼앗는 배가 이기는 경기.

탄하면 따라 감탄하고 황제가 편을 들면 그 배를 함께 응원했다. 그러다가 딱딱딱 노들이 부딪고 쿵쿵쿵 뱃머리가 박치기를 해대며 싸움이 격렬해지면 붉으락푸르락 다혈질인 포공의 격한 고함이 터져 나온다.

"죽여, 죽여!"

그것을 신호로 신료들의 가슴 깊이 숨겨뒀던 거칠고 야만적인 목소리가 터져 나온다.

"아구구 저 얼치기 놈! 엄마 젖이나 더 먹고 와라."

"에라이, 치사한 놈! 그런 꼼수를 쓰다니. 치사하다, 치사해."

"그렇지, 그렇지! 얼씨구절씨구 잘했어. 잘했어. 와하하."

"아이구야, 눈알을 어디 빼두고 그걸 못 봐!"

"이쪽, 이쪽, 이쪽으로 돌렸어야지. 이런!"

"야 이놈들아. 내가 해도 그것보다 잘하것따아!"

급기야 제가 해보겠다며 물에 뛰어드는 신료가 나온다. 그러면 술에 취한 그자를 잡느라 동료들이 뛰어든다. 그런 연유로 해마다 금명지에는 복두가 몇 개씩 떠다닌다. 평소에 그렇게 온화했던 이도 자신이 응원하는 배가 기를 뺏기면 눈이 뒤집혀 광분한다. 수염을 쥐어뜯는 이도 있고 옷을 벗고 덩실덩실 춤을 추는 이도 있다. 물론 다음 날 궐에서 보면 그 공손함이 안연* 못지않다. 조용은 신료들을 구경하는 게 더 즐거웠다. 품위 높으신 사대부들께서 어찌 저리 발광을 할 수 있는가!

---

* 공자의 제자.

"거참, 하하하 하하하……." 하다가 슬쩍 추신을 돌아보았다. 추신은 심형원 판관들과 이야기를 나누고 있었다. 비단 천막을 투과한 노란빛으로 얼굴을 물들여서 그런지 조금 해쓱해 보였지만 평소보다 눈자위는 더 선명하고 콧날은 섬세하게 높아 보였다. 정작 봄이 왔건만 추신의 얼굴에선 윤기가 사라졌다. 대신 입가에 새침한 미소를 머금고는 조융에게 그 어느 때보다 공손하고 깍듯했다. 집 나간 까만 계집 때문일까 말 안 듣는 황제 때문일까, 조융은 낄낄낄 속으로 웃었다.

"내상께서 저리 벼르고 있으니 짐이 어서 매를 맞아줘야지."

조융은 그렇게 혼잣말을 중얼거리며 손끝을 들었다. 추신이 다가와 귀를 가까이 댔다.

"배를 타고 싶구나."

"준비를 하겠나이다."

타보면 늘 똑같다. 천하에서 가장 재미없는 것 중 하나가 바로 금명지 용선龍船 타기였다. 황제의 행차를 위해 단장을 해놓았을 테니 일단은 발이라도 올려줘야 한다. 용선을 한 바퀴 돌며 구경나온 백성들에게 번쩍거리는 황제의 모습을 보여줘야 한다. 천자가 용선에서 오래 머물러야 그해 배 사고가 안 난다고 믿는 백성들이 있다는 얘기를 들은 다음부터는 바로 내릴 수도 없었다. 무엇보다 신료들이 황제 눈치 안 보고 더 실컷 내지를 수 있게 자리를 비켜줄 필요도 있었다. 용선은 황제의 놀잇배였다. 뱃머리에는 거창한 용머리가 조각되어 있고 뱃전은 구불구불 금칠한 용 비늘로 감싸여 있다. 갑판에는 이층 삼층 누각들이 올려 있고 누각들 사이는 작은 홍교로 연결되어 있다. 배가 꿀렁꿀렁 금명지를 한 바퀴 다 돌 즈음, 그래서 구경 나온 백성들에게 번쩍이는 천자의 모습을 보여줄 만큼 보여주고 황제폐하 만세 만만세 소리까지 지겹도록 들어준 다음 조용이 추신에게 말했다.

"위로 오르자."

그나마 꼭대기 누각이 가끔 기우뚱하는 재미라도 주는 곳이었다. 배에 따라 탄 중귀인, 친종관, 제반직 무사 수십 명을 아래 두고 조용은 추신과 둘이 누각의 맨 위층으로 올랐다. 시야가 트이고 시끄러운 소리도 멀어지니 정신이 맑아졌다.

"그래, 재상들과 육부 상서, 심형원까지 다 네 수중에 떨어졌느냐?"

추신은 말없이 난간에 손을 얹고 수면을 내려다보기만 했다.

"모두 영왕에게 힘을 실어준다 약조하던? 그랬겠지, 천하의 추신 아니신가. 저기 아래를 보아라. 황후의 아비와 오라비들이 오늘따라 신수가 훤하구나. 숙왕은 태자가 될 수 없다고 걱정 말라고 추신이 안심을 시켜줬으니 어찌 기쁘지 않을까. 다들 영왕의 외가에 아부를 떠느라 정신이 없구먼. 이 또한 봄날에 걸맞은 정겨운 풍경이 아닌가."

"입태자는 폐하의 전권이옵니다. 감히 소인이 농단을 하오리까."

사근사근한 말투에 표정 또한 순종적이었지만 조용은 추신의 저 태도가 해볼 테면 해보라는 자신감의 표현이라는 것쯤은 잘 알고 있었다.

"숙왕에게 옥책을 내린다 하면 반대 상소가 개보사 탑 정도는 쌓이려나. 설마, 탑이라니, 추신 나리의 분노가 태산 같은데 고 작 탑이라니."

조융은 다가가 추신을 빤히 쳐다보며 말했다.

"왜 묻지 않지? 대경전에서 숙왕에게 무슨 이야기를 했는지. 왜 따지지 않아? 너에게 맡길 땐 언제고 이제 와 딴소리를 하는 지. 애초 숙왕을 염두에 뒀으면서 왜 언질 한번 안 줬는지, 왜 따 지지 않아?"

조융은 말을 멈추고 거친 숨을 내쉬었다.

"숙왕이 네 성에 차지 않을 게 뻔하니까. 내가 숙왕을 맘에 두 고 있다고 하면 갖은 말로 볶아대며 포기하게 할 테니까. 그래, 내 너를 믿지 못해 그랬다!"

믿지 못했다는 말에 추신이 조융을 똑바로 쳐다보았다.

"다치는 건 황자 분들입니다. 형제끼리 앙심을 품게 해 얻는 것이 무엇이오니까? 왜 이런 변덕을!"

조융은 추신이 화내기를 기다렸다. 꾹꾹 눌러 담고만 있던 분 노를 일단 터뜨려버리면 그 후 기세는 꺾인다. 혼내듯 상전에게 화를 퍼붓고 나면 찾아오는 죄책감. 아랫사람이 상전을 상대하 면 그러기 마련, 아무리 추신이라 해도 그러기 마련. 그러면, 그 러면 추신에게도 기회가 생긴다. 조융은 제발 그러라고, 화를 내 고 죄책감을 느끼고 그래서 상전이 조르는 걸 마지못해 받아들 이라고 간절한 눈으로 추신을 바라보았다. 그러나 이 강골의 사 내는 심호흡 한번 크게 하고는 덤벼보라는 듯 반듯하게 어깨를 폈다. 질책하듯 황제를 내려다보면서.

조융이 입을 열었다.

"결론을 말하지. 그대가 싫다면 숙왕을 포기하겠다."

"그리하소서!"

즉답이 돌아왔다.

"알겠다!"

배가 방향을 트는지 발아래가 기우뚱했다.

"그만 가자."

하지만 추신은 움직이지 않았다.

"네 말대로 한다지 않느냐. 너는 늘 옳으니, 짐은 네 말대로 하겠다. 앞으로도 쭉, 그러니 된 거지?"

추신의 손이 난간을 꽉 움켜쥐었다. 가슴속에서 격류가 몰아치는 게 다 비쳐 보이는 듯했다.

"그리 가벼운 말씀 마옵소서. 왜 저에게 이러시는지 다 말씀해주소서. 소인에게 말씀해주소서. 아니, 아니옵니다. 성심을 헤아리지 못한 소인을 벌하시고 소인을 깨우쳐주소서."

추신은 슬픔을 참느라 아랫입술을 깨물었다. 추신의 약해진 모습을 보고 있자니 조융은 명치가 짜릿할 정도로 기분이 좋아졌다. 조융은 추신의 소맷부리를 잡고는 떼를 쓰듯 말했다.

"너도 숙왕을 좋아하지 않느냐. 그 애가 잘되길 바라지? 민이도 널 무척 경애한다. 그 애는 그런 아이다. 그 애만이 갖고 있는 웅혼한 인덕, 이 나라엔 그것이 필요해. 너도 바라는 바잖아."

조융을 바라보는 추신의 눈빛은 안타까움으로 가득했다. 추신이 입을 열었다.

"그런 감상적인 말씀 거두소서. 불행히도 인덕만으론 홀로 설수 없습니다. 인덕이 훌륭하다 칭송받던 성군들은 모두 유능하고 지혜까지 갖춘 이들이었나이다. 숙왕 전하는 야심이 없어 궁정에 안 맞고, 치밀한 사유의 능력이 부족해 매사 직관으로만 해결하려 하십니다. 무엇보다 핏줄에 대한 애착이 너무 강하신 분입니다. 대국의 군주가 되기엔 위험한 자질이옵니다."

달래듯 자애로운 목소리였지만 역시 냉정한 대답이었다. 조융의 손이 추신의 소매를 놓았다. 추신이 뭔가 더 말을 하려고 했지만 조융은 그에게서 몸을 돌렸다. 추신과는 여기까지인가, 정말 그래야 하나. 어찌할지 이미 결정을 해놓았지만 실감이 나지 않았다. 조융은 머리를 기둥에 기대고는 물끄러미 밖을 보았다. 금명지를 둘러싼 하얀 담장이 눈에 들어왔다. 담장 안팎에는 구경 나온 수많은 백성이 북적였다. 인파의 술렁거림이 물새 떼 소리처럼 들려왔다. 동편 저 멀리에는 뿌연 봄의 대기 위로 솟은 도성의 성벽이 보였다.

"너는 내게…… 아비다."

"……."

추신의 침묵과 함께 세상의 모든 소리가 멈춘 듯 사방에서 정적이 조여왔다. 조융이 입을 열었다.

"아비는 울타리, 아비는 높은 벽."

"……."

와아아아! 접전 끝에 승패가 갈렸는지 파도 같은 함성 소리가 들려왔다.

"숙왕은 접으마. 무엇보다 짐에겐 너의 뜻이 제일이니, 네 뜻을 거스를 순 없지."

배가 천천히 수변으로 다가가고 있었다. 수변에 우뚝 서 있는 전각 지붕의 자기 기와에서 반사된 태양 빛이 사선으로 날아와 두 사람의 눈을 찔렀다. 눈이 부신 척 추신이 소매로 얼굴을 가리는 것을 조용은 놓치지 않았다. 꽤나 쑥스러워하는군, 조용의 입꼬리가 슬쩍 올라갔다.

"황제 폐하 만세! 만세! 만세! 황제 폐하 만세! 만세! 만세!"

승리의 영광을 황제에게 돌리는 수병들의 만세 소리였다. 만세 소리는 끝도 없이 이어졌다. 배 위에서, 천막 아래서, 구경 나온 수만 명 백성들의 입에서 만세가 울려 퍼졌다. 덩덩 쇠북이 울리고 교방 악사들의 피리 소리가 요란하게 이어졌다. 용선의 홍교를 내려오면서 조용이 말했다.

"옷이 무겁게 느껴지는 걸 보니 아, 이젠 정말 봄인가 보다."

추신은 대꾸하지 않았다. 그렇게 듣고 싶었던 아비라는 말에 어쩔 줄 몰라하더니 그새 의심이 생겼는지 차분한 얼굴로 돌아가 있었다.

올해는 청기군靑旗軍이 가장 많은 깃발을 빼앗았다. 청색은 숫자 삼과 호랑이를 나타내니 경인년에 태어난 호랑이띠 삼황자 숙왕에게 좋은 일이 생길 징조라며 숙왕의 장인 이국구가 기뻐서 크게 취했다고, 중귀인 하나가 조용에게 다가와 귓속말로 아뢰었다. 혹시나 해서 돌아보니 저쪽에서 곽오서가, 너구리가 재주를 부려보았습니다 하듯 씩 웃으며 조융에게 고개를 숙여 보였다. 승부를 조작했다는 건지 이국구에게 귀띔을 했다는 건지 알 수는 없었지만 한 가지 확실한 것은 곽오서는 가만있지를 못한다는 것.

황제는 이긴 배의 군사들에게 상을 내려 치하하고 시합에 참여한 모든 수병들을 위해 잔치를 열어주고는 대소신료들과 함께 금명지 북단에 자리한 대전으로 자리를 옮겨 앉았다. 본격적인 저녁 연회가 시작되었다.

전각 안이 꾀꼬리 소리로 가득했다. 이쪽인가 싶더니 저쪽, 저쪽인가 싶더니 이쪽, 가까운 곳 먼 곳, 사방 구석에서 가수들이 꾀꼬리 소리를 흉내 내며 흥을 돋웠다. 동시에 수백 명의 무희와 무동들이 두 손에 푸릇푸릇한 버드나무 가지를 들고 복숭앗빛 뺨을 빛내며 봄맞이 춤을 추기 시작했다. 늘 그렇듯 신료 몇 명이 주사를 부리며 작은 소란을 일으켰다. 무희의 옷자락을 잡고 놔주지 않거나 무동의 손목을 잡아채 무릎에 앉히려다가 동료들에 의해 끌려 나갔다. 군신이 허물없는 건 결코 좋은 일은 아니었지만 오늘만큼은 내 기꺼이 허허허, 조융은 술잔을 들고 너그럽게 웃어주었다. 두 번째 춤이 끝나자 조융은 술잔을 비우고 일어섰다. 전각 안이 일순 조용해졌다.

"그대들과 봄을 맞으니 더없이 좋구려. 나의 친애하는 구경九卿과 사랑하는 백관들."

말을 멈춘 조융은 어대 아래 우측 끝자리로 시선을 돌렸다. 그곳엔 추신이 앉아 있었다. 추신은 조융의 눈길을 거부하듯 시종일관 시선을 피했다. 내 손으로 저 날개를 자르고 목을 꺾을 수 있을까. 조융은 다시 한번 갈등했다. 결국 해야겠지. 해야 한다. 나는 할 것이다. 그러니 그대, 이 마지막 기회를 잡으라. 나 또한 마지막으로 간절해질 테니.

"짐이 취했는지 멋진 말이 생각나지 않는구나. 이 좋은 봄밤에 말이야. 해서 그냥 노래나 부르겠다. 소고를 다오."

중귀인이 소고를 가져왔다. 조융이 벽왕 시절에 치고 놀던 오래된 소고였다. 북자루를 쥐고 손가락 끝으로 막을 튕겨보니 여전히 통, 통, 통 투명한 소리가 났다. 통통통 탁탁 통통 탕탕 통 탕 통 탕 통통 탕탁탁탁. 손목을 돌려가며 복잡한 장단을 쳐대자 전각 안 대소신료들이 박수를 치며 환호했다. 조융은 수줍게 웃으며 이번엔 느리게 북을 두드렸다. 통, 통, 통, 통, 통, 통······.

그대가 가는 곳이 아무리 멀어도 나는 함께하리.

깊은 물속이라도 따라가리.

높은 구름이라도 함께 오르리.

그대가 가는 곳이 아무리 험해도 나는 함께하리.

바위산도 맨발로, 그대와 함께라면

뙤약볕 일산日傘 없어도 그대의 곁이라면

험한 바닷길도, 북풍의 황야도

함께 가자 하면 그대가 가자 하면

도꼬마리처럼 붙어서 가겠네.

등자라도 되어 가겠네.

그대가 곁에 있으면 나는 행복해.

술지게미를 나눠 먹고 빗물을 나눠 마셔도

그대가 함께라면 나는,

통, 통, 통, 통⋯⋯

그대가 가는 곳이라면 기꺼이,

통, 통, 통, 통⋯⋯.

노래가 끝나고 소고 소리도 멈췄다. 전각 안엔 정적만이 감돌았다. 조융은 천천히 구경들과 백관들 한 명 한 명과 눈을 맞췄다. 더러는 눈물을 흘리고 더러는 소매로 입을 막았다. 감격에 겨운 누군가는 폐하, 폐하 하며 소리 내 울기도 했다. 사대부에겐 그 어떤 미주보다 그 어떤 미녀보다 황홀한 것이 자신을 바라봐주는 황제의 눈길이 아닌가. 조융은 화답의 미소를 지으며 신료들을 정성껏 둘러보았다. 모두가 황제의 그대가 된 봄밤이었다.

추신은 보이지 않았다. 급히 나갔는지 의자가 자리에서 심하게 벗어나 있었다. 조융은 자리에 앉아 잔을 들었다. 중귀인이 술을 따랐다. 단숨에 잔을 비우고 조융은 가쁜 숨을 내쉬었다. 무엇이 자신을 그토록 안도케 했는지 그때는 알지 못했다. 자신이 단숨에 신료들의 마음을 사로잡았기 때문인지, 자신의 노래가 추신을 감동시켰기 때문인지, 그도 아니면 추신을 제거하지 않아도 된다는 사실 때문인지. 오한이 난 듯 몸서리를 치며 조융은 다시 잔을 들었다.

책례도감이 설치되었다. 조용은 책봉일을 절기 중 하나인 망종芒種*으로 잡으라 명했다. 망종은 봄이 무르익어 양기가 가장 강성한 날이었다. 준비기간이 너무 짧다는 게 신료들의 중론이었지만 조용의 고집은 완강했다. 조용은 숙왕이 가진 최고의, 어쩌면 유일한 강점인 사내다움을 모두에게 알려야 했다. 무엇보다 추신이 아비라는 말에 푹 빠져 분별력이 흐려졌을 때 입태자를 마무리 지어야 했다. 예부와 태사국에서 어떤 흠결도 없다고 보고하자 조용은 망종에 옥책을 내리겠다 어지를 밝혔다.

---

* 24절기의 하나. 양력 6월 6일.

평생을 둘이서

시원한 물푸레 꽃향기로 밀원 구석구석이 물든 날이었다. 월루에서 쉬던 가경은 입을 다물지 못했다. 눈으로 봐도 믿기 어려울 만큼 수려한 남색 하늘에 황혼이 번지고 있었다. 넓게 펼쳐진 새털구름 조각마다 얇은 금박을 입힌 듯 노을빛이 찬란했다.

"해님은 내일이면 또 만날 텐데 어찌 저리 눈부신 작별을 고하는 걸까요?"

노을빛에 물든 내관들도 무관들도 눈 한번 깜빡이지 않고 그 장관을 마냥 바라보았다. 온통 상서로운 기운으로 넘치는 그런 저녁이었다.

겨울 동안은 굉장했다. 두 몸은 밤낮을 가리지 않고 극락인지 지옥인지 모를 환락 속으로 엉켜 들어갔다. 입춘이 지나면서부터 가경은 육체 저 깊은 곳에서 우물이 고갈되는 기분이 들곤 했다. 조금 질릴 즈음 고맙게도 황제에게 바쁜 일이 생겼는지 늦은 밤에나 가끔 찾아와 잠시 머물다 가곤 했다. 모처럼 함께 있는 시간에도 용상의 팔걸이를 손가락으로 톡톡 치면서 혼자만의 생각에 빠지기 일쑤였다. 가경이 폐하, 하고 부르면 그제야 침상으로 올라와 품에 안겨 이마를 비비면서, 다 잘될 거야 그럼 그럼, 하곤 했다. 그러면 가경은 말없이 연인의 등을 토닥여주었다. 천자님의 심중엔 천하가 다 들어앉아 복잡하기가 이루 말할 수 없을 테지만 이 사람은 거기에 더해 몇 겹으로 더 궁리를 해대는 성격이었다. 혹여 가경이 내관들 앞에서 무심결에 말을 흘려 기밀이 샐까봐 물어도 시원하게 대답해주지 않았다. 가경 쪽에서도 조정의 일은 관심 밖이었다. 들은 귀를 씻어내고 싶을 정도로 치졸한 당파싸움이거나 혐오스러울 정도로 뒤얽힌 이권 다툼인 경우가 많았다. 각저라는 말이 딱 맞는 표현이었다. 그 한복판에서 황제는 매일 승부를 건다. 이 야윈 몸으로. 등을 어루만지면 정말이지 살집이 너무 없었다.

황제는 안 자려고 버티다가 결국 꾸벅꾸벅 잠이 들었다. 가경은 조심스럽게 황제의 비녀를 뽑고 상투관을 벗겨냈다. 규칙적으로 들려오는 연인의 숨소리를 들으며 옆에 누워 있다 보면 정신은 어느새 낮에 본 서책들로 건너가곤 했다. 그 평화로운 시간 가경은 주역의 괘들을 구슬 꿰듯 떠올리기도 하고 경전의 문장을 뒤부터 외워보기도 했다.

그날 밤 황제가 입고 온 배자는 보기도 아까울 만큼 아름다웠다. 해질 녘에 보았던 하늘을 그대로 옮겨놓은 듯했다. 용안은 한차례 걸치고 온 술로 노을빛만큼이나 발갛게 물들어 있었다. 가경은 용포 소매에 얼굴을 묻고 깊이깊이 숨을 들이마셨다. 넓은 날개를 펼치고 노을 속을 훨훨 나는 저녁 새가 된 기분이었다. 모처럼 운우지정에 흠뻑 빠져들고 싶었다.

"아아, 오늘은 정말 기쁘구나."

황제는 침상으로 갈 생각은 않고 가경을 탁자에 끌어 앉히고는 이런저런 얘기를 시작했다. 지금 온 나라가 태자 책봉식으로 들썩인다는 얘기며 나라의 모든 이가 작정한 듯 마치 내일은 없는 사람들처럼 흥청거린다는 얘기, 그런 분위기를 부추기기 위해 삼사에 계속 돈을 풀라고 명을 내렸다는 얘기까지 행복한 얼굴로 떠들었다.

"백성들의 뇌리에 태자 책봉일을 홍복의 시간으로 각인시키고 싶어. 태자의 성덕을 뼈에 사무칠 정도로 느끼게 해주고 싶어. 절로 충성심이 우러나게 말이야."

가경도 서실에 놓여 있는 저보에서 읽었다. 책봉일을 맞아 전국의 모든 광장에서는 가난한 사람들에게 술과 음식과 옷감을 무료로 나눠준다고 한다. 세금은 감면되고 잡범들은 방면된다고 한다. 부자들은 경쟁하듯 하례금을 바치고 의연금을 기부하고 기념 도로를 깔고 기념 다리와 기념 제방을 봉헌한다고 한다. 예식에 참석하기 위해 지방 장관을 비롯한 각지의 공신, 군왕, 번왕들과 각국의 진하사들과 대규모 수행단도 속속들이 상경하고 상인, 기녀, 광대, 노름꾼, 좀도둑들까지 개봉으로 몰려든다고 한다.

황제는 술 취한 목소리로 계속 말을 이어갔다. 그날 금명지에서 신료들의 마음을 어떻게 사로잡았는지 그 이야기를 하다가 황제가 갑자기 박장대소를 했다.

"푸하하. 추신이 말이다. 이젠 숙왕에게 온 정열을 쏟아붓고 있단다. 다시 물이 올라서, 제가 속은 줄도 모르고. 하하하. 인간이란 그토록 단순한 거지."

황제는 줄이 늘어진 칠현금처럼 출렁대며 웃었다. 도무지 딴 나라 이야기 같았지만 모처럼 즐거워하는 황제의 기분을 맞춰주려 가경도 따라 웃었다. 오늘은 함께 흠뻑 취하자며 황제가 가경에게 술을 따라주었다.

"어주를 받자옵니다."

술잔을 받으며 가경은 아버님께서도 금명지에 계셨을까, 하는 생각이 스쳤지만 묻지는 않았다. 그냥, 계셨겠지 하고 말았다. 언제부터인가 가경은 가족이나 친구들, 몸을 섞던 여인들에 대한 생각을 하지 않게 되었다. 세월의 힘이기도 했고 부질없는 그리움에 빠지기보다는 눈앞의 것에 정을 주는 타고난 성정 때문이기도 했다. 지내다 보니 밀원에도 정을 붙일 것은 많았다. 그런 생각을 하며 가경은 별생각 없이 술을 입에 부었다. 갑자기 입안 점막을 공격해대는 맹렬한 느낌에 가경은 잠깐 겁이 났다. 술맛이란 게 원래 이랬나 하는 생각도 잠시, 목구멍을 넘어간 액체는 화르륵 불을 지르며 식도를 타고 내려갔다.

"행궁은 역시 남방풍으로 지어야겠지?"

가경은 고개를 끄덕이고 다시 술잔을 입에 갖다 댔다. 한 번 더 그 약탈적인 감각을 확인해보고 싶었다. 황제는 취한 혀로 술술 말을 이어갔다. 태호가 내려다보이는 기막힌 터를 찾아냈다고, 땅이 순하고 사방에 흠결 하나 없는 풍수라 오래도록 복락을 누릴 자리라고. 가경은 술이 부리는 마술에 휘둘리는 통에 정신이 없어 건성으로 "아, 벌써 터가 정해진 건가요?" 하고 되묻기만 했다.

몸속에선 심장이 세차게 풀무질을 해대며 우당탕탕 어딘가로 질주를 했다.

"내가 한 달 일하고 받는 급여가 얼마인지 아느냐? 천이백 관이다. 만이천 냥. 아껴 쓰고 남은 건 좌장고*에 모아두었지."

그러더니 황제는 자신이 얼마나 근검절약했는지, 자신이 질색을 하니 황후와 육궁들도 사치라곤 모른다고, 소주에 짓는 행궁도 국고엔 손 안 대고 오직 내탕금만으로 충당했다고 자랑스럽게 덧붙였다. 술이 배 속으로 뜨끈하게 퍼지는 감각에 열중하던 가경은 문득 깜짝 놀라 황제를 보았다. 돈, 급여?

황제는 보이지 않는 주판이라도 놓는지 탁자 위에서 손가락을 바삐 움직였다. 술에 취한 사람답지 않게 눈동자엔 빈틈이 없었다. 돈 계산에 집중할 때가 가장 즐겁다는 듯 두 눈은 총기로 빛났다. 군자께서 저렇게 지엽말단에 열을 내셔도 되는 건가. 가경은 떡 운운하며 잡스러운 말을 하던 그날 밤처럼 황제가 낯설

---

* 황제의 개인금고. 모아둔 재물을 내탕금이라고 한다.

었다. 가경은 주변에서 쩨쩨한 남자를 본 적이 없었다. 과시하듯 돈을 쓰는 외가 식구들과 강남의 친구들, 아니 멀리 갈 것 없이, 본인은 검박하셨지만 어머니가 부리는 사치에는 너그러우셨던 아버지, 모름지기 장부는 그래야 한다고 배웠다. 한 해 수세가 일억육천만 관인 나라를 다스리시는 분께서, 세상에서 가장 부자인 분께서 돈 계산을 어찌 저리 꼼꼼히 하신담. 그래서 그만하게 하려고 황제의 손을 잡았건만 황제는 "말리지 말렴. 오늘은 맘껏 취하고 싶어." 하며 투정 부리듯 잔을 입에 가져가 홀짝 마셨다. 가경은 고약한 기분을 씻어내려 마른세수를 하며 크게 숨을 내쉬어보았다. 술의 맹공에 심장은 벌렁거렸지만 그럴수록 시야가 점점 환해져 등롱이 더 밝아진 게 아닌가 하는 생각이 들 정도였다. 초의 심지가 칙, 하는 소리도 평소보다 선명하게 들렸다. 시시콜콜 장부쟁이 같은 말을 한참 떠든 황제는 전부터 하던 이야기를 또 꺼냈다. 하얀 거위를 기르고 사슴도 놓아 기르자고, 함께 머릴 맞대고 전각이며 청당의 이름을 짓고 대련을 붙이자고 했다. 농어를 낚으러 태호에 나가자고 했다. 함께 빗소리를 들으며 칠현금을 뜯자고 했다. 말을 타고, 배를 타고, 세상일일랑 다 잊자고, 오직 둘이서만. 소주에서 평생, 둘만, 둘만 바라보자고 했다.

"아무도 우릴 방해하지 못하게 할 거야. 영원히 헤어지지 않는 견우직녀가 되자꾸나."

황제의 손등이 가경의 뺨을 천천히 쓰다듬으며 내려갔다. 술잔을 입으로 가져가던 가경의 손이 멈췄다.

"소주에서 평생을? 그게 무슨 말씀이신지."

"그래, 남은 생을 전부 그곳에서 보낼 거야. 너와 둘이. 이런, 믿기지 않는 모양이군. 하하. 우리 도련님, 정말 나 먹여 살릴 걱정하는 거야? 하하하."

폭포가 쏟아지듯 정신이 번쩍 들면서도 너무 세차게 쏟아지는 바람에 정신이 없었다. 뭔가 와르르 무너지는 동시에 뭔가가 마구 솟아나면서 지독한 무언가가 유가경을 덮쳤다. 가경은 맥이 풀리면서 사지가 축 늘어졌다. 등받이에 기대도 몸이 무거워 그대로 땅으로 꺼질 것만 같았다.

"평생을 둘이서…… 말인가요?"

"그래, 꿈만 같지? 얼마나 가슴을 졸였는지 너는 모를 거야. 하하."

황제는 스스로도 못 믿겠다는 듯 기쁨에 겨워 소매를 팔랑대며 웃었다. 가경은 한입에 술을 들이부었다. 속이 온통 화르륵 불붙은 기름 항아리 같았다. 아니 펑 터질 것만 같아 유가경은 다급해졌다.

"폐하 잠깐, 잠깐만 제 말씀 좀 들어보세요."

"어? 뭐……."

취기가 오르는지 반쯤 뜬 눈으로 황제가 가경을 바라보았다. 자꾸 눈을 깜박거리며. 푹 꺼진 눈 밑은 주름져 있고 볼은 말라 뻣뻣해 보였다. 옥고가 비뚤어져 성긴 머리숱 사이로 허옇게 두피가 드러났다. 술기운에 얼룩덜룩한 마른 목에 도드라진 울대가 침을 삼킬 때마다 크게 오르내렸다. 그때마다 턱수염 끝에 달린 술 방울이 떨어질 듯 흔들렸다.

아아아, 가경은 손으로 입을 막았다. 자신이 어여쁘다 했던 얼굴이다. 그런 말을 했다, 바로 며칠 전에도. 숨은 점점 잦아드는데 심장 고동이 귀를 때렸다. 눈앞의 사실이 생생한 감각으로 불쑥불쑥 튀어나왔다.

"이게 다 뭐야. 하아, 하아, 하아아."

태양 빛 아래서 비춰보던, 그 오밀조밀하고 사랑스럽던 얼굴, 그 얼굴은 어디 가고 지금 눈앞의 이 사람은 무어란 말인가?

그냥 남자잖아!

가경은 손으로 이마를 짚었다. 몸에서 뭔가가 다 빠져나가는 것 같았다. 술, 술을! 가경은 술잔을 더듬어 또 한 잔을 비웠다. 황제는 다시, 소주에 가면 이건 이렇게 저건 저렇게 그 이야기에 빠져서 꼼꼼하게 손까지 짚어가며 풀린 혀로 줄줄이 읊었다. 취해도 빈틈이 없었다. 원하는 것은 어떻게든 전부 얻어내는 사람이니 결국 하자는 대로 다 하게 되겠지. 이 년 동안 가둬지고 길들여졌다. 그런데 앞날도 다를 바 없다고? 자기 옆에서, 오직 자기만 바라보라고? 하, 그게 뭐야! 앞에 길이 있다. 번쩍번쩍하고 꼴사나운 길이 자신의 앞에 펼쳐져 있다. 어딜 가나 이 남자가 곁에 있는 것이다. 붉은 실로 칭칭 동여매져서 이 남자의 부속물이 되어 평생이라니! 가경은 입에 술을 부었다. 다시 한 잔, 또 한 잔, 내벽이 얼얼한데도 그만둘 수가 없었다. 지금 가경이 유일하게 믿을 수 있는 것은 술뿐이었다. 마실수록 감각은 깨어났다. 육체의 감각뿐만이 아니라 깊은 곳에 잠들어 있던 솔직함이라는 감각까지.

"그만하거라."

가경은 아랑곳하지 않고 주자를 거칠게 기울였다.

"그만, 그만하라니까."

술잔을 빼앗는 통에 용포 자락에 술이 확 끼얹어졌다.

"술, 그렇게 그리웠더냐. 아, 정말 미안하구나."

"미안? 미안하다고? 그런 눈, 제발 그런 눈으로 보지 마소서!"

가경은 자리를 박차고 일어섰다. 의자가 거친 소리를 내며 뒤로 밀려 벌렁 넘어졌다. 순간 어지러운 시야를 붙잡으려 쾅, 하고 탁자를 짚었다.

"얘, 얘야."

눈이 둥그레진 황제가 가경의 소매를 잡으려 손을 뻗었다.

"제발, 제발, 당신! 제발 그만!"

사방 벽이 자기를 잡아당기는 것 같은 기분이 끔찍해 가경은 세차게 뿌리치며 걸음을 내디뎠다. 벗어나기 위해, 저 남자에게서 멀어지기 위해, 오직 그 생각이 전부였다. 침실 문을 벌컥 열자 추신이 아닌 낯익은 늙은 환관이 엉거주춤 장의자에서 일어났다. 바닥이 춤을 추고 벽도 흐느적거렸다. 시야가 심하게 울렁거렸지만 가경은 그대로 뛰쳐나갔다. 청당 밖 마당엔 횃불이 타오르고 황제의 팔인교가 서 있고 수십 명의 무사가 번을 서고 있었다. 가경은 꼼짝도 하지 않는 그들 앞을 비틀거리며 지나갔다.

"다 알고 있던 거지, 모두들. 나만 빼고 저들은 모두 알고 있었어."

가경은 되는대로 걸었다. 숨이 차 심장이 튀어나올 것 같았다. 골이 덜그럭거리고 다리가 꼬여 허방다리를 짚는 것 같았지만 가경은 계속 걸었다. 분노가 가경을 계속 걸어가게 만들었다. 모두 알고 있었어. 모두들 내가…… 눈앞에 쓰러질 듯 흔들리는 대밭이 보였다. 가경은 무작정 들어가 또 한참을 걸었다.

"나만 모르고, 정작 나만 모르고."

툭, 발이 걸려 가경은 그대로 주저앉았다. 기댄다고 기댔지만 제대로 가누지 못한 머리가 뒤로 홱 젖혀졌다. 달빛이 댓잎에 뻔드르한 광택을 내며 쏟아졌다. 이 년이 넘었다. 하하, 이 년이라니, 이 년 동안 무엇에 홀려서…… 낮까지만 해도 아무 생각 없이 책을 읽었다. 시험에 꼭 붙어서 폐하를 기쁘게 해드리자고. 아아, 내가 정말 미쳤구나. 이런 거구나. 미친다는 건.

이야기책에는 여우에게 홀리고, 너구리한테도 홀리고, 심지어 호랑이에게 홀리는 남자들이 나온다. 홀리고 홀린다. 아무리 그래도, 아무리 홀리고 홀린다지만, 늙은 남자에게 홀리는 사내는 본 적이 없다.

"그런 어처구니없는 놈이 바로 나였다니! 미쳤어, 미쳤어. 미친 거야. 내가 미쳤던 거야! 다들 알고 있었던 거야. 나만 빼고 내가 미친 걸 다들 알면서 말을 안 해준 거지! 나만 빼고 다 알면서, 나만. 너 유가경만 모른 채. 너만. 한심한 놈, 이 미친놈, 이 멍청이, 이 미친놈. 아아아, 이 미친놈."

미친놈, 미친놈을 중얼거리며 가경은 잠의 수렁으로 빠져들어갔다.

누군가가 누군가를 부르는 소리였다. 그 소리는 들렸다가 멀어지고 다시 들렸다가 아득해졌다. 유가경…… 유가경…… 유가경…… 한참 만에야 그 소리가 자신을 부르는 소리라는 것을 알아챘지만 자꾸 순간이 미뤄지는 것처럼 몸을 움직일 수가 없어 가경은 눈도 뜨지 못했다.

"유가경! 유가경! 가경이 거기 있느냐?"

소리가 또렷하게 들리는가 싶더니 등줄기가 부르르 떨렸다. 추워, 추워. 갑자기 스며드는 한기에 가경은 몸서리를 쳤다. 이슬에 축축하게 젖은 엉덩이가 몹시 저렸다. 가경은 비틀비틀 일어섰다. 오금을 펴려니 삐걱대며 아파왔다. 내가 왜 여기서 잠을? 기억을 더듬을 새도 없이 부르는 소리가 가까워졌다.

"유가경!"

황제가 대나무 사이를 걸어오고 있었다. 손에 주자를 들고 대에 어깨를 부딪으며 다가왔다. 댓잎 그림자가 황제의 얼굴에 흔들렸다. 폐하다!

"여기, 저 여기예요."

가경은 너무 반가워 어서 오라고 크게 손짓을 했다. 황제가 뛰다시피 걸어와 가경을 얼싸안았다. 가경은 황제의 어깨에 기대 눈을 감았다. 연인의 목덜미에서 풍기는 살내가 콧속으로 스며들었다. 아아, 폐하, 폐하가 좋다. 이 따뜻한 품. 나를 기다리는 이 따뜻한 품. 가경은 황제의 얼굴을 두 손으로 감쌌다. 입을 맞추고 또 맞추고 자신의 얼굴에 갖다 댔다. 달빛에 황제의 눈이 반짝였다. 아, 이 사랑스러운 뺨. 내 사랑, 내 사랑. 하하하, 하하

하. 하하하······.

황제가 노래를 불렀다. 나비가 팔랑팔랑, 여우가 떼굴떼굴, 돼지가 뱅글뱅글. 아무래도 화북지방 아이들이 부르는 노래인 듯했다. 대나무 사이에서 둘은 춤을 추었다. 대를 잡고 휘청휘청 함께 흔들리며, 등을 맞대고 손을 맞잡고 빙글빙글 돌았다. 주자의 술을 번갈아 마시며 서로의 이름을 부르고 또 불렀다. 달빛이 쏟아졌다. 용안은 은빛으로 환하고 용포는 달빛에 나풀대고 웃음은 자꾸 터지고 취한 건지 꿈인지, 늘 그래왔듯 유가경은 행복했다.

억지로 눈은 떴지만 몸이 천근만근이었다.

"쯧쯔 이런, 되었다."

옷시중 받기를 포기한 황제가 손수 용포를 걸치고는 잠에서 덜 깬 가경의 눈썹을 몇 번 쓰다듬더니 문으로 몸을 돌렸다. 겨우 뜬 눈 사이로 멀어지는 황제의 뒷모습이 보였다. 몸이 왜 이러지, 하는 생각에 뒤이어 아, 어제 술을 마셨지, 하는 생각이 떠올랐다. 그리고 또 저 밑에서 뭔가 떠오르고 있었다. 그 수상한 기포가 의식에 닿기도 전에 묵직한 숙취가 가경을 덮쳤다. 뭉글거리며 올라오던 그것은 눈꺼풀에 눌려 다시 가라앉았다.

해가 중천을 넘어갈 때쯤에야 가경은 잠에서 깨어났다. 쪼롱쪼롱, 맑고 가벼운 새소리가 대기에 자잘한 무늬를 새기며 날아갔다. 청당 안까지 화창한 봄기운으로 넘실댔다.

"이렇게 황당한 분이셨다니!"

벌떡 일어나 앉는 통에 이불이 훌렁 침상 아래로 떨어졌다. 해로를 하자는 것이다.

"평생토록!"

황제가 행궁을 지어서 이렇게 하자 저렇게 하자 할 때도 먼 훗날, 되도 좋고 아니어도 상관없는 놀이라고만 생각했다. 외숙이나 연하에게 지어내라고 하면 얼씨구 할 텐데 일일이 손 가는 일을 왜 하나, 하면서도 상상으로 아기자기한 누각도 지어보고, 거위랑도 놀고 사슴도 키우고, 폭포도 만들어보며 즐거워했다. 설사 행궁을 짓는다 해도 한두 달 놀다 오는, 딱 그 정도였다.

소주에 가자는 말, 생각해보니 자신이 먼저 꺼냈다. 멀리 도망가자 했었다. 황제의 남방순행은 나라 전체가 들썩이는 거사. 그런 물정을 몰라 한 말이 아니었다. 황제에겐 묘하게 애처로운 구석이 있었다. 무거운 짐에 시달리는 모습이 안쓰러워 쉬게 해주고 싶었고 천천히 흐르는 소주의 물을 보여주고 싶었다. 어디까지나 기분전환 하러 잠깐 유람 갔다 오는 정도, 학우들과 강론을 빼먹고 주루에 놀러 가는 그런 장난을 쳐보자고 한 말이었다. 여인들에게 하던 약조와 같았다. 마음에도 없는 생거짓말은 아니지만 그렇다고 기일 안에 반드시 지켜야 하는 맹세도 아닌 달콤한 분위기에서 하는 말, 그 정도는 상대도 감안해서 들어야 하는 말이 아닌가.

"근데 뭐라고, 행궁의 터가 닦여? 거기서 평생을 살자니, 아아 아아……."

내보내준다기에 연모하려 노력했다. 진심으로 사랑하면 다 되는 줄 알았다. 그리고 정말 황제가 좋아졌다. 늘 그리웠다. 목소리가 좋았고 말할 수 있어 좋았다. 옥이 울릴까 바람 소리에 귀 기울이고, 오늘은 오실까 멋도 부려보고, 오신다 기별이 오면 낮부터 가슴이 설레고, 마침내 품에 안으면 세상을 다 얻은 것 같았다. 오직 서로만으로 존재하는 그 시간이 소중해서 제발 날이 밝지 않기를 얼마나 빌었던가. 그런데…… 정말 좋아서, 그 남자와 몸을 섞은 걸까? 가경은 머리카락을 한 움큼 입에 넣고 잘근 씹었다. 자신의 옆에 다른 이들이 있었다면, 여인들이 있었다면? 아니 말이라도 주고받을 사람이 있었다면 그래도 그 남자를 기다렸을까. 가경은 눈을 감았다. 대답할 자신이 없었다. 그러니까 이게 전부 타협이었던 건가? 내가 스스로를 속인 거라고?

"아니야. 그럴 리가 없다."

가경은 급하게 머리칼을 입에 쑤셔 넣으며 황제의 얼굴을 떠올려보았다. 아니 아니, 그런 얼굴 말고 미치도록 사랑스럽던 날의 황제, 자신이 어여쁘다 했던 그 얼굴. 토라진 얼굴이며 아이처럼 맑게 웃던, 수줍으면 난처한 듯 고개를 돌리던 그 사랑스러운 얼굴만 떠올라도 안심할 수 있을 것 같았다. 그러나 아무리 애를 써도 그 얼굴이 떠오르지 않았다. 가경은 고개를 세차게 흔들었다. 아니야 아니야. 그럴 리가 없어. 그렇게 그리워하던 황제인데, 이럴 수가! 그 사람이 둔갑술을 부린 것도 아니고. 가경은 입에 문 머리카락을 마구 씹어댔다. 역겨운 맛이 느껴지고 비위가 상해 가경은 와락 머리칼을 뱉었다. 늘 그 남자였을 뿐이다. 남자! 그 당연한 사실이 충격적으로 다가왔다.

"눈에 뭐가 썬 거였어. 내가 어쩌다."

그리고 불현듯 머리카락 맛보다 더 이상한 말이 떠올랐다. 허물어지듯 침상 위로 쓰러진 가경은 이불을 들어 올려 뒤집어썼다.

"지아비라니! 내가 이런 한심한 짓을 하고 있었다니."

앞이 깜깜해졌다.

"말해주세요."

몸단장을 해주고 나가는 내관의 소매를 가경의 손이 급히 잡았다.

"제가 나쁜 겁니까?"

"……."

"어찌하면 좋겠습니까?"

가경은 소매를 세게 움켜쥐었다. 아무런 대답도 돌아오지 않을 걸 알지만 간절하게 누군가에게 속을 털어놓고 싶었다.

"오늘만 저와 얘기를 나누면 안 될까요? 네?"

"……."

"그러니까 마치 딴사람 같아서, 아니 그러니까 제가 다른 사람이 된 것 같아서, 폐하께서는 변함없이 폐하이신데, 아니, 솔직히 그렇지가 않아서, 저도 제가 제일 이상합니다. 어찌 이리 다를 수 있는 건지. 아니, 아닙니다."

가경은 입을 다물었다. 여전히 그 사람을 만지면 기분이 좋아질 것 같았다. 그러나 전혀 아니기도 했다. 이곳에서 나가 다시는 못 본다 한들 그립기나 할까, 하는 생각도 들었다. 자기 속인데도 이렇게 모를 수 있을까? 누군가 한마디만 해줘도 이 혼란스러움이 다 해결될 것만 같았다. 무엇이 착각인지 무엇이 진실인지 정리가 될 것만 같았다. 내관이 허리를 굽혀 눈물을 닦아주었다. 가경은 내관들에게 더는 폐를 끼칠 수 없어 소맷자락을 놓아야 했다. 내관들이 나간 후 가경은 거울 앞에 계속 앉아 있었다.

평생, 평생이란 둘 중 한 명이 눈을 감기 전까지의 그 긴 세월을 말함인가? 평생을 한 남자와? 그 남자만을 바라봐야 한다. 진심으로 사랑한다 해도 어떻게 사내가 한 명하고만 정을 통하고 살지? 그게 가능한 일일까? 사대부로서 그런 부자연스러운 삶은 생각도 해본 적 없다. 아버님조차 첩을 들이셨다(물론 어머니 등쌀에 오래 버티지 못하고 다른 곳으로 시집보내셨지만). 과거에 급제한들 정상적인 관직 생활을 할 수나 있을까? 밀원에서 나가면 황제와의 관계를 만천하가 알게 되겠지. 사관들은 내 이름 석 자를 영행전佞幸傳*에 적어 넣을 것이다. '상구 사람 유렴의 삼자 가경은 영신佞臣**이었다.' 눈앞에 벌써 그 끔찍한 문구가 보이는 듯했다. 다른 건 다 감수해도 아버님께 그런 오욕을 안겨드릴 수는 없다.

한낮의 햇살이 거울에 부서지고 있었다. 반사된 빛에 휩싸인 자신의 모습이 부담스러울 정도로 젊어 보였다. 눈이 부셨지만

---

* 사서에서 아첨과 아양을 일삼는 신하나 첩을 기록하는 장.
** 아양을 떠는 신하, 즉 군주의 동성애 상대자로서 득세하여 조정을 문란하게 한 간신을 이르는 말.

가경은 감지 않으려 애썼다. 아니 감을 수가 없었다. 거울 속 젊은 자신의 모습에서 감히 눈을 돌릴 수 없었다.

"아, 젊은 앞날이 너무 많구나."

탄식을 하면서도 황제를 생각하니 가슴이 아팠다. 술에 취해 즐거워하던 어젯밤의 모습이 처량 맞게 다가왔다. 가경은 눈을 돌려 창밖을 바라보았다. 먼 숲은 이제 완연히 녹음으로 우거져 있고 매화나무 정원은 춘사월의 양광으로 가득 차 있었다. 하지만 시간은 흐르고 시절은 돌아오는 것이니 여름이 오고 여름이 가면 가을. 가을이 오면 과거를 치르러 여길 나간다.

"그래, 그때가 되면 분명해지겠지."

세상 밖으로 나가면 내 마음이, 황제를 향한 마음이 어디까지 인지 알게 되겠지. 가을이 오면 알게 되겠지. 그래, 일단 거기까지만 생각하자고 유가경은 마음먹었다.

복숭아

올해 추공秋貢*은 팔월 말. 태자 책봉식으로 인해 예년보다 며칠 늦게 일정이 잡혔다고 한다. 칠월 하순에 들어서자 청청한 오동잎이 하나둘 떨어지기 시작했다. 가경은 산책길에 커다란 잎 몇 개를 주워와 가위 끝으로 추秋 자와 공貢 자를 오려 팠다. 하는 김에 솜씨를 발휘해 글자 주변을 화려하게 장식했다. 기분 좋게 해주려고 융융 자도 오렸다. 융 자는 정말이지 파내기도 까다로워 잎사귀를 몇 장 망치고서야 겨우 끝낼 수 있었다.

그날 밤 황제에게 오동잎을 건네주니까 융융 자가 파인 오동잎을 보고는 감탄하며 활짝 웃었지만 '추공' 자를 보고는 살짝 미간을 찌푸렸다. 더 이상 미룰 수 없어 가경은 단단히 마음먹고 입을 뗐다.

* 음력 8월, 즉 가을에 과거시험을 보기에 추공이라고 말함.

"조상의 묘가 상구에 있습니다."

과거 철이 되면 수재들은 급제를 위해 못 할 게 없어진다. 재동묘*에 거하게 은자를 바치기도 하고 사찰이나 도관을 찾아가 점을 치고 방책을 구하는 건 지극히 정상적인 편에 속한다. 개중엔 미신에 사로잡혀 해괴한 짓을 서슴지 않는 자도 있다. 응시자가 시험 전 조상의 묘에 향불을 피우는 관습은 기본 중의 기본, 선산이 아무리 멀어도 천 리 먼 길 마다 않고 다녀오는 수재도 많았다. 그런데? 하며 황제가 가경을 쳐다보았다. 저간의 사정을 뻔히 알면서도 모른 척하는 게 분명했다. 가경은 두 손을 모아 쥐고 최대한 공손하게 말했다.

"시험 전에 모두 성묘를 다녀오지 않습니까. 저도 그러고 싶습니다. 통촉하소서."

"아하, 난 또 뭐라고."

황제는 그제야 알겠다는 듯 고개를 끄덕였다.

"아무래도 중순 전엔 준비를 해야 할 듯합니다. 가능하면 형님들과 함께 성묘를 가고 싶습니다. 분명 형님들도 상구에 다녀올 테니까요."

"흐음. 조상의 음덕에 기댈 만큼 자신이 없다는 겐가. 붙을 사람이 향을 안 피운다고 떨어지겠는가. 과거는 실력으로 치르는 거지. 아니면 다 붙게?"

"폐하께서도 종묘제례에 친행하셔서 나라의 큰일을 고하시지

* 학문과 시험을 관장한다는 문창제군 사당.

않습니까? 예는 위와 아래가 다르지 않습니다. 조상의 은덕을 바라는 마음도 같고요."

황제가 지루하다는 듯 눈썹을 내리깔고는 합에 담긴 복숭아를 간질이듯 손가락으로 문질렀다.

"먹고 싶구나."

먹기 전까지는 아무 말도 하고 싶지 않다는 듯 황제는 복숭아만 쳐다봤다. 도리가 없어 가경은 하나를 집어 껍질을 벗기기 시작했다. 수밀도라 잘 벗겨지긴 했지만 속이 터질 것 같아 가경은 손을 놓았다.

"언제 나가는 겁니까? 저는."

황제는 대답은 하지 않고 복숭아를 하나 집어 요리조리 살펴보더니 한참 동안 향기를 맡았다.

"근데 너, 전시(최종시험)까지 갈 자신은 있느냐?"

"저는 최선을 다할 뿐입니다. 당락은 폐하와 지공거(시험관)가 결정하실 일입니다."

"그렇군, 짐이 결정할 문제군. 근데 어쩐다, 안타깝게도 그 솜씨론 안 된다."

하더니 어서 껍질이나 벗기라는 듯 황제가 복숭아 합을 가경 쪽으로 밀었다. 농익은 과일에서 뿜어지는 단내가 역겨워 가경은 과일을 노려보기만 했다.

"일단 네 글은 아주 불손해. 네가 요즈음 보여주는 글은 하나같이 황실을 조롱하고 조정을 비웃는다. 그래, 그럴 수 있다 치자. 젊은 눈에 모든 게 부조리해 보이겠지. 어느 정도 이해도 간다. 허나 기본은 갖춰야 급제를 시킬 것 아닌가. 네 글은 논점은 부박하고 논지는 산만하다. 문장이 갖춰야 할 우아한 격조도 참신한 풍취도 없다. 그저 마음에 안 든다고 과격한 단어를 동원해 어지러이 비난을 쏟아낼 뿐. 너는 걸핏하면 경전의 문구를 들먹이지만 성현의 말씀은 자기 정련의 도구이지 타인에게 휘두르는 무기가 아니다. 짐이 늘 말하지 않던가. 너의 글은 뼈대가 약해. 글의 뼈대란 논리의 정합성, 한마디로 너는 여전히 스스로 사유하는 힘이 부족하단 말이지. 뭐 처음부터 기대는 안 했다마는. 그나마 요즈음엔 오자를 내지 않으니 그게 어디야."

가경은 머리가 딴딴해져 터져버릴 것 같았다.

"여기 갇혀서, 스승도 학우도 없이 혼자 그래도 저 나름으론 한다고 했습니다."

"아니지, 아니야. 너는 붙으려고 시험을 보는 게 아니니까, 어떻게 써내든 상관없겠지. 그러니 저 혼자만 깨끗한 척 우쭐한 기분에 허무맹랑한 문장을 써대는 거지. 천자문생이 되고자 하는 자가 만고에 다시없을 그런 허술하고 고루한 문장을 천자에게 보라 강요하는 이유가 뭐야. 짐을 괴롭히는 방법도 가지가지가 아닌가."

"저는 저의 신념에 따라 썼을 뿐입니다. 저에게도 저만의 원칙이란 게 있고요."

"흐음. 그래. 딴엔 그러시겠지. 아주 저 혼자 현자가 다 되셨더구나."

황제는 오동잎 줄기를 뱅뱅 돌리며 웃어 보였다. 분명 약을 올리려고 하는 행동이었지만 눈에는 어쩔 수 없이 슬픈 기가 감돌았다. 본인도 아는지 표정을 숨기려 더욱 심술궂게 입을 비죽였다. 그 모습을 보자 가경은 마음이 약해졌고 불끈 쥐었던 주먹에도 힘이 풀렸다. 가경은 복숭아 껍질을 다시 벗기기 시작했다. 먹고 싶다고 하니 어찌 되었건 먹이고는 싶었다. 잔뜩 독이 올랐던 황제도 금세 누그러져 헛기침을 했다.

"작위를 내리마. 그럼 됐지?"

황제가 가경의 안색을 살피며 말을 이었다.

"언젠가는 내리려 했다. 뭐, 지금이 때인 듯하구나. 공후가 되는데 급제가 대수겠나. 어차피 네 재주로는 진사는 턱도 없……아니, 뭐, 아무튼 네 덕에 상상도 못 해본 출세를 하면, 네 아비유럼도 기뻐할 거 아닌가. 네 형들 앞길도 저절로 열리고. 짐이 유씨 가문에 그 정도는 해줘야지."

부르르 손이 떨려 가경은 복숭아를 내려놓았다. 결국 이거란 말이군. 과거를 치를 필요도 없으니 여기서 나가게 하지도 않겠다는 이야기였다. 계속 잡아두려 협잡을 부리는 것이다.

"소생이 왜 작위를 받아야 합니까? 나라에 세운 공도 없이 받는 영광, 전혀 달갑지 않습니다. 작위는 폐하께서 마음대로 주네마네 할 수 있는 물건이 아니지 않습니까. 작위는 국법이 정한 대로 내리셔야죠. 관가인 분이 덕을 바르게 쓰셔야 하지 않겠습니까."

"뭐라, 감히 네가 황은을 물리는 것인가. 고작 원외랑의 가문에 작위를 내리겠다는데!"

"아버님께서도 이런 식의 출세는 기뻐하실 리 없습니다. 사대부에게는 사대부만의 명예가 있습니다."

작위라는 말만 들어도 감복하여 눈물이라도 보일 줄 알았단 말인가. 가경은 자신뿐만 아니라 부형과 집안 전체가 모욕이라도 당한 것 같아 불쾌해졌다.

"저는 이 나라 태학의 학생입니다. 과거를 치를 정당한 권리가 있습니다. 천자라 해도 막지 못하나이다."

황제의 눈에도 다시 불꽃이 튀었다.

"붙지도 못할 시험을 군이 보려는 목적이 무어야? 시험은 핑계일 뿐이고 정작 여기서 나가는 게 목적이 아닌가?"

"누구나 붙으려고 시험을 봅니다. 저도 급제하길 바라고요!"

"흥, 그렇다면 보게 해주지. 이곳에서 보렴. 우리 도련님, 곱게만 자라서 그 험하고 살벌한 공원(과장)에서 꼬박 삼일을 어찌 버티시려고, 응?"

"그만두세요! 과거를 보라고 몰아대신 분이 폐하였습니다. 내보내줄 생각도 없었으면서 어찌 사람을 이리 기망하십니까?"

"흥, 기망은 누가 하였는데!"

"결국 이거란 말이지, 결국! 당신을 믿은 내가 바보지!"

손가락 끝까지 분노가 뻗쳤고 당장 눈앞에 복숭아가 보였지만 가경은 자기 머리를 움켜쥐었다. 복숭아를 잡으면 황제의 얼굴에 던져버릴 것만 같았다. 가경은 벌떡 일어나 벽에 머리를 찧었다. 찧고, 찧고 또 찧어도 울분이 가라앉지 않았다. 통증은 도리어 날카로운 증오를 키웠다.

"당신은 정말이지, 정말 악질이야! 하는 짓이 시정잡배만도 못해. 평생 잔꾀나 부리며 살아!"

"뭐라?"

황제는 오동잎을 잡아 찢어 가루로 만들더니 무엇이든 잡히는 대로 던지려고 눈을 희번덕거렸다. 또 발광이 시작되었다. 여름 내내 저 모양이다. 가경은 밖으로 뛰쳐나갔다.

"가증스러운 인간! 왜 하필 나를 골라서 왜! 왜! 내보내준다는 말을 믿다니, 저 인간이 하는 말을 믿다니. 젠장, 젠장!"

거울 속

쾅! 문이 닫히자마자 조용이 던진 복숭아가 날아가 문짝을 때렸다. 뭉개진 채 달라붙어 있던 복숭아가 바닥으로 툭 떨어졌다.

잘해보려고 했다. 오늘은 정말 잘해보려고 했다. 손이 끈끈하고 단내가 역겨워 내관을 불러 어서 손을 닦이라 해야 하는데 조용은 그럴 수가 없었다. 화가 나 미칠 지경인데도 몸은 한없이 허탈해져 입술조차 움직일 수 없었다. 아무리 가혹하게 응징을 해도 분이 풀릴 것 같지가 않았다. 그러나 조용은 자신이 이 비참함을 견디지 못할까봐 두렵고 이 분노를 참지 못할까봐 두려웠다. 그랬다. 조용은 자신이 유가경에게 미련을 버릴까봐 두려웠다. 한번 던져버리면 뭉개지고 결국 끝나는 것이다. 조용은 더럽혀진 손을 내려다보았다.

"안 돼, 그래선 안 돼. 참아야 해. 다시 좋아질 거야."

하지만…… 정말 그렇게 될 수 있을까. 그저 빨리 끝내고 유가경은 잠을 잤다. 아니 자는 척을 했다. 조용은 이리저리 떠보았다. 어디가 안 좋으냐, 공부가 힘이 드느냐, 집이 그리운 게냐, 원하는 걸 말해보렴, 무슨 말이든 해보렴. 유가경은 딴청을 피우며 눈도 마주치지 않았다. 조용이 얘기 좀 하자 하면 유가경은 등촉의 불부터 껐다. 얼굴도 안 보이는 어둠 속에서 혼자 떠드는 그 참담한 기분이란. 그러다가 어느 날은 애틋한 손길로 얼굴을 쓰다듬으며, "융융 내 사랑, 내 사랑, 고운 님, 내 사랑. 나의 융, 융융." 하고는 가슴에 얼굴을 묻었다.

그런 밤은 한없이 상냥해서 손바닥에 몇 번이나 입을 맞추고 귀를 간질이고 잠이 들 때까지 부채질을 해주었다. 그러나 그다음 날에는 또 눈길을 피하며 딱딱하게 굴었다. 그럴수록 조용은 절박해졌다. 더 자주 밀원을 찾았다. 소주로 가자는 그 말, 그 말대로 하려고 외줄 타기를 했다. 아들을 꾀어내고 추신을 설득하여 서둘러 책봉식을 밀어붙였다. 저항받지 않고 빠져나가기 위해 성실하게 군주 노릇을 해가며 감질나도록 조금씩 정말 조금씩만 남쪽으로 몸을 돌렸다.

추신이 동궁에 들락거리면서 조용은 바라던 대로 여유가 생겼다. 조용의 예상대로 장내관과 곽오서는 죽이 잘 맞았다. 내로라하는 탐미가였던 두 사람은 밀통을 주고받으며 행궁 설계에 제 기량을 유감없이 발휘했다. 규모는 크지 않아도 유사 이래 최고로 아름다운 궁전, 꿈속에서나 볼 수 있는 도화원을 기대하셔도 좋다고 곽오서는 자신했다.

다 잘 되어가고 있었다. 동시에, 유가경이 이상해졌다. 잡으려 애를 쓸수록 가경의 마음은 연기처럼 흩어졌다. 추공이 가까워질수록 가경은 점점 더 멀어져갔다. 편지도 크게 줄었다. 오늘 오십니까? 기다려서 묻는 게 아니었다. 안 왔으면 해서 묻는 태가 역력했다.

"도대체 왜?"

조용은 가경이 쿵쿵 머리를 찧던 벽 언저리를 보았다. 울분에 일그러진 가경의 표정이 떠올랐다.

"내 이것을 잡아 당장 요절을!"

벌떡 일어난 조용은 침소 문을 벌컥 열어젖혔다. 가는귀가 먹은 왕내관은 문이 열리는 기미를 알아채지 못하다가 한 박자 늦게야 허겁지겁 다가와 몸을 숙였다. 눈 한번 돌리지 않고 황제가 머무는 침소 문만 바라봐야 할 불침번 내관이 유가경을 기다리느라 노심초사 출입구 쪽만 신경 썼던 것이다. 밀원의 모두가 한통속이 되어 자신을 따돌린다는 생각이 들자 이번에는 또 다른 분노로 가슴이 부글거렸다.

"괘씸한 것! 어서 유가경이나 찾아와. 어서!"

혼을 냈건만 늙은 환관은 명을 받잡기 위해 재게 움직이기는 커녕 너무도 담담하게 소인 명을 받들겠나이다, 하고는 물러나려 했다. 그 꼴이 또 못 견디게 괘씸해 조용은 생각지도 않은 말을 입 밖에 냈다.

"서실에 있는 책, 한 권도 빠짐없이 전부 치워라."

서책에 대한 유가경의 애착을 잘 알고 있을 테니 납작 엎드려 명을 거두어달라 울며불며 빌 줄 알았다. 하지만 이번에도 왕내관은 침착하게 명을 받들겠나이다, 하며 복종하는 몸짓으로 물러났다. 마치 이런 화풀이를 예상하고 있었다는 듯.

"너, 이리 와."

약이 올라 불러 세웠지만 정작 왕내관이 다가오자 조융은 짜증만 났다. 가까이서 보니 이 거구의 환관은 꽤나 늙은이어서 매질할 기분조차 들지 않았다.

"흥, 되었다. 가봐. 잠깐, 옥수玉手가 답답하구나."

물수건을 가져온 왕내관이 무릎을 꿇고 조융의 손을 닦기 시작했다. 그 잠깐 사이에도 조융은 가슴 복판이 불에 달궈지는 것 같아 어서 들어가 찬술로 속을 식히고 싶었다. 투박한 외관과는 달리 옥수를 닦이는 왕내관의 손길은 놀랄 만큼 부드러웠다. 이런 식으로 유가경의 시중을 들었단 말이지, 이러니 유가경이 기고만장해진 거야, 모두 귀애해주니 제가 천자보다 귀한 줄 알고. 경박한 만자 따위가 감히, 하다가 조융은 자신을 바라보는 왕내관과 눈이 마주쳤다. 그 순간 태어나 처음 겪는 끔찍한 수치심이 황제를 덮쳤다. 늙은 환관의 시선…… 자신도 저런 눈빛으로 누군가를 본 적이 있다.

장공주. 지아비란 자가 잉첩을 끼고 금릉으로 놀러 가서 반년이 지나도록 돌아오지 않았다. 조융은 누이동생을 이혼시키고 매부의 작위를 박탈하고 가산을 몰수해 아주 탈탈 턴 다음 해남도로 유배를 보냈다. 그런들 누이가 받은 상처, 그 비참한 기분이 나아질까. 어떤 복수를 해도 그 사실은 바뀌지 않는다. 버림받은 것은 버림받은 것이다. 한번 진 꽃은 다시 피지 않고 날아간 새는 돌아오지 않는다. 거부당한다는 건 그런 것. 아무리 존귀한 존재라도 나락으로 떨어지는 것이다. 모두들 장공주를 가여운 눈으로 보았다. 오라비인 자신도 어마마마도 유모도 궁녀들도 모두, 장공주 자신까지도.

"짐이 어쩌다."

조융은 어좌로 돌아와 털썩 주저앉았다. 너무 비참하다 보니 자신이 겪은 일이 다른 사람 일처럼 실감이 나지 않았다. 극심한 피로까지 덮쳐 더 이상 분노의 감정을 이어가기도 힘들었다. 은은한 등롱 불빛조차 버거워 조융은 손으로 눈을 가렸다. 뭐를 어떻게 해야 할지 아무런 생각도 떠오르지 않았다. 눈을 감은 채 명한 상태로 가만히 있는데 무언가 미지근한 것이 눈꼬리를 타고 흘러내렸다.

"오늘부터 황상은 우러름을 받는 단 한 분이 되셨습니다. 황제 위에는 하늘 이외에 아무도 없습니다. 이 어미도 그대의 신복입니다. 그대는 이제 앉아도 누워도 꿈에서도 죽어서도 천만년이 흘러도 천자이십니다. 그대의 말씀 하나, 걸음 하나 모두 역사입니다. 그대가 역사입니다. 잊지 마소서."

즉위식을 치르고 나자 마지막으로 안아주시며 하신 말씀이 그랬다. 기꺼이 신복이 되시고 순순히 물러나셨다. 그런데 이 꼴이 다 무어란 말인가! 어마마마의 아들인 내가. 조융은 스스로를 이 지경까지 내몬 자기 자신에게 진저리가 났다.

"멈춰야 해. 여기서 멈춰야 해. 정신을 차려야 해. 더 이상은 안 돼! 더 이상은!"

스스로를 질책했지만 조융은 자신이 없었다. 이마를 움켜쥐며 정신을 차리자고 다짐해봤지만 가닥가닥 흩어지는 기분만 더해졌다.

"그래, 일단 궁으로 돌아가자."

조융은 타협하듯 스스로에게 말했다. 내저의 매끈한 옻칠 바닥에서 올라오는 서늘한 기운을 받으면 머리가 맑아질 것만 같았다. 머리가 맑아지면, 맑아지면 결국 인정해야겠지.

한 시절이 갔다고. 다 끝났다고.

"끝……."

자신이 뱉은 그 말에 조융은 가슴이 뜯겨나가는 것 같았다. 밀려드는 서러움을 이겨내느라 숨을 크게 들이마셨다. 그러나 아무리 펴려고 해도 멍에를 씌운 듯 몸이 자꾸 움츠러들었다.

"아니야, 할 수 있어. 해야 해."

조융은 단호한 목소리로 할 수 있다고, 해야 한다고 자신을 을러댔다. 유가경과 끝내고 이전으로 돌아가라고, 여기까지라고, 복받치는 숨을 간신히 내쉬며 조융은 몸을 일으켰다. 등을 펴고 어깨를 펴고 고개를 들었다. 기립근을 세우고 목줄기를 높이 쳐들었다. 그래, 이게 나야! 조융은 비로소 늑골에 닿도록 크게 숨을 내쉬었다.

그때였다. 가슴 저 안쪽에서 어떤 목소리가 들려왔다.

"……처음부터 폐하의 것도 아니었나이다. 가여운 분, 여전하셔라. 마음 하나를 얻지 못하시니. 딱하여라. 그 많은 밤, 그동안 무엇을 하신 겐지. 이리 보람이 없을 수가."

으윽, 빽빽하게 가시 돋친 나뭇가지가 흉막을 쓸고 지나가는 것 같았다. 조융은 가슴을 움켜쥐며 한 손으로 탁자를 짚었다. 조융은 그제야 또 다른 사실을 깨달았다. 유가경과 끝나면 자신을 기다리고 있는 게 무엇인지.

추신은 날 위로하겠지. 진심으로 슬퍼해주겠지. 내가 장공주를 보던 그런 눈으로, 저 늙은 환관이 나를 보던 것보다 더 애잔한 눈을 하고선 밤낮으로 내 곁을 지키겠지. 그리고 함께 유락을 먹자 하겠지.

내 그 모욕을 견디느니!

조융은 발을 끌고 거울 앞으로 갔다. 그는 보아야 했다. 자신을, 비참한 자신을. 자신이 얼마나 비참한 꼴을 하고 있는지 보아야 했다. 비단꽃을 꽂아주고 매화 가지를 꽂아주던 유가경이 없는 자신의 비참한 꼴을 보아야 했다. 불쌍한 눈과 입과 목과 머리카락을 보아야 했다. 오욕을 뒤집어쓴 사내의 모습을 보아야 했다. 조융은 옆에 놓인 등롱을 가까이 대고 거울 속의 사내를 샅샅이 뜯어보았다. 나이 들고 추한, 가소롭고 가련한, 과연 버림받을 만한 몰골이었다. 조융은 그 사내를 보아야 했다. 부정하기 위해, 선언하기 위해 보아야 했다.

"이 자는 짐이 아니다. 짐일 리가 없다. 짐일 수가 없다. 짐은 용납하지 않겠다."

덩! 조융은 주먹으로 거울을 때렸다. 덩, 덩, 덩, 번질번질한 백동판이 징 소리를 내며 울렸다. 거울 면이 진동하며 사내의 모습도 흔들렸다. 절대, 절대! 이대로 두지 않겠다.

덩, 덩, 덩, 덩, 덩, 덩, 덩, 덩, 덩, 덩, 덩, 덩, 덩, 덩, 덩, 덩, 조융은 계속 거울을 내리쳤다. 지금 이 고통을 잊지 않는 한 끝난 게 아니다. 짐은 끝내지 않겠다. 유가경은 짐의 것이다. 기어코 짐의 것이다. 여기서 패배하면 내 인생에 다음은 없다. 그 어떤 영광도 부질없다. 다 헛것이다. 이것만이 진실이다. 주먹이 아플수록 조융의 머리는 맑아졌다. 그렇게 조융은 스스로에게 확신을 주는 황제다운 상태로 돌아갔다. 목표지점이 분명해지자 황제의 머리는 기민하게 방책을 궁리하기 시작했다. 언제나 그래왔듯.

죽 그릇

북쪽 헌마저도 창문까지 다 잠겨 있는 탓에 가경은 할 수 없이 처마 밑에서 밤을 보내야 했다. 처음엔 수대로 갔지만 자신을 찾으러 다니는 게 분명한 횃불 무리가 왔다 갔다 하는 걸 보고는 대나무 숲에 숨어 있었다. 잠시 뒤 수색은 멈춘 듯했지만 가경은 수대로 내려갈 엄두가 나지 않았다. 끝물이지만 아직은 여름이었고 장부가 하룻밤 정도쯤이야 하며 노숙을 하기로 했다. 한뎃잠에도 요령이 있건만 태어나 처음인 가경이 그런 걸 알 턱이 없었다. 다음 날 눈을 뜨니 바닥에서 올라온 냉기로 사지관절 마디마디가 말이 아니었다. 일단 뜨거운 물에 몸부터 담그자, 가경은 서둘러 자신의 처소로 내려왔다.

하! 청당 앞에는 황제의 연이 그대로고 무관들도 꼼짝 않고 서 있었다. 황제가 여전히 침소에 머물며 버티고 있는 것이다. 이런 경우는 처음이었다. 조회까지 물리면서 끝장을 보자며 압박을 가하고 있다. 결국 항복을 받아내겠다는 거로군. 황제의 발 밑에 납작 엎드려 용서를 구하는 자신의 모습이 눈에 선하고 엎 드린 머리 위로 쏟아질 그 지겨운 비난도 귀에 생생했다. 그렇게 미리 굴욕까지 맛보자 더 분해서 견딜 수가 없었다. 집념으로 똘 똘 뭉친 모질고 독한 얼굴, 그 얄미운 얼굴 다시는 보고 싶지 않 아! 가경은 발길을 돌렸다.

가경이 자신의 '진심'을 진지하게 들여다볼 겨를도 없이, 옥체 를 뚫고 나온 황제의 신경이 가경을 휘감아 쌌다. 그렇게 꽁꽁 동여매놓고 틈만 나면 귀에 대고 속삭였다. 평생을, 영원히, 우 리 둘이, 헤어지지 않는, 견우직녀가 되어, 저 멀리 떠나서, 오직 서로만, 너도 좋지, 좋지? 그 목소리에는 초조감이 묻어나기 시 작했다. 가경이 확신을 주지 못하기 때문만이 아니었다. 황제는 다른 이유로도 불안해하고 있었다. 소주로 가는 일, 좀 천천히 생각해보자고 가경은 황제에게 넌지시 말해보았다. 아이처럼 들떴던 황제는 순식간에 몇십 년은 삭은 사람처럼 생기 없는 목 소리로 말했다.

"떠난 화살이다. 너, 세상에 가장 큰 재앙이 무엇인 줄 아느냐? 제 몫을 못 하는 황제다. 황룡이 독룡이 되는 거지. 그 독이 온 천지를 덮어. 짐이 그 정도는 알아."

그 쓸쓸한 얼굴에 대고, 난 못 하겠다 차마 말할 수가 없었다. 평생, 평생이란 말은 무섭도록 권태로운 말이었다. 소주에서 평 생을, 하는 생각이 떠오르면 몸이 식었다. 서둘러 황제만이라도 사정하게 하려고 손을 놀리면 손목을 낚아채고는 그때부터 집요하게 가경의 속을 떠보았다. 이 피곤한 사람과 평생이라니, 황제의 그런 행동은 가뜩이나 혼란스러운 가경을 점점 궁지로 몰아넣었다. 그렇게 몇 차례 시달리다 보니 가경도 이력이 붙어 입을 꾹 다물고 대응조차 안 하게 되었다. 가경이 껍질 속에 숨은 우렁이처럼 버티면 분을 풀 길이 없어진 황제는 내관들을 불러 마구잡이로 매질을 했다. 중의만 겨우 걸치고 귀신같은 몰골로 채찍질을 해댔다. 내관들은 엎드려 매를 맞으면서도 가경 앞이라 신음조차 내지 못했다. 도저히 두고 볼 수가 없어 가경은 침상에서 뛰쳐나가 황제를 끌고 들어왔다.

"감히, 감히!"

황제는 가경에게도 채찍을 휘둘렀다. 뺨이 찢긴 게 아닐까 할 새도 없이 얼굴을 감싼 손등에도 끔찍한 고통이 날아왔다. 웅크리면 이번엔 등이 사정없이 당했다. 도무지 참아낼 수 있는 고통이 아니었다. 맞은 자리마다 지져지는 아픔이 파고들었다. 가경은 채찍을 빼앗아 꺾어버리고 황제의 뒷목을 잡아채 침상 바닥에 머리를 내리눌렀다. 지옥에서도 몸은 이어진다. 몸이 가능해서 지옥이었다. 지옥의 한가운데에서 가경은 눈물을 흘렸다. 아름다웠던 시절이 눈앞에서 더럽혀지고 있었다. 꽃들은 짓이겨지고 새들은 목이 꺾였다.

"폐하, 폐하!"

가경은 눈물을 흘리며 황제의 얼굴을 감싸 쥐었다. 옥체는 시체처럼 축 늘어졌다. 황제 또한 자신과 똑같은 환멸에 시달리고 있었다. 그날 이후 황제는 밀원에 오지 않았다. 이대로 영영 오지 않는 것인가, 제발 그렇게만 되길, 가경은 바랐다. 모처럼 찾아온 평화는 가경뿐만 아니라 밀원의 모든 이에게 휴식을 주었다.

그러나 자기 속 또한 모를 노릇이었다. 비가 그치고 금림 너머로 무지개가 걸린 어느 오후, 가경은 가슴이 아플 정도로 용안이 사무쳤다.

"그런 개싸움을 해놓고 내가 이러면 안 되지."

쑥스러움도 잠시, 참을 수가 없어 보고 싶다고 편지를 썼다. 그날 밤 날아온 황제를 보자 너무 좋아 가경의 두 눈에선 눈물이 차올랐다. 두 사람은 서로의 눈물을 핥으며 쑥스럽게 웃었다. 황제의 체온, 어향이 퍼지며 그려내는 소용돌이 파문 속에서 가경은 승복했다. 그래, 난 이분을 사랑하는 거야. 이분이 원하는 대로 해드려야지. 그래야지. 가경은 황제의 손바닥에 입술을 누르며 몇 번이고 맹세를 했다. 그다음 날도 황제가 찾아오자 매일 본다는 것은 이런 것이지 하고 덜컥 겁이 나 몸이 또 말을 안 들었다. 심란할수록 가경은 경전 공부에 매달렸다. 시간이 흐른다는 사실만이 가경에게 안식을 주었다. 가을까지만, 가을까지만 참으면 된다고 밀원의 젊은이는 그렇게 하루하루를 버텨내고 있었다. 정말 보내줄 줄 알았다. 악질 모리배, 사기꾼! 문장을 질책하는 그 고약한 낯짝이 떠오르자 당한 만큼 갚아주지 못한 게 원통해 지금이라도 당장 뛰어 들어가 모진 말을 퍼붓고 싶었다.

가경은 수대로 올라가 아침볕에 몸을 녹였다. 빈속에서 쓴 내가 올라왔지만 황제에 대한 분노에 온 정신을 쏟아서인지 그런 괴로움은 견딜 만했다. 오후가 되어도, 밤이 되어도, 또 그다음 날 아침이 되어도 연은 떠나지 않고 청당 앞에 있었다. 이틀 동안 먹은 거라곤 설익은 과일이 몇 개, 상태가 말이 아니었지만 그럴수록 가경은 오기가 났다.

"흥, 이번엔 절대 지지 않아."

가경은 수대로 돌아가 햇볕을 찾아 몸을 뉘었다. 정오가 되자 돌풍이 불고 후드득 비가 내리기 시작했다. 설마하고 가봤더니 무관들이 고스란히 비바람을 맞고 있었다. 석상 같아도 저들은 사람이었다. 날씨마저 황제의 편이란 말인가! 말할 수 없이 분했지만 가경은 더는 두고 볼 수가 없어 청당으로 돌아가야 했다.

대기방 문을 열었을 때 장의자엔 추신이 앉아 있었다. 추신은 침실의 문만 바라보며 미동조차 하지 않았다. 없는 사람 취급당하는 것에도 신물이 난 가경은 추신 앞에 우뚝 섰다. 무시당할 게 뻔했지만 시비라도 걸어야 직성이 풀릴 것 같았다.

"폐하가 제정신 같아 보이십니까? 어찌 말리지 않으십니까? 대송의 황제께서 정녕 이래도 되는 겁니까?"

다음 순간 가경은 움찔했다. 추신이 고개를 들어 자신을 쳐다봤기 때문이다. 그 눈빛에는 소임을 다하지 못한 자를 향한 날카로운 질책이 담겨 있었다. 그 매서운 기운에 가경은 오래 마주 보지도 못하고 뒤통수에 따가움을 느끼며 침실 문을 열어야 했다.

황제는 남으로 난 창을 향해 반듯하게 앉아 있었다. 들어오는 소리를 들었을 텐데도 돌아보지 않았다. 창틀과 수평을 이룬 직각복두며 주름 하나하나 각을 잡고 앉아 있는 그 뒷모습은 보기만 해도

숨이 막혔다. 저 밉살스러운 뒤꼭지, 제발 눈앞에서 사라졌으면

"그만 돌아가소서."

추신과 짜기라도 한 듯 황제 또한 꼼짝도 하지 않았다. 또다시 시작될 언쟁을 생각하니 가경은 피로가 몰려왔다. 더 이상 뻗 진도 없고 싸울 기력도 없어 털썩 주저앉아 탁상 위에 엎드렸다. 용서를 빌고 달래주길 바라겠지만 행여나! 가경은 어서 저 남자 를 내보내고 침상에 쓰러져 쉬고 싶을 뿐이었다. 내관들이 들어 와 가경의 젖은 옷을 벗기고 마른 옷으로 갈아입히고는 탁자에 죽반을 차려놓고 나갔다.

"먹어라."

이건 또 뭐하자는 노릇인가, 가경은 들은 척도 하지 않았다.

"먹어. 기운을 차려야 지금부터 짐이 하는 말을 똑똑히 들을 것 이 아닌가. 짐 또한 네게 할 말을 다 해야 일어설 것이 아닌가."

뚜껑을 슬쩍 들어보니 연자를 갈아 만든 죽이었다. 무슨 수작 을 부리려고 저렇게 뜸을 들이나 싶었지만 어서 보내기 위해서 라도 가경은 숟가락을 들어야 했다. 죽을 서너 숟가락 삼켰을 때 황제가 입을 열었다.

"먹으면서 들어. 여기 앉아 많은 생각을 했다. 이제부터 너 원 하는 대로 하라, 무엇이든. 시험을 보려면 보고, 잠업이든 장사 든 하고 싶은 걸 해. 무엇이든 구애받지 말고, 원하는 대로 해."

숟가락이 중간에서 멈췄다. 빗소리 때문에 잘못 들은 건가? 분명 다른 꿍꿍이가 있는 듯한데 돌아앉아 있어 어떤 표정을 짓 고 있는지 알 수가 없었다. 황제가 말을 이었다. 담담하려 애쓰

는 목소리였다.

"너의 말, 내게 해줬던 많은 말들. 내가 듣고 싶었던 말들, 내게 기쁨과 자유를 주었던 말들, 거짓도 아니고 농락도 아니라 믿는다. 다 진심이었다고 생각해. 그래, 넌 진심을 주었다. 하지만 진심도 변하는 것인가 보다. 시간이란 이렇게 무자비한 것인지. 봄에 피는 수없이 많은 그 꽃들, 그중 어느 하나 지난해 그 꽃은 아니라 했거늘…… 영원하지 않다 애석해하면 안 되는 거지. 왜 달라졌냐고 원망하지 않겠다. 강요하지 않겠다. 붙잡지 않겠다."

쿵쿵 심장이 뛰기 시작했다. 풀려난다는 해방감 때문인지 생각지도 못했던 이별 때문인지 호흡이 제멋대로였다. 가경은 속을 진정시키려고 죽을 계속 떠 넣었다. 심장이 하도 세차게 뛰어서 삼켜지는 감각도 없는데 계속 떠 넣었다.

"나가서 다시는 나를 안 봐도 돼. 네가 나와 무관한 삶을 산다 해도, 받아들이겠다. 받아들이려 노력하고 노력하겠다. 당장 잊을 수는 없겠지. 버드나무 푸르러지면 네가 그립겠지. 비단꽃을 보면, 경옥반지를 보면 네 생각이 나겠지. 그러다가 서로 잊힌다 해도 거기까지라면, 너와 내가 거기까지라면 그것도 받아들이겠다. 너는 어딘가에서 다시 피어나겠지. 어딘가로 또 날아가겠지. 그런 너를 가두다니, 이런 어리석은 짓을 저지르고 네 젊은 마음을 달라 했으니. 부끄럽구나. 미안하구나. 할 수만 있다면 너를 모르던 시절로 돌아가고 싶구나. 할 수만 있다면 너에 대한 기억을 전부 없애고 싶구나."

황제가 숨을 고르듯 마른침을 삼켰다.

"무엇이든 원하는 게 있으면 말하라. 다 들어주겠다. 나는 이제 가봐야 해. 밀린 일이 많거든. 시간이 없으니 네 대답은 편지로 듣겠다."

가경은 꾸역꾸역 죽을 삼켰다. 황제가 일어서는 소리가 들렸다. 가경은 눈을 부릅떴다. 황제의 옷자락이 바닥에 끌리는 소리를 듣지 않으려 창밖에서 들려오는 빗소리를 맹렬히 좇았다. 조금만 참으면 다 된다, 조금만. 가경은 죽일 듯 죽을 노려보았다. 황제가 문을 열기 직전이었다. 불가항력이었다.

"폐하! 잠깐, 나 좀 봐요. 우리 얘기 좀 해요."

문 앞에서 걸음을 멈춘 황제의 어깨가 조금 흔들렸다. 얇게 한숨을 내쉬는 소리도 들렸다. 문에 이마를 기대더니 황제가 말했다.

"……너는 정이 많아. 더 이상 그 상냥함에만 기댈 수는 없다. 나는 그보다는 더 깊은 것을 원한다. 그래서 천자가 되었다. 단 한 사람의 마음을 온전히 갖기 위해. 너도 줄 수 없다면…… 그걸로 어쩔 수 없지."

황제는 그대로 문을 열고 나갔다. 죽 그릇으로 눈물이 떨어졌다. 빗소리가 들렸다. 빗소리 사이로 옥소리가 들렸다. 이젠 더 이상 들을 일 없는 저 소리, 점점 멀어지는 저 소리가 언젠가는 그리워질 거라 생각하니 슬픈데도 마음 어딘가 따듯해졌다. 뒷모습이 퍽 사랑스러웠다고, 그래서 다행이라고, 그런 생각도 했다. 자신을 원망하는 차가운 빗소리에 가경은 오히려 마음이 놓였다. 그래도 자꾸 눈물이 났다.

장계시 팔 수

"옥체 상하실까 저어되옵니다. 폐하."

이번에도 황제는 알겠다며 건성으로 대답하고 문서에서 눈을 떼지 않았다.

"용서하소서."

추신이 황제가 보고 있던 문서를 서탁 한쪽으로 치우고 눈짓을 하자 중귀인들이 황제의 어깨와 발을 주무르기 시작했다.

"아야 아야."

황제가 아이처럼 자지러지는 소리를 내자 추신은 제 몸이 아픈 듯 인상이 써졌다.

"잠시 낮잠을 주무시는 게 어떻겠나이까?"

"지금 자면 밤에 어렵다. 겪은 중 귀신보다 무서운 게 불면이 더군."

한숨을 내쉬는 용안은 금세 책임질 일 많은 중년으로 바뀌었다.

여름 내내 두 사람 사이가 심상치 않았다. 태자가 동궁에 들어온 후부터 황제의 감정 기복이 심해지자 궁 안엔 긴장감이 돌았다. 영문을 모르는 사람들은 모르는 대로 조마조마했고 밀원 때문인 것을 아는 추신은 추신대로 여간 신경이 쓰이는 게 아니었다.

기어이 일이 터졌다. 이틀 연속 어전회의가 열리지 않았다. 즉위 이래 처음 있는 일이었다. 삼일째가 무일, 자신전에서 조회가 있는 날이었다. 태자를 비롯한 대소신료가 황제가 납시기를 기다리고 있었다. 황제는 궁으로 돌아오지 않았다. 추신이 몇 번이나 밀원을 왕래하며 설득했지만 요지부동이었다. 추신은 신료들에게 폐하께서 휴식을 취하신다 전했다. 옥체 강녕하시니 섣부른 걱정은 하지 마시라 당부도 했다. 바둑에 빠져서라든가, 장남의 건강을 기원하는 기도 중이라든가, 무협잡록에 심취해서라든가 이미 여러 가지 소문을 흩뿌려놓았음에도 전각 안은 술렁거렸다. 태자는 침착했다.

"부족하나마 동궁이 있으니 의지가 되신 겐가? 그간 꽤나 피로하셨나 보군. 추내상은 당분간 폐하께 재촉하는 말씀 올리지 말라. 들볶고 싶으면 이제 나를 들볶아. 응?"

태자가 격의 없는 말로 편한 반응을 보이자 그제야 전각 안은 안심하는 분위기가 되었다. 더러는 쿡쿡 웃음까지 터뜨렸다. 태자 조민에겐 사람을 안심시키는 능력이 있었던 것이다. 추신은 그때, 처음으로 영왕이 동궁이 되지 않은 게 얼마나 다행인가 하고 가슴을 쓸어내렸다. 영왕이라면 무슨 일인가 하고 기민하게 황제의 신변을 파고들었을 것이다.

우려와는 달리, 그날 이후 황제는 군주교학서에 나올 법한 모범적인 군주로 돌아갔다. 국사를 챙기고 태자와 많은 시간을 보내고 추신과 긴밀히 이런저런 이야기를 나누고 어행에도 충실했다. 무슨 생각인지 유가경은 추공이 지나도록 밀원에 그대로 머무르고 있었다. 오늘도 편지는 오지 않았다. 빈손으로 보고를 하러 오는 밀원의 내관들은 점점 죄인처럼 고개를 들지 못했다. 중귀인들이 물러나가자 조금 전 치워두었던 문서책을 펼쳐주며 추신이 말했다.

"폐하, 기다리는 게 분명한 듯하니 지금이라도 밀원에 납시면 유공께서 황은에 감복하지 않겠나이까."

"편지 오기 전까지 밀원 얘기는 입에 담지 말라 하지 않았나."

목소리는 단호했지만 황제는 피곤한지 여전히 눈을 뜨지 못했다. 감은 눈꺼풀에 비치는 실핏줄이 애처로웠다. 자신이라도 밀원에 가서 유가경과 이야기를 해봐야 하는 것 아닌가 추신은 또다시 갈등하지 않을 수 없었다. 그때 황제가 나지막이 말했다.

"유가경과 말을 나누면 그 누구라도 혀를 뽑겠다던 짐의 말은 아직 유효하다."

눈을 감고도 속을 다 들여다보고 하는 말에 추신은 웃고 말았다. 황제가 주비를 달 수 있게 주묵(붉은 먹)을 갈며 추신이 말했다.

"폐하, 돌아오는 봄에 남방으로 순행을 가시면 어떻겠습니까?"

황제가 눈을 떴다.

"갑자기 무슨?"

"상식국 아이에게 이것저것 물어보신다 하여 혹 강남을 둘러

보고 싶으신가 했습니다."

"태자가 강남 얘기를 오죽 많이 해야지. 그래서 정말인지 확
인해본 거지. 보아라. 올가을 화북에 메뚜기 떼가 창궐했다. 아
직 구호가 끝나지도 않았는데 유람이 가당키나 한가. 자고로 천
자의 순행은 국고를 거덜내는 극단의 사치라 했다."

"남순은 행하신 적이 없으니 대간들도 말리지 못할 것이옵니
다. 기분전환으로 다녀오시면 좋지 않겠나이까. 경비는 지방관
과 부자들이 내는 헌납은으로 충당하고도 남습니다."

"그들이 바치는 은자는 그들 주머니에서 나오는 게 아니다.
말단을 쥐어짜 충성하는 것이지. 짐은 상주문이나 마저 보겠다.
그래야 내일 알현들을 할 것 아닌가."

하더니 황제는 곧바로 일에 빠져들었다.

"유락을 드시겠나이까. 올리라 할까요?"

황제가 문서에서 고개를 들어 추신을 물끄러미 쳐다보았다.
추신이 재차 묻자 황제가 말했다.

"되었다."

태자가 열두 살이나 된 조옥을, 아홉 살이라고 우기면서 동궁
에 데리고 들어왔을 때 누구 하나 문제 삼지 못했다. 너무 난감
한 일이라 모두들 입을 열지도 못했던 것이다. 황자라 해도 십
세가 넘으면 궁에 거처를 둘 수 없는 게 국법이었다. 육궁에서는
황제의 아이만 잉태되어야 하고 동궁에선 태자의 씨만 퍼져야
한다. 원칙대로라면 로국공과 그 자손들은 성도성 밖으로 나갈

수 없는 몸이었으니 조옥은 황궁은 고사하고 동경성에 발을 들여서도 안 되는 처지였다. 연금이 풀리지 않은 상태에서 조옥은 숙왕의 유람 수행단에 끼어 북로 여러 곳을 돌아다녔다. 실상이 이러하니 정식으로 따지면 조옥이 밟고 지나간 성의 장관들과 조옥을 동경성에 입성시킨 개봉부윤은 물론 황궁의 검문관과 예부까지 생선포 엮이듯 줄줄이 직무태만 죄에서 자유롭지 못한 상황이었다. 추신의 관할인 양성도 예외는 아니었다. 누구나 조옥에 대해 수군거리면서도 그 누구도 공식적으로 그 문제를 거론하지 않았다. 황궁은 이렇듯 기묘한 곳이었다. 황제 또한 조옥에 대해, 그리고 국법을 무시하는 태자에 대해 이렇다 저렇다 말 한마디 하지 않았다. 로국공의 적손이기에 배려한 걸까, 황태후의 증손자이니 건드리지 않은 걸까, 추신이 보기에는 둘 다 아니었다. 태자의 취미가 개 키우기가 아닌가. 황제의 눈에 조옥은 그저 한 마리 혈통 좋은 강아지일 뿐, 이제와 로국공 조건이 황권에 무슨 위협이 될까. 황제는 조금도 신경 쓰지 않았다.

태자는 어리바리가 아니었다. 아무도 문제 삼지 못하리란 걸 알고 한 짓이 분명했다. 태자는 조옥을 통해 혈육 간에 화해의 물꼬가 트이기 바랐던 것 같다. 황제 앞에선 언급조차 하지 않았지만 태자가 동궁으로 이사 오던 날 태후전으로 인사를 올리러 갈 때 조옥을 대동했다고 한다. 황태후는 어쩔 수 없이 증손자를 대면해야 했다. 추신이 나중에 태후전 궁녀를 통해 들은 바, 조옥이 알현을 마치고 물러난 다음 태후는 창자가 끊어질 듯 울었다고 한다.

그 당시 선황제가 푹 빠져 있던 어린 애첩 모란 부인에게 전해진 음란한 연서, 추신이 조건의 글씨로 위조한 편지를 본 선황제의 진노는 어마어마했다. 선황제 귀에 황자들과 후궁들이 밀회한다는 소문이 흘러 들어가도록 작업해놓은 사람은 당연히 추호고였다. 설마했던 일에 물증을 보자 선황제는 이성을 잃었다. 황태후마저 친아들인 조건을 믿지 못할 만큼 추신과 추호고가 짠 계략은 그럴듯했다. 태후는 아들보다 자신의 친정을 택했다. 며느리인 난초미인과 그녀의 가문을 향한 숙명적인 질투와 미움도 한몫했을 것이다. 못 견디게 싫은 며느리가 태자비가 되고 황후가 되는 게 아들이 태자가 되고 황제가 되는 것보다 싫었던 것이다. 황궁의 여인에겐 이렇듯 기묘한 데가 있었다. 태후는 자신의 친정 조카를 벽왕의 왕비로 들어앉혔다. 왕비는 태자비가 되고 지금의 황후가 되었다. 선황제 붕어 후에도 황태후의 친정은 이십 년 가까이 영화를 누렸다.

추신이 태자와 산책을 하려고 동각루 아래서 기다릴 때였다. 알록달록 꾸며진 소년이 반갑게 웃으며 추신에게 다가왔다. 초면이었지만 소년이 누구인지 추신은 그냥 알 수 있었다.

"소생 성도에서 온 조옥이라고 합니다. 동경에 온 지 일 년이 다 되는데 이제야 내상께 인사를 올립니다."

조옥이 공손하게 공수를 올렸다. 바탕은 이지적인데 어딘지 야생적인 인상을 풍기는 소년이었다. 조옥은 아침마다 궁녀들의 장난감이라도 되어주는 듯 인형 같은 차림새였다. 누구의 발

상인지는 몰라도 동궁에 계속 머물게 하려고 한참 어린 애처럼 꾸며놓았던 것이다.

"황실 자제분이 환관에게 너무 낮추십니다. 하대하소서."

"죄인의 자손입니다. 로국공께서 내상을 잘 받들라 분부하셨습니다. 물론 할마마마(난초미인)께선 다르게 당부하셨습니다. 남아는 큰 뜻을 위해서 목숨을 초개처럼 버릴 줄 알아야 한다고. 하하하. 할마마마는 정말 낭만적인 분이세요. 하지만 저는 로국공 말씀을 따르기로 했습니다. 훨씬 더 낭만적이시거든요."

소년은 상냥하고 스스럼없는 눈으로 추신을 바라봤다. 집안의 원수를 앞에 두고 탐색도 경계도 하지 않는 눈이었다. 그렇다고 순진무구하기만 한 눈도 아니었다.

"이런, 로국공께서 저를 두 번 살려주시는군요. 공께서 좀 더 크신 후에, 황진재가 지은 『장계시선』을 빌려드리겠습니다."

이렇게 당당한 소년에게는 정공법으로 맞춰주는 게 늙은이의 도리라고 추신은 생각했다. 무엇보다 이 아이는 로국공과는 얼마큼 다른 걸까, 하는 호기심에 추신은 설레기까지 했다.

"아, 그 책이라면 입궁하고서 숭문원 금서실에 있는 걸 빌려 보았습니다."

소년은 고개를 숙이고는 배시시 웃었다.

"공께선 『장계시선』에서 무엇을 보셨습니까?"

"제가 어리다 보니 음담패설에 익숙하지는 않았습니다만 드물게 빼어난 시문이었습니다. 자구字句 하나하나, 빼고 더할 게 없을 만큼 조화로웠습니다. 아름다움이란 삼라만상 어디에나 깃드는 것이니 난잡한 가운데에도 있는 게 당연하구나 하는 생각이 들었습니다. 아름다운 사람을 좋아하는 건 궁극엔 그 사람과 난잡한 짓을 하고 싶어서일 테니, 아름다움을 숭배하는 마음은 결국 난잡한 마음과 통하는 게 아닐까, 사실은 같은 마음에서 갈라져 나온 게 아닐까, 그런 생각도 들었고요."

황궁에서 수많은 신동과 천재를 보아온 추신이었지만 조옥 같은 아이는 처음이었다. 조옥은 자연에서는 있을 수 없는 조숙함을 지니고 있었다. 이 조숙한 소년은 치우침 없는 말로 그 옛날 로국공의 희롱을 해명하고 있었다.

"영리한 궤변으로 소인에게 즐거움을 주셨습니다."

추신은 웃음으로 얼버무릴 수밖에 없었다. 추신이 웃자 아이도 분방한 웃음을 터뜨렸다.

"공께선 혹시 책이 금서가 된 연유를 아십니까?"

"장계 황진재는 일부러 음란한 시를 지었다고 들었습니다. 『장계시선』구십 수 중에 팔십이 수가 음담. 황진재는 황실을 비판하는 팔 수를 퍼뜨리기 위해 음란한 시집을 냈다지요? 로국공께서 이야기해주셨습니다."

그러더니 도무지 어린애가 지을 수 없는 웃음을 띠며 이런 말을 했다.

"저는 팔 수가 궁금해『장계시선』을 보았습니다. 성도를 떠날 때 로국공께서 말씀하셨습니다. 옥아, 너는 과거지사와 상관없단다, 너는 그냥 너다. 그래서 너를 세상에 내보낼 수밖에 없단다. 로국공께서는 상관없다 하셨지만 저는 무척 궁금했습니다.

그래서 찾아보았고, 보고 나니 보길 잘했다는 생각이 들었습니다. 이젠 정말 상관없을 것 같으니까요."

그러더니 소년은 아주 살짝 고개를 끄덕였다. 세속의 부침마저 관조하는 듯한 미소를 지으며. 머릿속으로 뭔가 쑥 들어오는 느낌에 추신은 마른침을 삼켜야 했다.

동각루 정원 길로 태자가 궁인들과 들어서는 게 보였고 덕분에 둘의 대화는 거기서 멈췄다. 조옥은 태자를 보고는 딴 얼굴이 되었다. 매일 볼 텐데도 반가운지 쪼르르 달려가서는 신이 나 종알거렸다. 푸드덕 동각의 학들이 태자 앞으로 날아왔다. 먹을 것을 내놔! 학들이 날개를 쳐들고 춤추듯 시위를 했다. 조옥도 꼬까옷에 달린 비단방울을 흔들며 춤을 추었다. 까불어대는 동작 같아도 몸짓 하나하나가 교묘하고 섬세했다. 손놀림이 영락없이 로국공이었다. 그 오래전 로국공의 모습을 고스란히 기억하고 있는 자신에게 추신은 놀랐다. 사천으로 쫓겨나던 그날 배에 오르기 전, 자신을 바라보던 난초미인의 눈빛은 증오도 저주도 아니었다.

"넌 저분을 추억할 자격조차 없다."

앞도 뒤도 없는 딱 한마디, 난초미인의 그 말은 판결이었다. 사내의 창칼이 무섭다 한들 여인의 날카로운 일침만 할까. 난초미인의 말씀대로 로국공을 머리에서 지우기 위해 추신은 애썼고 거의 성공할 뻔했다. 물론 성공하지 못한다는 걸 처음부터 알고는 있었지만.

『장계시선』은 금서였다. 선황제 연간에 기근이 심한 해가 계속되었지만 황실의 사치는 여전했다. 아니 오히려 더해갔다. 선황제는 흥이 넘치는 사람이라 화려한 연회를 자주 열었다. 황궁 안 구석구석을 기암괴석으로 꾸미고 희귀한 동물을 모아 기르더니 그것도 성에 안 차는지 아예 가산假山을 쌓는 대규모 토목 공사를 벌였다. 선황제는 불안과 허무가 많은 사람이기도 했다. 주기적으로 도사와 승려 수천을 불러 법회를 열고 안식을 구했다. 다 어마어마하게 돈을 쓰는 일이었다. 상황이 이런데도 직언 극간하는 신하가 없었다. 녹봉을 펑펑 올려준 덕분이기도 했지만 매사 부드럽고 눈물이 많은 황제에게 모진 말을 하기가 쉬운 일은 아니었다. 회인태자를 잃은 후엔 더 말할 것도 없었다.

어느 날 갑자기 개봉 시내에 『장계시선』이 등장했다. 어디에서나 『장계시선』이 화제였다. 그 음란함은 정도를 넘는 것이어서 세간의 호기심은 극에 달했다. 시집은 불과 한 달도 안 되어 이십사로로 퍼져나갔다. 황제도 궁녀들과 시집을 읽고 밤마다 따라한다는 소문이 나돌 정도였다. 시집은 금서가 되어 자취를 감췄지만 그 후로도 방중술 교본으로 유명세를 떨쳤다. 시집에는 황제와 조정을 비판하는 시 팔 수가 실려 있었다. 그것은 시라기보다 잔인한 현실에 대한 통렬한 격문이었다. 황진재란 이름도 '황제가 진정한 재난'이라는 뜻으로 무능한 선황제를 비꼬는 풍자인 게 분명했다. 황진재가 누구인지는 당시에도 의견이 분분했지만 여전히 밝혀지지 않았다.

친왕 시절 조건이 그 시집을 빌려달라고 했다. 추신은 반가운 마음에 직접 시집을 들고 왕부로 찾아가 알현을 청했다. 조견은 지기 둘과 함께 정청에서 추신을 맞았다.

"절염남아가 직접 오시다니 영광일세. 숭문원에서 내오기가 좀 그래서 말야. 친왕이라서 더 민망한 노릇인 거지. 벽왕부 서고엔 있을 줄 알았지. 우리 벽왕 전하가 크면 요것을 따라 하라고 추신이 미리미리 챙겨놨군그래. 역시 추신이야. 하하하."

회인태자가 죽고 일 년여가 지났지만 동궁은 비어 있었다. 장자의 죽음에 상심이 컸던 선황제는 새로운 태자를 세우는 일에 마음 쓰고 싶어 하지 않았다. 황궁 안팎에선 누구나 조견이 태자가 될 거라 점치고 있었다. 성정이 무르다고 더러 반대하는 신료들도 있었지만 조견은 나이로 보나 인품으로 보나 가장 무난한 태자감이었다. 조견은 다정하고 연민이 많은 사람이었다. 그래서 당연히 팔 수 때문에 시집을 빌리는 줄 알았다.

"아주 까다로운 기생아이가 하나 있는데 말야, 어찌나 기교에 통달했는지 번번이 정복당한단 말이지. 그 애를 좀 골려주려고 말이야. 여기에 있는 음담의 도움을 받을까 해서, 하하하."

조견은 시집을 살피더니 어떤 문구가 맘에 들었는지 붓을 들어 베끼기 시작했다.

"오, 바로 이런 거지, 상당하군그래, 흐흐흐."

추신은 저럴 수도 있다고 생각했다. 한창 그럴 나이이니, 하고 웃었지만 조금 실망스럽긴 했다. 추신은 시집에 실린 팔 수 중 하나인 「얼음 깨기」*를 보고 장차 황제가 될 조견이 뭐라 할지 궁금해졌다.

"전하, 이 시도 보셨습니까?"

추신은 그 시가 적힌 쪽을 열어 보여주며 물었다. 겨울에 언 강물을 톱으로 잘라 석빙고에 저장하는 인부들의 삶을 아주 사실적으로 읊은 시였다. 발이 온통 동상에 걸려 진물이 나고 썩어 들어가 발가락을 잘라내며 일을 해도 인부들 중 반은 다음 해 여름, 석빙고에서 얼음이 꺼내어질 때쯤이면 변하(汴河)** 주변에서 굶어 죽어 있더라, 그런 내용이었다.

"이런 건 너무 칙칙하구먼. 세상에 음지만 있는 것 같잖아. 여름에 얼음을 먹으려면 불가피하니 좋은 쪽으로 생각해야지."

그 말에 지기 하나가 얼음 얘기를 들으니 갑자기 사탕빙설(빙수)이 먹고 싶다고 하자 나머지 한 명이 자기는 냉국수가 먹고 싶다며 맞장구를 쳤다. 그러자 조견이 "이런, 당장 석빙고를 열라고 해야겠군." 하고는 추신에게 다가와 추신의 어깨에 두 팔을 둘렀다. 조견이 말했다.

"시인은 천하에 넘쳐나는 아름다움을 노래하기도 벅차거늘. 그대가 내 것이라면 과인은 평생 너의 아름다움만을 노래하겠다. 네 눈을 보면 온통 빨려 들어갈 것 같구나. 진주분인들 네 피부보다 고울까. 이 붉은 빛깔은 또 어느 꽃에서 훔쳐냈느냐."

하더니 희고 긴 손톱으로 추신의 입술을 건드렸다. 그곳은 실로 건드려선 안 되는 곳이었다. 진실인 양 속삭이는 혀가 숨은 장

---

* 조선시대 김창협이 쓴 시 「얼음 깨기鑿氷行」에서 따온 내용이다.
** 수도 개봉, 즉 변경을 흐르는 강.

소, 경멸이 미소로 둔갑하는 젊은 환관의 입술. 추신이 눈을 내리깔며 미소 지었다. 순진했던 젊은 왕은 몰랐을 것이다. 이 아름다운 환관이 대의를 위해 얼마나 대담해질 수 있는지.

그날 조견의 운명이 결정되었다. 추신이 그의 운명을 결정해버렸다. 더불어 자신과 벽왕 조융의 운명까지도 바꿔버렸다. 그때 추신의 나이 스물아홉, 세상이 흑백으로만 보일 나이는 아니지만 일생 중 가장 단호한 시절이었다. 선황제에 이어 또 저런 인간이 천자가 되는 건 절대 묵과할 수 없다는 충동적인 의기였는지도 모르겠다. 벽왕을 보살피며 평생 공부나 할 생각이었다. 인문과 천문지리, 병학과 공학, 율학과 산학…… 벽왕의 관심사는 추신의 뒤를 따르며 끝없이 확장해가고 있었다. 때가 되면 황명을 받아 벽왕을 모시고 백과사전인『태평어람』을 증보하는 게 추신의 꿈이었다. 지적인 업적이야말로 영원히 남는 것이니 그것이야말로 대망이요 대업이라고 생각했다. 하지만 권력을 잡아야만 한다는 당위가 주어지고 계기가 찾아오자 추신 안에 숨어 있던 천하에 대한 강렬한 욕망은 기다렸다는 듯 싹을 틔우고 가지를 뻗어나갔다. 추신이 조견의 손을 잡아 자신의 뺨에 대고 속삭였다.

"옥수가 뜨겁습니다. 좀 식히세요. 전하."

"아, 이런, 숨을 못 쉬겠구나."

조견과 지기들, 추신까지 모두 능글대며 낄낄거렸다. 잠시 후, 몸을 떼어내며 추신이 말했다.

"전하, 제가 대신 써드려도 되겠나이까? 제게 옥수를 내리셨으니 소인도 보답해드리고 싶나이다. 왕희지에 견줄 신필을 보여드리겠나이다."

추신은 기녀에게 보낼 서신을 대신 적어주었다. 그리고 조견의 글씨가 적힌 파지를 치우는 척하며 몰래 접어 나왔다. 파지를 들고 가자 양부인 추호고는 눈가에 경련을 일으키며 흥분했다.

"이래야 내 아들이지. 이 아비는 네가 움직이길 기다렸다. 장애물을 싹 치워놓고 말이다. 신이 네가 뜻을 세웠으니 그 멍청한 조견은 일도 아니지."

혹시, 하는 의문이 들었지만 추신은 추호고에게 회인태자의 죽음에 대해서 묻지 않았다. 대신 환관모를 벗어 옆에 두고 양부에게 절을 올렸다.

"아버님 뜻이 하늘의 뜻이옵니다. 소자는 그 뜻에 따라 행할 뿐이옵니다."

추신은 동각에서 태자와 산책을 마치고 자신의 집무실로 돌아가지 않았다. 달리 일이 있어 그랬다기보다 동화문을 나와 그냥 걷다 보니 어느새 단공문 앞이었다. 단공문 안엔 대경전이 있고 대경전 안엔 용의가 있다. 용의 중에 가장 크고 아름다운, 휘황찬란한 용의가 저기 저 안에 있다. 조견이 앉을 뻔했던 용의, 벽왕이 대신 앉은 용의, 훗날 조민이 앉을 용의, 그러나 조옥은 앉을 수 없는 용의. 방금 전까지 함께 산책을 했던 조옥의 얼굴이 떠올랐다. 그 웃음소리와 걸음걸이, 아이가 했던 말 하나하나가 떠올랐다.

늦가을 오후 볕은 짧아 벌써 대경전의 뒤쪽으로 그림자가 길어져 있었다. 추신은 발길을 돌려 단공문을 나왔다. 바람 부는 동서대로를 다람쥐들이 종으로 횡으로 내달리고 있었다. 그 작은 것들은 달리다 문득문득 멈춰 서서 추신을 바라보곤 했다. 그 눈길을 외면하지 못하고 추신도 그때마다 멈춰야 했다. 한 뼘도 안 되는 몸을 곧추세우고 자신을 바라보는 짐승의 눈망울, 그 앙증맞은 시선이 추신의 가슴에 상처를 냈다. 로국공 조견이 저런 손자를 둘 줄이야. 아니다. 로국공이니까 저런 손자를 얻은 것이다. 로국공은 손자에게 자신의 어리석음도 드러내 보일 수 있는 사람이었다. 사람의 크기는 무엇으로 재는가? 우문이다. 사람의 크기는 그 무엇으로도 잴 수 없다. 사람은 변하니까. 추신은 뺨을 만져보았다. 물기가 빠진 피부는 퍽이나 뻣뻣했고 입술은 더 말라 있었다.

그날 저녁 추신은 퇴궐을 했다. 저녁을 먹고 차를 마시고 바로 자려 했지만 생각이 바뀌어 모처럼 글씨나 쓸까 하고 서실로 가서 먹을 갈았다. 이것도 별로군, 추신은 먹을 내려놓고 배자 위에 그대로 겹두루마기를 걸치고 집을 나섰다. 말도 타지 않고 호위도 받지 않고, 등잠이 시종도 없이 혼자 도성의 서쪽 준의현으로 걸음을 옮겼다.

각점(고급 요정) 주인이 추신을 알아본 탓에 청루 안이 발칵 뒤집혔다. 일하는 사람들이 다 나와 무릎을 꿇고 조아렸다. 봉황국화로 장식한 별채로 안내되어 자리에 앉고 보니 주루라 해도 속되 보이는 건 하나도 없는 게 우아한 사대부집 원림 같았다.

"노래를 불러주렴."

"싫어요."

"역시 제멋대로구나. 하지 말라 할 땐 그리 꾸역꾸역 부르더니. 네 노래 듣자고 여기까지 온 나는 비싼 요리 값을 치러야 한다."

"어서 가세요. 나리께서 오실 곳이 아녀요."

"내 보기에 여긴 너에게도 안 어울려. 너무 고상한 곳이 아닌가."

"쳇, 여기서 전 아주 대접을 받는 몸이랍니다앙."

"그렇겠지. 숙왕 전하께서 태자가 되셨으니. 네가 그걸 또 얼마나 우려먹었겠느냐."

고고는 확실히 전에 비할 수 없게 세련된 차림새였다. 몸가짐도 그런대로 봐줄 만해졌고 관화도 제법 입에 붙었고 무슨 짓을 했는지 까맣던 얼굴도 희뿌예졌다.

"쳇, 그만 가요."

"너무하는구나. 내 집에서 한동안 먹고 자고 했으면서. 은혜를 모르는구나. 오기들은 다 이리 뻔뻔한가?"

"쳇, 뭐야. 쩨쩨하게."

"노래 정말 안 해줄 거야? 응?"

"왜 이래요, 정말? 갑자기 나타나서. 바보같이 웃지 마! 버릴 땐 언제고."

새삼 분한지 고고의 눈에 물기가 어렸다. 야속하다 타박하는 여인을 보니 추신은 왠지 기분이 좋아졌다.

"버리다니? 혼자 이야기를 막 지어내는구나. 좀 억울한걸."

"난 평생 술이나 팔면서 늙을 거야. 이게 다 나리 때문인 줄이나 아세요."

"하! 덤터기를 씌워도 유분수지. 너 손님한테 이래도 되니? 널 데리고 있는 여기 주인이 불쌍타."

고고가 대뜸 얼굴을 쑥 들이밀었다.

"그러니까 날 데려가."

젓가락으로 애꿎은 생선찜만 쿡쿡 찔러대다가 추신이 말했다.

"……그건 안 돼."

"흥, 그럼 왜 온 거예요. 어떻게 술장사해 먹고사나 구경하러 온 거예요? 사람 속 뒤집으려구?"

고고는 약이 오르는지 다시 눈가가 벌게졌다.

"집에 데려다 놓으면 뭐 내가 덮치기라도 할까봐? 늙은이가 주책이야."

하더니 발딱 일어나 소주 말을 섞어가며 한바탕 욕을 퍼붓고는 방을 나갔다.

"여전히 제멋대로구나. 하하하."

이렇게 노닥거리는 것도 퍽 괜찮은 노릇이란 생각이 들었다. 이래서 사내들이 주루를 찾는 건가? 역시 오길 잘했다고 생각하며 추신은 젓가락을 들었다.

별채를 나서는데 앞쪽 누각에서 귀에 익은 노랫소리가 흘러나왔다. 고고 노래를 들었으니 헛걸음은 안 했군, 옷깃을 여미며 추신은 각점 문을 나섰다. 아는 길이라 생각하고 걸었는데 주변을 둘러보니 낯선 곳이었다. 어디서부터 잘못 접어든 걸까? 고만고만한 여염집들이 사방으로 끝도 없이 이어진 거리였다. 심지어 대문 앞에 등롱도 걸어놓은 집이 없어 창문으로 새어 나오는 빛에나 의지해 걸어야 했다. 아무리 그래도 시야가 너무 답답하다 했더니 밤안개가 끼고 있었다. 걱정은 안 했다. 동쪽으로 걷다 보면 어가御街가 나올 테니, 했는데 그게 그렇게 되지 않았다. 기껏 가보면 막다른 골목이라 돌아 나오길 몇 차례나 반복했다. 골목은 점점 좁아지고 미로처럼 얽히고설켜 어쩌다 보니 추신은 두 사람이 겨우 지날까 말까 하는 골목에 들어섰다. 개봉으로 몰려온 시골 사람들을 상대로 세를 받아먹으려고 삼사 층으로 막 지어올린 집들이 다닥다닥 붙어 있는 곳이었다. 음식 볶아 대는 소리, 애 우는 소리, 밤인데도 와자와자한 소리가 여기저기서 났다. 아침도 아닌데 마통*들이 툭툭 튀어나와 있어 추신은 한 발짝을 뗄 때마다 조심해야 했다. 솔가지 연기에 뒤섞인 비린내와 지린내 때문에 골목의 공기는 더없이 탁했다. 똑바로 걸으려 해도 신이 커지기라도 한 듯 자꾸 발이 끌렸다. 추신은 갈림길에서 연달아 잘못된 선택을 하는 바람에 왔던 길을 또 만나곤 했다. 기문둔갑에 빠진 건가, 아니면 뭐에 씌기라도 한 건가. 새로운 경험이라 생각하니 이 노릇도 과히 나쁘지는 않았다. 집

* 분뇨통, 똥장수가 매일 집집마다 돌며 수거해간다.

에 일찍 돌아가기도 싫던 참이었다. 어찌어찌 그 소굴을 빠져나오니 남루한 다관 앞이었다. 열려 있는 가게 문으로 남녀 몇몇이 해바라기씨를 까먹으며 두런두런 담소를 나누는 게 보였다. 그들에게 길을 물어도 되련만 왜인지 입을 열기가 귀찮았던 추신은 걷다 보면 되겠지 하는 이상한 고집을 부리며 어림짐작으로 방향을 잡았다.

난초미인의 얼굴이 떠올랐다. 그 도도한 여인의 눈에 걸어가는 자신의 모습이 보였다. 늙고 쪼그라든 야차가 스산하기 짝이 없는 골목길을 신발을 끌며 걸어가는 모습이 보였다. 로국공이 탄 배가 멀어져갔다. 로국공은 그 경황에도 아름다운 꽃배를 구해 사천으로 떠났다. 추우니 어서 들어가 보라고 하던 사람. 진눈깨비가 어지러운데 그 하얀 손이 빛났다. 낮에 본 다람쥐도 생각났다. 자신을 바라보던 그 까만 눈.

"그분은 여전히 낭창낭창 젊으실 테지."

각점에서 먹은 음식이 체했는지 속이 몹시 괴로웠다. 습한 공기가 폐에 들어차 점점 더 답답해졌다. 추신은 주먹으로 가슴을 두드려도 보고 엄지 옆 경혈을 꾹꾹 누르기도 했다. 갑자기 앞쪽에서 시커먼 물체가 슥 움직였다. 개려니 했는데 역시 그랬다. 검둥개가 경계를 하는지 구석에서 우물쭈물 멈춰 섰다. 그때 모퉁이에서 뭔가 톡 튀어나와 추신은 깜짝 놀랐다. 이번에도 개였다. 코를 맞대는가 싶더니 두 마리 개는 곧바로 흘레를 붙었다. 개들의 몸짓은 결연하고도 진지했다. 바쁜 개들을 뒤로하고 추신은 다시 걸었다.

따듯한 감주를 마시면 체기가 내려가련만 이 동네는 팔러 다니는 사람도 없었다. 도성 안인데도 시간을 알리는 북소리가 안 닿는 곳이라니 도무지 현실 같지 않았다. 지하수로까지 다 꿰고 있는 자신이 도성 안을 헤맨다는 것도 현실 같지가 않았다. 체기에 시달리는 몸속을 헤매는 것 같은 답답함에 짓눌려 거지반 포기를 할 즈음 대로가 나왔다.

아, 이런! 추신은 저쪽에 보이는 웅장한 건물이 주작문이란 걸 알아보고는 허탈했다. 얼마나 헤맸기에 이렇게 아래쪽까지 내려온 걸까. 주작문의 드높은 누각 처마에 걸린 등롱들이 바람에 천천히 흔들렸다. 빛들은 안개에 싸여 그곳에서만 번졌다. 몇 번이나 제 발로 오르던 곳인데도 추신은 주작문이 실재하지 않는, 공중에 뜬 신기루처럼 보였다. 황제는 태자 시절 선황제의 탄생일마다 효를 상징하는 주작문 위에 올라 만수무강을 기원하며 황궁을 향해 구배를 올렸다. 그 자리엔 늘 추신도 함께였다. 저 멀리 선덕루에 앉아 절을 받는 선황제 옆엔 양부인 추호고가 서 있었다. 절을 받는 두 노인은 울었다. 선황제는 죽은 회인태자가 생각나 울었고 추호고는 양아들의 영광에 몸을 떨며 울었다.

주작문 주변은 야시장이 한창이었다. 힘들게 걷는 자신과는 다르게 안개 속에서 웃는 얼굴들이 빠르게 나타났다가 빠르게 사라졌다. 어딘가 노점에서 풍겨오는 양기름 노린내에 속이 메슥거렸다. 체기는 점점 심해지고 고막까지 압박해 식은땀이 났다. 호루라기를 파는 소녀가 뒤에 바짝 붙어 따라오며 새피리를 불어댔다. 하나 사줘야 떨어질까 싶어 돌아보자 소녀는 귀신이라도 본 듯 놀라 달아났다. 겨우 감주를 파는 손수레를 발견했지만 추신은 그 옆을 그대로 지나쳤다. 감주를 마신다고 속이 편해질 것 같지 않았다.

"이상한 밤이로군."

이제 그만하고 집에 가자고 추신은 스스로를 타일렀다. 집에 가면 원외랑 유렴에게 편지를 쓰자고 자신을 위로하기도 했다. 부질없는 일이 자꾸 떠오를 때면 아버님께선 어떻게 하셨나요, 물에 흘려버리지도 못할 번뇌가 생기면 어떻게 해야 하나요……

안개는 점점 짙어졌다. 추신은 방향을 어림하며 걸음을 옮겼다. 주작대로 중심에는 목책으로 둘러쳐진 어가가 있다. 오직 황제만을 위한 너른 길, 그 길을 따라가면 황궁 대경전 안 용의까지 직선으로 이어진다. 추신은 어가에 둘러쳐진 목책을 따라 걸었다. 길을 잃을까봐 한 번씩 손을 뻗어 더듬으며 걸었다. 답답하고 끝없이 이어진다 해도 어차피 꿈이니 깨어나면 그만이라고 생각하며 걸었다.

옥환玉環

　추신이 집무실에서 조회에 나갈 준비를 할 때 밀원에서 편지 심부름을 하는 하내관이 왔다. 새벽길을 달려온 젊은 내관은 전장에서 급보를 가져온 연락병처럼 숨을 헐떡였다. 추신은 서신을 건네받으며 눈으로 물었다. 하내관은 면목이 없는 얼굴로 고개를 저었다.

　"별다른 건?"

　"요즈음 눈물을 자주 보이셨습니다. 어제도 많이 우셨고. 삼경까지 서실에 계셨습니다."

　말하는 와중에도 유가경이 가여운지 하내관이 울먹였다.

　"유공께서 하신 말씀은? 무엇이라도 좋으니 전부 말해보렴."

　"여전히 같은 말씀만 하세요. 내 마음인데도 나도 모르겠다고 여러 번 말씀하셨습니다."

　하내관은 말을 맺으며 눈물을 찍어냈다. 젊은 하내관은 유가경이 느끼는 감정을 그대로 느끼며 살았다.

"수고했다."

하내관이 나가자 시중을 들다 급히 물러났던 어린 내관들이 들어와 추신에게 입히다 만 원령포삼 속대 끈을 마저 묶었다. 추신은 머릿속으로 먹구름이 잔뜩 몰려오는 것 같았다. 조정에 영향을 미칠지도 모르는 편지였다. 뜯어볼까…… 내용을 훔쳐보고 처음과 똑같이 봉해놓는 건 어렵지 않다. 추신은 서신에서 눈을 떼지 못한 채 환관모 줄을 조였다. 어린 내관이 쟁반에 손수건과 단검과 비상 약병을 담아 왔다. 그것들을 품 안에 하나하나 챙겨 넣을 때까지도 추신은 마음을 정하지 못했다.

문밖에서 다급한 목소리가 들렸다. 태후전에서 급보가 왔다고 고하는 소리였다. 올 것이 왔군, 추신은 서둘러 집무실을 나섰다. 황태후가 가으내 식체로 고생한다고 해서 황제도 몇 차례 문안을 다녀왔다. 태후의 토기는 점점 심해졌고 수시로 인사불성에 빠지곤 했다. 태후의 춘추 일흔다섯, 옥의玉衣*를 꺼내놓아야 한다는 이야기가 조심스럽게 나오더니 며칠이 지나도 차도가 없자 옥의를 입혀드려야 한다는 말이 나왔다. 추신은 어전회의를 취소시키고 황제를 모시고 태후전으로 갔다. 태후전 마당엔 상국사 중 수백 명이 열 지어 앉아 향을 사르며 태후의 쾌유를 비는 불경을 외우고 있었다. 침전에서는 황후와 태자비, 궁녀들이 침상을 지키고 황가의 남자들은 태후전 정청에서 대기하고 있었

---

* 옥조각을 이어 만든 수의, 옛 중국에서는 죽기 전에 미리 수의를 입힌다.

다. 태자 옆의 조옥도 눈에 띄었다. 황제에게 절을 마친 다음에
도 태자는 조옥을 인사시키지 않았고 황제 또한 조옥에게 눈길
을 주지 않았다. 어의가 황제에게 태후의 상태에 대해 보고를 하
고 물러나자 황실의 남자들은 불경을 따라 외기 시작했다.

낮게 중얼거리는 거대한 불경 소리에 휩싸인 채 추신의 관심
은 줄곧 소매 안의 편지에 가 있었다. 유가경이 결별이라도 하겠
다고 하면 그 뒤에 벌어질 일을 감당할 수 있을까. 삼일 동안 식
음을 폐하고 밀원에서 버티던 분이다. 지금은 저렇게 침착하게
불경을 읊고 있지만 편지 내용이 안 좋기라도 하면 평정심을 기
대할 수는 없는 일. 추신은 안전한 쪽을 택하기로 했다. 국상이
날 게 확실한 지금 여러모로 피곤할 황제에게 충격을 줄 일은 피
해야 한다. 적어도 초종初終*은 끝난 다음에라야 편지를 전하는
게 마땅하다고 추신은 판단했다. 자신이 먼저 편지를 보는 것 또
한 내키지 않았다. 유가경이 이별을 고하는 걸 알고도 자신이 개
입하지 않을 수 있을까. 밀원으로 달려가 애원을 하든 겁박을 하
든 무슨 수를 써서라도 유가경을 황제 곁에 잡아두려 할 것이다.
그렇게 되면 폐하의 자존심은? 자존심 때문에 저렇게 버티시는
데. 추신은 고개를 가로저었다.

그날 점심이 지나서 태후가 잠깐 정신이 들었다는 소식이 왔
다. 태후가 누워 있는 침소로 걸음을 옮기던 황제가 갑자기 뒤
를 돌아보더니 조옥에게 손짓을 했다. 조옥이 다가가자 황제가

* 죽음을 확인하고 처음 곡을 하는 의식.

말없이 손을 내밀었다. 소년은 당황하는 기색도 없이 황제의 손을 잡았다. 추신은 태자의 입가에 회심의 미소가 번지는 것을 확인하며 황제와 조옥의 뒤를 따라 태후전에 들었다. 침상에 비스듬히 누워 있던 태후는 황제와 자신의 증손자가 손을 잡고 들어오자 가쁜 숨을 내쉬면서도 활짝 웃었다. 태후는 조옥의 손을 꼭 쥐고 이런저런 얘기를 했다. 예상과 달리 태후는 정신이 또렷해 보였다. 태후는 로국공이 보고 싶다고 했다. 죄인이라도 자식이라 어쩔 수 없다고. 그러더니 불현듯, "어쩌면……" 하고 태후가 추신 쪽으로 고개를 돌렸다. 태후는 추신에게 묻고 있었다. 어쩌면 내 아들은 억울한 일을 당한 거야, 그렇지? 추신은 살짝 고개를 끄덕여 보이고 나서 조옥에게로 시선을 돌렸다가 다시 태후를 바라보았다. 태후는 임종을 앞둔 상태에서도 황궁의 여인이었다. 무엇이 더 중요한지, 그 중요한 것을 위해 자신이 어떻게 처신해야 하는지 잘 알고 있었다.

"괜찮다. 믿지 못한 죄만 하겠나. 업보는 내가 다 거둬갈 테니 너는 구애 없이 살아라."

태후는 물기 어린 눈으로 조옥에게 웃어 보였다. 조옥이 태후의 손을 끌어 올려 자신의 볼에 대고 눈을 감았다. 소년의 무람없고 곡진한 행동에 죽어가는 여인의 얼굴이 한순간 환해졌다. 태후가 호흡이 가빠 색색대는 소리를 내며 황제에게 말했다.

"효왕이 옥아를 양자로 삼는다면 황상도 한시름 놓지 않을까 하오."

추신이 생각했던 대로 태후는 로국공의 복권을 부탁하지 않았다. 아들의 억울함보다는 자신의 위신과 친정의 영화가 우선인 여인이니까. 조옥의 거취를 마련해주는 게 태후로서는 최선의 배려였을 것이다. 병약한 맏아들 효왕에게 후사가 없으니 황제의 입장에서도 좋은 제안이었다. 황제가 태후전 여관에게 명했다. 어서 정청으로 가 효왕을 불러오라고.

"황제는 성군이오. 고맙소."

그 말에 황제가 주저앉으며 태후의 옷자락을 잡고 옥루를 떨어뜨렸다.

"마마, 마마. 기운을 차리소서."

효심을 드러내는 이런 행동이야말로 군주가 해야 할 일, 황제는 이런 기회를 놓치지 않았다. 이번에도 만천하가 황제의 효성에 감복할 것이다. 황후도 궁녀들도 따라 울었다. 이런 완벽한 장면이야말로 황실 미담의 본보기가 아닌가. 단 한 명이라도 흠집을 내서는 안 되기에 추신도 손수건을 꺼내 눈물 찍는 시늉을 했다. 로국공은 자신의 어머니가 이제라도 자신의 결백을 알아줘서 기뻐할까? 달라지는 건 없다. 진실이란 가끔 허무할 정도로 무력하니까.

조옥 덕분이었는지 태후의 병세는 차도를 보였다. 밤이 되어 태후전에서 내저 침전으로 돌아왔을 때 추신은 편지를 내놓았다. 황제는 편지를 뜯지 않고 바라만 보다가 한참 후에야 입을 열었다.

"그대는 보았겠지? 보았을 거야. 추신이니까."

"망극하옵게도 소인이 어찌 그런 짓을 하겠나이까."

"그럼 그 낙망한 표정은 다 무어야?"

"그건 소인 또한 초조하기에."

"보았다 해도 그대를 탓하지 않아."

"소인은 단 한 번도 감히 두 분의 편지를 절대……."

말을 멈춘 추신은 지금 이런 오해가 중요한 게 아니란 걸 깨달았다. 황제는 손도 대지 않고 편지를 바라보기만 하더니 보는 것조차 버거운지 시선을 옆으로 돌렸다.

"그대가 갖고 있으라. 국상이 날지도 모르는데…… 짐이 감당할 수 있을까. 그 사태를."

편지는 그렇게 하루 밤낮이 지나도록 추신의 소매 안에 있었다. 태후가 미음을 삼킬 만큼 회복이 되었다는 소식을 듣고 추신은 편지를 다시 꺼내놓았다.

"더 이상 미룰 수 없나이다. 유공이 어떤 말씀을 올리든 일단 들으셔야 합니다."

황제는 편지를 받아들지 않고 뜸을 들이더니 겨우 입을 열었다.

"그대가 읽어다오."

추신은 평상 위로 올라가 황제 앞에 무릎을 꿇고 앉았다. 봉투 접지를 찻물로 적셔 열었다. 황제는 정좌를 하고 처분을 기다리는 죄인 꼴을 하고 있었다. 추신은 숨을 고르고 편지를 읽기 시작했다.

"벌써 두 달이 흘렀, 폐하, 잠시 좀……."

입이 바짝 마른 추신은 찻물로 목을 적셔야 했다.

"벌써 두 달이 흘렀습니다. 저를 아직 잊지 않으셨습니까? 비겁한 유가경은 혹여 폐하께서 오시지 않을까 하루 종일 동문을 바라보았습니다. 혹시 옥이 울리지 않을까 귀를 기울였습니다. 무정하신 분……."

추신은 읽기를 멈췄다.

"읽어라. 한 자도 빼지 말고 읽어."

"무정하신 분. 천하에 몹쓸…… 분. 상종을 해선 안 되는 분. 그날 왜 얼굴은 안 보여준 거지? 당신처럼 고약한 사람이 또 있을까? 하는 짓이 여전히 도깨비야. 야차도 당신보단 나을 거야."

추신은 다시 읽기를 멈췄다. 편지 내용도 내용이려니와 황제의 표정이 민망하기 이를 데 없었다. 바로 눈앞에서 유가경이 퍼붓는 비난을 들은 것처럼 황제는 어깨가 들썩이도록 숨을 몰아쉬었다.

"폐하, 유공은 지금 심신이 미약한 상태입니다. 제정신에 어찌 이런 망극한 소릴 하겠나이까?"

"그래서? 그래서? 어서 뒤를!"

추신은 차마 "당신이 죽었으면 좋겠어. 이 망할 자식아!"라고 갑자기 광초체로 휘갈겨 쓴 부분을 입 밖에 낼 수 없어 건너뛰고 읽기를 계속했다.

"저는 지쳤습니다. 어떤 결정도 내릴 수 없습니다. 생각을 하면 할수록 머릿속이 어질러지고 가슴은 얼었다 녹았다 합니다. 폐하께서 원하시는 대로 하소서. 제 평생을 드리겠나이다. 어차피 제가 당신께 바칠 것은 이 알량한 인생밖에 없어요. 소주든 해남이든 물속이든 지옥이든 그 어디든 기꺼이 따르겠습니다.

아아, 근데 왜 얼굴을 안 보여준 거지? 당신은 왜 그렇게 못됐지? 당신같이 못된 인간을 내가 왜! 내 마음은 또 변할 거야. 그러니 어서 오세요. 어서 오셔서 가져가세요. 이 망설임의 지옥에서, 이 혼돈의 지옥에서 저를 구해주세요. 나의 융, 나의 사랑. 나의 융융.”

황제는 편지를 낚아채 빠르게 눈으로 훑었다. 숨도 쉬지 않고 읽어 내려가는 황제의 두 눈에서는 화살이, 아니 불꽃이, 아니 광휘가 뿜어져 나오더니 급기야 폭죽처럼 환희가 터져 나왔다.

“맞지? 가경이 날 버리지 않겠다는 거지? 그런 거지?”

“그럼요, 그럼요.”

추신의 대답에 황제는 막 고된 일을 끝낸 사람처럼 훅훅 숨을 내쉬었다. 물을 드려야겠다는 생각에 주전자가 있는 다탁으로 몸을 돌리는데 황제가 크크큭 하고 기분 나쁜 웃음을 터뜨렸다.

“그래도 우리 바보가 명은 긴 모양이야. 크크크.”

“지금 무슨 말씀을…….”

“어쩌겠나. 날 더 이상 안 본다고 하면 살려둘 수 없잖아. 그러면 결국 죽여야겠지!”

모진 말과는 달리 눈은 흔들리고 입은 일그러진 채 황제는 손가락으로 자신의 뺨을 잡아 뜯듯이 긁어내렸다.

“한 푼어치도 안 되는 말로 천자를 희롱한 자를 어찌 그냥 둔단 말인가. 내 어찌 어마마마께 얼굴을 들 수 있겠는가. 옥체가 당한 업신여김을 생각하면 그 자식을 열 번 죽인들!”

추신은 용안이 벌겋게 부풀어 오르는데도 말리지 못하고 보고만 있었다.

"그대가 무얼 알겠어, 무얼! 다들 아무것도 모르고 유가경 편만 드는데, 짐이 겪은 고통은 이 세상의 것이 아니야! 그 가벼운 말과 변덕, 유가경이 얼마나 대책 없는 줄 알아? 다들 그 순한 얼굴에 속는 것이다. 모두 유가경만 가엾다 하지만 짐이 받은 수모, 그런 비참함을 그대가 어찌 알겠어. 뼈를 발라낸들 그 고통만 할까. 두 달 동안 짐은 매일 매시 고문을 당하였다. 처음부터 그리 정했다. 떠난다면, 정녕코 떠난다고 하면 절대절대 그냥 안 둬!"

황제는 이를 악물고 씩씩대더니 급기야 주먹으로 평상바닥을 쿵쿵 쳐댔다. 추신은 겨우 입을 다물었다. 처음부터 인륜과는 거리가 먼 사이였다지만 이렇게 괴상할 줄이야. 유가경의 편지도 결론이 좋아서 다행이지 그게 어디 천자께 올릴 글인가. 유래를 찾아볼 수 없는 불경스러움의 극치가 아닌가. 황제는 그동안 억눌렀던 울분과 서러움을 쏟아내자 시원해졌는지 이번엔 속없는 사람처럼, 욕설이 쓰인 부분을 손가락으로 짚으며 낄낄거렸다.

"이것 좀 봐. 나더러 망할 자식이래."

급기야 너무 웃겨 못 견디겠다는 듯 얼굴을 소매에 묻고는 몸을 들썩이며 큭큭대더니 편지를 가슴에 안고 평상 위를 데굴데굴 굴렀다. 연인을 죽이지 않아도 된다는 안도감에서 나오는 발작일까. 이유야 어떻든 마음껏 웃는 용안을 오랜만에 보자 추신은 가슴에 얹힌 맷돌이 사라지는 것 같았다.

"지금이라도 밀원으로 납시지요."

"그래 가자. 어서 가야지. 가경에게도 내가 간다고 알려주고.

어서 상의감에게 가경이 좋아하는 옷들을 내오라고 해. 아니지 일단 목욕부터…… 아냐, 다 관두고 그냥 이대로 가자꾸나."

황제는 서둘러 평상에서 일어나다가 다시 주저앉았다.

"아, 이런, 아니 아니야. 가면 곧 돌아올 수나 있겠어? 짐은 자신이 없구나. 태후전에서 언제 급보가 올지 모르니, 결국 밤까지 기다려야 하나."

"급한 일이 생긴다 해도 반경(한 시간) 정도의 시차일 뿐이옵니다. 염려치 마시고 밀원에 납시어 유공을 위로해주소서. 기별도 못 받은 채 유공께서 기다리십니다. 잠깐이라도 만나주셔야 하지 않겠나이까."

황제는 그래 가자, 하며 일어섰지만 뭔가 걸리는지 고개를 저었다.

"아니다. 몇 시간만 참으면 밤인데, 태후께 그 정도 예는 지켜드려야지. 짐이 비록 부덕한 천자라 해도 너무 엉터리가 되는 건 싫구나. 로국공도 없는데 짐이라도 임종을 지켜야지."

마음 같아선 억지로라도 밀원에 보내고 싶었지만 로국공이 언급되자 추신은 더 이상 권할 수가 없었다.

"참으로 이상하구나. 사람의 마음이란 건. 이젠 정말 다된 거라 홀가분해야 하는데 속이 이상해. 기쁘면서도 뭔가 끔찍하고…… 그렇지, 이러고 있을 때가 아니다. 가경이 기다릴 텐데. 그대가 대신 가다오. 밤에 가겠다고, 내가 밤에 가겠다고 전해. 그리고 또…… 이 말을 전해줘. 그러니까, 그러니까 말이지. 내 마음은, 내 마음은 태양처럼 여전하다고."

자기가 한 말이 쑥스러운지 황제가 입을 실긋하더니 혼자 웃었다. 용안에 꽃이 피어나는 순간, 추신의 가슴은 환희로 벅차올랐다. 어릴 때였다면 정수리에 입을 맞추고 목말을 태우고 함께 빙글빙글 돌았을 것이다.

"그리고 밀원에 내렸던 금언령을 해제하라. 두 달 동안 아무와도 말을 못 했을 테니 가경이 얼마나 답답하겠어. 이젠 다르게 살도록 해주겠다."

"아! 이렇게 망극할 수가!"

해금이 된다고 생각하니 이번엔 걷잡을 수 없이 마음이 조급해졌다. 단숨에 밀원으로 날아가 이 기쁜 소식을 전하고 싶었다.

"잠깐, 이걸 전해다오."

황제는 일어나 옥대에서 옥환을 하나 빼냈다. 선명한 초록빛 경옥으로 만든 옥고리였다.

"가경이 경옥 반지 때문에 태어났다고 하더군. 그러니 그리 아름다울 수밖에."

옥환을 두 손에 올려놓고 바라보는 용안에서는 아까의 그 기괴함은 찾아볼 수 없었다. 후광에 싸인 듯 성스러운 용안이 있을 뿐이었다. 옥환을 받아든 추신은 행여 옥환에서 황제의 온기가 빠져나갈까 손수건으로 곱게 싸서 품에 넣었다. 이 사랑의 증표를 어서 전하자는 생각에 바로 물러나 나가려 하는데 추신, 하고 부르는 소리가 들렸다. 뒤돌아보니 어깨를 축 늘어뜨린 채 도무지 분간할 수 없는 표정으로 황제가 자신을 바라보고 있었다.

"추신……."

"폐하, 말씀하소서."

"추신, 나…… 행복한 거 같아."

"아, 폐하."

이렇게나 짐승 새끼처럼 애처로운 모습이라니! 추신의 가슴 깊은 곳이 기쁨으로 바르르 떨렸다.

"그대, 내가 불러준 노래, 잊지 않았지?"

"어찌 잊겠나이까."

"나 생각해봤어. 그대가 없는 삶."

황제는 통증이라도 느끼는 양 손으로 용포 앞섶을 눌렀다.

"나와 함께하겠다고 말해. 어서. 평생을, 무슨 일이 있어도 내 곁에 머물겠다고. 어서, 어서."

"왜 그런 말씀을, 폐하, 추신은 항상 폐하 곁을 지키겠나이다."

황제는 안심했다는 듯 물기로 깊어진 눈을 하고 웃어 보였다. 뭔가 턱 얹히는 기분에 추신이 폐하! 하며 다가가려 하자 황제가 손사래를 쳤다.

"아냐. 가봐. 어서 가경에게 가."

어실에서 나온 추신은 중귀인들에게 자잘한 지시를 내리고 자신의 집무실로 향했다. 마침 오늘 아침 받아둔 유럼의 편지가 서랍에 있었다. 우선은 오늘 온 거라도 유가경에게 전하고 싶었다. 그동안 막혔던 부자의 정을 조금이라도 빨리 흐르게 하고 싶었다. 동서대로에 들이치는 칼바람이 오히려 시원하게 여겨질 정도로 추신의 등줄기에는 열이 올랐다. 쭉쭉 뻗는 발이 바람을 가르고 포삼자락은 펄럭펄럭 경쾌한 소리를 냈다. 양성 추신의 집무실 대기방엔 늘 그렇듯 관리들과 수령 내관들이 추신을 면담하기 위해 기다리고 있었다. 추신은 그들을 돌려보내라 명하고 서둘러 서랍에서 편지를 꺼내들고 다시 내저 쪽으로 걸음을 옮겼다.

추신이 내저가 있는 복녕전 수화문으로 들어섰을 때 양내관이 주랑의 모퉁이를 돌아 지나갔다. 잠깐이었지만 유난히 총총거리는 걸음으로 보아 분명 양내관이었다. 양내관은 궁궐 축조나 보수를 관장하는 내궁감 소속의 중급 환관이었다. 추신은 검문관에게 무슨 일인지 물었다.

"폐하께서 조금 전에 부르셨다고 합니다."

추신으로선 감이 잡히지 않았다. 한림학사나 친종관 이외 사람을 내저로 부르다니 의외였다.

"양내관이 전에도 든 적 있느냐?"

"두 달 전쯤인가 곽오서 대감과 함께 든 적이 있습니다."

곽오서와 양내관? 꽤나 이상한 조합이었다. 출입 장부에서 본 기억이 없건만 무슨 일이지? 하는 생각이 들었지만 추신은 몸을 돌렸다. 나중에 불러 물어보면 될 일. 밀원 사람들에게 기쁜 소식을 전하는 게 우선이었다. 추신은 품속의 옥환을 더듬어보았다. 천을 통해 전해지는 그 매끈한 감촉, 옥환을 유가경의 옥대에 끼워줄 생각만으로도 추신은 가슴이 벅차올랐다. 갑자기 거미줄 같은 것이 얼굴에 엉겨 붙는 것 같아 추신은 손으로 얼굴을 문질렀다. 그래도 가셔지지 않아 재차 뺨을 쓸어내렸다. 너무 들떠서 그런지 가슴이 불안하게 부유하는 기분. 뭐지, 하다가 불쑥 양내관과 곽오서가 왜? 하는 생각이 들었다. 생각해보니 곽오서 자체가 오랜만이었다. 곽오서의 친가에 우환이 생겼다는 이야기를 전해 듣긴 했다. 그래서인지 곽오서는 숙왕이 태자가 되었는데도 의외로 얌전하게 지냈다. 추신의 생각은 자연스레 양내관으로 옮겨갔다. 뚱뚱한 장내관이 양내관에 대해 몇 번인가 칭찬했던 게 기억났다. 둘 다 소주 출신으로 동향이었다. 누구였더라. 폐하께서 소주에 대해 물으셨다고. 그래, 그 애였지. 수라 시중을 드는 내관, 어선방에는 강남 출신이 많으니까. 유가경과 만나지 못하니 소주 얘기라도 듣고 싶었던 걸까. 사랑이란 참으로 대단하다는 생각이 들었다.

주랑의 기둥 사이로 비쳐든 초겨울 햇살에 눈이 부셔 추신은 눈을 감았다 떴다. 그 깜짝하는 사이 방금 전 황제의 표정이 떠올랐다. 그대가 없는 삶을 생각해봤어. 내가 불러준 노래 잊지 않았지? 복잡한 얼굴로 자신을 보던 황제, 그 알 수 없는 표정이 떠올랐다. 새삼스레 왜 그런 말씀을, 하는데 갑자기 심장이 둔탁하게 흉벽을 쳤다. 한 번, 또 한 번. 추신의 발이 걸음을 멈췄다. 모든 소리가 사라지고 귀에서 삐이, 하는 이명이 났다. 소주든 해남이든 물속이든 지옥이든 그 어디든 기꺼이 따르겠습니다…… 폐하가 제정신 같아 보이십니까? 어찌 말리지 않으십니까? 답답해하며 토로하던 유가경의 그 표정. 뒤에서 뭔가 덮치는 기분에 추신은 휙 몸을 돌렸다.

"양위 아니겠습니까?"

참지정사 이사명이 찻잔을 내려놓으며 말했다. 그러더니 문하성 자신의 집무실이 낯선 곳인 양 둘러봤다. 추신의 눈에서 튀고 있는 불의 파편을 피하려는 본능에서 나온 행동이었다.

"작년 말부터였습니다. 좌장고에서 빠져나간 액수로 보건대 단지 며칠 머무시려고 짓는 규모가 아니었습니다. 장기간 머무실 궁궐을 짓는 연유가 무엇이겠습니까? 내탕금을 써가며 궁을 지어 누군가에게 하사하실 분도 아니고. 전 양위밖에 떠오르지 않습니다만."

사서에나 적혀 있는 말 양위, 양위라니! 지축을 흔들고도 남을 말을 이사명은 스스럼없이 두 번이나 내뱉었다. 이사명은 황상의 양위를 실제로 가능한 일처럼 말하고 있었다. 추신은 눈을 감고 깊게 숨을 들이마셨다. 제발 꿈이길, 하고 바랐지만 이건 꿈도 아니고 질 나쁜 장난도 아니었다. 이사명의 목소리는 차분했다. 추신을 바라보는 눈빛 또한 담담했다. 폐하께서 내상께 정말 어떤 언질도 안 하셨냐, 정말 눈치를 못 챘느냐, 어쩌다 이토록 황제의 신임을 잃었냐, 행여 그런 기색을 보여 추신을 자극할까봐 이사명은 조심하고 있었다. 그 조심스러운 태도가 신경을 건드렸지만 추신은 냉정해지려 안간힘을 썼다.

"경께선 이미 마음을 돌리셨군요. 생각해보니 작년 겨울에, 벌써 그때 소주 이야기를 하셨지요. 절 떠보신 거였습니다."

그때 자신은 황족들에게 진주나 얻고 다녔다. 영왕이 태자가 되었다 착각을 하고, 따뜻한 날씨에 들떠서, 붉은 꽃에 홀려서.

추신은 어금니를 꽉 물었다.

"내상, 확실한 건 아무것도 없습니다. 저 또한 곽오서에게 들은 바가 없어요. 오서도 폐하께 다짐받았을 텐데 저한테 발설을 하겠습니까? 태자께서도 전혀 모르시는 일이고요. 그저 돌아가는 모양을 보며 저 혼자 짐작했을 뿐입니다."

"짐작이 아니라 계산을 하신 거겠죠. 폐하께서 조정 일을 일일이 챙기시니 재상의 권한이 적다고 불만이 많지 않았습니까. 곽오서가 왜 대붕 운운하며 숙왕을 추켜세웠는지 이제야 연유를 알겠습니다. 다들 뭘 모르는 허수아비 천자가 필요했던 거군요!"

추신은 자리에서 벌떡 일어났다. 뒷목이 꽉 쥐어 터질 것만 같았다. 추신은 기를 썼다. 여기서 흐트러지면 자신의 폭주를 감당할 수 없을 것만 같았다.

"이런, 이런, 내상. 나의 벗님. 이러지 맙시다. 아무것도 확실하지 않아요. 오서가 보름 후 소주에서 돌아옵니다. 그때 논의를 해도 늦지 않습니다. 당장 무슨 일이 일어나는 것도 아니고."

삼십 년 지기는 대놓고 멍청한 척을 하고 있었다. 환관으로 사십 년을 살았으니 배덕한 인간 군상을 지긋지긋하게 많이 봐왔다. 그렇다 해도 이사명의 입에서 이리도 얄팍한 말이 나올 줄은 몰랐다. 자신의 눈에서 차가운 경멸을 읽었는지 이사명이 윗입술을 오므려 말아 넣었다. 사명이 슬플 때 짓는 특유의 표정이었다. 추신은 자리에 앉았다.

"야심 없이 사시란 말씀을 드리는 게 아닙니다. 당파 이익 내던지란 소리도 아닙니다. 우리가 아무리 모사를 꾸미고 농간질을 해왔어도 결국은 대의를 위해서였습니다."

추신은 자신의 입에서 나온 대의라는 말이 얼마나 부질없는지 이사명의 표정을 보고 깨달았다.

"내상. 우리 사대부 관료는 홀몸이 아니잖습니까."

"그러니까 좀 더 멀리 보셔야지요."

"저도 멀리 보자고 드리는 말씀이에요. 아이들도 있고 문하도 있습니다. 지켜야 할 신줏단지도 있고 고향 땅도 있습니다. 네 맞아요. 챙겨야지요. 내상. 나쁘게만 보지 마세요. 태자의 춘추도 어리지만은 않으니 보위를 받는다고 어찌 되는 일도 아니잖습니까? 내상도 부정하지는 않으시겠죠? 태자께선 지금은 겨우 묘목이지만 거목이 되실 분입니다. 태산이 되실 분이에요. 국운을 바꿀 순정한 기운이 있는 분이세요. 그래서입니다. 나 하나 살다 죽으면 끝인 세상이 아니니까요. 저의 대의는 거기에 있습니다. 우리 모두의 영속적인 삶. 그래서 군대 문제를 과감하게 해결하실 분이 필요해요. 이 나라도 드디어 그럴 때가 온 겁니다. 내상께서도 잘 아시고 바라던 일입니다. 화평연간에 국고는 채워졌습니다. 거기까지입니다. 지금의 황상께선 그 이상은 하실 수가 없어요. 해결할 의지를 보이기보단 겁부터 내시지 않습니까. 조씨 황실 선대부터 내려온 고질병입니다. 황제가 병권을 독점해놓고 정작 무관을 다루는 법을 몰라요. 폐하께서도 다르지 않고요. 솔직히 말해 폐하께서는 담이 작으시지 않습니까."

"그분이 얼마나 애를 쓰셨는지 알면서 어찌 그런 말씀을 하십니까. 제 몫 챙기느라 당파싸움으로 대의를 내팽개치고 국력을 낭비하는 건 사대부 관료들이 아닙니까?"

"내상, 사랑하는 나의 벗님. 지금 그대의 심정, 다 이해합니다."

이사명의 눈빛은 애틋했다. 애틋하고 너그러웠다. 그러나 추신은 오랜 지기의 눈빛에서 다른 것도 읽어냈다. 환관이 술수에 능해봤자 정치가 무엇인지 뼛속부터 알고 태어나는 명문가 출신 사대부에게는 어림없다는 우월감. 이사명은 결국 일이 다 진행되고 나서야, 그것도 쳐들어와 다그치니 겨우 입을 열었다. 당황한 척했지만 이 또한 예상하고 있었을 것이다. 이젠 숨길 필요도 없이 대세가 기울어졌다 판단한 것이다.

"벗, 나의 벗, 경애하는 나의 벗님. 자신을 속이지 마세요. 황제의 연치가 마흔도 안 되었습니다. 이런 말도 안 되는 상황에 엉뚱한 명분일랑 내세우지 마세요. 적어도 제 앞에서만큼은 궤변일랑 거두세요. 참지정사 말씀대로 전 그대의 오래된 벗이니까요. 누구보다 경을 잘 알고 있으니까요."

"그래요. 내상. 저를 잘 아시죠. 여우지요. 게다가 승냥이 떼의 두목입니다. 저희는 물론 몫을 원합니다. 오서가 입태자에서 세운 공이 있으니 신당이 구당보다는 앞날이 밝겠죠. 하지만 내상, 누가 내상을 넘보겠습니까. 내상은 명차를 만드는 거대한 정鼎입니다. 대송에는 내상이 필요합니다. 나의 벗님, 눈을 뜨세요. 시대가 바뀌고 있어요. 여전히 우리가 할 일이 많습니다. 어쩌면 우리 평생에 가장 중요한 시기가 다가오고 있어요."

아아, 이사명은 재상 자리만으로는 성이 안 차는 걸까. 나라의 상태를 누구보다 잘 아는 이사명이 대의를 내세우며 감히 나를 회유하려 들다니. 아, 폐하! 추신은 눈을 감았다. 온 세상 빛이 다 꺼지는 기분이었다. 다들 제정신이 아니다. 추신은 자신이 가장 이상했다. 이상한 낌새가 한둘이 아니었을 텐데 그 긴 시간이 지경이 되도록 눈치도 못 채고 뭘 했단 말인가. 아니다. 지금은 자책 따위나 하고 있을 때가 아니다. 자신이 둔 패착을 빨리 수습하는 게 급선무였다. 어서 내저로 가 황제의 마음을 돌리면 되는 일, 해결해야 한다는 결기가 솟자 추신은 마음이 추슬러졌다. 추신은 등을 곧게 펴고 눈을 떴다.

"가봐야겠습니다. 갑자기 들이닥쳐 놀라게 해드렸습니다. 무례를 용서하세요."

습관대로 이사명의 손을 살짝 잡았다 놓고 자리에서 일어나는데 이사명이 재빨리 추신을 도로 앉혔다. 그 결에 이사명의 손톱이 추신의 손등을 찔렀다. 손을 부여잡고 이사명이 간곡히 말했다.

"내상, 보세요. 내상의 대의는 폐하를 향해 있을 뿐입니다. 그분을 향한 충정, 성군이 되셔야 한다는 일념. 하지만 그분이 아니면 안 되는 세상은 없답니다. 나의 벗님, 폐하께선 이곳에서 마음이 뜨신 겁니다. 잠시 한눈파는 수준이 아니세요. 그 꼼꼼하신 분이 얼마나 철저하게 준비를 해왔나 한번 보세요. 잠깐 저러다 말 일이 아니란 말입니다. 내상, 선황제께서도 처음 십 년 치세는 훌륭하셨어요. 오덕을 갖췄다 칭송받을 만큼요. 점점 게을러지고 권태를 느끼고 향락으로 도피하셨지요. 그리되신 연유가 무얼까요? 용의란 무서운 겁니다. 거기 앉으면 거기 앉은 죄로 매일매일 천하를 책임져야 한다는 긴장에 시달립니다. 멀쩡해 보여도 속이 삭아요. 한순간에 부서지는 거지요. 옆에서 보았으니 그 압박감을 잘 아시지 않습니까. 저도 내상께 묻겠습니다. 왜 폐하께 먼저 여쭙지 못하고 저에게 오셨습니까. 왜 폐하께서는 내상께 속마음을 털어놓지 못한 걸까요? 놔드려야 합니다. 내상. 나의 벗님. 이 건 대송의 기회이지 위기가 아닙니다."

추신은 손을 펴보았다. 손바닥엔 이사명이 쥐여준 청심환 한 알. 추신이 손바닥을 펼친 채 낭하에 한참 서 있자, 시립侍立하고 있던 내관이 걱정스러운 눈으로 쳐다보았다. 이사명의 말이 맞는 거라면? 어린 손에 붓을 쥐여준 그날부터 오늘까지 황제는 줄곧 성실했다. 추신은 당연한 거라고 생각해왔다. 황제라면 매일매일의 긴장과 그 압박감을 당연하게 받아들여야 한다고. 추신은 청심환을 입에 넣었다. 우황과 울금의 쓰고 화한 맛이 입안을 가득 채웠다. 차마 나에게 말씀 못 하실 만큼 그 자리가 괴로우셨던 걸까? 분노가 사그라지자 막막함이 찾아왔다. 어실로 가는 문 앞에 한참을 서 있다가 추신은 그곳을 그냥 지나쳤다. 이 혼란스러운 머리로는 자신이 없었다. 어쩌면 겁이 났는지도 모르겠다. 감정이 앞선 상태로 황제를 대면할 수는 없었다. 어떤 독한 행동이 나올지 스스로를 믿을 수가 없었다. 전에도 옥체를 상하게 하지 않았나. 밀원에 다녀오는 동안만이라도 생각할 시간을 갖자고 추신은 자신부터 달래야 했다. 청심환이 약효를 발휘하는지 피가 느리게 돌고 뒷골이 시원해지는 게 느껴졌다.

추신은 뒤쪽 부속실로 들어갔다. 벽 한 면을 차지하고 있는 격자무늬 대리석 앞에 섰다. 잠시 후 격자무늬가 분해되듯 양옆으로 벌어지면서 문이 열리고 숨은 공간이 나타났다. 추신이 들어서자 번을 서고 있던 내관들이 또 다른 문 하나를 열었다. 추신은 그 문 아래로 연결된 계단을 내려갔다. 널찍한 장방형 지하 마당 중앙에는 황제의 수레가 있고 그 주위에 내관과 금위군 십여 명이 번을 서고 있었다.

"직접 가시옵니까?"

"그래."

"말을 준비하겠습니다."

"걷고 싶다. 혼자 가겠다."

도르래가 움직이자 미끄러지듯 거대한 철문이 열렸다. 삼 리가 넘는 긴 통로였다. 백 보 간격으로 횃불이 타고 있었지만 통로 안은 어두컴컴했다. 횃불을 받아들고 통로로 들어서자 습한 공기가 온몸으로 스며들었다. 어두운 곳을 걷고 있자니 잠들기 전처럼 추신의 심장은 잔잔해졌다. 횃불이 만든 둥근 빛의 공간에 감싸여서인지 슬픔마저 감미로웠다.

"추신……"

옆에서 속삭이는 그분의 목소리가 들렸다.

추신, 나 행복한 거 같아…… 그동안 행복하지 않았던 걸까. 홀로 속앓이했을 황제를 생각하니 가슴이 아파왔다. 그분의 마음, 그 어떤 대의보다 소중한 그 마음, 추신은 황제의 마음을 헤아리지 못한 자신이 미워졌다. 그동안 도대체 무엇을 한 건가.

그대가 가는 곳이 아무리 멀어도, 그대가 가는 곳이 아무리 험해도, 그대의 곁이라면, 그대가 곁에 있으면 나는 행복해…… 그대, 내가 불러준 노래, 잊지 않았지? 내게 그런 노래까지 불러주셨는데 나는 그분의 고단함을 알지 못했다. 아비라고, 나를 아비라고 하셨는데, 울타리가 되어달라고 하셨는데…… 가슴 한쪽이 아려왔다. 아린 가운데에서 작은 기쁨의 샘이 솟아 상처를 핥아주었다.

내 아들, 나의 벽왕, 아름다운 나의 벽옥.

나의 사슴, 큰 뿔을 가진 멋진 기린아.

나의 군주, 나의 빛, 나의 북극성.

나의 어린아이. 작은 손으로 붓을 쥐고 내 이름을 써주셨는데.

안아달라 떼를 쓰고, 함께 연을 날리자고 손을 잡아끌고.

나의 소년, 나의 청춘, 아름다운 나의 젊은 날.

나의 전부, 전부. 나의 모든 것.

힘들었던 거야. 지겨웠던 거야. 너무 피로하신 거야. 그래 그분은 하실 만큼 하신 거야. 원하시는 대로 해드려야지. 소주로 가서 그분이 행복하다면 그걸로 된 거지. 소주에서 아주 사는 것도 아니고 동경에 왔다 갔다 하면서, 태상황이 되어도 국사에 완전히 손을 떼는 것도 아니니…… 무척 즐거울 거야. 유공을 바라보는 그분의 시선, 사랑스러운 눈빛, 유가경 그 봄사내가 주는 행복의 기운, 두 분의 웃음소리. 곁에서 돌봐드려야지. 끝까지 지켜드려야지. 그래, 꽃 시절이 시작되는 거야. 격류라곤 없는 편안한 강물에 몸을 맡기고, 추위도 시름도 없는 그곳에서. 소주는 강남의 강남이라고 하니 세상에 그런 곳은 또 없겠지, 없을 거야, 없으리라. 그러나 아무리 행복한 장면을 생각해봐도 발목에서 김이 빠진 듯 걸음이 자꾸 처졌다. 추신은 웃으려 입꼬리를 올려보았다. 기억의 서랍을 뒤져 즐거웠던 일을 하나라도 더 떠올려보고 싶었다. 어린 벽왕의 작은 손과 재잘대던 목소리를 기억해내고 싶었다. 함께 당시唐詩를 외고, 함께 사서를 읽던 그 목소리, 그 또랑또랑했던 맑은 성대. 벽왕의 목소리가 귓가에 떠오르자 추신은 비로소 안심이 됐다.

그대가 가는 곳이 아무리 멀어도, 그대가 가는 곳이 아무리 험해도, 그대가 함께라면 나는, 그대가 가는 곳이라면 기꺼이…… 깊은 물속이라도, 높은 구름 속이라도, 바위산, 뙤약볕, 험한 바닷길, 북풍의 황야 등자가 되어 도꼬마리처럼…… 술지게미를…… 빗물을 나눠 마셔도…… 기꺼이…… 기꺼이 간다고 하시더니, 하시더니!

추신의 발걸음이 멈췄다.

그 노래로 나를 홀려서, 아비라는 말을 미끼 삼아 내 속속들이 다 꿰고 앉아서, 눈을 흐려놓고 판단을 흐려놓고, 신료들을 구워삶고, 눈물을 훔쳐내고. 끝까지, 끝까지 함께하자더니! 숙왕만이 가진 웅혼한 인덕? 이 시대가 그걸 필요로 한다고? 아니다. 아니야. 숙왕을 태자로 삼은 것은 오직 그 나이 때문이야! 하루라도 빨리 넘겨버리고 소주로 가고 싶었겠지!

"잘 알아. 그 계산속. 하하하 하하하. 준비도 안 된 젊은 애한테 황제 자리를 넘기고 도망을 치겠다? 양위, 양위라니!"

로국공은 그 추운 날 아이들을 데리고 배를 탔다. 아이들은 영문도 모르고 신이 나서 갑판 위를 뛰어다녔다. 어찌 내가 틀릴 수가 있단 말인가! 조옥, 조옥의 그 얼굴. 그것이 어찌 어린애의 얼굴일 수가 있단 말인가. 아이가 조숙해지는 데는 가족의 비극이 있기 마련이다. 그 비극을 내가 이 손으로, 바로 이 손으로 저질렀다. 내 어찌 사람을 잘못 볼 수 있단 말인가. 사심 없는 내가. 오직 천하만을 걱정하는 내가. 내 어찌 틀릴 수가 있단 말인가!

"그런데 양위를 하겠다고? 이런 괘씸한!"

그 자리, 그 아름다운 용의는 원래 당신 것도 아니었단 말이다. 어디서, 어디서 감히, 무책임하게 양위라니! 정 안되겠다 싶으면 그때 내가 끌어내려주마. 네 맘대로 어딜 가! 이제야 모든 것이 겨우 자리를 잡는데 도망을 가겠다고? 도리? 군주는 큰 도리를 이루기 위해 몸부림쳐야 한다고? 그래놓고 소주로 도망을 가겠다니. 이런 괘씸한 것! 화북은 비황이 들어 아직도 난리인데. 황제란 자가 남쪽으로 도망가 꽃 타령이나 하겠다고? 당신이 있을 곳은 여기다. 여기 이곳! 언제 유린당할지 모르는 이곳, 연운이 뚫린 이곳, 화북평원! 대문이 활짝 열린 중원을 버려두고 어딜 가!

연운을 해결하란 말이다!

당신이 그리 싫어하던 당신 아비와 뭐가 달라. 인자한 척 군자인 척, 풍류군주입네 하며 온갖 사치나 부리고 탐욕스레 긁어모은 서화골동에 수백 명의 첩, 쓸데없이 황족만 불러놓고, 좋은 시절 누리다가 국고는 텅텅 비워놓고 곳곳에 문제만 처덕처덕 쌓아놓고 죽은 당신 아비와 뭐가 달라. 눈물로 신료들을 쥐어짜내던 당신 아비랑 뭐가 달라! 천하를 책임지는 압박감이라니. 하, 언어도단도 유분수지. 대대손손 너희 황족이 누리는 호사를 생각해보라. 겨우 한 명이 일해서 그 일족 수천이 먹고사는 주제들에 어디서 감히, 감히 피곤하다 응석을 부리느냐 말이다.

"이것을, 이것을 내 결단코!"

추신은 횃불을 내던졌다. 기름먹은 솜이 바닥에 떨어져 순식간에 확 타오르며 벽에 거대한 그림자가 일렁였다. 옥환. 어느새 꺼내 집어든 그것을 추신은 노려보았다.

"태양처럼 여전해? 웃기는군."

딱! 포석 위로 내동댕이쳐진 경옥 조각이 사방으로 튀었다. 추신은 부글거리는 속을 가다듬기 위해 크게 숨을 들이켰다. 한 번 두 번 세 번. 폐를 활짝 열어 습한 흙내와 기름 타는 냄새를 삼켰다. 독한 그을음이 추신의 혈관을 돌며 분노와 결의와 투지를 실어 날랐다. 추신은 등을 펴고 옷매무새를 바로했다. 환관모 끈을 바짝 조였다. 지직거리던 잔불이 꺼지자 추신은 몸을 돌려 궁을 향해 걸음을 내디뎠다.

옥결 玉玦

주인의 한숨과 눈물이 곳곳에 스며들기라도 한 듯 유가경의 침소는 애수에 젖어 있었다. 유가경은 언뜻 봐도 상사로 시름하는 도련님답게 헝클어진 모양새로 항 위에 누워 있었다. 인기척을 내자 들어온 이가 추신이란 걸 알아챈 유가경이 허겁지겁 몸을 일으켰다.

"그간 안녕하셨습니까?"

안녕할 리가 없는 청년에게 추신은 그런 인사를 건넸다. 그제야 항에서 내려온 유가경이 포삼자락을 끌며 추신에게 다가왔다. 한눈에도 야위어 보이는 것이 걸음에 힘이 없었다. 내려 묶은 머리와 수염 자국 때문인지 유가경의 얼굴은 청순하고 금욕적으로 보이기까지 했다. 인사를 할 줄 알았는데 유가경은 거의 붙다시피 바짝 다가와 추신의 입을 뚫어져라 바라보았다. 크게 벌어진 눈은 잠을 못 자 생긴 안광으로 반짝였다. 유가경이 손을 들어 손가락으로 추신의 입술을 문질렀다.

"진짜네. 아아, 내상의 목소리를 다시 듣게 되다니."

유가경은 숨을 몇 번 몰아쉬고는 얼굴 가득 환한 미소를 지었다.

"다 끝난 거지요? 이제 우리, 말을 해도 되는 건가요? 하하하."

추신은 서둘러 비단주머니를 꺼냈다.

"폐하께서 내리셨습니다. 무릎을 꿇고 받으세요."

유가경은 신이 나서 쿵 소리가 나도록 반무릎을 꿇고는 두 손으로 비단주머니를 받았다. 기쁨을 주체하지 못하며 주머니에 고개 숙여 절을 하고는 그대로 주저앉아 한참을 바라보다가 코에 대고 숨을 들이마셨다.

"아! 어향이 납니다."

유가경은 벅차오르는 숨을 가다듬느라 미간을 찌푸리며 추신을 향해 웃었다. 벌어진 옷깃 사이로 설렘에 들썩이는 쇄골이 보였다. 추신의 머릿속에 하나의 단어가 떠올랐다. 지옥. 지옥이란 이런 것이리라. 유가경은 주머니를 열어 꺼낸 것을 제대로 보려고 창문 쪽으로 몸을 틀었다. 푸른 벽옥에 용 문양이 새겨진 황제의 장신구. 옥환과는 달리 원이 되지 못한 모양. 믿을 수 없는지 유가경은 손끝으로 이가 빠진 곳을 확인했다.

"편지는, 편지는 없습니까?"

다급하게 묻는 유가경에게 추신은 천천히 고개를 저었다.

"유공께선 이곳을 떠나셔야 합니다."

"떠나요? 왜? 떠나면 폐하는 언제 뵙나요?"

"황제께서 내리시는 옥결이 무엇을 뜻하는지 아시지 않습니까? 결별을 명하셨습니다."

"결별이라고요?"

유가경은 푸하하 웃음을 터뜨렸다.

"이거야 원, 제가 애를 태웠다고 앙갚음을 하시려고. 하하하. 이렇게 예쁜 것을 보내면서 결별이라니. 그분 속이 뻔히 보이는데요. 하하하. 그래, 그 얄미운 분은 언제 오신답니까? 이렇게 뜸을 들이는 걸 보니 제가 잘못을 하긴 했나 봅니다."

유가경은 처음 봤을 때 보여준 그 눈부신 미소, 집영전 한구석을 환하게 만들던 그 미소로 추신의 동의를 구했다. 자신의 관자놀이 맥이 팔딱거리는 것을 느끼며 추신이 죄 많은 입을 열었다.

"서두르십시오. 저는 유공께서 목숨을 보전하시길 바랍니다."

"목숨?"

"이러고 계실 시간이 없습니다. 제가 드리는 말씀은 장난도 농담도 아닙니다."

"하하하. 그 고약하신 분이 저를 죽이기라도 하신답니까? 아아, 따듯합니다. 내상의 품에서 나온 것이라 그런지 아직도 온기가……."

식어가는 온기를 놓치지 않으려 옥결을 뺨에 대며 유가경은 웃었다.

"유감스럽게도 댁으로는 못 가십니다. 폐하께선 심기가 몹시 불편하십니다. 진노가 가라앉을 때까지 당분간 먼 곳에 가 계셔야 합니다. 옥결을 보내시고 며칠 후에 자결을 명하신 적도 있습니다."

"참 나, 성질머리하곤."

유가경은 골이 난 얼굴이 되어선 가까운 기둥으로 가 피곤한 듯 머리를 기댔다.

"그동안 망극하옵게도 폐하께 많은 굴욕을 주시지 않으셨습니까."

어서 차비를 서두르라 재촉하려는데 유가경이 손가락으로 기둥에 무언가를 그려댔다. 융攝. 융, 융, 융…… 그렇게 써대면 마치 그 사람이 나타나기라도 할 것처럼 유가경은 계속 융자를 썼다.

"그랬죠. 그랬습니다. 너무 미워서. 그렇다 해도 크게 문제 삼지 않으실 겁니다. 제가 더한 짓을 해도 다 용서해주시곤 했거든요. 저도 그러니까요. 아무리 미워도 시간이 지나면 아무것도 아니게 돼요. 그러니 전 이곳에서 계속 기다리겠습니다. 폐하께서 마음을 돌리실 때까지."

"천자가 인연을 맺고 끊는 법은 범부와 다릅니다. 총애하던 이라도 기분을 상하게 하면 그 앞날을 보장하지 못합니다. 당분간만 숨어 계세요. 나중에라도 폐하께서 마음이 바뀌시면, 어쩌면 다시 유공을 찾으실 수도 있습니다. 허나 기약할 수 없는 일. 폐하의 마음이 어디로 기울어질지 모르니 일단 몸을 피하셔야 합니다."

정색을 하고 한 말이건만 유가경은 재미있다는 듯 뱅글뱅글 웃으며 말을 받았다.

"죽지요. 죽이신다면 죽어드려야지. 별수 있나. 하하하."

시원하게 웃어젖혔지만 그 웃음엔 이미 체념의 기미가 섞여 있었다. 역시나 곧 짜증을 내더니 주먹으로 기둥을 세게 쳤다.

"내상, 솔직히 말씀해주세요. 그분 마음이 누군가, 다른 이에 게 옮겨가신 거지요? 그러니 저는 이제 필요 없다고."

이런 식의 오해를 유도하고 싶지는 않았지만 단념시키기에는 좋은 방법이라고 추신은 생각했다. 추신은 대답하는 대신 유가 경의 시선을 피했다. 유가경은 의심을 확신으로 굳히고는 알만 하다는 듯 코웃음을 쳤다.

"하, 드디어 진심으로 연모해줄 지아비를 찾으신 건가요? 아 니면 저 대신 밀원에 가둘 멍청이가 나타나기라도 한 건가요? 유가경은 완전히 길들어 이제 재미가 다했다, 그런 건가요?"

유가경은 분한지 흘러내린 머리를 신경질적으로 쓸어 넘겼 다. 화가 나서 하는 행동이었지만 긴 손가락으로 율동감 있게 쓸 어 올리는 머리칼은 더없이 칠칠했다. 그때마다 드러나는 얼굴 윤곽이 위험할 정도로 아름다워 추신은 문득 이 젊은이가 두려 워졌다.

"뭐 아무래도 상관없습니다. 누굴 총애하시든, 누굴 취하시든 천자님 마음이니. 그런 건 처음부터 중요하지 않았으니까. 좋아 요, 좋습니다. 그래도 마지막인데 직접 만나서 이별의 정을 나눠 야 하지 않겠습니까? 사람을 시켜 이별을 고하다니 너무하는 거 아닙니까. 가서 전해주세요. 정정당당히 마주 보고 헤어지겠노 라고, 납실 때까지 유가경이 여기서 기다리겠노라고."

"유공께서 선택할 수 있는 문제가 아닙니다. 이런 식으로 고집을 부리시면 폐하의 노여움이 가족에게까지 번질 수 있다는 걸 왜 모르십니까."

유가경은 추신에게 뭐라 항변을 하려다 말고 한숨을 흑 내쉬고는 손에 쥐고 있던 옥결을 항 위 보료에 획 던졌다. 그러고는 허술하게 맨 비단끈을 잡아당겨 입에 물고는 머리를 바짝 묶기 위해 재게 손을 놀렸다.

"집에도 못 간다니, 그럼 대체 어디로 가라고. 좋은 계절 다 두고 하필 입동에 떠나라니 무슨 인심이 이렇답니까. 허 참, 이게 뭐람. 그럼 저 소주로 가겠습니다."

"소주도 안 됩니다. 폐하께서 찾아내실 테니까요. 강남은 위험하니 북쪽으로 가소서. 유공을 아는 사람이 없는 곳으로."

"아는 사람이 없는 곳?"

머리칼을 뒤로 묶던 손이 멈췄다. 추신은 되묻는 청년의 시선을 피하지 않고 똑바로 쳐다보며 한껏 자애로운 음성으로 말을 이어나갔다.

"아름다운 곳으로 모시겠습니다. 풍광 수려한 곳으로 모실 터이니, 제가 권해드리는 대로 하시면 됩니다. 호위 무관이 지켜드릴 겁니다. 용자도 넉넉히 마련했습니다. 시중들던 내관들도 따라가니 유람한다 생각하시고 편한 마음으로 지내시다 보면, 폐하의 심기도 차츰 가라앉으실 테고. 저를 믿고 조금만 참아주시면……."

"어이쿠 이런, 내상을 믿으라니. 저를 속이셨던 분을, 그렇게 철저히 절 외면하셨던 분을요? 하하. 이번에도 함정을 파십니까? 이번에는 목숨이 미끼인가요?"

유가경은 눈을 가늘게 뜨고 장난스럽게 웃었다. 지옥, 그 말이
또 한 번 추신의 가슴을 할퀴었다. 그러나 지옥에서도 할 일은
해야 한다. 추신은 일부러 잠시 뜸을 들이고는 마치 눈물이라도
삼키는 사람처럼 먹먹한 목소리로 대답했다.

"그 벌, 반드시 받겠습니다. 그 일에 대해서는 정말이지 면목이
없습니다. 하지만 이번에는, 이번만큼은 저를 믿으셔도 됩니다."

"내상!"

유가경이 다가와 추신의 손을 잡았다. 추신이 움찔할 만큼 유
가경의 손은 몹시도 차가웠다. 그러나 물기 어린 유가경의 눈망
울에선 태어날 때부터 그 사람 것일 수밖에 없는 선량하고 따듯
한 기운이 흘러넘쳤다.

"믿습니다. 내상을 믿어요. 그때 제 복두를 만져주셨잖아요.
그 다정한 손길을 어찌 잊겠습니까. 아버님도 자주 제 복두를 바
로잡아주시곤 하셨어요. 내상은 사실…… 좋은 분이세요."

벌레에게 쏘인 듯 뺨이 따가웠고 그래서 뭔가를 면해보고자
추신은 필사적이 되었다.

"잠시 동안입니다. 잠시만 몸을 숨기시면 반드시, 제가 좋은
쪽으로 해결을 하겠습니다. 최선을 다할 것입니다. 그러니 저를
믿고 마음 편히……."

"또 최선을 다한다고 하시네."

손을 놓으며 유가경이 힘없이 웃었다.

"그러죠. 그러겠습니다. 폐하께서 노여움을 푸시면 그때 개봉

으로 오든 소주로 돌아가든."

상대가 완전히 체념한 모습을 보이자 추신의 가슴을 육중하게 내리누르던 것은 어느새 조바심으로 바뀌었다. 벌써 해가 저물고 있었다.

"서둘러주세요. 지체할 시간이 없습니다."

"하, 정말 이상한 사람. 변덕, 이게 다 무슨 변덕이야. 아시겠어요? 제가 그동안 얼마나 힘들었는지."

유가경은 추신의 소맷부리를 낚아채 훅 끌어당기고는 더듬듯 추신의 눈을 바라보았다. 추신은 덫에 걸린 듯 꼼짝없이 유가경의 눈을 응시해야만 했다. 그 크고 검은 눈동자는 이상할 정도로 텅 비어 있었다. 자칫하다간 그곳으로 빨려 들어갈 것 같아 추신은 뒤로 발을 뺐다. 그러나 그 눈동자는 곧 짜증의 빛으로 탁해졌다.

"역겨운 인간! 머리에 꽃을 만발하고 오질 않나, 분을 바르질 않나. 그 지독한 최음향이라니, 하! 내상께서는 그 꼴을 말리시지도 않으셨습니까? 다들 온통 미친 겁니까? 미친 거지. 미친 거야. 모두 그 놀음에 놀아나느라. 하하하."

섬뜩한 예감에 추신은 소매를 잡아 빼려 했지만 유가경은 더욱 세게 쥐며 추신을 놔주지 않았다.

"결국 호랑이 가죽을 뒤집어쓰고 달아나지. 여인인 척 내숭을 떨더니. 그래봐야 본색은 이기적인 맹수*일 뿐. 그것이 천자라

---

*『태평광기』에 나오는 "신도징과 호랑이 부인"이야기.

고. 하하하. 이름을 융, 융, 융이라 부르라니! 봄이니 꽃이니, 이런 한심한 노릇이라니! 흐음, 이제야 마음이 홀가분합니다. 사실 좀 미안했거든요. 제가 허풍을 친 것 같아서. 아무리 그래도 그렇지 우리를 열어놓고 나가래도 안 나가고, 내가 미쳤지. 두 달이 넘게 고민을 하고, 사람도 이렇게 길들여질 수 있는 건지. 누구와 말도 못 하고, 이런 농락을 당하고도 말이죠. 이것도 색이라고, 집착을 만들고. 하, 아무리 궁하기로 남색에 빠져서. 이름에 먹칠을 하고 자손을 포기하려 했다니. 평생을 둘만 바라보자 합디다, 평생을! 아시겠어요? 그게 얼마나 숨통을 죄는 말인지. 지아비, 지아비, 지아비! 그 야차 같은 것의 지아비가 되라니! 미치지 않고서야! 기가 막힙니다. 기가 막혀. 멀쩡한 선비의 앞날을 망쳐도 유분수지. 하하. 안 그렇습니까?"

고개를 설레설레 흔들며 유가경이 웃었다. 추신의 흉막이 부르르 떨렸다. 결심하면 촌음도 걸리지 않는다. 여러 명의 숨을 끊어보았지만 살의를 느껴 한 짓은 아니었다. 시작도 끝도 필요와 계산이 전부였다. 추신으로서는 이렇게 격렬한 증오는 처음 겪는 그 무엇이었다. 추신은 잡혔던 소맷자락을 힘줘 빼냈다.

"그만, 그만하시고 어서 서두르세요."

그러나 도로 유가경에게 소매를 잡혔다.

"아무리 그래도 꼴이 이래서. 어제오늘 씻지도 못했습니다. 수염도 깎아야 하고. 저는 남인이라 수염을 그냥 못 둬요. 이 손톱을 좀 보십시오. 심하잖습니까. 시간을 좀 주세요."

"유공을 위해서입니다. 시간이 없습니다."

"배도 고프단 말입니다. 뭘 좀 먹고 싶어요. 아 참, 북로는 꽤나 추울 테니 갖옷을 마련해주세요."

이 지경에 갖옷이라니, 어이가 없어 한숨을 쉬던 추신은 문득 의심이 들었다. 어떻게든 황제를 한번 만나보려고 시간을 끄는 것일지도 모른다는 의심이.

"사슴 가죽으로 만든 가벼운 것이라야 합니다. 전 무거운 옷에 시달리는 거 싫거든요. 담비 털로 만든 목도리도 필요합니다. 흰색으로요. 집에 연하가 선물해준 담비 털목도리가 있는데 그걸 가져갈 수 있으면 좋으련만. 쯧, 그만한 걸 어디서 구한담. 그나저나 이제 정말 여길 나가는 거군요. 좀 이상한데요."

유가경은 강남풍의 여유를 되찾아 훤한 얼굴로 웃어 보였다. 나간다고 생각하니 설레는 듯 방 안을 휘휘 둘러보았다.

사랑…… 이리 비루할 수가. 이렇게 허접한 것이었다니.

자신은 이 철없는 도련님에게 무엇을 기대한 걸까. 황제를 포기 못 하겠다 고집부려주기를 바랐던 걸까. 내심 그런 아름다운 순정을 바랐던 걸까. 어쩌면 인간의 마음이란 모순으로 지어진 집. 추신이 입을 열었다.

"갖옷은 마련하겠나이다."

유가경은 서랍을 열고 가져갈 물건을 골라내기 시작했다. 손놀림이 사뿐했다. 삿되고 부질없는 치정으로 얼룩졌던 공간은 지는 햇살에 금가루라도 뿌려놓은 듯 화사해졌다.

소식도 없는데 눈물이 흐르네

조융은 눈물을 흘렸다. 샘솟는다 할 만했다. 흘릴수록 눈물은 더 많은 눈물을 불러왔다. 은은하게 피어오르는 백단향 때문일까. 손끝을 아릿하게 만드는 차가운 옥의 때문일까. 밀원에서 온 편지는 요 몇 달 날카로울 대로 날카로웠던 황제의 신경을 버티기 힘든 흥분상태로 몰고 갔다. 추신을 밀원으로 보낸 다음 조융은 당장 밀원으로 달려가고 싶은 마음에 발작이 날 것 같았다. 발작을 잠재울 기회는 금방 찾아왔다.

태후전 문지방을 넘었을 때 옥의에 싸인 형체가 보이자마자 기다렸다는 듯 울음이 터졌다. 조융은 철철철 눈물을 흘리며 무릎걸음으로 기어갔다. 눈물은 안달을 잠재워주고 심신에 쌓인 피로를 녹여주었다. 울수록 가슴이 편해지고 기운이 북돋아졌다. 태후전의 너른 공간을 울리는 종친들의 곡소리에 옥체는 완벽하게 조응했고 옥루는 쉼 없이 흘러넘쳤다.

황제에게 죽음이란 늘 있는 일이었다. 거의 매일 아는 누군가 죽고, 죽을 것 같다고, 죽었다고 고해졌다. 병들어 죽고, 늙어 죽고, 다 자라기도 전에 죽었다. 백성들은 흉년에도 풍년에도 굶어 죽었다. 엄청난 숫자가 해마다 철마다 홍수로 가뭄으로 지진으로 난리로 죽고 죽었다. 죽음이 너무 흔해서 쯧쯧 혀를 차기도 바빴다. 생이란 이토록 덧없는 것인가, 회의가 들 만도 하지만 그게 그렇지가 않았다. 비빈이 죽어도 또 다른 비빈이 있고 신하가 죽어도 또 다른 신하들이 있었다. 하물며 황자가 죽어도 또 다른 황자들과 태어날 황자가 있었다. 늘 누군가가 누군가의 자릴 채웠다. 조융은 감정을 내는 일이 점점 낭비로 여겨졌다. 덧없음이란 그야말로 덧없는 것, 황제에게 인생의 덧없음이란 참으로 느껴보기 어려운 무엇이었다.

회인태자가 죽었을 때 조융은 가슴이 뻥 뚫리듯 후련했다. 회인태자는 어린 마음을 짓누르던 우환거리였다. 그 두려운 인물이 한순간에 사라진 것이다. 다음 순간 소년은 장성과도 같은 인물을 잃었다는 사실을 깨달았다. 곧 하늘이 무너지는 아픔이 어린 가슴을 덮쳤다. 그러나 그 충격적인 일도 하룻밤이 지나니 아무렇지 않게 다가왔다. 죽으면 안 되는 사람이란 없다는 걸 조융은 그때 알게 되었다.

"폐하, 폐하. 옥체를 보존하소서."

황제의 옥루가 의례적인 수준을 넘어 하염없이 흐르자 황후가 말리고 나섰다. 조융은 황후의 손을 부여잡고 눈물을 떨어뜨렸다. 황후는 다시 주저앉아 울었다. 누구에게나 쌓인 설움의 양

만큼 눈물은 저장되어 있기 마련. 적자인 영왕이 태자에 오르지 못한 일, 두 분 태후 등쌀에 기 한번 펴보지도 못하고 이쪽저쪽 눈치를 봤던 자신의 처지, 게다가 이젠 태자의 모후인 신비 눈치까지 살피며 살아야 하는 인생, 누구보다 예쁘고 누구보다 가문 좋은 내가 왜? 황후인 내가 왜에! 황후의 눈물엔 그런 서러움이 담겨 있었다. 황제와 황후는 두 손을 부여잡고 한 쌍의 원앙처럼 서로의 눈을 바라보며 울었다. 옥의를 입고 누워 있는 태후의 한쪽 손을 잡고 눈물을 찍어내던 문태후가 너무 과하십니다, 책망하듯 쳐다보는 것을 깨닫고서야 조용은 겨우 울음을 그쳤다.

황후가 손수건을 들어 조용의 눈물을 닦아주었다. 모처럼 부부 같은 기분에 조용도 황후의 볼을 두 손으로 닦아주었다. 황후는 뺨을 복숭앗빛으로 물들이며 부끄러워했다.

이만하면 다 했다!

조용은 맑아진 눈으로 주변을 둘러보았다. 쯧, 추신은 어디 있기에 여태 안 나타난단 말인가.

그 얼굴과 수은과 석회

지하 통로엔 말발굽 소리만 둔중하게 울렸다. 축축한 공기가 양 뺨에 부피감을 남기며 빠르게 흘러갔다. 추신은 밀원의 내관과 무관들에게 모든 지시를 내리고 궁으로 돌아가는 길이었다. 때마침 국상이 난 덕에 시간을 벌어 일을 도모하기가 수월해졌다. 천명이란 그리 쉽게 바뀌는 게 아니다. 황궁 안은 양식화된 슬픔으로 번잡하고, 일상을 벗어난 흥분으로 북적일 것이다. 궁에 도착하는 대로 황제에게 거짓 보고를 올리고 바로 문태후를 알현할 것이다. 이사명마저 기울어졌으니 신당에겐 기대할 게 없다. 구당은 어쩌면 더 안 좋다. 태자비의 친가 쪽 사람들이 대부분 구당에 포진해 있기 때문이었다. 황리교와 범찬과 육섭 그리고 그들의 문하생 정도나 양위를 반대할까, 대부분의 신료들은 황제가 양위란 말을 꺼내면 의례적인 만류를 몇 번 하고는 당파의 셈법에 따라 일사천리로 일을 진행시킬 것이다.

지금 황제를 말릴 수 있는 사람은 문태후뿐이었다. 황태후의 붕어로 문태후는 이제 명실공히 황실의 최고 어른이 되었다. 열여섯에 궁에 든 이래 실로 사십 년 만에 최고의 자리에 오르는 순간이 아닌가. 꼭 그런 이유만이 아니더라도 문태후는 황제의 무책임한 일탈을 가만히 보고만 있을 사람이 아니었다. 아들의 즉위 후, 문태후는 자진해서 아들과 거리를 두었다. 외척이 발호해서는 안 된다며 황후와 육궁에 보란 듯 먼저 모범을 보였다. 잘하리라 믿고 물러나노라. 하지만 뭔가 아니다 싶으면 문태후는 언제라도 개입할 사람이었다. 분명 부담스러운 면은 있지만 도움을 받을 수 있는 유일한 사람이었다.

유가경이 사라지면 밀원에서 화를 면할 사람은 없으므로 추신은 모든 이들을 피신시킬 계획을 세웠다. 유가경을 데리고 떠날 북조와 추격을 따돌릴 동서남, 삼 개조로 인원을 나눠 배치했다. 연로한 환관 여섯 명은 문태후 궁으로 보내 보호를 받게 할 것이다. 유가경은 섬서성 고지에 있는 도교 사원에 숨기기로 했다. 그곳은 양부 추호고가 비밀리에 마련해둔 안가였다. 밀원의 무관들은 길자후를 비롯해 모두 황성사 출신이었기에 움직임의 흔적을 지우는 데 능했다. 지시가 떨어지자마자 그들은 질문 하나 없이 일사불란하게 움직였다.

오늘 밤 추신은 모두가 떠나 텅 빈 밀원에서 유가경의 명줄과 행방을 쥐고 황제와 담판을 벌일 것이다. 처음엔 혈안이 되어 찾으려 하시겠지. 황성사는 추신의 수중이니 황제에겐 소용이 안 되고, 이런 일에 금군을 풀 수도 없지만 푼다 한들 금군은 유가경을 찾아낼 실력이 안 된다. 기껏해야 강호의 야인들을 움직이시겠지. 그래봤자 잔챙이들이다. 바로잡아드려야 한다. 워낙 반듯하신 분이니 곧 온전해지실 거야. 그런 부질없는 사랑 놀음에 빠져 천명을 저버리려 하시다니, 지금 당신께서 얼마나 무모한 상태인지 알게 해드려야 한다. 문태후가 이 사태의 전모를 파악하고 깊숙이 개입하기 전에 정신 차리게 해야 한다.

출구의 불빛이 보이기 시작하자 추신은 말고삐를 죄며 속도를 줄였다. 이제 저 문을 넘으면 황제를 대면해야 한다. 지금이라도 황제를 설득하는 게 가장 좋은 방법이 아닐까, 추신은 다시 한번 갈등하지 않을 수 없었다.

"이것도 색이라고 집착을 만들고. 아무리 궁하기로 남색에 빠져서 이름에 먹칠을 하고 자손을 포기하려 했다니! 평생을 둘만 바라보고 살자니! 그 야차 같은 것의 지아비가 되라니! 미치지 않고서야."

화가 나서 한 소리겠지만 마음에 전혀 없는 소리도 아니다. 하필 이처럼 근기 없는 젊은이에게 마음을 주셨단 말인가. 낮에 보았던 황제의 광기 어린 모습이 떠올랐다. 애증이 그토록 격렬한데 들은 대로 다 전하면 황제는 유가경을 살려두지 않을 것이다. 아무리 양위를 막는 게 중요해도 유가경을 위험에 빠뜨릴 수는 없는 일, 추신은 고개를 저었다. 유가경을 살리기 위해서라도 계획대로 진행하는 게 최선이었다. 문 앞에 다다른 추신은 문을 여는 신호로 경쇠를 두드렸다. 추신의 마음은 다시 분주해졌다. 나가자마자 상의감으로 사람을 보내 갖옷을 가져오라 지시를 내려야지 하는데 펑, 하고 관솔불에서 불티가 튀었다. 말이 놀랄까 봐 추신은 급히 말의 어깨를 토닥였다. 딸각, 말이 멈췄다.

갖옷? 갖옷이라면 신년 하례에 지어 올린 게 있지 않은가. 분명, 사슴 가죽! 옷차림에 예민한 유가경이 그것을 잊었을 리 없다. 심장이 쿵쿵 소리를 냈다. 동시에 말머리가 홱 돌려졌다. 갑자기 고삐를 트는 바람에 말이 펄쩍 뛰었다. 추신은 말을 때려 왔던 길을 전속력으로 달렸다.

아무도 번을 서고 있지 않은 청당 앞 열려 있는 문.
아니야, 그러지 마.
그러면 안 된다. 안 돼.
눈앞이 흔들려 꿈같고, 바닥이 울렁대고, 대기방의 문은 열려 있는데 한 걸음 한 걸음마다 위아래가 뒤집혔다.
아아, 제발 안 돼!
안 된다.
침소 문이 열려 있었다.
아아아아아아.

내관들이 주저앉아 울고 있었다. 목이었다. 황제가 칠석에 내려준 상아 비녀로 정확하게 혈맥을 찔렀다. 마지막 고통의 몸부림으로 평상은 피 칠갑이었다. 훅 끼치는 피 냄새에 숨이 막혀왔다. 추신은 성큼 걸어가 창문을 열고 폐가 아프도록 찬 공기를 들이마셨다. 시신을 감춘다, 처음 떠오르는 생각이 그랬다. 방법이 없지 않아 다행이라는 생각도 들었다. 괜찮다. 계획대로 밀고 나갈 수 있어. 예정대로 밀고 나가야 한다. 일 년만, 아니 반년만이라도 시간을 끌자. 유가경 필체로 계속 편지를 드리면 폐하는 속을 것이다. 그동안 어떻게 해서든 황제의 마음을 돌려놔야 한다. 반드시 해내야 한다. 생각을 빠르게 매듭짓고 추신은 뒤로 돌았다.

내관들이 울고 있었다. 유가경 앞이라 소리도 못 내고 끅끅거리며 이상하게 울고 있었다. 누군가는 유가경의 발을 만지고 누군가는 옷자락 끝을 잡고 또 누군가는 머리칼을 매만졌다. 그들의 손은 유가경을 크게 쓰다듬지도 못했다. 감히 천자의 것이라 손대면 안 되지만 그래도, 그래도 용기를 내어 유가경의 끝을 조금씩 매만지고 있었다. 씻기고 먹이고 꾸며주면서 이 년 넘게 돌보아온 그들의 청년. 유가경이 어떤 음식을 좋아하는지, 오늘은 어떤 노래를 지어 불렀는지, 밀원에서 있던 일을 보고할 때 그들의 얼굴에 비치던 행복한 기운. 얼마나 상냥한 분인지, 얼마나 꽃을 잘 가꾸는지, 얼마나 외로워하는지. 그 유가경이, 그들의 유가경이 죽어 누워 있었다.

하지만 우리는 살아 있고 해야 할 일이 있다. 추신이 이제 그만 일어나 움직이라고 말하려는 찰나 왕내관이 들어왔다. 왕내관은 뒤늦게야 소식을 접했는지 어리둥절한 얼굴로 조심스레 평상으로 다가와서는 망자를 슬쩍 보고는 서둘러 환관모를 벗었다. 동북방 출신인 왕내관은 머리를 풀고 곡을 하려는지 무의식중에 자신의 비녀부터 뽑았다. 문득 상투를 풀던 그의 손이 멈쳤다. 왕내관이 물끄러미 망자를 내려다보았다.

"어어…… 이러면 안 되는데 어, 어, 어……."

가는귀먹은 사람 특유의 조절 안 된 울퉁불퉁한 큰 목소리가 터져 나왔다.

"어허, 어, 어."

이건 꿈이라고, 사실이 아니라고 누군가 말해주기를 바라듯 왕내관이 이 사람 저 사람을 둘러보았지만 아무도 이 가여운 노인에게 말해주지 않았다.

"어어. 어허, 큰일 났네. 이러면 안 되는데."

어어, 숨찬 소리를 내며 왕내관이 침소 안을 돌아다니기 시작했다. 다 안 풀려서 구불거리는 머리 가닥이 늙은 환관의 이마에서 어지럽게 덜렁거렸다. 그 모습에 더 이상은 참을 수 없는지 내관들이 소리 내 울기 시작했다.

"그만 나가보게."

추신의 말이 귀에 들리지 않는지 왕내관은 헉헉 무거운 숨을 몰아쉬며 계속 왔다 갔다 했다.

"왕내관을 밖으로 모셔라."

추신은 구석에서 무릎을 끌어안고 울고 있는 하내관에게 말했다. 젊은 내관이 겨우 울음을 멈추고는 일어나 왕내관의 팔을 잡고 밖으로 이끌었다. 왕내관은 계속 어어, 하면서도 잘 길들여진 소처럼 얌전히 따라 나갔다. 그들이 나가자 길자후와 무관들이 들이닥쳤다. 길자후도 무관들도 평상을 보고는 그대로 굳었다.

"계획대로다. 바뀌는 것은 없어. 궁 밖으로 나갈 사람들은 어서 떠날 준비를 하고 나머지는 이곳을 치운다. 자후는 이리 와. 따로 할 이야기가 있다."

추신의 말에 내관들이 빠른 손으로 눈물을 닦아내며 일사불란하게 움직이기 시작했다. 추신은 가리개에 걸린 유가경의 겉옷을 집어 들고 평상 앞으로 성큼 다가섰다. 시신을 덮으려고 몸을 숙였지만 손이 중간에서 멈췄다. 눈부셨던 그 미소, 그 눈매는 다 어디 가고, 마지막엔 이런 표정을 짓다니. 추신은 덮을 수가 없었다. 그 얼굴에는 무거운 절박감이 있었다. 떠난 사람의 얼굴이 아니었다. 꼭 해야 할 중요한 일이 있는 사람처럼 보였다. 왜 얼굴을 안 보여준 거지? 유가경은 편지에서 황제에게 두 번이나 물었다.

"내상, 하실 말씀이 무엇입니까."

길자후의 목소리가 들려왔다. 귀로는 분명 그 소리를 들었고 머리로는 자후에게, 대숲에 시신을 묻으라 지시를 내리고 있었다. 머릿속은 그렇게 해야 할 일로 바쁜데 추신의 손은 유가경의 얼굴을 덮을 수 없었다. 머리카락이 온통 피에 엉겨 굳어 있었다.

"내상?"

손가락을 타고 내리던 그 칠칠했던 머리칼.

"내상, 어서 말씀을."

"그건 나중에."

머리만큼은 감겨드리자는 생각이 들었다. 그러자 포삼도 이대로는 안 된다는 생각이 들었다. 수염도 손톱도 깎여야 한다는 생각이 들었다.

"자후는 들어라. 지금 당장 병기창으로 가서 수은을 가져오라. 석회도 넉넉히 가져오고."

"설마 시신을 보존하시려는 겁니까? 그럴 시간이 없습니다."

"보여드려야 해. 나중에라도 폐하께서 보고 싶어 하실 테니까."

"내상, 시간이 없습니다."

"시간은 내가 만들어보겠다."

길자후가 난처한 표정을 지었다.

"유공께서도 원하실 거다."

유공도 원한다는 그 말에 길자후는 꾸벅 절을 하고 급히 나갔다. 추신은 그제야 망자의 얼굴을 덮을 수 있었다. 그리고 내관들에게 필요한 지시를 내렸다. 시신을 씻기고, 염을 하고, 깨끗한 옷을 입히고, 이중으로 관을 짜고, 핏자국을 지우고, 청소를 하고, 향을 피워 냄새를 빼고, 북쪽 헌軒에 가묘로 쓸 현실玄室을 마련하고, 늘 그렇듯 빠르고 정확하게 추신은 내관들에게 할 일을 나눠주었다.

조금이라도 틈이 생기면 시신의 부패를 막을 수 없다. 관의 내부에는 수은을 붓고 뚜껑을 닫은 다음 생석회로 밀봉을 한다. 관을 두는 현실은 소금과 백탄으로 채운다. 이렇게 방부처리를 해놓으면 몇십 년이 지나도 유가경은 녹빈홍안 그대로일 것이다. 가을 물같이 시원한 이마와 버들잎 눈썹, 그 아래 옻칠한 듯 검은 두 눈도 그대로, 그 모습 그대로 남아 있게 해야 한다. 그 얼굴이 폐하를 알현할 때까지.

준비는 거의 끝나갔다. 시신은 북쪽 헌으로 옮겨 염을 마치고 옷을 갈아입혔다. 현실로 쓸 방도 비웠다. 다만 관이 아직 다 짜이지 않았다. 일을 맡은 내관들이 좋은 목재를 구하기 위해 어딘가의 벽이라도 뜯고 있는 게 분명했다. 그들은 상전을 위해 마지막까지 어떤 번거로움도 마다하지 않았다. 그런 그들에게 추신은 대충하라는 소리를 차마 할 수가 없었다. 길자후는 문 앞에서 밖을 내다보며 관이 오길 기다렸다.

"어서 떠나라. 더 이상 네가 할 일은 없다."

붓에 먹물을 묻히며 추신이 말했다. 유가경의 가묘에 넣어둘 글만 적으면 추신 또한 여기서 나가봐야 한다. 추신은 발견 즉시 황제께 고하라는 당부의 말과 그전에는 함부로 열지 말라는 경고를 적은 다음, 관의 주인인 망자의 이름, 가문과 신분, 사인, 관의 밀봉 방법 등을 자세하게 적었다. 자신이나 밀원의 내관들이 손 쓸 겨를 없이 죽임을 당할지도 모르는 사태를 대비한 조치였다.

"전 이곳에 남겠습니다."

"안 돼. 어서 가. 처음 계획대로 밀원에는 한 명도 남아서는 안 된다."

"유공이 안 계신 지금, 제가 궁 밖으로 나갈 까닭이 없습니다. 그분을 지키는 게 제 소임이니까요."

길자후가 흑단목 탁자에 누워 있는 유가경을 바라보았다. 눈물을 참는지 잔뜩 인상을 쓰면서.

"그렇다면 지금부터는 함께 떠날 사람들을 지켜라. 목숨의 무게는 누구나 같다. 어서 떠나."

"그렇게는 못 합니다."

"만약 네가 유공을 따른다면 절대 용서하지 않을 거야. 누누이 말했지만 순사殉死란 가장 어리석은 짓이다. 그리 알고 처신하라."

"내상과 끝까지 함께하겠습니다. 허락해주……."

길자후의 말이 멈추는 순간 추신의 손도 멈췄다. 두 사람의 눈이 마주쳤다. 공기에 어떤 소리가 섞여들었다. 그 소리는 가냘프고 단조로운, 너무도 귀에 익은 소리였고 그러기에 지금 두 사람에게는 최악의 소리였다. 길자후가 몸을 날려 남쪽 창가로 가서 귀를 세웠다. 자후가 고개를 돌렸다. 눈빛에 날 선 공포가 묻어났다.

옥이 울리고 있었다.

"폐하께서 왜? 술시에 내가 모시러 간다고 했는데?"

결국 못 참고 유가경을 보러 온 것인가, 어서 가서 돌려보내자. 추신은 붓을 놓고 일어섰다. 탁! 벼루에서 미끄러진 붓이 서탁을 굴러 바닥에 떨어졌다. 문득 한 얼굴이 떠올랐다. 하내관. 왕내관을 데리고 나갔던 그 아이, 그 뒤로 그 애를 본 적이 없다는 사실도 떠올랐다. 하내관이? 아니야, 그럴 리가 없다. 그 애는 누구보다 나를 하늘처럼 믿고 따르던 아이가 아닌가. 설마! 털썩 추신은 자리에 주저앉았다. 그날 추신은 번번이 늦었다. 하내관은 자신이 모시는 유가경에 동조되어 마치 유가경이 된 듯, 유가경처럼 기뻐하고 유가경처럼 슬퍼했다. 한창 누군가를 동경할 나이, 젊은 환관은 그 순수한 마음을 몽땅 유가경에게 줘버렸던 것이다.

"이런 한심한!"

"중귀인들이 밀원에 들어와 있습니다. 분위기가 심상치 않습니다."

밖의 동태를 살피고 온 길자후가 말했다. 추신은 호흡을 가다듬고 남은 패를 찾기 시작했다. 방책은 분명히 있다. 추신은 군사의 수를 가늠해보았다. 아직 떠나지 않은 길자후의 수하와 황제를 호위하고 올 무관의 수, 그리고 그보다 더 중요한 오늘 번을 서는 중귀인들의 면면을 헤아렸다. 몇 명이나 자신의 뜻에 따라줄지, 그들이 어디까지 따라줄지 충성도를 가늠해보았다. 승산이 있을까?

길자후가 추신의 팔을 잡아끌었다.

"일단 문태후전으로 피하시지요. 길은 제가 트겠습니다."

"……그래, 그것도 괜찮은 방법이겠지."

혼잣말처럼 추신이 중얼거렸다.

"냉상 어서!"

재촉하는 길자후의 눈이 결기와 긴장으로 번뜩였다. 그는 내내 잘 훈련된 무사답게 주저 없이 행하고 낭비 없이 움직였다. 길자후의 민첩한 몸놀림은 그 다급한 순간에도 추신에게 작은 기쁨을 주었다. 정녕 그 방법만 남은 건가? 그게 최선일까? 모두의 목숨을 걸어야 하는 일이다. 양위만 막을 수 있다면 희생은 어쩔 수 없다는 생각이 들었다. 의란 행하라고 있는 것이니까. 배수진을 친 사람만이 느낄 법한 평온함이 추신을 찾아왔다. 자신의 팔을 잡은 길자후의 큼직한 손 위에 손을 얹으며 추신이 말했다.

"고맙구나. 천하제일 용사가 날 지켜준다니, 이리 영광스러울 수가."

"내상, 제발."

길자후가 끙끙대며 발을 굴렀다. 추신은 천천히 일어나 흑단목 탁자로 다가섰다. 멀끔해진 유가경이 거기 누워 있었다. 아무리 봐도 너무 아까운 젊은 얼굴. 추신은 기울어진 복두의 각대를 수평이 되도록 맞췄다.

"왜 제 말을 믿지 않았습니까. 최선을 다하겠다 하지 않았습니까. 어찌 이런 짓을, 어찌 이런 무책임한 짓을 저질렀단 말입니까."

찰찰찰찰, 황제가 이쪽으로 오는지 옥소리가 또렷하게 들리기 시작했다.

"그렇군요. 유공께서 부르신 거군요. 기어이 저분을 만나고 가시겠다고."

여기까지다. 추신은 왼쪽 옷섶 아래를 손으로 눌렀다. 늘 지니고 다니는 호신용 단검이 만져졌다. 칼이란, 이 얼마나 자비로운가. 길자후는 어느새 허리에 쇠뇌를 매고, 완갑에 표창까지 붙이고 날랜 몸으로 문 쪽으로 가 칼을 빼 들고는 다급하게 외쳤다.

"내상, 제발! 이리로."

"이런, 이런, 몸에 붙은 그 쇠붙이들은 다 무어야. 조자룡이 울고 가겠구나. 그 흉한 것들은 일단 내려놓으렴. 지금 네가 해야 할 일은 따로 있다. 내려가서 폐하를 모셔와. 추신이 홀로 있다고 해. 드릴 말씀이 있다고."

"내상!"

"담판을 짓겠다. 그래도 기어이 양위를 하겠다 고집을 피우시면, 황제를 밀원에 유폐시킬 것이다. 너는 내가 부를 때까지 밖을 맡아."

"내상 제발……."

"자후가 오늘 말이 많구나. 폐하의 심리는 내가 잘 알아. 왜 옥을 울렸겠는가. 생각해보라. 우리에게 도망칠 기회를 준 것이다. 왜? 우리가 도망을 쳐야 죄를 물을 수 있으니까. 우리에게 죄를 묻는 것은 자신의 죄를 떠넘기는 짓이다. 결국 밀원의 모두를 죽일 것이다. 허나 밀원의 누가 죽을죄를 지었단 말이냐. 처음부터 불인을 저지른 게 누군데? 말리고 말렸다. 모두 그 명을 받아 최선을 다했다. 그런데 왜 우리가 도망을 치는가. 군주들은 늘 자신의 허물을 아래에 미뤘다. 이번만큼은 그렇게 두지 않겠다. 무엇보다 그렇게 되면, 황제에겐 기회가 없어. 반성할 기회가."

청년은 오랫동안

황제 조융은 문덕전에서 문무백관에게 국상을 선포하는 교서를 내리고 내저로 돌아왔다. 연에서 내리자 중귀인 하나가 잰걸음으로 다가와 내시성에서 온 기별을 고했다. 추신이 내시성에 급하게 처리할 일을 마치고 술시에나 내저에 든다는 내용이었다. 국상이 났으니 추신으로서도 어쩔 수 없었을 것이다. 옥환을 보고 유가경이 얼마나 기뻐했을지, 무슨 말을 했을지, 궁금했지만 도리가 없었다. 두 달 동안 이날만을 기다렸다. 이제 곧 해가 지면 가경을 만난다고 생각하니 도무지 실감이 나지 않았다. 조융의 생각은 밀원에 입고 갈 옷으로 옮겨갔다. 상중에 너무 화려한 옷을 입고 가려니 조금 걸리기는 했다. 아직 상복을 입기 전이니 상관없으려나. 분명 추신도 상례에 어긋나지 않는다고 말해줄 것이다. 낭하를 걷는 발걸음이 가볍다 못해 옻칠 바닥 위를 미끄러져 가는 기분이었다. 조융이 어실에 들어가려는데 문 앞에 서 있던 중귀인 하나가 쪼르르 다가와 귓속말을 했다.

"밀원에서 급고가 왔사온데 직접 뵈어야 한다고 청하옵나이다."

추신이 가경에게 소주 행궁에 대해 듣기라도 한 건가? 하는 생각이 스쳤다. 들은들 이제 와서 뭘 어쩌겠는가. 양위 관해서도 허심탄회하게 털어놓으면 추신도 이해할 것이다. 그것보다 추신이 소주에 가지 않겠다고 고집을 피울까 그게 더 걱정이었다. 하지만 아까 평생을 내 곁을 지키겠다 맹세했으니 결국 내 뜻에 따라주겠지, 하고 안심했지만 부속실 대리석 격자무늬가 벌어지며 입구가 생기는 동안 조용은 영 자신이 없어졌다. 조용은 지하로 이어지는 계단을 내려가며 추신이 아무리 안 간다 버텨도 강제로라도 데려가고야 말겠다고 다짐을 했다. 추신도 이제 좀 쉬어야 할 나이가 아닌가.

조용이 지하 마당에 다다랐을 때 밀원으로 통하는 출입구의 철문이 서서히 닫히고 있었다. 철문 너머에서 밀원 쪽으로 멀어지는 말발굽 소리와 바퀴 소리가 들려왔다.

"천자를 뵈옵니다."

대기하고 있던 무관들이 엎드려 절을 했다.

"지금 밀원으로 간 자가 누구인가?"

"교위 길자후와 수하들이었사옵니다."

"무슨 일인가?"

"내상의 분부라고 하기에 더는 묻지 못했나이다. 짐수레에 큰 항아리와 자루 여러 개를 싣고 갔사옵니다."

무관이 말하며 수레 쪽으로 눈을 돌렸다. 그러자 수레 굴대 가리개에서 어린 내관 하나가 기어 나왔다.

"다른 이의 눈을 피해야 한다고 사정을 하기에 망극하옵게도 어로御輅* 밑에 피신시켰나이다. 용서를 구하옵나이다. 폐하."

"무슨 일이냐?"

밀원에서 온 내관은 겁에 질린 듯 대답도 못 하고 품에서 서신 하나를 꺼냈다. 서신을 중귀인에게 건네자마자 내관이 울음을 터뜨리며 바닥에 머리를 찧었다.

침소에서는 비강이 시릴 정도로 박하향이 풍겼다. 평상은 늘 그대로의 평상이었다. 그 위에 있어야 할 가경의 시신도, 뿜어져 나왔다는 선혈의 흔적도 찾을 수가 없었다. 실내는 물로 헹구기라도 한 듯 깔끔했다. 불과 몇 시간 전까지 누군가 이곳에서 이 년 넘게 살았다고 믿기 어려울 정도로 생활의 자취가 지워져 있었다. 유가경의 물건들, 옷가지며 아끼던 완물들이 전부 사라지고 없었다. 주인과 함께.

유서를 품고 달려온 내관은 말했다. 비녀로 목을 찔렀다고.

"네가 감히 거짓을 고하는가. 이 가짜 유서는 또 뭐란 말인가. 아무리 철없는 도련님이라도 그렇지, 어떻게 이런 고약한 장난을 치는가. 모두 한통속이 되어 짐을 놀리려 하는구나."

조용은 절대 믿지 않겠노라, 두 눈으로 보기 전까지는 믿지 않겠노라, 오는 내내 다짐했다. 보기 전까지? 무엇을? 더 무엇을

* 황제의 수레.

눈으로 확인해야 하는가. 여기 완벽하게 제거된 한 인간의 삶이 있다. 이보다 더 끔찍한 죽음의 증거가 무어란 말인가. 아니다. 제발 아직은 아니다. 장난이 분명하다. 장난이니까 이렇게 완벽하게 흔적을 지운 것이다. 조융은 스스로를 달래며 자기 자신과 계속 타협을 했다. 보기 전까지는 괜찮은 거야. 내 두 눈이 보기 전까지는! 조융은 눈을 부릅뜨고 샅샅이 실내를 살폈다. 그러자 단정하게 정리된 기물들이, 그 어떤 흔적도 없이 말짱한 벽과 기둥들이, 박하향 가득한 실내 공기가 한목소리를 내며 조융을 조롱하기 시작했다.

무소불위한 자여, 전능한 자, 너 천자여! 네가 어찌 실패할 수 있는가? 선포하는 자, 너 천자여! 네 선언 전까지 유가경의 죽음은 이루어지지 않았다. 보아라! 여기 죽음은 없다. 여기 유가경의 시신은 없다. 천자여. 가련한 자여, 가소로운 자 너, 천자여! 선덕루에 올라 만천하를 향해 외쳐라. 유가경은 죽지 않았다고. 짐이 아직 그의 죽음을 인정할 수 없다고. 아아! 천자여, 저주받은 자여. 하늘의 아들, 천하의 주인, 천하의 스승! 하하하! 하하하! 위대하지 아니한가! 보아라, 조융. 이것이 너다. 하하하, 하하하!

"짐에게 칼을."

호위 무관 하나가 무릎을 꿇고 장검을 바쳤다. 조융은 칼집에서 칼을 뽑았다. 칼날 위로 차가운 빛이 지나갔다. 그 빛은 심장까지 투과해 들어와 조융이 해야 할 일을 일깨웠다. 거머쥔 칼자루에서 전해지는 무게감이 느껴지자 비로소 조융의 귀에도 뚝딱이는 소리가 들려왔다.

서실은 휘황한 난장판이었다. 들어서기도 전에 쉴 새 없이 뚝딱이는 소리가 귀를 때렸다. 사방군데 장촛대도 모자라 기둥마다 등을 걸고 밀원의 내관들이 뭔가를 만들고 있었다. 누군가는 건을 벗은 채, 누군가는 소매를 걷어붙이고, 또 누군가는 옷자락을 허리에 올려 묶고, 톱질을 하고 망치를 두드리고 대패를 밀었다. 서실 바닥은 대팻밥과 톱밥으로 어지러웠다. 한편에는 되는 대로 쌓여 있는 육중한 황실 제본, 책장은 뜯겨서 널빤지가 되어 있었다. 그리고 이상한 것이 있었다.

중귀인들이 황제가 납신다고 외쳐 알렸음에도 내관들은 손에서 일을 놓지 않았다. 자신들이 두드리는 망치 소리가 귀를 먹먹하게 만들어서가 아니었다. 대패질로 속을 드러낸 짙은 편백향에 취해서도 아니었다. 한꺼번에 타오르는 밀초 냄새 때문도 아니었다. 지금 내관들에겐 황제의 행차조차 안중에 없어 보였다. 그들은 기묘한 열정에 휩싸여 있었다. 그 누구도 막을 수 없는 열정에. 그 열정을 실현하기 위해 밀원의 내관들은 결단을 내렸고 그 결단에 자신을 아낌없이 던져 넣고 있었다.

"무엄하구나. 어서 절하지 못할까!"

중귀인이 당황하여 호통을 쳤다. 하나둘 손이 멈추고 빛을 잃은 몽롱한 눈들이 황제를 보더니 꾸물꾸물 연장을 내려놓고 하나둘 엎드려 절을 했다.

"천자를 뵈옵니다."

"천자를 뵈옵니다."

그들의 중심에 이상한 것이 있었다. 조용은 그 이상한 것에서 눈을 떼지 못했다. 용도가 가늠 안 되는 크기, 형태를 갖춰가는 길고 커다란 곽. 가슴에서 뭔가 끝 모르게 내려앉았다. 휘청거리는 걸음을 온전히 떼기 위해 조융은 이를 악물었다. 곽 안에는 아무것도 없었다. 좁은 듯 넓고 깊은 듯 얕은, 아직 비어 있는 공간. 조융은 자신이 상상하는 것을 떨쳐내려 세차게 고개를 저었다. 호위 무관 하나가 뛰어 들어왔다.

"폐하, 유공께선 북쪽 헌에 모셔져 있다 하옵니다."

연 안에서 조융은 숫자를 세려고 했다. 칼자루에 새겨진 육각형의 개수를 세려고 노력했다.

"하나둘셋넷다섯일곱, 아니 하나둘셋넷다섯여섯일곱여덟⋯⋯."

백칠? 이상하지 않은가. 잘못 센 게 분명하다. 조융은 다시 세기 시작했다. 감정에 휘둘리면 정신의 끈이 끊어진다. 슬픔이 자신을 지배하게 해서는 안 된다. 조융은 자기 자신으로부터 멀어지려고 계속 숫자를 셌다. 숫자에는 번뇌 망상이 끼어들 여지가 없으니 늘 믿을 만한 것이다.

연에서 내렸을 때 조융이 입을 열었다.

"백칠 개가 맞더구나."

"폐하, 망극하옵게도 무슨 말씀이온지."

"세 번을 셌으니 맞아. 아무도 따르지 말라. 혼자 가겠다."

황제의 낮고 차분한 목소리가 오히려 중귀인들을 겁먹게 했는지 다들 감히 따라나서지 못했다. 중귀인과 호위군관을 뒤로하고 조융은 계단 쪽으로 걸음을 옮겼다. 마지막 층계를 올랐을 때 벌컥 헌의 문이 열리더니 길자후가 뛰어나와 무릎을 꿇고 절을 했다.

"천자를 뵈옵니다."

헌의 문지방을 넘으며 조융은 중앙의 커다란 탁자 위에 놓인 것을 보지 않으려 천장에 줄지어 걸린 조등으로 눈을 돌렸다. 추신이 쓴 게 분명한 조등의 글씨. 바람도 없는데 조등이 흔들렸다. 조융은 이번엔 등의 개수를 세야 한다고 생각했다. 조융은 수를 세려고 노력했고 노력한 대로 되어가고 있었다. 그러나 손에 쥔 칼이 걸음마다 바닥을 긁는 소리에 잠시 방심한 순간 조융은 보고야 말았다. 쏟아지는 불빛 아래 노랗게 빛나는 어떤 형체를. 쿵쿵, 조융의 발이 심장만큼 빨라졌다. 탁자 위엔 유가경이, 직각복두를 쓴 유가경이 누워 있었다. 서늘한 생경함이 피부를 타고 올라왔다. 눈꺼풀은 무심히 감겨 있고 입술은 힘없이 풀려 있다. 잠든 얼굴과는 확연히 다른 단절된 표정. 유가경이 맞나, 할 만큼 낯선 얼굴이었다. 조융은 어색함을 견딜 수 없어 겨우 입을 열었다.

"잘 지냈느냐."

자신의 입김이 가볍게 흩어지는 것이 보였다. 그 순간 조융은 깨달았다.

죽음이란 것의 속성을.

여기 이렇게 있는데 가경은 이제 없는 것이다.

죽음이란 단지 그것뿐이었다.

되돌릴 수도 대체할 수도 없는 것, 되돌릴 수도 대체할 수도 없다. 없다, 없다, 없는 것이다. 없는 것이다. 없다, 없는 것이다.

이제야 그걸 알다니!

덩…… 멀리서 북소리가 들려왔다. 국상을 알리는 북소리였다. 곧이어 도성 내 관청과 사찰과 도관의 종루에서 종이 울리기 시작했다. 종소리들은 잔물결 치듯 사라지다 꼬리를 물고 다시 돌아왔다. 밀원의 시간, 궁 밖으로 나가면 서서히 잊혀 여름밤 꿈처럼 사라질 시간. 정이 많은 유가경은 밀원에서 나가면 또 누군가를 사랑할 거라고, 그런 공허한 짓을 반복하는 동안 폐하는 잊힐 거라고…….

"저는 그것을 참을 수가 없습니다. 사랑을 반복하는 것도 폐하를 잊는다는 것도 참을 수가 없습니다. 아무리 괘씸해도 내 안에서 사라지면 그건 너무 가여워, 당신은 나를 버렸지만 나는 차마 버릴 수가 없어 밀원의 시간을 영원히 안고 갑니다."

더엉, 더엉 종소리는 물결처럼 여러 겹으로 끊임없이 퍼져왔다. 여러 겹의 소리가 만들어준 공간 안에서 조용은 유가경과 둘만 폭 싸여 있는 기분이 들었다. 유가경은 여전히 무심한 얼굴이었지만 이 정도만이라도 괜찮다고 조용은 생각했다. 이제는 함께 있으니까. 더엉, 더엉, 더엉, 더엉…… 언젠가 보았던 산동의 바닷가 그곳의 파도처럼 소리의 물결은 끊임없이 밀려왔다. 그러니 괜찮아 괜찮아, 괜찮다고 되뇌다 보니 조용은 유가경이 더이상 낯설지 않았다. 그새 이 얼굴이 익숙해져 반가운 마음에 조금 웃어 보이기까지 했다. 표정이 바뀌었을 뿐 역시 너였구나, 하는 생각이 들자 유가경이 기특해지기까지 했다.

종소리는 차츰 성겨지고 안개처럼 아련해져갔다. 조융은 숨을 죽여가며 사라지는 소리의 꼬리를 귀로 좇았다. 황제인 자신이 그렇게 하면 다들 알아서 계속 종을 칠 것만 같았다. 조융은 소리의 흔적을 따라가느라 기를 썼다. 제발 제발, 귀에 남은 잔상을 반복해 되살리면서 놓치지 않으려 기를 썼다.

"양위는 안 됩니다."

조융을 깨운 것은 추신의 목소리였다. 조융은 천천히 눈을 떴다.

"……혼자 있고 싶다."

"양위는 절대 불가합니다. 대답하소서!"

"……알겠다."

"밀원의 내관들과 무관들에겐 잘못이 없습니다. 제 말을 따랐을 뿐입니다. 그들에게 죄를 묻지 마소서."

"알겠다."

조융의 순순한 대답이 미심쩍기라도 한지 잠시 뜸을 들인 추신이 다시 입을 열었다.

"그 말씀, 유공의 시신 앞에서 하신 말씀, 차마 번복하진 않으시리라 믿겠나이다."

추신에게 정녕 두려운 것은 무엇인가, 멍한 가운데서도 그런 부질없는 의문이 들었다. 추신은 철저하게 무너진 사람의 가장 아픈 곳을 공격해 다짐을 받아내고 있었다.

"알았으니 그만 나가보라."

"소인이 한 일에 후회는 없습니다. 그러나 유공의 목숨값은 치르겠나이다. 청컨대 자결권을 주소서. 대신 제 목숨을 받으시면 폐하께서도 그 값을 하셔야 합니다. 정녕 부끄러워하소서. 반성하고 뉘우치소서."

자결권? 조융은 그제야 똑바로 추신을 쳐다보았다. 거기엔 자신을 꾸짖는 추신이 서 있었다. 배덕한 군주를 향한 서릿발 같은 질책, 추신은 독한 극간을 자신의 마지막 소임으로 정한 듯했다. 오직 한 가지만을 위해 버티던 조융의 마음은 추신이 일으킨 파동으로 흐트러지기 시작했다.

"환관이 자결권을 달라니 망령이 들린 게냐. 벌은 짐이 내리는 것이다. 네가 달라 말라 할 문제가 아니다. 물러나 벌을 기다리라."

"벌이라 하셨습니까? 소인이 무슨 죄로 벌을 받아야 합니까? 유공의 죽음은 그 누구도 아닌 폐하의 책임입니다. 그 사실을 잊지 마소서. 그 누구도 탓하지 마소서. 슬퍼하기 전에 반성부터 하소서."

추신은 잔인하게 밀어붙였다. 황제에 대한 실망과 분노는 잔인함으로 변해 있었다. 조융은 칼자루를 바로 잡으려고 했지만 손가락에 힘이 들어가지 않았다. 감각이 무뎌지고 급속도로 기운이 빠져나가고 있었다.

"자결권은 생각해보겠다. 그러니 이제 그만 나가보라."

쿵! 육중한 소리가 전각 안을 울렸다.

"폐하! 내상의 충심을 헤아리소서. 오직 폐하를 위해, 종묘와 사직을 위해 한 일이옵니다. 내상을 살려주소서. 살려주소서."

언제 들어왔는지 길자후가 읍소하며 바닥에 이마를 찧고 또 찧었다.

"무슨 짓이냐!"

추신의 입에서 입김이 훅훅 뿜어졌다. 아랫사람이 자신의 목숨을 구걸하는 상황이 견딜 수 없이 수치스러웠던 것이다. 추신의 말에 아랑곳하지 않고 길자후는 더욱 묵직하게 몸을 붙이며 죽기를 각오한 듯 이마를 찧어댔다.

"통촉, 통촉하소서. 폐하, 폐하."

조융은 엷어지는 정신을 놓지 않으려 기를 썼다.

"알겠다. 누구에게도 죄를 묻지 않겠다. 이제 망자와 둘만 있고 싶다."

황제의 말에 길자후는 이마를 박은 채 성은이 망극하옵니다, 하고 울먹였다. 그와 동시에 추신의 얼굴에선 핏기가 가시고 있었다. 추신의 눈이 황제의 손에 든 칼로 옮겨졌다. 조융은 추신이 무엇을 보았는지 알아차렸다.

"둘 다 나가."

"어디서, 감히!"

거칠게 터져 나온 추신의 목소리에 길자후가 번쩍 몸을 들었다.

"죽겠다니! 도망을 치겠다 난리를 꾸미더니 이젠 죽겠다?"

조융은 반사적으로 죽은 연인을 내려다보았다. 가경과 만날 수 있다는 희망이 갑자기 현실로 느껴졌다. 슬픔 때문에 정신이 혼미해져 자신이 제대로 죽음을 완수할 수 있을까 내심 불안했었다. 그런데 추신의 저 무례한 말이 조융에게 죽음을 확정해주었고 그러자 기운이 나면서 팔뚝으로 힘이 전해졌다.

"옥을 울려줘도 도망을 안 가더니만 마지막까지 짐을 귀찮게 하느냐. 이젠 상관없다. 여기까지다."

조융은 칼을 들어 자신의 목에 댔다. 길자후가 날쌔게 몸을 일으켰지만 한발 늦었다. 칼날을 세우며 조융이 길자후에게 소리쳤다.

"밖으로 데리고 나가, 어서!"

그러나 길자후가 돌아봤을 때 추신의 손엔 이미 단검이 쥐여 있었다. 칼끝을 자신의 심장에 겨눈 채.

"천자라는 자가 고작 죽는 것밖에 생각하지 못한단 말인가. 이 꼴을 보고도 정녕 깨닫는 바가 없단 말인가."

길자후는 살얼음 위에서 어느 쪽으로도 발을 못 떼는 형국이 되었다. 땀으로 번질한 관자놀이가 심하게 뛰었지만 미동조차 하지 못했다. 추신이 성큼 한 발 앞으로 다가왔다.

"천자께서 죽기로 결심하셨다는데 누가 꺾겠나이까. 천자께서 그렇게 하겠다는데. 하지만, 난, 난 그 꼴은 못 봐! 못 본다. 못 봐! 소인이 먼저 죽어드리리다! 죽는다는 게 뭔지 똑똑히 보소서!"

조융에게는 슬퍼하고 원망할 여유조차 없었다. 슬픔이 몰려오기 전에 어서 끝내야 한다고, 가경의 곁으로 가야 한다고, 그의 혼백이 흩어져 자신을 잊기 전에, 끝내야 한다고 다짐을 하며 왔다. 머리를 뜯으며 눈물을 흘리는 그런 쓸모없는 짓으로 시간을 낭비하다 혼절이라도 하게 되면, 그런 자신을 용서할 수 없을 것 같았다. 그런 불상사가 일어나기 전에 끝내야 한다고 오직 그 생각뿐이었다. 천하든 종묘사직이든 아무래도 상관없었다. 조융에게는 더 이상 버틸 힘도 용기도 없었다. 조융은 너무 피곤했다. 게다가 이곳은 너무 추웠다. 그랬다. 한갓 추위 때문이기도 했다. 조융은 다 끝내고 어서 가경의 곁에 눕고 싶었다.

그런데!

조융은 숨을 멈추고 추신을 쏘아보았다. 슬픔이라는 흰 천을 단숨에 찢어발기며 가슴 저 밑바닥으로부터 사나운 증오가 솟구쳤다. 저 모질고 독한 것이 평생을 쥐고 흔들더니 마지막까지 놔주지 않고 발악을 해대고 있다. 이제 조융의 머릿속엔 하나밖에 없었다.

복수! 가장 잔인한 복수!

"너야말로 똑똑히 보아라. 피를 폭포처럼 뿜으며 죽어주마. 자식 같은 내가 단말마로 몸부림치며 죽는 꼴을 똑똑히 봐! 네 전부라는 내가 가장 비참하고 가장 끔찍하게 죽는 꼴을 끝까지 지켜봐! 내가 겪은 절망보다 몇 배는 더 독한 고통을 너에게 돌려주마!"

조융은 목에 칼을 바짝 댔다. 얼음처럼 차가운 칼날이 닿자 결행의 의지가 불타올랐다. 단 한 번에 제대로 그어야 해. 조융은 목에서 가장 좋은 급소를 찾기 시작했다. 추신이 부들거리며 발을 꽝꽝 굴렀다. 꿈틀거리는 눈썹 아래 벌건 눈알이 튀어나올 것 같았다.

"이런 못된 것, 이런 망덕한 것! 으으으, 으으으!"

살을 맞고 날뛰는 짐승처럼 입에선 독기가 훅훅 뿜어져 나왔다. 어느새 그의 머리에서 환관모는 벗겨지고 상투관은 기울어져 머리칼이 풀어져 내렸다. 단정치 못한 추신을 보자 조융의 목구멍엔 무엇과도 바꿀 수 없는 쾌감이 차올랐다. 손 안쪽에 전해지는 매끄럽고 냉담한 검의 감촉이 그를 한껏 고양시켰다. 지금 조융에게 이 감촉보다 더 확실한 것은 없었다.

"하악 하악, 조융! 조융! 학, 학! 용서 못 해! 절대 용서 안 할 것이다! 내 앞에서 죽겠다니, 그냥 두지 않겠다!"

"네가 정녕 착각을 한 것이냐. 짐의 아비라도 되는 줄 알고 말이야. 응? 단 한 번도 없다. 네가 아비이기를 바란 적. 단 한 번도, 단 한 순간도."

"조융, 조융! 절대 용서 못 해. 절대! 종묘사직을 박살내겠다! 황궁을 불바다로 만들어주마. 아아아아악악악악!"

추신은 눈썹이 활활 타오르는 악귀 형상이 되어 벼락 치듯 울부짖었다.

"하하하! 꼴이 좋군그래. 드디어 본색을 드러내는 것이냐. 하하하, 하하하. 내가 전부라며, 온통 전부라며 그리 부담을 지우더니. 네가 원한 건 오직 권력, 권력이 너의 전부겠지. 네 비참한 인생을 보상해줄 권력."

그렇다. 난 저것이 죽도록 미웠다. 저 모진 것! 더 날뛰어라. 더 몸부림쳐. 더 발광하고 피눈물을 쏟아라. 조융은 칼날을 소매로 감싸고 목에 더욱 바짝 댔다.

"가경의 피를 삼켰을 땐 짐의 피도 마실 각오를 했어야지!"

숨을 크게 들이쉬었다. 바로 지금이야.

덜컥!

정문이 활짝 열리더니 눈이 부시도록 찬란한 불빛, 원소절에나 어울릴 화려한 등롱을 앞세우고 거대한 목관이 성큼 헌 안으로 들어왔다.

"무엄하다, 무엄하다, 멈춰라, 멈춰!"

저 아래 계단에서 외치는 게 분명한, 중귀인의 다급한 목소리가 들려왔다. 관을 맨 내관들의 귀엔 그 소리가 들리지 않는 듯했다. 그들에겐 칼을 목에 대고 있는 황제도 단검을 쥐고 학학대는 추신도 안중에 없는 듯 보였다. 관의 무게에 어깨가 짓눌려 한 걸음 한 걸음이 힘들 텐데도 그들의 엄숙한 얼굴에는 흐트러짐이 없었다.

관이 흑단목 탁자 앞에 조심스럽게 내려졌다. 내관들은 관이 완성되었다 고하지도 않고, 이 관으로 하겠다 허락을 구하지도 않았다. 그런 건 이미 그들에겐 의미가 없어 보였다. 내관들이 관을 묶었던 천을 풀기 시작했다. 그들의 손은 소리 없이 움직였다. 내관들에게 정적은 피부만큼이나 자연스럽게 달라붙어 있었다. 그들의 눈은 좀 전과는 달리 멍하지 않았다. 한없이 고요한 얼굴로 유가경의 시중을 들 뿐이었다. 조용은 방금 그 격렬한 분노를 잊고 눈앞의 광경에 온통 정신을 빼앗겼다. 길자후도 홀린 듯 바라만 보고 추신마저 숨을 들썩이며 지켜볼 뿐이었다. 천이 다 풀리자 뚜껑이 열렸다. 관곽 안에는 또 하나의 관이 들어 있었다.

내관들의 손에 작은 관의 뚜껑이 소리 없이 열렸다. 내부에 초를 입혔는지 밀랍 냄새가 풍겼다. 책장을 뜯어 급히 짠 관이라 칠은 안 됐지만 밝은 미색 바탕에 작은 옹이가 점점이 박힌 나뭇결이 고왔다. 바닥에는 황색 금침이 깔려 있어 마치 그 안에만 봄이 온 듯 화사했다. 더 무엇이 필요할까. 저 작은 공간이면 충분했던 것이다. 어디를 가든 함께 누울 저만큼만 있으면 되는 건데 괜히 궁궐을 짓는다 공연한 짓을 했구나. 조율은 조금 들떠 가경을 바라보았다. 저기 함께 눕는 거야. 꼭 붙어서. 저 안은 따듯해 보이는구나. 이번엔 떨어지지 말자. 너도 좋지? 저 작은 배를 타고 소주까지 가자꾸나.

내관들은 모든 걸 가지런히 정돈해놓고 한쪽으로 물러나 다음 지시를 기다렸다. 내관들을 치하하려고 돌아본 조율은 차마 입을 열 수가 없었다. 그곳에는 유가경을 보살폈던 손으로 유가경의 관을 짜야 했던 사람들이 있었다. 유가경과 함께 견뎌야 했던 시간만큼이나 굳어진 얼굴들, 그 피부 아래 깊숙이 슬픔을 숨긴 채 정물처럼 앉아 있는 사람들이 그곳에 있었다.

푹!

추신이 떨어뜨린 단검이 바닥에 꽂혔다. 추신이 움직이기 시작했다. 조율은 소스라쳐 내려 쥐었던 칼자루를 위로 올려 잡았다. 추신은 옷매무새를 바로잡고 호흡을 가다듬더니 소매에서 뭔가를 꺼내 들고는 유가경의 머리가 누인 쪽으로 다가왔다.

"가, 저리 가!"

조율이 소리치자 추신이 멈추더니 입을 열었다.

"원외랑 유렴이 보낸 편지이옵니다. 유공께 읽어드리고 싶사옵니다. 허락하소서."

조용은 공손해진 추신에게 놀라느라 조금 늦게야 말뜻을 이해했다. 유럼? 심지어 유럼의 편지라니, 그런 게 어찌 있을 수 있단 말인가. 추신의 손에 들려 있는 저 편지가 정말 가경의 아비에게서 온 것이라면? 조용은 심장이 어는 것 같았다. 절대 불가하다고 말하려 했지만 눈은 이미 가경의 얼굴을 보고 있었다.

"……그리하라."

추신은 평소처럼 강하고 우아한 추신도 아니요, 좀 전에 미쳐 날뛰던 추신도 아닌 전혀 딴사람, 관을 들고 들어온 내관들과 다름없는 순종적인 환관이 되어 편지를 펼쳐 읽기 시작했다.

삼아 보아라.

집안에 기쁜 소식이 있어 전한다. 이달 십사일에 네 둘째 형이 첫아이를 생산했다. 아이도 네 형수도 건강하다. 첫 손녀라 네 어머니도 여간 기뻐하지 않아. 가족들 모두 아기가 할아비인 나를 닮았다고 하니 네 형은 대놓고 실망하는 기색을 보였단다. 제가 그리 낳아놓고 어쩌라는 건지.

저번 편지에 네가 물은 누에나방은 아마도 고려에서 들어온 멧나방 종류가 아닐까 싶구나. 야생 누에나방은 풍토마다 모양이 조금씩 달라 언뜻 봐선 구별하기가 쉽지 않아. 네가 적어 보낸 설명만으로는 단정 짓기 힘들구나. 알이나 고치를 보내라 하면 너는 또 난처해하겠지. 미물이라도 돌아오지 못할 고장으로 떠나보내는 건 도리가 아니라 하겠지. 삼아는 작은 것에도 정이 많으니 그럴 게 분명해. 그건 그렇고 갈수록 네가 아비와 관심사가 같아지는 게 반갑고 신기하구나.

저번 편지에 물로도 씻지 못할 번뇌가 생겼다고 했었지? 당장은 괴로운 일이지만 번뇌 안엔 반드시 깨달음이 있기 마련이다. 그래서 멀리 보면 반가운 일이지. 아비는 네가 고민을 피하지 않고 진지하게 대면하길 바란다. 어리석음을 두려워하지 말아라. 사람은 죽기 전까지 배울 수 있나니.

무엇보다 집 밖에선 늘 음식을 조심해야 하고 색 앞에선 열 번 신중해야 한다. 이 편지를 너는 언제 받아 볼까. 네 답장은 또 언제 받을 수 있을까.

조융은 이제 거의 탈진상태였다. 아아아, 누가 나를 좀 죽여다오. 가쁜 숨을 내쉬며 주위를 둘러보았지만 다들 추신을, 아니 추신의 손에 들린 편지만 바라보고 있었다. 추신이 편지를 접어 봉투에 넣는 것을 바라보고 있었다. 더 이상 옥체를 지탱할 수가 없어 조융은 칼끝으로 바닥을 짚었다. 추신은 편지를 접어 소매에 넣으려다 잠시 머뭇거렸다. 작은 망설임이 그의 얼굴에 스쳤다. 양보하기로 마음을 정했는지 가경의 손에 편지를 쥐여주려던 추신이 화들짝 손을 뗐다. 시신에서 전해지는 냉기 때문인 듯했다. 곧 아무 일도 없다는 듯 추신은 고인의 앞섶에 편지를 집어넣고 돌아섰다.

기력에 한계가 온 것을 직감한 조융은 더 버티다가 실신이라도 하면 어쩌나 더럭 겁이 났다. 정신이 온전할 때 매듭을 짓자고 다리에 힘을 주어 칼자루를 드는데, 돌연 추신이 훅 다가와 두 손을 탁자에 탕, 짚고는 유가경을 뚫어져라 쳐다보았다. 끔찍한 전율이 조융을 훑고 지나갔다. 뭔가 못마땅한 듯 추신의 얼굴이 일그러지더니 손을 들어 망자의 얼굴을 쓰다듬기 시작했다. 눈썹을 쓸어내리고 양쪽 눈을 매만지고 코를, 턱을 만지더니 얼굴을 마주하고 입김을 불어넣기 시작했다. 추신은 몇 번이고 몇 번이고 입김을 불었다.

"이런 해괴한! 무슨 짓인가!"

조융의 발이 뒤로 밀렸다. 어서 좀 말리라고 내관들 쪽을 돌아봤지만 그들은 듣지도 보지도 못하는 물건처럼 앉아 있기만 했다. 내관들이 저마다의 슬픔 속으로 침잠해 들어갔다면 길자후는 고개를 쳐들고 목 놓아 우느라 황제를 돌아볼 겨를이 없었다.

"그만, 그만하라. 그만하래도!"

추신은 아랑곳하지 않고 이번엔 뺨을 문질렀다. 그저 어루만지는 게 아니라 체온을 올리려는 듯 빠른 속도로 힘주어 비벼댔다. 기괴할 정도로 결사적인 눈빛, 조융은 추신이 너무 낯설어 그와 함께한 시간이 전부 말소되는 기분이 들었다. 제발, 그만하라, 고함치고 싶었지만 소리가 나오지 않았다. 숨을 토하려 조융은 한참을 컥컥거려야 했다. 그렇게 해서 겨우 호흡을 찾았을 때였다. 속삭이듯 가냘픈 추신의 목소리가 들려왔다.

"아가, 눈 좀 떠보렴."

마르고 말라 그대로 바스라질 것처럼 한없이 무력한 순간, 남은 게 없어도 마지막 마음을 차마 접을 수 없어 하게 되는 말. 누구였지? 꼭 같은 말을 했었다. 현비였나, 아니 덕비…… 두 살 된 아이가 숨을 거두는 자리였다. 어미는 작고 작은 몸뚱이를 부여잡고 눈물을 흘리며 계속 똑같은 말을 했다.

추신은 눈물을 흘리지 않았다. 그는 울지 못하는 사람이었다. 고통으로 얼굴이 일그러지고 울대가 몇 번을 들썩여도, 출구를 찾지 못한 슬픔이, 회한이, 자책이 심장에 구멍을 내며 몸부림을 쳐도 속수무책, 추신은 눈물을 흘리지 않았다. 눈물을 혐오한 게 아니었다. 무서워했을 뿐. 오랜 세월 청년은 그렇게 도망치고 있었다. 눈물로부터, 눈물을 흘리는 자신으로부터.

추신, 이제 그만, 이제 그만하게나.

그러나 조융은 추신을 말릴 수 없었다. 그는 지금 듣지 못할 테니까. 추신은 이제 망자의 손을 주무르기 시작했다. 뻣뻣해지는 걸 막고 온기를 되찾아주고야 말겠다는 표정으로. 그 단호한 표정 뒤에서 그는 다른 무언가를 좇고 있었다. 조융은 추신의 눈동자에서 빛이 꺼져가는 것을 보았다.

조융은 유가경에게 눈을 돌렸다. 가경의 얼굴은 조금 달라져 있었다. 입을 살짝 벌리고 낮잠에라도 빠져든 것 같은, 그러나 가경의 고개는 완연히 젖혀 있었다. 그것은 망자의 마지막 몸짓이었다.

너는 갔구나, 여기를 떠났구나.

조융의 손등으로 후드득 눈물이 떨어졌다. 그 결에 몸이 휘청하면서 칼끝이 미끄러졌다. 무릎이 꺾여 넘어지면서 조융은 칼을 놓쳤다. 쨍강! 칼이 나뒹굴었다. 그 소리가 추신을 깨어나게 했다. 칼날보다 그의 눈이 더 번뜩인다고 느낀 순간, 조융은 허겁지겁 손을 뻗었다. 추신이 빨랐다. 그가 가차 없이 칼자루를 쥐었다. 동시에 휙, 두 사람을 향해 자후가 몸을 날렸다.

유락

등에 진 것이 무엇인지 꿈쩍도 하지 않았다. 다리에 힘을 주고 일어나보려 했지만 바닥에 발이 자꾸 빠졌다. 한참을 버둥거리고 나서야 알았다. 자신은 몸을 가누지 못하는 갓난애처럼 바닥에서 등을 떼지 못하고 몸부림치고 있는 것이다. 눈도 풀로 붙인 듯 떠지지 않았다. 이 끔찍한 결박감, 으으으…… 몸을 뒤집어보려고 용을 써도 사지 관절이 헛돌 뿐이었다. 한참 만에 겨우 눈꺼풀을 뗐지만 천장이 이리 돌고 저리 돌았다. 창문으로 빛이 무차별 쏟아져 눈을 희롱하고 기물들이 커졌다 작아졌다 하면서 윤곽이 뭉개져 시야가 마구 흔들렸다.

얼마나 지났을까 귀에 익은 음성이 물속처럼 꿀렁꿀렁 들렸다. 이 목소리 누구더라, 누구인지 알 것 같은데 생각이 나지 않았다. 생각은 온전히 이어지지도 않았다. 드문드문 몸뚱이가 저릿하며 부풀어 오르는 느낌이 들었다. 그에 따라 육신의 짜임은 점점 성겨가고 감각은 흐릿해졌다. 덜컥 겁이 나 소리를 질렀지만 입속에 돌을 문 듯 목소리가 나오지 않았다. 그렇게 알 수 없는 시간을 시달리다가 갑자기 떠올랐다. 수면환! 밀원에 갇힌 거야. 이런 괘씸한! 가슴이 벌렁거렸다. 그러나 절박한 마음은 금세 흐트러지고 육체는 풀어져 가라앉았다. 그렇게 잠의 징검다리가 또 시작되었다.

수마가 의식을 잠깐 놔줄 때면 밑도 끝도 없는 의문들이 툭툭 튀어나왔지만 답을 내지 못하는 고통이 그를 괴롭혔다. 지금 뭔가 중요한 게 생각났는데? 뭐였지? 아, 맞아, 그런 일이 있었지. 그런 일? 그런 일이라니? 생각은 이어지지 못하고 연결고리는 다음 순간 증발해버렸다. 그러다 보면 다급해져 스스로에게 어서 여기서 나가야 한다고 채근을 했다. 그러나 곧 여기? 여기가 어디지…… 아, 그랬지 여기는 거기지. 어찌 이런 고약한 짓을, 감히 나를 가두다니! 의식을 잡아두지 못하는 조바심은 한순간 참을 수 없는 분노로 치밀었지만 덮쳐오는 잠으로 또다시 무화되었다. 왜? 그러니까 왜? 아아, 방금 다 알 것 같았는데…… 어떻게든 정리해보려 이불을 움켜쥐고 기를 써도 어느새 잡은 손에 스르르 힘이 풀려버렸다. 다시 잠으로 빠져든 것이다. 깊어지다가도 썰물처럼 옅어지길 반복하는 이상한 잠이었다. 반만 걸친 잠을 자며 그는 꿈에서 몇 번이고 길을 잃었다. 어디로 가는 거지? 따져볼 겨를도 없이 그의 두 다리는 벼랑에 난 좁은 잔도를 달리고 무너진 성벽 아래를 질주하고 어느새 돌이 삐죽삐죽 튀어나온 돌밭을 뛰고 있었다. 그러다 발을 헛디뎌 사납게 굽이

치는 강물로 곤두박질쳤다. 번쩍 눈을 떴지만 곧 다른 꿈으로 끌려 들어갔다.

앞에 황토 벌판이 펼쳐졌다. 또 꿈이야 헛것, 헛것인 줄 알면서도 둥둥둥 북이 울리고 딱따기 소리가 들리자 심장이 부대끼기 시작했다. 요란하고 불길한 소리는 점점 커졌다. 뒤돌아보니 산맥 같은 모래폭풍이 덮쳐오고 있었다. 터질 게 터졌구나! 뱃속까지 흥분과 두려움으로 끓어올랐다. 심장은 터질 듯 쿵쾅거리는데 발은 땅에 박힌 듯 움직이지 않았다. 그는 발을 떼려고 기를 썼다. 제발, 제발, 제발! 그러다가 어느 순간 덫에서 놓여난 듯 거짓말처럼 몸이 움직였다.

그는 달렸다. 장딴지에 힘이 붙고 발목이 유연해졌다. 힘줄 하나하나에 희열이 퍼져나갔다. 발바닥으로 전해지는 지면의 울림과 빠르게 멀어지는 바람결. 그는 말의 심장처럼 달렸다. 가벼워진 두 다리가 그에게 기쁨을 주었다. 빨리 달릴 수 있다는 자신감이 두려움을 눌렀다. 도망칠 수 있어. 도망칠 수 있어. 나는 도망칠 수 있어. 그는 달리고 달렸다.

그러다 어느 순간 뭔가 이상하다는 느낌이 들자마자 어깨가 빠질 듯 아파왔다. 그래, 버들고리를 메고 있었지. 그제야 소중한 무언가를 등에 지고 있다는 자각이 들었다. 자각과 동시에 한 발짝을 뗄 수 없을 만큼 짐이 무거워졌다. 앞으로 나아가려고 이를 악물었지만 짐의 무게 때문에 뒤로 벌렁 주저앉았다.

그새 따라잡은 딱따기 소리가 귀를 때렸다. 물밀듯 밀고 들어오는 소리와 모래바람에 속수무책으로 당했다. 누런 회오리에 삼켜지기 직전 그는 멜빵을 벗고 버들고리를 감싸 안았다. 웅크린 등을 잔돌들이 날아와 사정없이 때렸다.

"이것만은 안 돼, 이것만은!"

그는 버들고리를 더욱 세게 껴안았다. 안에 든 것이 맹렬하게 요동을 쳤다. 겁이 난 거야. 불안해서 그런 거야. 괜찮아. 무슨 수를 써서라도 지킬 테니까, 괜찮아, 괜찮아. 그는 있는 힘을 다해 버들고리 뚜껑을 가슴으로 내리눌렀다. 모래와 자갈이 사정없이 쏟아지고 주먹만 한 돌들이 날아와 그를 때렸다. 윽! 무언가 어깨를 쳤다. 끔찍한 고통 속에서 팔이 떨어져 나간 것을 알아챈 순간, 폭발하듯 버들고리가 깨져버리고 뭔가 푸드덕 날아올랐다. 커다란 날개를 가진 그것은 잡을 새도 없이 모래폭풍을 뚫고 하늘로 날아올랐다.

"아악! 안 돼! 이리 와! 돌아와!"

소리치는 입으로 모래가 사정없이 들이쳤다. 눈 안으로도 모래 알갱이가 쑤시고 들어왔다. 아아아악!

갑자기 몸이 일으켜져 앉혀지더니 누군가 뒤에서 안아 부축했다. 입으로 뭔가 들어왔다. 도리질을 쳤지만 이내 얼굴이 붙잡혔다. 입으로 자꾸 뭔가가 넣어졌다. 피해보려 했지만 도리 없이 꿀꺽 삼켰다. 기뻐하는 소리가 들렸다.

"자자, 아 하고 한 번만 더 하소서."

누군가의 손에 턱이 잡힌 추신은 들어오는 족족 유락을 삼켜야 했다.

너 가고 나서

　그즈음 태자는 밀린 공부와 나랏일을 배우느라 원부관을 침전으로 삼고 밤늦도록 열심이었다. 동궁에선 매일 서연이 열렸고 각부 실무자들은 수시로 원부관에 불려가 태자의 궁금증을 풀어주어야 했다. 그날은 유렴이 당직을 서느라 궁에서 밤을 보내는 날이었다. 원부관에서 언제 호출이 올지 몰라 침상에 눕지도 못하고 대기하고 있는데 아니나 다를까 육상국 물시계가 스물세 번 종을 울렸을 때 동궁에서 명이 떨어졌다.

　유렴 일행이 동궁에서 일을 마치고 동서대로를 가로질러 상서성으로 돌아오는 길, 단공문 앞을 지날 때였다. 뒤따르던 서리가 다급하게 유렴의 소매를 잡아끌었다. 유렴은 서리가 이끄는 대로 관목 더미 뒤로 가서 몸을 낮췄다.

　"미처 못 보셨군요. 수공문 쪽에서 오십니다."

　서리가 속삭였다. 황궁에서 말단으로 늙은 서리는 눈이 밝았다.

"설마 그 소문이 사실이란 말인가."

어둠 속에서 수백의 금위군들이 동서대로를 에워쌌다. 저 많은 군사들이 움직이는데도 옷자락 펄럭이는 소리 하나 나지 않는 게 유렴으로선 꽤나 섬뜩했다. 유렴이 몸을 숨긴 관목 앞으로도 금위군들이 대로를 등진 채 열 지어 섰다. 유렴은 고개를 빼봤지만 나뭇가지에 시야가 가렸다. 금위군 하나가 이쪽의 움직임을 감지하고 재빨리 그들 앞으로 왔다.

"움직이면 화살이 날아옵니다. 나리들께선 이 자리에 아니 계신 겁니다. 일체 함구하소서."

전각 지붕이며 문루 위에는 쇠뇌를 든 금위군이 매복해 있을 것이다. 일행은 그저 고개를 끄덕이고 포삼자락을 치켜올리고 쪼그려 앉는 도리밖에 없었다. 황태후 붕어 후 궐내 분위기가 심상치 않았다. 무엇보다 양성도지 추신이 보이지 않았다. 공식적인 사유는 병휴가였지만 연거푸 조회에 보이지 않자 십일이 지나면서부터 흉한 말들이 나돌기 시작했다. 전염병에 걸려 격리되었다는 소리가 나돌더니 급기야 급사했다는 말이 나오고 자객에게 살해당했다는 소문까지 떠돌았다. 유렴으로서는 여간 신경이 쓰이는 게 아니었다. 추신은 셋째 아들의 소식을 전해 들을 수 있는 유일한 연결점이었다. 아들이 밀명을 수행한다고 하니 내놓고 물어볼 데도 없었다. 추신의 종적은 묘연했다. 병중이라는 사람이 사저에 머물지도 않았다. 추신의 궐석이 한 달이 넘자 양성은 그야말로 초상집 같았다. 누구보다 추신과 가까웠던 사람, 참지정사 이사명의 얼굴 또한 내내 굳어 있었다.

아들 일 때문에 몇 번 만나본 추신은 멀리서 볼 때와는 무척 달랐다. 유렴이 보기에 추신은 꽤나 수줍음이 많은 사람이었다. 호기심 많은 눈이며 하얀 이를 살짝 보이고 웃는 그 선한 얼굴. 추신의 지위가 월등히 높음에도 불구하고 유렴은 그가 사랑스러운 아우처럼 느껴졌다. 그런 그가 사라지다니, 이래저래 유렴으로선 그의 증발이 여간 심란한 게 아니었다.

추신의 부재에도 세상은 무탈했다. 태후 붕어 후 보름부터 조정은 재개되었고 태후의 유조에 따라 이십칠일 만에 상복을 벗었다. 능을 조성해야 하는 사정으로 내년 봄에야 국상은 끝난다. 국상이 연말결산과 맞물린 탓에 고관부터 말단까지 밀린 일정을 따라잡느라 황궁 안팎은 정신없이 바빴다. 황제는 변함없이 국정의 중심에서 많은 일을 손수 챙겼다. 후전은 늘 알현을 청하는 조신으로 북적였다.

그런데 생각지도 못한 괴상한 이야기가 내저로부터 흘러나왔다. 처음엔 침전 안을 돌아다닌다고 했다. 그러다가 복녕궁 밖을 나와 점점 더 멀리 집영전 정원, 서화문 주변, 태청루 앞, 주랑길을 밤마다 헤매고 다닌다고 했다. 소문은 무성했지만 문하성에서 함구령을 내린 탓에 목격했다는 사람은 보지 못했다.

유렴은 뒤숭숭한 기분을 달래기 위해 하늘로 눈을 돌렸다. 동짓달 밤하늘은 눈이 시리도록 맑았다. 유리 가루를 쏟아놓은 듯 빽빽한 별무리로 장관이었다. 서리가 팔꿈치를 건드려 유렴은 엉겁결에 시선을 내렸다. 그들 앞의 대로에 인영이 아른거렸다. 불안하게 흔들리는 그림자. 민망한 마음에 보지 않으려 유렴은 고개를 돌렸다. 깜짝 놀란 서리가 소매로 입을 가리지 않았다면 유렴은 내내 그 자세를 유지했을 것이다.

풀어헤친 머리, 저분이 황상? 더 끔찍한 것은 그다음이었다. 유렴은 도열해 있는 금위군들 사이로 보고야 말았다. 얇은 수면 복자락 아래 드러나 있는 건 망극하게도 맨발. 얼음만큼 찬 포석 위를 황제의 맨발이 한 발 한 발 위태롭게 내딛고 있었다.

유렴이 옷자락을 움켜쥐며 안절부절못하자 서리가 타이르듯 말렸다.

"어쩔 수 없습니다. 몽중방황을 막으면 자칫 담腸에 화만 돋워 돌이킬 수 없는 광증이 된다고, 어의들도 탕만 올릴 뿐 도리가 없답니다. 다들 속수무책이라지 뭡니까."

마음속 황제는 늘 젊고 빈틈이 없었다. 경관직으로 자리를 옮긴 그해, 유렴은 호부상서와 함께 황제를 청대한 적이 있었다. 고위직이 아닌 유렴으로서는 친견은 드문 일이었다. 각오는 하고 있었지만 듣던 대로 황제는 세목까지 꼬치꼬치 캐물었다. 호부의 몇 년 치 장부가 황제의 머릿속에 차곡차곡 다 들어 있었다. 호부로 돌아와서 보니 포삼 겨드랑이가 땀으로 푹 젖어 있었다. 그 후 유렴은 적어도 호부에 관한 일은 황제보다 잘 파악하고 있어야 한다는 일념으로 직무에 최선을 다했다. 그렇게 차돌같던 분이 어쩌다…….

비틀거리던 옥체가 종이 구겨지듯 풀썩 꺾여 내려앉더니 굽은 등이 힘없이 들썩였다. 성긴 머리카락 사이로 흐릿한 입김이 번져 나왔다. 흐흐거리는 숨소리가 새어 나왔다. 거짓말같이 고요한 달밤, 오직 그 가냘픈 소리만 또렷했다. 이 무슨 망극한 일인가, 잔인한 형장을 목격하는 기분이었다. 유렴은 쪼그리고 앉은 채 안절부절 애가 탔다. 결국 포석 위로 머리칼이 주룩 쏟아지더니 옥체가 옆으로 픽 쓰러졌다. 유렴은 저도 모르게 몸을 일으켰다. 한 발 내딛는 순간 서리에게 팔목이 잡혀 어정쩡하게 멈췄을 때, 어디선가 팔인교가 나타나 눈 깜짝할 새에 황제를 태우고 사라졌다. 그와 동시에 금위군들 또한 바람처럼 사라졌다. 꿈도 아니고 그렇다고 현실 같지도 않은 일을 당함에 유렴은 진이 빠져 한동안 자리에서 뜰 수가 없었다. 그 밤의 일은 며칠 동안 유렴을 괴롭혔다. 처절했던 그 모습의 잔영이 머리에서 떠나지 않았다.

그래서였을까? 며칠 뒤 중귀인이 황의전으로 뫼시겠다고 찾아왔을 때, 유렴은 무슨 일로 그러느냐 묻지도 못하고 엄습하는 기운에 눌려 중귀인의 뒤를 따라가야 했다. 정신을 차려보니 어느새 전각 앞이었다. 곧 폐하를 뵈올 텐데 이렇게 흐리멍덩해선 안 되지, 하며 자신을 다잡아보려고 했지만 몸 어딘가 자기도 모르는 구멍으로 생기가 다 빠져나가는 느낌이었다.

안으로 들어섰을 때 황제는 어대가 아닌 그 아래 놓인 어좌에 앉아 있었다. 유렴이 당황해 우물쭈물하는데 황제가 궁인들을 모두 물렸다. 황제는 절은 받지 않겠다고 말하며 유렴에게 마주 놓인 의자에 앉으라고 권했다. 드넓은 전각 안, 황제를 지척에서 마주하고 앉기에 원외랑의 직위는 한없이 낮았지만 군주의 명이었기에 유렴은 따를 수밖에 없었다. 자리에 앉으려던 유렴은 흠칫했다. 그에게 권해진 것은 어좌와 똑같이 생긴 의자, 의자

위에는 황색 비단 등받이와 방석이 놓여 있었다. 세상에 이렇게 불길한 자리가 또 있을까, 하는 생각이 들었지만 유렴은 자리에 앉아야 했다. 그런데 또 하시는 말씀이란 게 이랬다.

"열네 살에 첫아들이 태어났다. 짐의 양기를 증명해준 아이였지. 어미는 짐에게 음양을 가르치던 궁녀였다. 그 애를 본 적은 없어. 아이는 돌을 넘기지 못했다. 전해 듣고 그런가 보다 했지. 매년 아이가 태어나고 더러 죽고."

황제의 말 한마디 한마디에 유렴은 살이 한 점씩 발리는 것 같았다. 억지로 자백하는 죄수처럼 단조로운 목소리로 황제가 말을 이어갔다.

"여덟 명의 아이가 죽었지. 열흘 만에도 죽고, 두 돌 지나 죽고, 네 살에도 죽고…… 죽는 것이 무엇인지, 아이가, 자신의 아이가 여덟이나 죽어도 그게 무엇인지 짐은 몰랐다. 자식을 잃는다는 게 어떤 슬픔인지 난 몰라. 아비인데도 말이다. 이상하지 않은가?"

유렴의 머리 쪽으로 세차고 무거운 것이 몰려들었다. 무서웠지만, 너무 무서웠지만 유렴은 입을 열어 물을 수밖에 없었다.

"저희 아이, 가경은 어디 있나이까?"

물끄러미 자신을 바라보던 황제는 문득 중요한 게 생각난 듯 말했다.

"그대가 보낸 잉어식해. 미안하게 되었다. 그것부터 사과하지."

도무지 말이 되지 않는 상황에 유렴은 머리를 가로저었다. 어서 아들에 대한 소식을 듣고 싶을 뿐이었다.

"무슨 말씀이온지, 소신이 아둔하여 어지를 헤아릴 수가 없나이다."

"묻지 않는구나. 왜, 누가, 왜 유가경을……."

아들의 이름이 들리는 그 짧은 순간, 시간이 멈추고 적막 속에 모든 게 사라졌다. 유렴의 머리에는 오직 하나만 남았다.

"누구입니까?"

한 번도 내어본 적 없는 거친 소리가 유렴의 입에서 터져 나왔다.

"누구입니까! 누가 우리 아이를!"

입에서 불이 뿜어지는 것 같았다. 다음 순간 유렴은 부정 한번 해보지 못한 채 모든 걸 기정사실로 받아들이고 있는 자신에게 경악했다. 유렴은 고개를 세차게 저었다. 아니다, 상관없다, 어서 아들을 찾아 집으로 가면 된다, 그 애도 집에 가고 싶어 할 테니, 집으로 가면, 가기만 하면 다 괜찮아질 테니. 어서 삼아를 찾아 집에 가자! 유렴은 그 생각만 하기로 했다.

"우리 아이는 어디에 있습니까?"

"……."

"어디 있습니까?"

"짐이다. 짐이 가경을 죽게 했다."

황제가 눈을 아래로 내렸다. 골속을 팽팽하게 조이던 무언가가 툭, 끊어지는 소리가 났다. 동시에 두 손이 뻗쳐나가 황제의 목을 움켜쥐고 그대로 숨통을 끊어놓고 그것도 성에 안 차 목뼈를 완전히 결딴내고 심장을 꺼내 뭉개버리고 싶은 충동. 그 충동을 억누르느라 유렴은 부들거리는 손으로 허벅지를 움켜쥐었다. 유렴은 스스로를 빠르게 진정시켰다. 오랜 관직 생활을 하며 몸에 밴 침착함, 그것은 실로 서글픈 습관에서 나온 행동이었다.

"제 아들이 나라에 무슨 죄를 지었나이까?"

눈이 마주치자 황제가 벌떡 일어섰다. 천장을 보고 한참 동안 몸이 들썩이도록 숨을 내쉬더니 화가 난 듯 황제가 유렴을 쏘아보았다.

"짐이 유가경을……."

잔뜩 미간을 좁히고는 황제가 툭 던지듯 말했다.

"사랑했다."

"사, 사랑……."

유렴은 말을 맺지도 못한 채 멍한 눈으로 황제를 쳐다보기만 했다.

"가경이 내게 연밥을 따주었다. 연밥 말이야. 능금도 주고, 비단꽃도 주고. 그렇지, 댓잎으로 여치도 오려주었다. 큰 것 작은 것, 여러 마리를 조롱에 담아 주었지. 조롱을 엮어서 말이야. 짐은 아직도 다, 다 가지고 있어. 짐이 하는 말을 못 믿겠지? 사실이다. 가경이 억지로 그런 게 아니야. 물론 처음엔 갇혀서, 하지만 결국 진심이었지."

우쭐해하는 부끄러움이 번졌다가 유렴과 눈이 마주치자 황제는 눈길을 피하며 어좌에 주저앉았다.

"……그만 오해가 생겼다. 내 마음이 돌아선 줄 알고 가경이 자결을……."

일각이 지나고 이각이 지났다. 한 식경이 지나도록 두 사람은 말이 없었다.

바람이 심한 날이었다. 매운 바람 소리가 두 사람 사이를 계속 쓸고 지나갔다. 화북의 바람, 봐주는 것 없이 거칠게 온통 쓸고 가는 바람. 그 우중중한 바람 소리에 섞여 집에 있는 부인의 울음소리가 들렸다. 이제 곧 깊이를 잴 수 없는 슬픔 속으로 그녀를 밀어 넣어야 한다. 그 소식을 자신의 입으로 전해야 한다. 아이들 얼굴도 떠올랐다. 딸애가 울고 맏이가 울고 둘째가 울고 우리 삼아도…… 삼아! 너도 울겠지. 우는 어미를 보며 울겠지. 우는 아비를 보며 울겠지. 눈물이 차오르는 순간 유렴은 이래서는 안 된다는 생각이 들었다. 아비란 자가 이렇게 가만히 있어서는 영 안 되는 것이다.

"우리 아이는 어디 있나이까? 시신을 거두고 싶습니다."

쿵! 황제의 발 구르는 소리가 전각을 울렸다.

"안 된다. 그건 안 돼! 유가경은 온전히 내 것이다. 내 곁에 있어야 해. 가경도 그걸 원해. 유가경이 원한다. 원한다니까."

복두의 각이 파르르 떨렸다. 황제가 용포의 소매를 쥐어뜯으며 이기적이고 못된 어린애처럼 이를 세우고 유렴을 노려보았다. 퀭한 눈에 기이한 빛이 번뜩였다. 유렴 안에서 다시 한번 지독한 증오가 비죽비죽 솟아났다.

"누구에게나 돌아가야 마땅한 바른 곳이 있나이다. 제 아들은 죄를 지어 죽은 게 아니오니 집으로 데려가겠습니다. 그리 아소서!"

"가경은 내게 영원히 함께한다 했다. 유가경이 있을 마땅히
바른 곳은 내 곁이야. 그는 내 지아비니까!"

유렴이 말뜻을 못 알아듣자 황제가 다시 한번 힘주어 말했다.

"가경은 나의 지아비다. 지아비! 무슨 말인지 알겠지?"

유렴의 시선이 저절로 황제를 너머 그 뒤 어대로 향했다. 어
대 위 금빛으로 찬란한, 오래 처다볼 수도 없는 지엄한 용의. 유
렴은 뭔가를 제대로 생각하기가 겁이 났다. 너무 두려워 감히 현
실로 돌아올 수가 없었다. 피가 썰물처럼 몸 밖으로 빠져나가 육
신이 텅 비어버린 것 같았다. 자식을 잃은 참혹한 슬픔 속에서도
유렴은 이 감당할 수 없는 변고를 어떻게 받아들여야 하나 갈피
를 잡지 못했다.

"절대 용서하지 말라. 대대로 저주해. 그래도 유가경은 못 내줘!
짐을 저주하라. 용서하지 말라. 그래도 안 돼, 유가경은 안 돼!"

황제의 지아비라니, 대명천지에 이런 일도 벌어지는가. 유생
으로서 유렴은 강상의 도리가 붕괴되는 충격에 저 앞에서 발작
하듯 외치는 황제마저 허깨비 같기만 했다. 그러다 문득 깨달았
다. 자신은 지금 아들의 죽음 앞에서 음양의 위계를 따지고 있었
던 것이다. 한심하게도.

유렴은 자신의 두 손을, 무릎 위에 놓여 있는 두 손을 내려다
보았다. 사라진 아들이 죽었다는 통보를 받았다. 시신을 내달라
고 따지지도 못한다. 아무것도 하지 못한다. 할 수가 없다. 천자
앞에서 일개 아비는 이렇게나 무력했다. 아아아, 유렴은 두 손으
로 머리를 움켜쥐었다. 복두가 벗겨져 무릎에 떨어졌다. 무릎에

떨어진 복두가 바닥에 떨어졌다. 슬픈 유렴는 알지 못했다. 너무 슬퍼 아무것도 알아채지 못했다. 몸부림치는 자신의 모습이 황제에게 어떤 희망을 불어넣었는지.

"유렴, 우리는 같은 슬픔 안에 있구나."

황제가 다가오고 있었다. 반사적으로 급히 일어나 옷매무새를 바로하던 유렴은 멈칫했다. 조금 전의 반미치광이 같은 모습이 아니었다. 몇 발짝 앞, 가까이에서 본 황제의 표정에선 신하를 위로하는 군주의 너른 품이 배어 나왔다. 어향이 퍼지면서 성스러운 기운이 파문을 일으키며 원외랑 유렴에게 번져왔다.

"유렴, 가경의 아비여, 짐은 그대의 원망을 풀어주고 싶다. 우리가 가경의 혼령을 달래줘야 하지 않겠는가. 짐에게 용기를 다오. 정이 많은 유가경이 홀로 얼마나 외롭겠는가. 짐은 하루하루가 비루하다. 짐은 이제 홀로 봄을 맞아 새소리를 듣고 피는 꽃을 보아야 한다. 봄이라니, 해마다 봄이 돌아오다니, 찬란한 봄빛이라니. 끔찍하구나, 끔찍해. 그대의 한마디면 된다. 아무것에도 마음 쓰지 말라고, 다 부질없다고, 외면해도 된다고. 더 이상 미루지 말라고 한마디만 해다오. 그대가 가경 대신 말해다오. 어서 결심을 하라고, 주저하지 말라고, 짐에게 용기를 다오. 그대만이 가경의 목숨값을 요구할 수 있다. 그대만이 짐을 가경에게 보내줄 수 있어. 나의 충성스러운 신하여, 유렴, 오직 그대만이. 가경이 나를 기다린다. 가여운 가경이."

바람이 전각을 뒤흔드는 소리가 들렸다. 집으로 가는 길, 자신은 말 위에서 울 것이다. 저 매운바람은 그때도 몰아치겠지, 젖은 얼굴을 따갑게 할퀴어대겠지. 그래도 집으로 가겠다. 집으로 가 가족들에게 알리고 그들을 위로하고, 그리고 시신이 없더라도 장례를 치러야 한다. 죽은 아들의 넋을 달래줘야 한다. 그렇게 해서라도 어미의 마음을 달래줘야 한다. 유렴은 바닥에 떨어진 복두를 주워 머리에 썼다. 아비로서 해줄 것이 남았다는 사실이 유렴에게 힘을 줬다. 유렴은 손수건을 꺼내 눈물을 닦았다. 복두 각을 단정히 바로잡고 앞에 선 황제를 향해 입을 열었다.

"제게 죽음을 구걸하지 마소서. 폐하의 목숨, 아들을 잃은 저에겐 한 푼 값도 되지 않나이다."

유렴은 황제의 서늘해진 눈길을 피하지 않았다. 유렴이 물러서지 않고 노려보자 황제는 낭패감을 숨기려는 듯 고개를 빳빳이 쳐들었다. 유렴이 다시 입을 열었다.

"슬픔을 헤아려달라 마소서. 저로서는 불가능합니다. 죽을 명분이 필요하십니까? 소신은 드릴 수 없나이다. 어디로 갈지 그 정도는 스스로 정하소서. 미물들도 그리합니다. 누구 때문에 사는 것도 아니고 누구 때문에 죽지도 않습니다. 이 또한 미물들도 그러합니다. 비루하다 비참하다 하소연 마소서. 자식의 죽음 앞에 이토록 무력한 아비만 하겠나이까!"

큰 슬픔이 닥치면 사람은 변하는 걸까. 죽고 싶다는 사람에게 자신이 이렇게 야박한 말을 쏟아낼 줄 몰랐다. 유렴은 스스로가 낯설었다. 이 넓은 전각 안에 둘만 있건만 좁다란 구멍 속으로 황제와 함께 쑤셔 넣어진 듯 숨을 쉴 수가 없었다. 이 자리만 아니면 전처럼 모든 게 온전해질 것만 같았다. 박차고 나갈 수만 있다면. 이번에도 유렴은 자리에 주저앉을 수밖에 없었다. 그의 앞에는 황제가 서 있었다. 유렴의 시선을 피한 채 차꼬를 찬 죄인처럼 꼼짝도 못 하고 서 있었다. 그 모습을 보자 유렴은 다른 쪽 마음이 아파왔고 그 아픔은 이상하게도 자기 자신을 온전히 느끼게 해주었다. 알 수 없는 이유로 유렴이 입을 열었다.

"소신은 추내상의 말을 믿지 않았습니다. 제 아들 삼아가 밀명으로 나랏일을 하다니, 도무지 수긍이 가지 않았습니다. 그런데 아들에게서 편지가 왔습니다. 먹의 농담이 완벽해 위화감이 느껴졌습니다. 여전히 하늘거리는 글씨였지만 전에는 볼 수 없는 강단이 서려 있었습니다. 정말 가경이 쓴 편지일까? 살아 있기나 한 걸까? 달에 한 번씩 편지를 받았습니다. 문장은 점점 정갈해졌습니다. 멋 부리지 않고 진솔하고, 젊은 애다운 번뇌와 떨림이 고스란히 묻어나는 편지였습니다. 그냥 알 수 있었습니다. 그 마음, 우리 아이의 마음, 아비를 그리워하는 마음. 무슨 사정인지는 알 수 없었지만, 아들이 잘 지내고 있다는 느낌이 들었습니다. 그것만으로도 다행이라 여기며 마음을 달랬습니다. 한편으론 기쁘기도 했습니다. 아들은 어느새 땅 위에 두 발 단단히 딛고 자신의 품으로 깃드는 것을 책임질 줄 아는 사내가 되어가고 있었습니다. 집을 떠나기 전엔 밝은 기운만 따라다니는 나비 같은 아이였습니다. 스물이 넘어도 세운 뜻이 없어 저와도 다르고 제 형들과도 참 다르다고, 그래도 언젠가는 제 타고난 걸 찾아갈 거라 믿었습니다. 지금, 소신이 용안을 뵈오니…… 가경이 무엇을 찾아냈는지 알겠나이다. 영원, 누구 한 사람에게 영원을 약속할 애가 아닌데, 그런 제 아들이 모처럼 각오를 했다면, 한 사내로서 목숨과 바꿀 만한 사랑을 했다면, 어찌 그 죽음이 부질없다 하겠나이까. 소신은 모르옵니다. 영원한 사랑이 무엇인지. 그런 사랑이 존재하는지도 감히 모르옵니다. 모르옵니다만……소중하게 여겨주소서, 그 아이의 마음. 그 마음을 오래도록 귀하게 여겨주소서."

입을 다물며 유렴은 자신이 미워졌다. 말처럼 그렇게 정리되지 않는다. 자신은 무슨 짓을 하고 있는 건가? 이 지경에 황제가 가여워 위로를 하고 있다. 마음에도 없는 소리로 허세를 부린 것이다. 유렴은 두 손에 얼굴을 파묻고 울기 시작했다. 이대로 흔적 없이 사라졌으면. 속수무책 둑이 터지고 자신은 슬픔에 덜미가 잡혀 질질 끌려가고 있었다. 정작 죽고 싶은 사람은 자신이었다. 이 소식을 어미에게 전하느니 차라리 여기서 죽어버렸으면.

"역시 그대는 강한 사람이야. 짐에게서 기어이 시신을 받아가는군."

어느새 황제는 어좌로 돌아가 앉아 있었다.

"내가 보는 앞에서 가경은 그대에게 편지를 쓰곤 했지. 그대에게 좋은 글씨로 편지를 보내기 위해 파지를 많이 냈다. 순화각첩을 보며 글씨 연습을 하곤 했어. 그대가 그 노력을 알아봐주니 다행이군. 가경은 아비를, 그대를 무척 존경했다. 난 질투를 했지. 부러웠던 걸까. 그대 같은 아비를 두지 못해. 그대 같은 아비가 되지 못해. 참 많이 싸웠다. 바로 어제 일 같은데, 이상하구나. 이런 이야기를 그대와 하고 있으니."

두 사람은 한동안 말없이 앉아 있었다. 어디선가 작은 짐승이 우는 소리가 들려왔다. 무엇이 우는 소리일까 멍한 머리로 유렴은 생각했다.

"그만 물러가도 좋다."

유렴은 일어났다. 무거운 다리를 끌고 문으로 향하는데 다시 짐승 우는 소리가 들렸다. 유렴은 무심결에 뒤를 돌아보았다. 그제야 알았다. 봄버들같이 상냥하기만 한 자신의 아들도 누군가에게 지울 수 없는 상처를 줄 수 있다는 것을. 몽중방황, 그날 밤 황제의 발이 떠올랐다. 포석 위의 언 발, 누에의 발처럼 가여웠던 발. 그 맨발은 오늘도 궁 안 어딘가를 헤맬 것이다. 아들의 혼령은 매일 밤 그 모습을 지켜보는 것이다. 삼아라면 부모의 슬픔보다는 저분 때문에 매일 밤 눈물을 흘릴 것이다. 삼아라면 분명히 그럴 것이다. 유렴은 몸을 돌렸다. 그리고 어좌를 향해 걸음을 옮겼다.

지옥도 인간의 집이다*

"어제가 태후의 두 번째 보름 제사였다. 곡을 끝내고 영왕이 따로 알현을 청하기에 귀찮아 허락지 않았다. 그런데 이놈이 막무가내로 내저까지 쫓아왔다. 어디서 들었는지 양위를 따져 묻더군."

추신은 젊은 하내관의 어깨에 기댄 채 항 위에 앉아 있었다. 너울대는 빛의 산란에 눈이 부신지 발작적으로 찡그리면서도 황제의 말에 집중하려고 애를 썼다. 실내는 색색이 화려한 비단 창을 투과한 꽃무늬 빛 그림자로 사방이 아롱댔다. 채명당彩鳴堂, 빛이 어우러져 노래하는 집. 한 번도 불러본 적은 없지만 조융은 유가경이 붙인 집의 이름을 기억하고 있었다. 조융은 어좌에 앉아 차를 마시며 추신의 찡그린 얼굴에 순간순간 지나가는 빛 그

*일본 승려 신란이 한 말.

림자를 바라보았다.

"그것이 정말이오니까, 말씀해주소서. 오직, 오직 제 나이가 문제였나이까? 소자는 폐하의 적장자이옵니다. 태자의 자리는 제 것이었습니다. 나이 때문이라면 전 받아들일 수 없나이다. 양위를 하신들 제가 숙왕만큼 못 해낼 거라 생각하셨나이까? 폐하께선 어찌 아들을 그리도 모르시나이까!"

처음엔 무엇을 지껄이는지 귀에 들어오는 건 하나도 없고 귀찮다는 생각만 들었다. 중귀인들이 끌어내려고 소란을 떠는 꼴도 보기 싫어, 그래 네놈이 어디까지 하나 보자 하고 떠들게 놔뒀다. 국상이 난 지 한 달 보름이 지났다. 시간에 몸을 맡기고 정해진 일, 해야 할 일을 해나갔다. 조용은 습관대로 빈껍데기를 움직여 조회를 하고 윤대를 받고 듣고 읽고 수결을 했다. 보름과 그믐 제사를 지내고 곡을 했다.

"이제 상관없나이다. 물려주시지 않은 그 자리, 기필코 제 힘으로 앉겠습니다."

조용은 아들의 얼굴을 물끄러미 바라보았다. 당장 벨 것처럼 눈을 부릅뜨고 비장한 말을 내뱉어봤자 겨우 열여섯, 앳되고 앳된 얼굴이었다.

"네가 작정을 하고 죽을 자리를 찾는 것이냐? 좋다! 이 자리 주마. 아들놈이 미쳐 날뛰는데 못 줄 것도 없지. 네 형 민이는 순하니 양보하라 하면 지금이라도 군말 없이 태자 자리에서 물러날 위인이고. 무엇이 문제랴. 하지만 세상에 거저 얻는 건 없나니 너도 뭔가를 내놓아야 해. 얼마나 뜻이 굳은지 의지를 보여라."

"농하지 마소서!"

영왕은 고집부리는 망아지처럼 씩씩댔다.

"그래서 너는 그 정도밖에 안 되는 것이다. 천자가 준 기회를 농이라 날려버리는 놈이니까!"

조융은 팔걸이를 쾅쾅 내리쳤다. 영왕은 조금도 기죽지 않고 오히려 고개를 더 쳐들었다. 잘난 줄만 알고 살아온 열여섯 인생. 음복으로 생술을 과하게 마신 게 분명했다. 온몸이 풀무처럼 훅훅 분노를 내뿜고 있다. 오늘 저놈의 기를 기어코 꺾어놔야겠다, 조융은 모처럼 오기가 생겼다. 자신은 부황 앞에서 감히 해본 적 없는 망령을 떠는 꼴이 아무리 봐도 고깝고 얄미웠다.

"흐음. 총애하는 궁녀가 있다던데. 심하게 천출이라 내명부에 아직 적도 못 올렸다지?"

여전히 턱을 치켜들고 있었지만 여자 이야기가 나오니 부끄러운지 영왕은 입을 오므리며 딴 데를 봤다. 한껏 뜸을 들인 뒤에 조융이 말했다.

"그 아이 목숨."

영왕의 눈이 크게 벌어지더니 입이 일그러졌다.

"너, 용의에 앉고 싶다며?"

아들로부터 경멸의 시선이 직선으로 날아왔다. 그 날카로움에 얼굴가죽이 베인 듯 쓰렸지만 조융의 혀는 파국으로 치닫고 싶은 충동에 걷잡을 수 없이 움직였다.

"천자가 되면 구주의 모든 여인이 너의 신첩이 될 터인데. 흥, 첫정이 다 뭐라고. 해마다 꽃은 새로이 피어나지 않느냐. 천자에게 자책할 번거로움 따위 없노라. 그게 천자인 거지. 천한 목숨 하나 죽은들 누가 문제나 삼겠느냐. 용의는 무자비한 것이다. 그 정도 위엄을 보여야 다들 두려워하지. 사실 천자가 어느 정도는 무자비하길 내심들 바란다. 그래야 복종할 마음이 나거든. 어떠냐. 이번에도 농이라 우길 텐가?"

말을 내뱉고 나자 야비하고 비틀린 쾌감에 조용은 가슴까지 시원해졌다.

"그만두세요! 되었습니다. 그런 수라의 길은 폐하께서나 걸으소서! 어찌 그런 참담한 흥정을 권하시나이까! 폐하께선 그런 식으로 용상을 얻으셨습니까? 그래서 그리 박정하십니까? 그래서 그 누구와도 정을 나누지 않으십니까? 도대체 왜 그러고 사시나이까?"

비난을 받자 조용은 더욱 짜릿했다. 아들이 좀 더 퍼부어주길 바랐건만, 혐오로 부르르 떨던 아들의 기색이 돌연 창백해졌다. 갑자기 영왕이 무릎을 꺾어 풀썩 주저앉더니 바닥에 이마를 쿵, 하고 찧었다.

"아아, 신이 망령이 들어 성자께 대죄를 지었나이다. 술에 취해 어전에서 개만도 못한 짓을 저질렀사옵니다. 잠로湛露*로 낳아주신 황은을 망각하고 포악을 떨었나이다. 인개鱗介**도 저보다는 나을 것이옵니다. 부디 이 불초한 것을 가엽게 여기시어 자비를

---

* 가득 내린 이슬, 즉 군주의 깊은 은혜.
** 물고기와 조개, 즉 미물.

베푸소서. 부디 이 아둔한 것을 측은하게 여겨 용서를 베푸소서."

영왕은 목청 높여 참회의 말을 쏟아냈다. 사람은 지켜야 할 것이 있으면 더없이 약해진다. 영왕은 행여 사랑하는 궁녀에게 화가 미칠까 두려웠던 것이다. 반항에 불을 지폈던 술기운은 이제 자학적인 자책으로 옮겨갔다. 신이 망령되어, 신이 어리석어, 신이 교만하여, 영왕은 얼이 나간 사람처럼 굴종의 말을 계속 주절댔다.

"휘야."

조융은 아들의 이름을 불러보았다. 그러나 영왕은 무엇에 씐 듯 기를 쓰고 죄를 고하고 또 고했다.

"휘야, 보아라. 이것밖에 안 되는 거란다, 용상이란 건. 알겠지? 이 자리보다 중한 것이 너에겐 있지 않느냐. 그러니 다행 아니냐. 그렇지?"

영왕이 얼굴을 들었다. 아들의 얼굴을 보자 조융은 낯간지러운 말로 수작을 부린 게 미안해 겸연쩍게 웃고 말았다. 다시 열이 치받는지 영왕이 옻칠 바닥을 주먹으로 쿵쿵 쳐댔다.

"어찌 이리 저를 모욕하십니까! 어찌 제게 이리 모질게 구십니까! 제가 그리 싫으십니까!"

영왕이 울기 시작했다. 상복 위로 구슬 같은 눈물이 툭툭 떨어졌다. 젊은 뺨 위로 뭉글뭉글, 눈물마저 생기가 넘치는 나이였다. 짙은 눈썹이 붓질한 듯 아름답게 팔자를 그렸다. 붉은 입술을 깨물고 서럽게 울어대는 아들의 모습을 보고 있자니 뭔가 아릿하면서도 상쾌한 것이 번져 올라와 폐를 간질였다. 조융은 푸하하 웃어버렸다. 그 결에 굴관*이 벗겨져 바닥에 떨어졌다.

"믿었어야지…… 애야, 이리…… 와. 이리 와."

추신이 입을 열었다. 한마디 한마디 정확하게 발음하느라 굳은 혀로 애를 썼다.

"영왕은 버티다 고개를 외로 꼬고 마지못해 내게로 왔지. 아무리 사내인 척해봤자 아직 수염도 안 난 반질한 얼굴이 어쩌나 가소롭던지."

조용은 아들의 손을 덥석 잡았다.

"놔주소서. 놔요. 놔요."

"싫어, 안 놔. 안 놔줄 것이다."

"어찌 이리 소자를 놀리십니까."

"영왕은 엉엉 또 울기 시작했다. 얄밉도록 빈틈없는 줄 알았는데 영왕이 이런 울보였다니, 이렇게 사랑스러운 사내라니! 용상 대신 사랑하는 이를 선택한 내 아들. 기특해서 견딜 수가 없더구나."

"으으으……."

추신의 입에서 침이 흘렀다. 통제가 안 되는 자기 육신에 화가 나는지 추신이 몸을 비틀어댔다. 식은땀에 젖은 이목구비가 만들어낸 퇴폐적인 형상, 어디를 보는지 알 수 없는 눈, 그 눈에서 이상한 빛이 흘러나왔지만 그것은 그것대로 추신 같아 아름다웠다. 추신이 다시 힘차게 버둥거렸다. 그 바람에 내관의 품에서

* 상복에 쓰는 베로 짠 관.

벗어나 상체가 옆으로 휙 기울어졌다.

"여전히 강기가 청청하구먼. 늙어도 갇혀도 맹수라 이거지. 한참 멀었군그래."

수면환을 계속 먹으면 백치가 된다고 한다. 밀원에서 멍한 채로 살게 할 수 있다. 수족도 못 가누니 자결을 감행할 수도 없다. 하내관이 침을 닦아내고 자신의 어깨에 추신을 기대게 했다. 추신은 긴 숨을 훅 내쉬고는 보살피는 손길에 안도하는 어린애처럼 눈을 감았다. 그러다가 문득 잊고 있던 것이 생각난 듯 눈을 가늘게 뜨고는 방 안의 형상들을 분별해내려 애를 썼다. 일렁이는 빛 속에서 조용을 찾기 위해 추신의 눈은 필사적이었다.

"맹세코 다시는 왕후장상의 씨로 태어나지 않겠습니다!"

치가 떨린다는 듯이 영왕이 말했다.

"누구 맘대로!"

조용은 아들의 손목을 더 꽉 잡았다.

"왜 제가 아니었나이까! 저는 더 이상은 없을 만큼 최선을 다했나이다. 폐하께선 어찌 제 날개를 꺾으셨나이까. 저는 피지도 못하고 가을 낙엽이 되었나이다. 저는 이제 무엇을 하고 살아야 합니까."

"젊은 애들은 왜 다들 내 앞에서 비슷한 소리를 하는 걸까. 나는 이번에도 제대로 대답해주지 못했다. 영왕이 내 무릎에 엎어져 통곡을 했다. 그 애가 이름을 받기 위해 인사를 하러 온 날이 생각나더군. 한 번도 생각해본 적 없는데 불현듯 그날이 떠오르는 거야."

조융의 손이 우는 아들의 머리를 쓰다듬었다.

"너는 정말 작은 아기였지. 붉은 모자를 쓰고 황색 강보에 싸여서, 골이 난 듯 입을 오물거리더니 갑자기 네가 눈을 떴다. 머루같이 검은 눈동자가 나를 보더구나."

조융의 눈에서 눈물이 흘렀다. 그 눈물이 역겨워 참을 수가 없는데 자꾸 갓난애의 눈동자가 떠올라 속절없이 비어져 나왔다.

"미안하구나. 정말 미안하구나."

손등으로 콧물을 닦으며 조융은 자신의 모습이 얼마나 꼴불견일까, 그런 생각을 했다. 아닌 게 아니라 영왕이 곁눈으로 슬쩍 부황을 보더니 심드렁한 얼굴로 한숨을 훅 내쉬었다.

"불쌍하고 한심해서 그냥 져준다는 듯 말이야. 뭐랄까, 그 표정이 꽤나 어른스러워 왠지 뭉클하더군…… 어차피 주인은 따로 있었던 걸까? 소주에 짓는 행궁 말이야. 처음부터 내 것이 아니었나 봐. 영왕처럼 잘생겨야 그 예쁜 궁궐의 주인으로 어울리려나. 나의 역사에 소주에서의 시절은 없는 거야. 아아, 강남엔 언제 갈거나. 언제 갈거나."

"제발, 가지 마. 얘야, 얘야 가지 마…… 피해. 어서! 피해. 무너질 거야. 아아아악!"

"내상, 내상. 아아. 이런."

하내관은 추신이 가여워 어쩔 줄을 몰라 했다. 추신은 절박하게 한참을 더 버둥거리더니 어느 순간 축 늘어져 잠에 빠져들었다. 조융은 어좌에서 일어나 항으로 다가갔다. 하내관이 얼른 추신을 뉘고 항에서 내려와 머리를 조아렸다. 좀 전과는 아주 다른 추신의 얼굴이 거기 있었다. 고른 숨소리를 내며 잠든 얼굴, 그 위로 비단창의 정교하고 복잡한 당초무늬가 물결처럼 지나갔다.

"어차피 경화수월鏡花水月*이런가."

볼 수는 있어도 잡을 수 없는 이 무늬들. 살아 움직이는 것 같아도 너나 나나 본래가 빛이 만든 그림자가 아닌가. 그렇기에 너는 늘 소중한 것이다. 조용은 추신의 눈썹을 만져보았다. 어릴 때처럼 아무렇지도 않게 코와 입을 만져보았다. 이 아름다운 형상이 어찌 그림자일 수가 있는가. 추신이 백치가 되면 거리낌 없이 만나러 올 수 있다. 그땐 내가 침을 닦이고 유락을 떠넘겨주겠다. 뺨을 어루만지고 이마를 맞대고 서로 목을 기대고. 그대는 뭐가 뭔지 아무것도 모르겠지. 누구의 손길인지 누구의 온기인지. 그대만 모른다면 애초 일어나지도 않은 일이 아닌가. 그럴수만 있다면 밀원에 유가경이 있을 때처럼 하루하루가 신날까? 그럴 것이다. 그때처럼 신나고 설렐 것이다. 조용은 자신의 손에 든 것을 만지작거렸다.

조용은 몸을 숙여 추신의 얼굴에 자신의 얼굴을 가까이 댔다. 솜털이 닿을 만큼 그렇게 가까이. 조용이 추신의 귀에 속삭였다.

"자결권은 줄 수 없다. 사직도 안 된다. 나도 못 갔으니 너도 도망 못 가. 대신 꼼짝 말고 지켜보라. 말짱한 척 황제 노릇하는 나를. 각저를 놀고, 주판을 놓고, 용선에 오르고, 대하례를 받는 나를. 불사약을 구하지 못했지만 따라 죽지도 못해. 나는 그렇게 맨

---

* 거울에 비친 꽃과 물에 비친 달, 눈에는 보이나 손으로 잡을 수 없다는 뜻.

발로 지옥을 살 것이다. 이것이 천자인 내가 내게 내린 벌이다."

추신이 눈을 떴다. 좀 전과는 다르게 제정신을 가진 또렷한 눈빛으로 조융을 바라보았다. 노쇠한 기운은 사라지고 기대와 희망으로 영리해진 눈동자. 투명해진 눈동자에선 이겼다는 승리감이 반짝였다.

"받아라."

몸을 일으키며 조융은 만지작거리던 것을 내려놓았다. 기대에 찬 추신의 손이 자신의 가슴 위로 더듬더듬 움직였다. 올려진 것이 무엇인지 알아챈 그의 손이 부르르 떨렸다.

"으으으……."

깨버리려 힘을 주고 뻗대다가 베개 아래로 추신의 머리가 툭 떨어졌다. 고개가 꺾인 채 추신이 온 힘을 다해 옥결을 바닥에 내팽개쳤다. 툭 하고 떨어진 옥결이 마룻바닥을 굴러 평상 밑으로 사라졌다. 추신이 비틀리는 입술로 한마디 한마디 힘주어 말했다.

"절대 용서하지 않아!"

절대 용서하지 않아, 조융은 그 말을 따라 해보았다. 누군가의 마음을 잡아두기 위해 이보다 더 강렬한 주술이 있을까. 변치 않는 것은 추한가 아름다운가. 절대 용서하지 않을 궁리라도 하는지 추신은 도리질을 쳐대며 분투했지만 곧 사지에 힘이 빠지고 잠 속으로 빨려 들어갔다.

"가겠다."

하내관이 급히 눈물을 닦아내며 문으로 쪼르르 달려가 머리를 조아렸다. 소매가 눈물로 큼지막하게 얼룩져 있었다.

"으으으……."

항 위에선 허깨비와 싸우느라 추신이 또 용을 썼다.

"쯧, 저 꼴도 계속 보려니 큰 재미는 없구나. 수면환은 이제 되었다. 바보로 만든다고 뭐가 달라지겠는가. 어차피 처음부터 엉터리였다."

찰찰찰찰 옥이 울리고 문이 열렸다.

문이 열리며 펼쳐진 쓸쓸한 밀원의 풍경, 그 위로 시리게 푸른 하늘.

"아아, 춥구나."

황제는 그렇게 문지방을 넘었다.

봄을 추억함

멀고 먼 물길은 안개로 멀고
초나라로 펼쳐진 남쪽 하늘은 노을빛으로 자욱하네
다정하면 더욱 슬픈 것이 이별일진데
내 견딜 수 있을까, 이 맑고 쓸쓸한 가을날의 이별을*

눈앞의 풍경은 노래처럼 맑고 쓸쓸하지 않았다. 현실 속 부두
는 탁하고 풍만한 활기로 부산스러웠다. 한쪽에선 짐을 부리느
라 쿵쿵대고 다른 쪽에선 배를 끌어대느라 으쌰으쌰 정신이 없
다. 선주와 중개인은 싸우듯이 흥정을 하고 돛대에 앉은 새들까
지 쉴 새 없이 웅성거린다. 조도祖道**를 지내느라 액막이로 뿌려
진 개의 피 냄새와 여기저기서 피워대는 향불 냄새, 거기에 운하

* 북송 시인 유영의 사詞 「우림령」 중에서.

에서 올라온 물비린내까지 뒤섞여 골이 어지러웠다.

추신은 부두의 혼곤한 냄새를 피해 채하*** 쪽으로 방향을 틀어 해자변에 끝없이 늘어선 버드나무 사이에 말을 세웠다. 멀리서 보니 부두는 그림처럼 아름다웠다. 가지런히 도열한 수백 척 배 위로 곧게 솟은 돛대들과 바람에 나부끼는 색색의 깃발들, 가로대 위에 앉아 있던 갈매기들은 한 번씩 일제히 날아올라 큰 원을 그리며 장관을 연출했다.

"이런, 설마했는데 내상을 예서 뵙다니, 제가 개봉에 도착하긴 한 거군요."

저쪽에서 웃으며 다가오는 이는 뜻밖에도 곽오서였다.

"소생, 이제야 입성합니다. 그간 안녕하셨습니까?"

"곽공, 이게 얼마 만입니까?"

두 사람은 말에서 내려 서로에게 공수를 올렸다. 조금 전 똑같은 모양으로 지붕을 올린 배 십여 척이 채하로 들어간다 했더니 그게 곽오서네 배였나 보다. 소주 행궁을 다 짓고도 곽오서는 개봉으로 돌아오지 못했다. 불발로 끝난 양위 사건으로 난처해진 사람이 한둘이 아니었다. 추신이 신당 쪽에 어떤 보복을 할지 이 사명은 전전긍긍이었다. 추신에게 용서를 구하기 위해 추진된 곽오서의 좌천은 양위 사건을 봉합하는 가장 무난한 패가 되었

** 먼 길 떠날 때 드리는 제사나 이별주를 마시는 풍속. 수레바퀴에 개의 피를 바르기도 한다.

*** 해자와 연결되어 도성 안으로 흐른 강의 이름.

다. 신당 쪽에서 선수를 쳐 자잘한 건수로 곽오서를 탄핵하는 주청을 올리자 황제는 더 묻지 않고 윤허를 내렸다. 곽오서는 낙담은커녕 동남 지역이 자기 손에 떨어졌다고 껄껄 웃었다고 한다.

중앙에서 쫓겨난 건 곽오서만이 아니었다. 추신 또한 중심에서 밀려났다. 두 달 넘는 밀원 유폐가 끝나고 돌아와 보니 양성도도지는 더 이상 추신의 자리가 아니었다. 추신은 동궁의 의례와 문서를 관리하는 태자첨사가 되어 있었다. 이름은 거창해도 어전회의는 물론 황제를 따로 만날 기회도 없는 자리였다. 조정에서 그의 영향력은 손발이 묶인 정도가 아니라 사지가 잘린 수준으로 축소되었지만 누구나 알고 있었다. 그가 여전히 황궁의 지하를 흐르는 깊이와 넓이를 알 수 없는 복류천이라는 것을. 반면 추신 본인은 담백한 표정만큼이나 조용하게 지냈다. 그는 동궁의 사람이 되어 성실하게 맡은 일을 해나갔다. 매일 입궐과 퇴궐을 했고 오 일마다 휴목을 가졌다. 오랜 시간 공들여 차를 끓여 마시고 젊은 시절만큼이나 왕성하게 글씨를 썼다. 그래도 시간이 남으면 천축 향을 피우고 나른한 상태를 잠시 즐기다가 잠을 잤다. 황제와 어떤 접촉도 없이 하루하루 일상이 이어지고 한 해 두 해 세월이 흘러갔다.

상실의 고통은 생각보다 컸다. 원망은 더 컸다. 무엇보다 슬픔이 가장 컸다. 추신은 혼자 있는 시간조차 그 쓰라린 감정을 내색하지 않았다. 대신 매일 매시 왜 이런 일이 벌어졌는가를 수도 없이 생각했다. 몇천 번도 넘게 파국의 현장으로 자신을 끌고 가 뼈아픈 기억을 되짚었다. 생각은 늘 수평으로만 넓게 퍼져나갈 뿐 내막을 깊게 파고들지 못했다. 어디선가 어그러진 채 의문만 나열되다 결론을 맺지 못했다. 그 의문들은 모두 같은 중심을 뱅뱅 돌았다.

왜 양위를 하려 했을까? 퍽이나 한심한 질문이지만 추신은 정말이지 알 수가 없었다. 자신이 놓친 바둑돌이 어딘가에 숨어 있는 것이다. 그 한 수를 찾아내지 않는 한 자신은 매번 엉뚱한 복기를 할 뿐이다. 황제는 연호를 화평에서 유가경의 경烱 자를 딴 경희烱熙로 바꾸었다. 연호를 바꾼 후 황제는 추신의 빈자리가 무색해질 만큼 왕성하게 나랏일을 살폈다. 경희 오 년 동안 이렇다 할 개혁도 성과도 없었지만 내치와 외치 모두에서 근심 또한 없었다. 부려지는 마소니 꼭두각시니 하던 불평은 다 빈말, 도망가지 못해 어쩔 수 없이 하는 황제 노릇이 아니었다. 황제의 일이란 게 일을 싫어하는 사람에겐 애초 가능하지도 않은 격무가 아닌가. 그러니 양위를 하려던 진짜 이유는 따로 있다. 황제에 대해 자신이 모르는 한 조각, 뭔가 있는 게 분명하다. 허나 그런 의문을 갖는 것도 답을 구하려는 집착도 이젠 다 부질없는 일이 되어버렸다.

"맥길항*에 닿기 전에 저만 먼저 내렸습니다. 여기서 내상을 뵈려고 그랬나 봅니다. 십여 일을 줄곧 갇혀 있었더니 배라면 정말 신물이 납니다."

곽오서는 하루도 쉬지 않고 꼬박 배에서 숙식을 했나 보다. 개선의 영전길이다 보니 한시가 아까웠을 것이다. 오매불망 노리

* 동경성 안에 있던 선착장.

던 삼사사가 된 곽오서의 신수는 전보다 더 훤해졌고 가슴팍은 더 두툼해졌다.

"내상의 글씨를 볼 때마다 그리움이 솟고 또 언제 뵙나 눈물에 젖었습니다. 아아, 내상께서는 이 사람을 너무 미워하지 마소서. 오서는 그저 귀여운 너구리가 아니오이까?"

오서가 익살맞게 웃으며 자신의 두툼한 뱃구레를 문질렀다. 추신 또한 상대가 의심할 수 없는 반가운 미소를 지으며 곽오서의 손을 잡았다.

"소인이 감히 미워하다니요, 그런 황송한 말씀은 거둬주세요. 하지만 대감께선 정말이지 더 귀여워지긴 하셨……."

추신의 말이 멈췄다. 배가 다가오고 있었다. 붉은 천으로 꽃을 해 단 아담하고 짱짱한 그 배가. 진주, 설마 버리진 않았겠지? 선실에 들어가 울고 있는지 고고는 보이지 않았다. 곽오서는 껄껄 웃어젖히고는 이번엔 태자에 대한 성찬을 늘어놓기 시작했다. 그 소리가 귀에 들어오는 듯 마는 듯 버들가지는 흔들리고, 흔들리는 버들잎 사이로 배가 보였다. 노련한 사공 덕에 배는 쭉쭉 물 위를 미끄러져 왔다. 그 기세에 오리들이 후다닥 옆으로 비켜났다. 배가 막 그의 앞을 통과할 때 뭔가를 발견한 추신은 흠칫 뒤로 물러섰다. 고고가 보였다. 고고는 배꼬리 난간에 앉아 눈썹 위에 손을 대고 좌우 강둑을 바쁘게 둘러보고 있었다.

"그런데 내상께선 이곳에 어인 일로, 혹 배웅이라도 나오셨습니까?"

혼자 떠들던 곽오서가 뭔가 심상치 않았는지 추신의 안색

을 살폈다. 고고가 고개를 빼들고 긴가민가하더니 추신을 알아
보고는 활짝 웃으며 손을 흔들었다. 몸도 표정도 굳은 채 추신은
물에 가라앉는 사람처럼 되는대로 말을 내뱉었다.

"……그럴 리가요."

"그럼 왜?"

호기심으로 눈을 반짝이는 오서에게 추신은 자신도 모를 말
을 중얼거렸다.

"오래된 이야기를 끝내야 해서……."

고고를 태운 배는 빠른 속도로 미끄러져 갔다. 고고가 손수건
을 꺼내 흔들기 시작했다. 붉은 수건은 씩씩하게 나풀거리는데
하얀 물살이 좌우로 갈라지며 수면에 긴 선을 그렸다. 배는 추신
의 가슴에도 긴 자국을 남겼다.

새벽에 고고가 추부로 사람을 보냈다. 오늘 소주로 떠난다는
기별이었다. 추신은 잘 가라는 전언과 함께 서랍에 오래도록 자
리를 차지하고 있던 진주함을 들려 보냈다. 분명 입궐을 했건만
정신을 차려보니 어느새 추신은 말을 타고 남훈문을 지나고 있
었다. 부두의 수많은 배 중에서 추신은 한눈에 고고가 탈 배를
찾아냈지만 곧장 해자변으로 말머리를 돌렸다. 고고는 고급 다
관을 빌려 청루 사람들과 요란스럽게 이별식을 했다. 다관에서
나와서도 청루 소저들과 한바탕 울다가 웃다가 하며 길고 긴 인
사를 나누고는 전세 낸 꽃배를 탔다.

배라는 게 원래 저렇게 빠른 걸까? 고고가 탄 배는 잠깐 사이
뒤이어 출항한 다른 배들에 가려졌다. 고고는 반짝이는 윤슬처

럼 웃으며 안 보일 때까지 손수건을 흔들었다. 저 아인 뭐가 좋
다고 저렇게 활짝 웃는가. 소주에 함께 가자고 막무가내로 졸라
대더니. 그렇게 울며불며 귀찮게 하더니.

"저 또한 가슴이 찢어집니다. 저같이 얄팍한 인사가 사십 년
을 돌보신 분을 무슨 말로 위로할 수 있겠나이까."

한참 잘못 짚은 곽오서는 눈물을 훔치며 버들잎을 뜯어 강물
에 뿌렸다.

"어쩌겠나이까. 배나 사람이나 오면 가게 마련인 것을."

말은 그랬지만 추신은 보이지도 않는 배에서 눈을 뗄 수가 없
었다. 갑자기 머릿속에서 여러 장면의 조각들이 겹쳤다. 이 풍
경, 낯설지가 않았다. 비단 로국공뿐만이 아니었다. 여러 번, 오
래전에도 더 오래전에도 자신은 여러 전생에서 매번 누군가를
잃었던 걸까?

"좀 웃게. 그런 무거운 얼굴을 하면 분위기가 안 살잖아. 폐하
께서 모처럼 밖에 나오셨는데 말이야."

추신이 누각 출입구에서 좀처럼 움직이지를 않자 태자가 다
가와 귀에 속삭였다. 연일 맑고 따뜻한 날이 이어졌다. 동각은
올해도 변함없이 아름다웠다. 국화 만발한 정원에선 태자의 어
린애들이 이리저리 뛰어다니며 놀고 있었다.

"불가합니다."

태자가 쯧, 하며 눈치를 줬지만 그 눈에는 안쓰러움이 가득했
다. 태자는 위로하듯 추신의 팔을 살짝 쥐었다 놓고는 황제 쪽으

로 갔다. 황제는 국화로 장식한 의자에 파묻혀 있었다. 차마 눈을 둘 수 없을 만큼 용안은 참혹했다. 그럼에도 모처럼 밖에서 쬐는 볕이 좋은지 표정이 밝았다. 추신은 태자와 조옥이 대단하다는 생각이 들었다. 두 사람은 아무렇지도 않게 피골이 상접한 용안을 마주하고서 담소를 나누며 함께 웃기까지 했다. 추신은 웃고 있는 두 사람이 미웠고 이 아름다운 동각의 정원이 미웠고 눈부신 가을 햇살이 미웠고 황제가 견딜 수 없이 미웠다. 황제가 태자와 조옥을 물리자 두 사람은 절을 하고 누각 아래로 내려갔다.

"화만 내지 말고 이리 와."

황제가 손짓하며 추신을 불렀다. 꺾일 듯 가는 손목, 한 달 전쯤 멀찍이서 봤을 때만 해도 저 정도는 아니었다.

"이리 와봐. 옥아가 지은 이 시를 좀 보아라."

시가 적힌 황지를 흔들어도 추신이 움직이지 않자 황제가 들고 있던 것을 툭 떨어뜨렸다. 어쩔 수 없이 추신은 종이를 주워 들었다.

국화는 향기로 꿈을 꾸고,
노인은 시름으로 아름다워라.
동각의 여름이 가을이 된 것은,
봄을 추억하기 때문이라네.

"어찌 이리 아리송한 말을 젊은 애가 한단 말인가."

경녕궁 쪽으로 걸어가는 태자와 조옥을 눈으로 좇으며 황제가 말했다. 순수하게 감탄만 하는 눈이 아니었다. 지겹도록 계산해대는 눈, 저 눈, 오직 저 눈만은 변함이 없었다.

"옥아를 아무래도 소주에 있는 영왕에게 보내야 할 것 같아. 그대 생각은 어때?"

오 년 만에 처음으로 독대를 하자고 불러놓고 저런 얼굴을 하고 있다니, 추신은 용안을 마주할 수가 없어 정원 쪽으로 시선을 돌렸다.

"어떠냐니까?"

"태자께서 보내려 하겠나이까."

"보아라. 옥이는 지덕체를 다 갖췄다. 태자가 조옥만한 아들을 둘 가능성이 있겠느냐. 흥, 열 번 재주를 넘어본들. 그러니 중앙에서 멀찍이 치워놔야지. 지금이야 잘 따른다 해도 나중에 태자에게 실망할 게 분명한데, 금방 얕잡아 보겠지. 난초미인의 강한 피가 저 아이에게도 흐르고 있다. 소주에 가서 영왕이랑 서로 재주나 겨루라고 해."

황제는 눈을 감기 전에 무엇 하나 놓친 게 없나 단속의 단속을 하고 있었다.

"마음대로 하소서. 누가 막으리까."

"하, 참으로 불손하구나. 이제 얼마 안 남았다고 짐을 이리 박대하는가."

황제가 웃었다. 눈은 뻥 뚫린 채였고 코뼈에 살가죽이 퍼지면서 건어물 같은 기괴한 형상이 만들어졌다. 새끼가 죽는 걸 목격한 어미새는 창자가 끊어져 죽었다고 한다. 저 얼굴을 보고 있느니 차라리 그편이 낫겠다고 추신은 생각했다.

"아 그렇지. 개구쟁이들이 사라졌으니 이제 나올지도 모르겠다. 그대도 그 녀석을 전에 몇 번 봤지?"

황제가 고개를 빼고는 잡목 숲 쪽을 살폈다. 사슴 얘기를 하는 것 같았지만 추신은 대꾸하지 않았다.

"너는 사슴이야. 큰 뿔이 돋은 멋진 사슴."

추신은 꽤나 의외였다. 자신이야말로 황제를 상서로운 큰사슴, 기린아로 여기며 흐뭇해하곤 했기 때문이었다.

"몰랐어? 짐이 어릴 때 말이야. 그대가 정말 커다란 수사슴 같아 보였거든. 그 눈이 옻칠한 듯 검고, 그 이마가 가을 물같이 맑다. 어마마마께서 그러셨지. 네가 처음 인사 온 날 나중에 궁녀들에게 하시는 말씀을 엿들었다. 난 왠지 어마마마가 슬퍼하시는 것 같아 보였어. 어린애란 얼마나 맹랑한지."

황제가 뭔가 떳떳치 못한 사람처럼 곁눈으로 추신을 힐끗 보았다. 추신의 목덜미로 기분 나쁜 열감이 훑고 지나갔다. 그 시절 문귀비가 자신을 두고 그런 말을 했다는 게 놀랍기는 했지만 이미 오래전의 일, 딱히 불편한 이야기도 아닌데 왜인지 오금에 힘이 풀려 서 있을 수가 없었다. 추신은 허락을 구하지도 못하고 되는대로 난간 자리에 걸터앉았다.

"밀원에 길을 낼 것이다. 크고 반듯하게. 남쪽으로 쭉 뻗어나가 어가와 만나게 할 거야."

그날 이후 밀원 이야기는 처음이었다. 추신에게 밀원은 출입도 질문도 언급도 전부 금지였다. 밀원의 내관들이 그대로 머물며 관리한다는 얘기만 들었다.

약 기운은 오래갔다. 약을 끊어도 몸은 제대로 움직여지지 않았다. 머리는 종일 울리고 온몸의 근육이 허물어져 걸어보려고 몸을 세우면 뱃가죽과 허벅지가 부들부들 떨렸다. 추신은 밀원의 그 방, 정신없이 빛이 너울대며 자신을 비웃어대던 그 남쪽 건물에서 얼마간을 더 요양해야 했다. 어느 날 왕내관이 찾아왔다. 눈을 꿈뻑거리기만 하더니 문득 생각난 듯 걸어보자며 추신을 일으켜 세웠다. 나무뿌리같이 울퉁불퉁 단단한 손이 추신을 부축했다. 추신은 몇 달 만에 처음으로 밖으로 나왔다. 밖에선 어느새 봄바람이 불고 있었다.

"늙도록 몰랐습니다. 열둘에 궁에 들어 몸을 한껏 움츠리고 부리는 대로 하라는 대로, 그게 전부인 줄 알았습죠. 너무 아둔해서 몰랐던 겁니다. 진심을 내도 되는 건지, 환관이 자기 마음대로 진심으로 걱정하고 진심으로 기뻐해도 되는 건지. 나이만큼 묶여 있던 개였으니."

한 걸음 한 걸음 뗄 때마다 추신의 등골에 식은땀이 흘렀다. 발목이 시큰하고 다리가 후들거렸다. 큰 키의 추신을 매달고도 왕내관은 바위처럼 흔들림이 없었다.

"내상께선 밀원에서 저희가 무척 힘들었을 거라 염려해주셨지만 저희는 살아생전……."

"그만하게."

힘들게 내뱉은 말이건만 왕내관은 못 듣는 건지 못 들은 척하는 건지 말을 이어갔다.

"살아생전에 감히 그렇게 아름다운 시절을 보낼 줄…… 매일이 뿌듯하고 명령을 받지 않아도 해드리고 싶은 만큼 그분께 그냥 듬뿍 쏟았읍죠."

"그만."

추신이 멈추고 숨을 토해냈다. 왕내관이 이쪽으로 고개를 돌렸다. 전과 다름없이 순하고 묵직한 눈이었다. 추신의 무릎이 멋대로 꺾여 휘청했다. 왕내관은 추신의 팔을 자기 허리에 두르게 하고는 더 단단히 부축했다. 그 자세로 두 사람은 연못을 한 바퀴 돌았다. 수대에 이르렀을 때 왕내관이 걸음을 멈추고는 대청을 올려다보았다. 유가경이 볕을 쪼이고 바람을 맞으며 책을 읽었던 그곳을 바라보는 왕내관의 얼굴에 큼직한 미소가 떠올랐다.

"그러니까 저희는, 그거면 된 겁니다. 자식이란 거 말입니다. 죽기 전에 그런 것도 알게 되어서, 그것만으로도 좋은 거죠."

가책을 느끼게 하려고 하는 말이 아니었다. 왕내관은 오히려 그런 시절을 누리게 해줘서 고맙다고, 좀체 드러내지 않는 속을 털어 보인 것일지도 모른다. 왕내관이 매일 찾아와 밖으로 이끈 덕분에 추신의 다리엔 힘이 붙기 시작했다. 제 발로 온전히 걸을 수 있게 되고 약 기운이 거의 빠져 의식이 끊기는 일이 없게 되자 추신은 밀원에서 풀려났다.

"밀원 말이다."

황제가 눈을 가늘게 뜨며 말했다.

"가묘가 그대로 있다."

"유공은 상구에 있는 선산으로 가지 않았습니까?"

"아니. 유렴이 내게 맡겼다. 우린 함께 울었지. 막 혼내더니 쿵쿵 걸어와 나를 덥석 안더군. 가경이 묘한 데서 대담하더니 제 아비를 닮았던 거야."

다음 해 봄 태후의 국상이 끝난 직후 유렴이 추신에게 편지를 가져왔다. 편지를 대신 쓴 젊은이에게 전해달라며 써온 편지였다.

"그 청년, 번민이 많던데 이제 좀 털어냈는지…… 불문하고 고마웠다는 말을 전하고 싶군요."

차라리 대놓고 원망을 하면 좋으련만. 추신은 유렴의 그 따뜻한 시선을 피하지도 못한 채 그대로 견뎌야 했다. 추신은 유렴이 가져온 편지를 펴보지 않았다. 펴보면 유렴에게 또 편지를 쓰고 싶어질 테니까. 유렴이라면 답장을 해줄 것이다. 그러므로 해서는 안 되는 짓이었다.

"가경은 아직 밀원에 있다. 그곳 현실玄室, 그 자리, 그 예쁜 관에, 그대도 봤지? 그렇게 화사한 관이 또 있을까. 참 좋은 관이야. 그렇지?"

하더니 황제가 차를 달라고 눈짓을 했다. 추신이 일어나 찻잔을 들어 입에 대주자 황제가 빠르게 말했다.

"밀원은 네 것이다. 너를 위해 지었지."

불쑥 치고 들어온 그 말의 의미를 추신은 헤아리지 못했다. 그러다 갑자기 발아래가 푹 꺼지는 충격에 추신은 찻잔을 떨어뜨릴 뻔했다.

"짐의 마지막 용기를 꺾지 말아다오."

추신은 곧추서 있기가 힘들어 기둥으로 가 손을 짚었다.

"한쪽에는 가경이 죽어 누워 있고 다른 쪽에는 네가 누워 있었지. 자후에게 급소를 눌려 기절한 네가. 난 가운데에서 한참을 서 있었다. 그러다 깨달았지. 네가 살아 있다는 게 얼마나 다행인지. 그래, 그래서 일단 그 생각만 하기로 했다."

"그만하소서, 그만."

추신은 고개를 돌렸다. 그는 "그만, 그만"을 중얼거리며 난간의 기둥을 손끝으로 긁어댔다. 할 수만 있다면 황제의 저 입을 틀어막고 싶었다.

"가경에게 삼추三秋(3년)만 기다려달라고 했다. 늘 기다리게 해서 미안하지만, 그래도 삼추만 기다리라고 했지. 그 정도면 어깨의 짐을 내려놔도 되지 않을까 했어. 그러나 가을을 다섯 번이나 살고 있다. 태자 때문이지. 아비 노릇이란, 이토록 무거운 것이었다. 너무 무거우면 주저앉을 수도 없어. 기를 쓰고 앞으로 나아가는 수밖에. 이번에야말로 짐은 최선을 다했다. 내가 가진 정기신을 다 짜냈어. 그러니 그대……."

하더니 정색을 하고 황제가 손을 쑥 내밀었다.

"손을 다오."

물기라곤 없는 완연한 병자의 손, 그러나 이 세상 공포가 다 저 손바닥 안에 있는 듯 보였다. 추신은 포삼자락을 꽉 쥐고 몸을 뒤로 뺐다.

"참 너무하는구나. 뭐가 그리 아까운가, 늙어가는 그 몸이. 뭐가 그리 두려운가, 죽어가는 이 몸이."

황제가 눈을 가늘게 떴다.

"이십오 년 천자 노릇을 했다. 네가 정해주는 대로 잠자리도 했다. 꼬박꼬박, 아주 꼬박꼬박."

일단 저 입을 막고 보자는 다급함에 기우 손을 내밀자 황제가 낚아채 확 끌어당기고는 추신의 귀에 속삭였다.

"밀원에 짐을 묻어다오. 가경과 함께."

작고 낮지만 흔들림 없는 또렷한 목소리였다. 노린 게 이것이로군, 상대의 정신을 빼놓고 결국 원하는 것을 얻어내려는 것이다. 손을 빼며 추신이 단호하게 말했다.

"불가합니다!"

"너로 인해 시작된 일이다."

"불가합니다."

"네 살 때부터다. 네 살!"

그러더니 어디서 그런 기운이 생겼는지 옥체를 꼿꼿이 세우고 자세를 바로했다.

"회인태자가 너를 빼앗아 갈까봐 악몽을 꾸곤 했지. 그분 홍거 소식을 들었을 때 어린 속이 어찌나 후련하던지. 너와 함께 짓고 싶어 밀원에 이름도 붙이지 않았다. 널 위해 대나무를 심었어. 누구도 들어올 수 없게 탱자울타리도 둘렀지. 단둘이 그곳에 숨어들고 싶었다. 그러나 너는 내가 원하는 걸 줄 수 없었지. 알면서도 그랬다. 혹시 마음이라도 줄까 했어. 홍, 너는 사천에서 양물만 다친 게 아니야. 여기저기 색을 뿌리면서도 마음은 닫고 결벽을 떨었지. 다른 이의 마음에 상처를 내고 멍들게 하면서 원하는 것을 받아냈어."

"거두소서. 그 말씀."

"눈치라도 챌 줄 알았다. 어떻게 그리 철저하게 모를 수가 있단 말인가. 밀원을 다 지으니 어쩔 수 없이 받아들이게 되더군. 포기를 했다. 그랬더니 그대가 미웠어. 끔찍했다. 너를 볼 때마다 점점 짜증나고 원망스럽고 너를, 너를 한없이 못살게 굴고 싶고 급기야는 잔인하게 죽여버리고 싶을 지경이 되었지. 수없이 그런 상상을 했다. 채를 쳐 젓갈을 담고 오향장육을 만들어 다 먹어 치울까도 생각했지. 그때 유가경이 눈에 뜨인 거야. 빛나는 추신만큼이나 환하고 환한 유가경. 너와 닮았다고 생각했다. 하, 너를 닮다니. 하하하, 사람은 그렇게 쉽게 스스로를 속이는 생물이다. 그냥 가경이 좋았을 뿐인데 말이야. 그랬다. 누려보지 못한 푸른 시절로 돌아가는 기분이었지."

"제발 그만, 그만!"

추신은 가루가 되어 형체가 전부 흩어지는 기분이었다.

"그 까만 계집이 널 행복하게 만들어주었지. 꿈쩍도 않던 네가 말이야. 그래, 너 또한 사천의 그 시절로 돌아가고 싶었던 건지도 모르지. 우리 둘 다 속이 뻔하지 않은가. 모든 게 환멸스러웠다. 너와 나, 그 오랜 시간이 억울했고, 네가 소중하다 가르친 대의들이 전부 부질없어 보였어. 내가 황제라는 것조차도 한심해 보였다. 정말 벗어나고 싶었다."

추신이 벌떡 자리에서 일어났다. 그런 하찮은 이유에서 양위를 도모했단 말인가. 어처구니가 없어 입이 다물어지지 않았다. 날카로운 분노가 추신의 신경을 괴롭혔다.

"안 들은 걸로 하겠나이다."

"안 들었다 하면, 짐이 그대에게 주었던 마음은 어디로 가야 하는가?"

"저와는 상관없는 일입니다."

"대놓고 그리 질색을 하다니. 이러니 내가 고백을 안 한 것이다. 좋아. 그대는 의지로 사는 사람. 그리하라. 하지만 난 무엇도 부정하지 않아. 내가 저지른 어리석음, 부끄러운 과오, 허무까지 전부 말이야. 가경이 유서를 남겼다. 가경이 그러더군. 자기는 밀원에서 보낸 시간이 없던 일이 되는 게 참을 수 없다고. 결국 호랑이는 상처를 내고 달아났지만, 자신은 그 상처마저 추억할 거라고. 아름다운 유서가 아닌가! 삼생을 다시 산들 그 마음에 답이나 할 수 있겠느냐. 가경은 수은에 담긴 채 그대로겠지. 영원한 봄 속에서 꿈을 꾸고 있겠지. 죽기 전에 열어볼 것이다. 여는 그 순간 그 아름다운 형상은 사라지겠지. 영원한 봄도 사라지겠지. 부패가 시작될 테니. 오랜 시간 짐을 기다렸는데 또 홀로 썩어가야겠느냐. 그러니 짐을 그곳에, 가경의 곁으로 보내줘."

추신이 겨우 입을 열었다.

"불가합니다. 나라엔 지엄한 상례가 있나이다. 기괴한 논리를 만들지 마소서."

"사실 짐은, 그대가 짐의 무덤이길 바랐다. 살아서 이루지 못했으니 죽어서라도 함께 있고 싶었달까."

"어찌 그런 망상을!"

"유렴도 동의해줬다. 유렴이 말이다. 유렴, 유렴, 아아 유렴!

그대는 그 가련한 아비에게 가짜 편지를 보냈지. 아들인 척 거짓말을 줄줄이 늘어놓고."

"……그 편지들을 거짓이라 하지 마소서."

상대를 무너뜨리기 위해 온갖 것을 다 꺼내 흔들어대고 있다는 것을 알면서도 추신은 속절없이 휘둘렸다. 추신이 털썩 주저앉는 모습을 흐뭇하게 바라보던 황제가 한쪽 눈썹을 치켜올리며 탄식했다.

"이런, 안 좋군, 안 좋아. 그대가 내키지 않아하는 게 당연해. 보자 보자, 밀원은 궁성의 동북이라 짐의 음택陰宅(무덤)으로 삼기엔 영 별로일 거야, 그렇지? 흠음, 죽으면 긴 잠을 자야 하는데 터가 불편해서야. 쯧."

황제가 고개를 외로 꼬고는 비스듬히 추신을 바라보며 천천히 말을 이어갔다.

"그대의 심정 짐도 잘 알아. 천자를 그런 곳에 모셔놓으면 속상하겠지. 명색이 천자인데 흠향도 제대로 못 받을 그런 곳을 능으로 삼겠다 고집을 부리니 그대가 망극할 만도 하다. 하물며 추신인데 오죽하겠어. 내 젖니마저 받들고 사는 사람이 아닌가. 억장이 무너질 일이지. 애가 끓을 일이지. 그래그래, 추신에게 이보다 더한 불충은 없겠지, 암암, 그러니 밀원이 내키지 않으면, 정녕 그리하기 싫다면……."

황제의 눈이 반짝하고 빛났다.

"가경을 낙양으로."

속삭이는 말이었지만 어찌나 단호한지 귀가 아니라 심장에 새겨지는 것 같았다.

"황릉, 내가 묻힐 그곳, 같은 묘실에. 쉽진 않겠지. 하지만 그대라면 누구도 모르게 해낼 거야. 추신이니까."

"불가합……."

"합관을 해다오."

이번에도 앞질러 들어왔다.

"홀로 지하궁에 누워 있으면 퍽 적적할 것이다. 하, 생각만 해도 궁상맞구먼. 자식 같은 내가 그러고 있으면 좋겠어?"

황제가 입꼬리를 내리며 희왕처럼 가여운 표정을 지었다. 불가, 불가, 무엇이 불가한지도 모른 채, 자신이 무엇에 저항하는지도 모른 채 추신은 입술을 깨물며 버텼다.

"네가 안 한다 하면 태자에게 부탁하겠다. 아들놈에게 전부 까발려 이야기해야겠지. 그런들 상관없어. 뭐 어때. 아, 그렇지! 오서가 있었군. 그 너구리는 시키는 일마다 어쩌나 감쪽같이 해치우는지."

추신은 이제 '불가'라는 말을 뱉을 수도 없었다. 그는 이미 그가 아니었다. 알맹이 없이 거죽만 난간 기둥에 붙어 있는 형국이었다. 황제가 비로소 등받이에 몸을 기댔다. 손을 뻗어 어좌를 장식한 국화 한 송이를 뽑아 얼굴에 묻고는 흐음, 숨을 크게 들이쉬었다. 얇아진 입술에 미소가 번졌다. 유리하게 흥정을 마친 장사치나 지을 법한 간교한 미소였다.

"아, 사슴이다."

수놈 하나가 잡목 숲 가장자리에 서 있었다. 가을 짝짓기를 끝내고 도로 겁이 많아졌는지 심하게 경계를 하더니, 언제 그랬냐는 듯 뿔을 세우고 국화로 엮은 궁형 문으로 걸어갔다. 행여 사슴이 달아날까 조심스럽게 황제가 속삭였다.

"봐봐. 꽃을 다 따 먹잖아. 아, 역시 못된 짐승, 아침저녁 뿌려주는 콩은 콩대로 다 먹고 무슨 심술이야."

추신의 눈에는 조금 전부터 아무것도 보이지 않았다. 황하처럼 탁한 눈물, 이런 거 눈이 흐려져 싫어했다. 이 눈물 너머에서 이상한 주름을 잡고 웃고 있겠지. 몇 겹인지 모를 주름, 그런 용안 보고 싶지 않았는데 다행이란 생각이 들었다.

"저 녀석은 늘 혼자군. 곧 하얀 반점도 사라지고 겨울털이 빽빽이 나겠지. 또다시 반질반질 흰칠해져 추운 겨울을 당당히 맞겠지. 내년에도 이맘때쯤 홀로 여길 찾아 향기에 취해 혀가 마비되도록 꽃을 먹겠지. 쓸쓸함이 가실 때까지 꽃을 따먹겠지. 너와는 달리 짐은 쓸쓸하지 않을 것이다. 외롭지 않을 것이다. 상냥하고 상냥한 유가경이 기다리고 있을 테니. 너에게도 다행이 아닌가. 자식 같은 나만이라도 행복한 걸 위안으로 삼아라. 빈말이 아니다. 명령이다. 지금부터 하는 말은 전부 기억하라. 너 추신은 내게 한없이 미안해하라. 가슴을 움켜쥐고 짐을 그리워하라. 시시각각 짐을 추억하라. 회한에 몸부림치며 불면의 밤을 보내라. 용마루에 올라 용포를 펄럭이며 창자가 끊어지도록 외쳐라. 용서하소서, 용서하소서. 제가 어리석었나이다. 어리석은 저를 용서하소서. 삭망 보름마다 곡을 할 때 피를 토하며 애원하고 또 애원하라. 돌아오소서, 천자여 돌아오소서. 흥, 싫어도 어쩔 수 없다. 황명이니 받들라. 유조로 남길 것이다. 너에게만 특별히 옥판에 새겨 내리겠다. 대신 짐은 너를 잊겠다. 너에 대한 기억, 동각의 추억, 네 손가락, 네 목소리, 그 눈동자, 그 잘난 걸음걸이! 머릿속에 너에 관한 건 일촌도 남기지 않겠다. 저승에서 너를 만나도 아는 체 않고 지나칠 것이다. 짐은 온통 가경으로만 가슴을 채우고 저 세상을 살 것이다. 너에게 내줄 마음 같은 거 없으니 그리 알라. 명부에 가서도 짐은 황제가 될 것이다. 직접 옥수를 들어 스스로 면류관을 쓰겠다. 형님들에겐 미안하지만 어쩔 수 없다. 이번에도 용상은 내 것이다. 이번엔, 더 잘 해낼 것이다. 지옥마저 낙토로 만들겠다. 아귀마저 굶기지 않겠다. 야차마저 웃게 하리라. 그리고 이번엔 제대로 된 답을 내려주겠다. 젊은 애들에게 아직 대답해주지 못했거든. 이번만큼은 정녕 성군이 될 것이다, 반드시! 하늘이 나를 통해 이루고자 한 것이라면 지하에 가서라도 이루어야지. 짐은 그리 정했다. 그러니 그대, 그 눈물 그만 거두라."

불가하다. 눈물은 멈추지 않는다. 추신은 눈물을 닦아내지도, 소매로 얼굴을 가리지도 않았다.

기억조차 않겠다니 누구 맘대로!

절대 잊지 못할 추억을 만들어주겠다 결심한 건지도 모르겠다. 추신은 손을 뻗었다. 가을빛 눈부신 황포 속으로 숨어 들어가는 황제의 손을, 게처럼 숨어 들어가는 그 손을 잡기 위해 태초의 그날처럼 천천히 손을 뻗었다.

끝

소설은 서사로만 모든 것을 보여줘야 한다고 생각합니다만, 제가 쓴 이야기가 천여 년 전 중국이 배경이고 주인공들 또한 실존인물이 아니다 보니 이해를 돕고자 이렇게 설명의 글을 덧붙이게 되었네요.

'오직 한 사람하고만 대화가 허락된다면 결국엔 그 대상을 사랑하게 될까?'

문득 떠오른 생각은 한나절의 몽상과 사고실험을 통해 이야기의 형태로 내게 던져졌습니다. 어쩐지 막무가내로 선택받은 느낌이었습니다. 이야기는 인간사를 흐르며 떠도는 무형의 생물인 바, 자신에게 언어의 옷을 입혀줄 누군가를 찾아다니는데 거기에 내가 선택되었다는 사실이 설레면서도 당황스러웠습니다. 소설 형식의 글을 써본 적이 없었거든요. 그럼에도 이제 네가 부름을 받았으니 너의 한 시절을 걸고 이 이야기가 세상에 나오도록 도와야 하지 않겠느냐, 그런 생각이 들었습니다. 그래서 쓰기로 했습니다. 스토리에 맞는 캐릭터를 세우고 그들이 살아갈 공간과 시간을 정하고 그 시공간에 어울리는 언어의 옷을 지어 입히기로 했습니다.

어느 날 도서관에서 경이로운 책을 발견하게 됩니다. 북송에서 남송으로 이어지는 혼란의 시기를 산 맹원로라는 사람이 지은 『동경몽화록』이라는 도시 풍물지였습니다. 강남 항주(남송의 수도)로 피난 간 맹원로는 북송의 수도 개봉을 그리워하며 개봉의 거리와 상점들, 그 시절의 사람들, 궁중행사와 세시풍속 등을 꼼꼼하게 기록합니다. 책에는 장택단이 그린 두루마리 그림 「청명상하도」(청명절을 맞은 개봉 시내의 정경을 묘사한 그림)가 부록으로 실려 있었는데 그것을 보는 순간 '아, 바로 여기구나' 하는 생각이 들었습니다. 다리 위에는 아씨를 태운 가마가 총총 지나가고 운하에는 거룻배들이 줄지어 떠갑니다. 이층 다관에선 서생이 차를 마시며 화려한 주루의 환문을 쳐다봅니다. 성문을 나서는 낙타와 나귀가 끄는 외바퀴수레. 차양 아래 늘어선 노점들과 그 곁을 지나가는 사람들, 그 다양한 표정을 보고 있자니 그림 속의 누군가가 말을 거는 것 같았습니다.

"벗이여, 차향에 취하고 문향에 취해 등롱 불빛 영롱한 개봉의 밤거리를 걸어보세나."

문치주의의 부드러움이 지배했던 북송, 송대는 중국 역사상 가장 많은 명재상과 문장가를 배출한 문화흥성의 시대였습니다. 한족이 세운 송조는 연운을 제외한 화북과 하남, 강남과 사천을 차지한 대국이긴 했지만 제국은 아니었습니다. 학문과 문화, 산업과 기술문명이 전례가 없을 정도로 발달했음에도 돈으로 평화를 사야 할 만큼 군사적으로는 열세였으니까요. 이런 불균형은 당시 송인들의 무의식에 깊은 그림자를 드리웁니다. 그래서일까 송대는 소설의 주인공들만큼이나 양면성이 강한 시대였던 것 같습니다. 황제의 권한이 크게 늘었지만 동시에 사대부의 지위도 어느 때보다 높았던 시대. 동성애를 도락의 하나로 여기면서도 완고한 성역할을 강요했던 중세,라는 배경. 사료를 접할수록 북송은 인물들이 사랑의 일로 갈등하고 고민하기에 적합한 시공간으로 비춰졌습니다.

그리하여…… 사랑이란 너와 나, 일대일의 현장이고 그 현장에서 왕도란 없다는 것을 깨달아가는 황제 조용과 철 따라 피고 지기를 반복하는 아도니스에서 순정남으로 거듭나는 유가경 그리고 또 한 사람, 유교적 이상국가의 완성을 위해 초인적인 능력을 발휘하는 강철 사내 추신, 그들이 천 년 전 그곳에서 자유롭게 운신하며 자신들의 운명을 펼칠 수 있게 되었습니다.

시대를 재현해보려 고증에 많은 시간을 보냈지만 애초에 완벽한 고증이란 불가능한 것, 게다가 주인공이 역사적인 인물도 아니다 보니 상상력에 의지해야 하는 부분이 많아졌습니다. 이 점 너그러이 보아주시길 바랍니다.

오랜 세월 곁을 지켜준 고양이들과 더 오랜 세월 나의 복지를 위해 헌신한 남편에게 고마움을 전합니다. 더불어 태어나기 전부터 하기로 되어 있던 일, 이야기를 쓰는 일, 그 업이 가능하도록 길을 열어준 북레시피 출판사에 감사의 인사를 드립니다.

끝으로 독자 여러분께 머리 숙여 감사드립니다.

바라옵건대 이 이야기를 읽은 모든 분이 자기 인생의 황제, 천하의 주인이 되시길. 그 찬란한 운명의 주인공이 되시길. 로국공의 말씀대로 인간의 마음은 자연의 섭리도 넘는다고 하니 늘 사랑이 이기는 쪽으로 마음 내시길 기원하나이다.

화평연간의 격정 2

초판 1쇄 발행 2022년 11월 22일

지은이 김혜량
펴낸이 김요안
편집 강희진
디자인 이명옥

펴낸곳 북레시피
주소 서울시 마포구 신수로 59-1
전화 02-716-1228 **팩스** 02-6442-9684
이메일 bookrecipe2015@naver.com l esop98@hanmail.net
홈페이지 https://bookrecipe.modoo.at
등록 2015년 4월 24일(제2015-000141호) **창립** 2015년 9월 9일

ISBN 979-11-90489-70-6 04810
ISBN 979-11-90489-68-3 (SET)

종이 화인페이퍼 l **인쇄** 삼신문화사 l **후가공** 금성LSM l **제본** 대흥제책